U0587084

天喜文化

从声音到文字，分享人类智慧

天下刀宗

雨楼清歌 著

天地出版社 | TIANDI PRESS

目录

第一章

秋水刻剑

他看到刀客剑客们远远行走在雨中，面容模糊。他已去过一些地方，遇过一些人，仿佛触碰到了这个江湖的一点真东西，看清楚了雾中的一痕风景，却又让他更惶惑起来，他不明白江湖中的人，为何都要这般匆匆而来，匆匆而去，带着决然的悲欣，带着百折千回的生死情仇，不知来自哪里，不知去向何方。

一

秋蝉，锈剑，青衫上流过云影。

叶凉在桂树下坐了一整天，书箧歪倒，满地诗书狼藉，树梢上隐约颤出灯芯的噼啪声，是风刀剪落，霜花满袖。

他翻遍了师父的藏书，仍没能给那式剑法取出好名目。

蝉声随风东西，引得他思绪缭乱。七年前孤身流浪，初到临江集这座小渔村时也是漫天蝉鸣，绕着他，追着他，勾动他腹中的饥鸣。那些蝉声仿佛亘古已有，丝丝沁入岩土与草木，他口干舌燥，扯了一根草在嘴里嚼着，几乎疑心蝉鸣会在唇齿间迸开。

那日他在初夏的渔村里徘徊良久，头晕眼花，本想乞求一点吃食，却只讨得些打骂；到黄昏转至村后的野山，撞见山腰有两间茅屋、一株桂树，被稀疏的篱笆围在半山余晖里。走近了，他看到一个中年男子坐在桂树旁的石凳上，手捧书卷，面容和蔼。

叶凉心里一松，料想此人知书达理，必好相求。未及开口，那中年男子已站起来道："小兄弟，你身上带的可有饭食？我已经两天没吃饭了。"

叶凉一愣："什么？"

中年男子温声道："你带没带吃的？"

叶凉道："没有，我本来是想到山上摘几个野果。"

"野果吗？"中年男子摇头一笑，"早被我吃光了。"

叶凉一时无言，腹中又咕咕响起。那中年男子笑道：“看来你也饿了，偏房里有几捆干柴，你背去江边的陈家酒馆，换些米回来。”

叶凉依言进了偏房，瞥见锅灶边的地上果然堆着柴，微一抬头，双目陡凉，却是墙壁上挂了一柄无鞘的长剑，凛凛生寒。他不敢多看，背了柴径自出门去了。

待叶凉换了米回来，中年男子问道：“可会淘米煮饭？”叶凉点了点头，喜道：“那酒馆的陈掌柜多给了两块豆干哩。”中年男子一笑，指了指偏房：“有劳了。”

两人坐在桂树下各扒了三大碗饭。中年男子道：“你既换了米，何不一走了之，却还回来？”

叶凉一怔，道：“我没什么地方可去。”

中年男子点点头，似笑非笑地打量着叶凉，眉峰渐皱，忽问：“小兄弟，你几岁了，父母安好？”

叶凉边吃边含糊道：“我今年十岁，父母都死了。”

“天无绝人之路。”中年男子道，“你既无处可去，不妨住下来，我这屋子虽陋，总能遮风挡雨；只要每日砍柴勤些，便不愁衣食。”

说完见叶凉犹豫，中年男子又道：“你没在半路上把豆干吃了，足见为人淳厚，如此我也不瞒你：其实我精通剑术，你若留下来拜我为师，我便倾囊相授。”

叶凉从前漂泊行乞，听各地的说书人讲过不少刀客剑侠的传奇，早已心驰神往，当即答应下来。此后两人便以师徒相称。叶凉得知师父姓吴名重，已经“退隐江湖三年有余”，不禁惋惜道：“江湖多好，师父为何要退隐？”

“若学多情寻往事，人间何处不伤神？”吴重摇头长叹，“不堪讲，不忍提。”说罢径自进屋去了。

翌日，叶凉起了个大早，叫醒师父，道：“师父，柴刀在哪儿？我去砍柴。”

“就在偏房墙上挂着，你昨日没见吗？”吴重翻了个身，又沉沉睡去。

从此叶凉成为临江集唯一一个用剑砍柴的人。

数月后，叶凉从村民口中得知：三年前吴重路过临江集时，看上了陈掌柜的闺女，从此住下，只是陈掌柜嫌吴重穷困，不肯答允这门亲事。而就在叶凉到临江集前不久，吴重已花光了积蓄，三五天才去砍一次柴，度日艰难。叶凉此时再回想师父那句“天无绝人之路”，似乎别有意味。

那天回到家，叶凉问吴重：“师父，你是爱慕村东的陈家姑娘，才退隐江湖的吗？”

吴重嗤笑道：“胡言乱语，为师是何等人物，哪般志向，岂会被一个村妇所累？”

晨光如柴，繁星似米，一趟趟地更换。山色依旧，剑刃却渐渐生满了锈，叶凉一直也不知师父究竟算何等人物。

这一日，吴重去江边酒馆找陈掌柜下棋，出门时交代叶凉给剑法取名。叶凉昏头涨脑地翻了一天书，想着不知何时才能翻过眼前这座山，去远处瞧瞧。可是照师父的脾性，怕是要在山中终老了。

袖中鼓进山风，书页飞卷如浪，叶凉心中灵机微皱，待风稍止，振剑将一瓣桂花挑过眉睫，霜意刺入眸中，他微微合眼静候。冷香落上诗句，遮住“春风”二字。

“将就用吧。”叶凉拂开落花瞧去，嫌字眼有些寻常了。毕竟这是他仅会的一式剑法。

七年前，吴重言而有信，在叶凉拜师当日便教了他一式剑法。叶凉欢心雀跃，认真练了两个时辰，对吴重道：“请师父教我第二式。”

吴重笑了笑，道：“再练练吧！”

叶凉见师父笑得高深莫测，不敢多问，整整又练了三天，才去找吴重：“师父，请传授我第二式吧！”

吴重哼了一声，道："贪多嚼不烂，先练熟第一式再说。"

叶凉迷惑起来，苦心琢磨这式剑术，反复请吴重讲解，半月后道："师父，我已经练熟了。"

吴重面色一沉，道："学武练剑，最忌冒进，欲速则不达。你离真正练熟还远得很。"

叶凉道："那我练给师父看，哪里练得不对，请师父指正。"当即施展了一遍。吴重皱眉看着，似乎也没找出哪里不对，道："你再使一遍。"叶凉就又使了一遍。

吴重沉吟道："嗯，总归还是……还是不够纯熟。"

叶凉道："师父，你是不是只会这一招剑法呀？"

吴重一愣，随即涨红了脸，喝道："胡说八道，为师精研剑术，通晓的招式何止万千？"缓了口气，见叶凉似要追问，便又道，"你当前的练法，架势是熟了，却未得其神。手上有，心中无。"

叶凉道："那如何才能得其神？"

吴重道："同一式剑术，在清晨施展，和在黄昏时不该是一样的。"

叶凉心头微震，似有所悟。

"人居红尘，行山水，遵朝夕，临阴晴霜雪，感喜怒哀矜，天地人心，无不瞬息万变，剑术又岂能一成不变？"吴重语声渐肃，"练剑时身心须呼应天地，切不可闭目塞听。等你练到'顺时变化，应机而动'的境地，才算真正练成了这一式。"

叶凉低头沉思，忽瞥见吴重偷偷舒了口气，又将信将疑起来，问道："那徒儿多用心揣摩，日后总是能练成的吧？"

吴重道："在心里想容易，在心外想难。且把心放到天地间去悟，山水自有清音，草木岂乏深情？"说着悠悠一叹，回屋打盹去了。

叶凉似懂非懂，此后屡屡请教，却也只是多听了几番晦涩道理；有时他也会恳请师父显露几手别的剑术，每当这时，吴重便会念叨些文绉绉的话搪塞过去。

叶凉别无他途，唯有勤修不辍，从花繁鸟啭到寒雨飘叶，自雪覆山林至江暖鱼跃，数年中将仅会的一式剑术练出了万千变化。练到第五年，出剑似已暗合天象地势，阴时刃鸣如雷，寒时剑风萧瑟，心思畅快时剑光若虹，颇能惊散鸟兽，只是从未与人交手，不知剑威究竟如何。某日，他去陈家酒馆送柴，遇到一名客人酒醉滋事，当即挺身而出，以柴代剑，刺向那酒客胸口。

那酒客一把夺过干柴，随手撅断，踹飞了叶凉，骂道："毛都没长齐，还敢招惹老子！"

叶凉跌在地上，半天站不起来，心中气闷难言。当日他归家告知了师父，吴重沉吟道："那酒客以不变应万变，定是深藏不露的高手。"

叶凉认得那酒客只是村里一个寻常渔夫，闻言丧气失意，心想师父大约也不过是落魄闲人，自居江湖客罢了。

这念头老早便在他心里抽芽，只是他迟迟不愿这样想。往后几日，他练剑便不怎么用功，吴重察觉后斥责了几次，未能奏效，又见他每日没耽误了砍柴烧饭，也就不再多言。后来反倒是叶凉自己，闲时仍忍不住挥舞锈剑，异想天开，给那式剑术编出许多奇怪变化。

可不知为何，当他继续练下去，那些数不清的剑路变化却渐渐从他心头淡去，如雾气般接连消散，难以抑制。等到这一日吴重让他给剑招取名时，他心中已只剩下最初学到的那一式。他愈发沮丧，心想七年寒暑，练来练去，也只是练会了一招没什么用的剑术。

叶凉收拾好书箧，一阵急风如石火般擦过山野，满树花瓣在夕照中几欲燃起；他听见风声里混入了几声足音，知道是师父回来了。这七年来，他谨记师父"不可闭目塞听"之言，练剑时总是着意留心周遭声色，日积月累倒也练得耳聪目明。

足音缓缓流近，听来虚软无力，像是浮在远处隐约的江潮声之上。叶凉回身看见吴重神情沉凝，似乎郁郁不乐，便问："师父，今日又输棋了吗？"——吴重隔三岔五便去酒馆找陈掌柜下棋，村里人都说吴重屡屡故意输棋，以此讨好未来的岳丈，只有叶凉知道师父是棋力确不及陈掌柜。

吴重却半晌没有回答。

叶凉微觉诧异，但见吴重穿着洗得发白的灰衣，左手当胸悬着，右手提了一坛酒，身姿古怪地立在黄昏的风中，仿佛化成了一株枝杈横斜的老树。反倒是他身旁的桂树花枝招展，更显生机。

叶凉游疑道："……师父？"他看到吴重左手手指不住屈伸，似在计算着什么。

吴重哼了一声，回过神来，道："我怎会输？我还赢了一坛酒哩！"说着晃了晃手里的酒坛。

叶凉喜道："有酒喝了？"师徒俩往年只在中秋和除夕才舍得打两角酒。

吴重道："今天是大日子，须得有好酒好肴。"

叶凉想了想，今日似乎并非什么生辰节庆，迷惑中却听吴重问道："剑招的名目可想好了？"

叶凉道："想了一整天，也没想出合意的，只得胡乱从书中挑了一个。"

"早晨我让你想时，你还觉得轻易。"吴重颔首微笑，"想得久，足见你深知这一式的神妙，没有等闲待之，为师甚是欣慰。"

叶凉道："倒不是神妙，我只是不会别的招式。"

吴重敲了敲叶凉的额头，道："傻孩子，你在书里挑了什么名目，且说来。"

叶凉道："春风。"

"春风嘛……"吴重沉吟片刻，蹲了下来，手指在地上画出一横，随即顿住；他摇头叹道："被秋光催成霜鬓，早忘却春风词笔，这二字太老，太老，不是好名目。"

叶凉心说春风解冻，万物更新，怎么能说"太老"，但也不好反驳师父，只道：“那便请师父赐名。”

吴重闭目沉息，半晌不语，忽睁眼道：“烧菜。”

叶凉道：“烧菜？这名目未免……”

吴重道：“快烧菜去，为师饿了。”

叶凉哑然，径自去洗菜淘米。不多时，一碗青笋腊肉，一碗野菜豆腐，一钵鲜鱼汤，都摆在了屋里的旧木桌上。吴重尝了一口鱼汤，咂嘴赞道：“汤里是加了桂子吗，很是清甜，嗯，你武学天分不高，烧菜倒是颇具匠心。”

叶凉闷声道：“徒儿天分再低，七年里学个三招五式总也能学会的。”

吴重嘿嘿一笑，自顾自倒酒喝酒。烛火昏黄，师徒俩相对而坐，一时无言。叶凉问：“师父，今日是什么要紧日子吗？”

吴重咽下一口酒，漫不经意道：“今日是咱们在此山中的最后一日，明早咱们便下山去了。”

叶凉一惊，问道：“下山去哪里？”

吴重道：“天地之大，江湖之远，何处去不得？”

叶凉又是一惊，嗯了一声，慢慢低下头去。吴重微笑道：“你不是一直想下山吗，怎么反倒不说话了？”

叶凉忽然从吴重手里抢过酒坛，倒满一碗仰头灌下，吁出一口气，侧头看见月光一滴一滴从窗隙漏进来了。他默默看了片刻，轻声道：

“山里住了七年，还没见过真正的江湖。”

“沉住气。”吴重呵呵笑着，给叶凉又倒了一碗酒，“尘世间的滋味尝得太早，不是好事。”

夜风一紧，吹开了窗，烛火乱摇，叶凉忽觉吴重神情有异，心中一动，却欲言又止。他往日里没少听师父牢骚、抱怨，但此刻头一回感到师父的愁绪是如此真切，仿佛满室烛光一瞬间都凝停在吴重的脸颊上，映出了什么。他觉得吴重的笑声像是生了锈，说不出的老旧沙涩。

“我当年便是……”吴重只说了半句，便起身去关窗了。

叶凉道："师父，你当年便是如何？"

吴重哈哈笑道："我当年的英雄事迹，三天三夜也说不完。"随即走到床榻边坐下，似是打算睡觉了。

叶凉愕然道："师父，你不吃腊肉吗？"往常每逢有好菜肴，吴重总是抢着挑肉吃。

"你吃吧，吃完就去收拾行李。"吴重躺平了，又道，"记得把'孤鹜'带上。"

叶凉一怔："孤鹜是什么？"

吴重道："就是你的砍柴刀。"说完不久就打起了鼾。

叶凉这才知道，原来那把剑是有名字的。

他走出门，去偏房取了剑，长久伫立在篱笆院中，遥遥地听着犬吠江声里，嘶马行古道。

山下，临江集的灯火渐次熄去。

当晚，叶凉一个人去了江边，用江水洗剑。那剑已沾过太多的月霜晨露，他擦了又擦，多少拭出一痕冷锐。

月色里，他提着剑往回走，鸟兽的窸窣声远近起伏；随着他手腕晃动，有一蓬锈迹斑斑的光在山林间一闪一闪。他走了很久，像走在一场长梦里。

七年来，无数次梦入江湖，天地都在雾中。那雾气遮蔽紫陌红尘，掩去飞马快剑，不让他看个分明。

回到山腰茅屋，屋里已生起了炉火，吴重仍在酣睡，不似曾起来过的样子。

叶凉在屋里静坐片刻，又出了门，在桂树下将自己仅会的那式剑法认认真真地使了一遍。

而后他靠着树坐下，天上星宿列张，地上月影斑斓，他在不知不觉中睡去。

他梦见了许多不曾到过的地方。

忽而夜登华山，绝顶之上云飞月涌，天风飘坠；忽而乘舟驾浪，茫洋东下，仙山海市隐在波涛明灭间；忽而又见江南陌上生春草，梨花落地成秋霜……山转海旋之际，倏然蝉声四起，身子随即一坠，断碎成了野草上的一簇露珠。

叶凉惊醒过来，已是半夜，蝉声逐潮远去，冷汗随着残梦流满了脊背。

他摇摇晃晃地站直，神思怅惘，只觉仿佛从方才的怪梦中捕到了一丝剑意，再深想时，心中却又模糊起来。

他静立凝思，侧耳倾听，似是想再听一听梦里的蝉声；努力回想了良久，摇摇头走向茅屋，推门而入，一瞬里恍惚撞见月下浮舟逐浪，山间燕飞猿徊，美人长袖飘摇，壮士拔剑死生。

种种幻景，匆匆过眼，叶凉霍然顿步，眼前却只是师父提着烛台，在给炉膛添火。

叶凉和师父对视片刻，打了个招呼，走到自己的床榻，枕着残梦再度睡去。江声入梦，恍若剑鸣。

二

翌日清晨，叶凉被吴重的鼾声吵醒。他叫醒了师父，问何时启程。

吴重侧了侧身，不耐烦道：“你先去江边，找陈掌柜讨点银两，路上花用。”

叶凉背着行李下山，晨光像一层细密的花刺，挠在脸上、颈上，迫得他越走越快。他只觉周身轻盈，每迈一步都几欲弹飞。

到了江边的陈家酒馆，叶凉道：“陈掌柜，今天我不是来送柴的，我和我师父要出远门啦！”

“我晓得。”陈掌柜头发灰白，坐在柜台后头也不抬地翻着账册，

“你师父昨天就告诉我了，还讹了我一坛酒去，说算是给他的送行酒。”

叶凉闻言哑然。陈掌柜道：“你小子来我这儿作甚？”

“还是等我师父来了自己说吧。”叶凉挠了挠头，走到酒馆门外等候吴重。

吴重平日里不事劳作，除了间或到酒馆下棋，每天便是在山中高卧，养得身形臃肿，走到酒馆时已是气喘吁吁。他冲着叶凉招了招手，道：“拿到银两了吧，咱们走。”

叶凉道：“还没有。”

“唉！”吴重连连摇头，走入酒馆，“我养你这个徒弟有什么用。”

陈掌柜瞥了一眼吴重，道：“吴老弟，有何贵干？”

“可别叫我吴老弟，差着辈分呢。”吴重赶忙摆摆手，“我此番即要远行，还望陈掌柜借我些路资。”

陈掌柜冷哼道：“是借，还是拿？”

吴重叹了口气，道：“我这次离去，怕是再也不会回来，你我相交多年……”

陈掌柜打断道：“再也不回来了？你若是真不回来，我倒可赠你些银两，省得你再纠缠我家闺女。”寻思片刻，取来十两银子交与吴重。

叶凉立在门口，已看得愣住。吴重也不道谢，招呼叶凉出了酒馆。师徒俩来到江岸边，叶凉问道：“师父，咱们这次会去青鹿崖吗？”

吴重皱眉道：“青鹿崖？为何要去那里？”

叶凉一怔，倒是接不下去了，这“青鹿崖”三字，他还是从师父口中听闻的。两年前，他在酒馆被村里的渔夫一脚踹倒，回到家思来想去，对吴重道：“我从前在茶楼听人说书，说江湖中的剑侠都会内功，一招再寻常的剑法，只要附着了精纯内劲，便会威力大增。我打不过那渔夫，一定是我不会内功的缘故。”

吴重道：“嗯，你这话也不无道理。”

叶凉道：“师父，那你会内功吗？”

吴重道："为师在内功上的造诣独步江湖，只可惜无法传授与你。"

叶凉错愕道："这是为何？"

吴重道："事到如今，我也不瞒你了，修习内功需要极高的武学天分，但你的天分很低。从前我还曾收过两个徒弟，他们的天资都比你高得多了。"

叶凉黯然失落，过得片刻才道："原来我还有两个师兄，他们现下在哪里？"

当时吴重长叹一声，惨然道："十一年前，中原武林与北荒的'摩云教'会战于云州青鹿崖，你的两个师兄义无反顾，力拼血战，最后死在了崖上。"

两年后的此际，叶凉重提此事，见吴重似是没听明白，便又道："咱们不去青鹿崖祭奠我的两位师兄吗？"

"对，确有此事！"吴重一拍额头，连声道，"对对对，青鹿崖那是要去的，你的两个师兄死得惨呀！"

叶凉看到吴重满脸"你不提我倒忘了"的神情，不禁对自己是否真有两位师兄狐疑起来。

吴重笑呵呵地拍了拍叶凉的肩膀："你记性倒好。不过咱们此次出行，还有一件要紧事，事了才去青鹿崖。"

叶凉道："什么事？"

吴重道："杀人。"

叶凉心头一凛，问："杀谁？"

吴重默不作声。

叶凉又道："是要杀徐六吗？我可打不过他。"徐六就是将他一脚踹倒的那个渔夫。

吴重摇摇头，仍是不答。

叶凉道："那师父会出手吗？"问完却又想到，师父也是打不过徐六的，有次师父在村里碰见徐六，问"是你打了我的徒弟吗"，徐六也不答话，一把就将师父推倒在地。叶凉又想，若师父真会内功，怕不会被人随手就搡倒。

吴重摆了摆手，道："为师岂能轻易出手？人嘛，自然还是要你来杀。"

叶凉苦笑无言，心想师父未必真要杀人，多半是信口开河罢了，只道："那咱们去哪里，坐船走吗？"

吴重点点头，环顾岸边行人络绎、江上舟船往来，似是忽然间意兴遄飞，笑道："所谓农靠天，渔靠水，众生各安其命，好得很哪。叶凉，你有没有想过，你究竟是什么人，什么命？"

叶凉回想过去七年，道："我是个樵夫。"

"胡说。"吴重一愣，随即正色道，"无论以往如何，从咱们今日离了临江集，你便是一个剑客了，记住了吗？"

叶凉闻言怔住，心说我也能算是剑客吗？他反手摸了摸背上那柄裹在旧布片里的剑，又想虽然没有剑鞘，虽然生满了锈，但我总算也有一把剑。想到这里，心中阔然一荡，对师父道："我记住了。"

师徒俩在岸边找了个船家，商谈起价钱，那船家道："客官想去哪里？"

吴重从怀里摸出极小的一块碎银，道："就这些银钱，最远能去到何处？"

船家道："这些只能到滁州，一日夜的水程。"

吴重道："好，就到滁州。"

船家收走了碎银，道："先候着吧，凑满五个人便行船。"

师徒俩在江风中站着，叶凉回望临江集和村后那座山，心头既振奋，又有些空落落的，脱口道："师父，你舍得陈家姑娘吗？"

吴重哈哈笑道："什么陈家姑娘，真是孩子话，为师是何等身份？"

江风愈冷，师徒俩都抱紧了臂膀，叶凉看到师父的肚子比七年前大了不少，脸上的皱纹似也多了一些。虽然师父在临江集总是自称年方三十，以显自己没比陈掌柜的闺女大几岁，但他知道师父其实四十三岁了。

叶凉莫名有些心酸，问道："师父，那你又是什么人，什么命呢？"

吴重道："说了你也不懂，说多了灌一肚子风。"

半炷香后，船家招呼师徒俩上了船。船行江心，叶凉忽听身后有人遥遥喊道："老吴，老吴！"

回头望去，却是陈掌柜来到了岸边。吴重一怔，随即冲着陈掌柜挥手作别。陈掌柜喊道："真不回来啦？"

吴重哈哈一笑："在临江集待了十年，还不够吗？"

陈掌柜张了张嘴，似是想说什么，最终却只挥了挥手，转身去了。

江面宽阔，鹭鸟时飞。吴重在船舷上坐下，对叶凉道："此情此景，岂不应吟诗作赋乎？"当即摇头晃脑地念起了诗文，大都是叶凉从前没听过的。

同行的还有两个客商，都去底舱睡觉了；另有一名白衣方巾的书生望江而立，也不搭理吴重。吴重念了半晌，似是口渴了，让叶凉从行囊里取出葫芦去盛江水。

叶凉盛好了水，那书生忽道："还是喝酒吧。"叶凉一怔，道："我们没带酒。"

那书生笑道："底舱里有陈年的女儿红，就看船家舍不舍得拿出来了。"

船家讶然道："客官鼻子倒灵，那是贩钱的酒，若要喝，五钱银子一坛。"

吴重插口道："原来有酒，先来两坛。"叶凉吃了一惊，没想到十两银子刚出家门便花掉了一成。

那船家也是个直愣性子，收了吴重的银子便下舱去搬酒，留下船在江心悠悠打着旋儿。

吴重冲那书生微一颔首，道："请阁下喝一坛。"

那书生笑道：“却之不恭，容我以画相谢。”当即从背囊里拿出纸笔。

吴重指了指叶凉，道：“可否画画我这徒儿？”

书生道：“自无不可。”呵开笔锋，在船板上铺平了纸，落腕一点。船身忽然微微一颤，定在了江心。

吴重笑道：“一笔定风波，好修为。”

叶凉心头一凛，打量那书生，但见他三十出头，眉目清隽，神情温煦如春风，倒也谈不上有什么江湖高手的豪气。

书生径自作起画来，那船随即顺流而动；随着他挥毫愈急，船也渐行渐快，却始终稳稳当当，几乎纹丝不晃。

船家抱着两坛酒从底舱上来，看得啧啧称奇。

少顷，书生问了叶凉姓名，停笔道：“成了。”叶凉凑近了要看画，却被吴重抢先接过，折起收入了怀中。

船家将酒放下，叶凉嗅了嗅，酒坛封得甚密，闻不到一丝酒香，也不知那书生如何能知道舱里有酒。

三人痛饮了一番，吴重脸色通红，几次张嘴，似乎有感待发，最后慨叹道：“酒比水好喝。”

书生笑道：“这话不假。敢问兄台，此去何为？”

叶凉只觉书生这一问颇为怪异，不问吴重姓名、身份，不问去哪儿，只问何为。却听吴重答道：“去杀人。”

书生拊掌道：“巧了，我也是去杀人。”

那船家听得害怕，躲去船尾掌舵了。

吴重道：“那确是巧得很。”随即不再多言，又暗暗摆手，示意叶凉不要多问。那书生却自顾自笑道：“三日后，金陵雷家大宴宾客，高手云集，最宜杀人。我正是要去雷家杀人。”

吴重道：“原来阁下是去金陵。”

那书生笑道：“难道兄台不是吗？”说着提起酒坛，迎向吴重，又道："我敬兄台。"

吴重也提起酒坛，两个酒坛一碰，吴重浑身剧震，脸色骤白，嘴角溢出血来。那书生惊咦一声，手臂微收，坛子里一股酒泉激射而起。

吴重丢了酒坛，大口喘息。书生扶住吴重，脸色歉然，道："我没料到兄台竟不通内功，当真失礼！"

叶凉吓了一跳，忙道："师父，你没事吧？"吴重嘿嘿一笑，道："喝酒喝得急了，无妨。"

那书生道："方才实在失礼。不知兄台是要杀谁，或是别有要事，可否由在下代劳？"

吴重道："多谢，不必了。"

书生道："既是如此，今后尊师徒若遇上什么事，可持我的画至淮州，卖给一家名为簌玉馆的画馆，到时我自会知晓。"

吴重拱手道："多谢萧兄。"

"原来兄台认得我？"书生一怔，随即叹道，"惭愧、惭愧。此番莽撞得罪，无颜再与兄台同舟，后会有期。"

话音未落，叶凉忽觉眼前一空，转头的瞬间，仿佛江水静止，唯有一道白衣的身影东流而去；眨了眨眼，却见那书生已穿过江面上的一丛白鹭，立在前方十数丈远的另一船上了。

叶凉望着两船相距渐远，怅然道："这就是真正的江湖高手吗？"

吴重道："嗯，方才也该找他借些银两的。"

叶凉出神良久，道："师父，他画得像不像我？"

吴重道："他的画非同一般，等时机到了，自会给你看。"

叶凉一怔，虽颇为好奇，也只好转口道："他姓萧吗，师父你认得他？"

吴重摇头道："我是猜出来的。武林中以笔为兵刃，年纪轻轻又能有这般造诣的，只有两人：一个是'停云书院'的柳续，一个便是萧野谣了。此人来历神秘，却似身兼画剑堂、弹霜亭、知味谷三派绝学，一向在江湖上独来独往。”

叶凉道：“那师父为何不猜他是柳续？”

吴重眉毛一扬，神情得意，道：“因为我认得柳续。”

叶凉道：“原来如此。没想到第一天下山，就能碰到这样的高手。”

吴重哈哈笑道：“傻小子，你真当是偶然撞见？他是来见你师父的。”

叶凉将信将疑：“那他为何要来见你？”

吴重道：“嘿嘿，江湖上想见我的人多了，我哪知道为何。”

三

翌日，师徒俩进了滁州城，街上食肆鳞次栉比，叶凉看得肚饿，道：“师父，咱们去吃饭吧。”

吴重笑道：“这些铺子有什么可吃的，我带你去吃滁州第一酒楼琅琊居，听闻那里的掌柜温蔚出身于泉州‘藏玉楼’，算得上是武林中的一号人物。”

叶凉问起藏玉楼，吴重解释道：“藏玉楼搜罗古今神兵异宝，楼中皆奇人，虽然人丁不旺，江湖中也无人敢小觑。”

天色阴沉，师徒俩匆匆走了半晌，赶在落雨前到了琅琊居。方一落座，店伙计便笑着招呼道：“客官，要吃用点什么？本店的酿豆腐是一绝，解馋又管饱，两位尝尝？”

吴重拍了拍衣衫上的灰土，淡淡道：“不吃酿豆腐，先沏茶来，待我慢慢点菜。”

那店伙计皱了皱眉，答应着转身去了。

叶凉道：“师父，咱们到滁州来做什么？”

吴重道：“咱们本是要去衡山，但走水路到不了衡山，只好先到滁州。”

叶凉悄声问道："师父要杀的人，是在衡山吗？"

吴重不说话，只盯着先前那个店伙计的背影。

叶凉一惊，道："难道师父是要杀这个店小二？"

吴重笑道："这人眼斜心偏，方才扫量咱们的衣着不像有钱人，便只想用酿豆腐打发咱们。"说完招了招手。

那店伙计走近了，吴重道："将你家店里最贵的酒菜，满满地摆上桌来。"

店伙计面色犹豫，吞吞吐吐道："客官只有两位，吃得下这许多吗？"

吴重道："我吃不下，我的银子吃得下。"当即将三两银子拍在桌上。

那店伙计眉开眼笑，收下银子去张罗酒菜了。

叶凉苦笑道："照这般花法，恐怕到不了衡山。"

吴重道："能到金陵便好。"

叶凉心中一动，道："师父是要去金陵雷家吗？"

吴重笑道："雷家掌控长江船运，豪阔得很，又是武林望族，你不想去开开眼……"说到这里，忽然咦了一声，看向酒楼门口，笑道，"你瞧那人，穿得比咱们还要寒酸。"

叶凉转头看去，是一个耕夫打扮的汉子，刚刚迈进酒楼。那人看着三十来岁，一身粗布衣上打满了补丁，步姿缓而奇特，左脚探出一小步，右脚跟着蹭上来，来到窗边一桌坐定，缩着身子不言不语。

店伙计走近几步，瞥了一眼那汉子的破旧衣衫，笑道："本店的酿豆腐是一绝，解馋又管饱，客官来一碗尝尝？"

那汉子低着头，摸出几枚铜钱，道："这些够买一碗吗？"

"这些？"店伙计的笑声里带了刺儿，"这些只够买一碗茶水。"

那汉子道："那就来一碗茶水。"

店伙计愕然无语，收走了铜钱，不多时，端着茶碗回来，重重顿在桌上。

那汉子仍低着头，从行囊里取出半张烙饼，就着茶水吃起来。

店伙计皱眉道："客官，本店有规矩，不得自带吃食。"说完见那汉子仿若未闻，便伸手去夺烙饼。

叶凉看到这里，忽觉心中隐隐不安，却又说不出缘由，只是忍不住想要劝阻那店伙计。转念之际，那店伙计的手触到了烙饼，骤见那汉子抬起了头，眼神又冷又紧，嘴角皱出讥诮，如刀刻一般。

店伙计一愣，双手并用，使劲夺过了烙饼，道："阁下若没银钱，还是快快出门去吧。"

那汉子又低下头，仍不开口。店伙计冷笑一声，未及说话，笑声骤然拉长成尖锐的惨嘶。

酒楼堂中一静，谈笑中的酒客们纷纷侧目，见那店伙计双手剧抖，晕厥瘫倒，烙饼掉在桌沿，被坐在桌前那个耕夫样的汉子抄起。当即有个酒客怒目瞪向那汉子，斥道："哪来的野人，跑到琅琊居惹事！"

众人都响应道："有能耐莫要欺负店伙计，老子和你过两招！""快滚出去，别扰了大伙儿的酒兴！"

那汉子将烙饼捧到嘴边，默默啃食，双手指节突出，显得捏得甚牢，仿若天底下没什么事能打断他吃饼。

众酒客被他挑起了怒气，接连喝骂，其中还夹杂着吴重的一声"店家，怎么还不上菜？"。

喧闹声中，酒楼后堂走出一个中年文士，满堂客人纷纷站起，都拱手道："温兄，久违了！""久仰温掌柜大名，未曾想今日有幸得见！"

叶凉看得恍然：这些酒客先前怒气冲冲，自然不是关切这店伙计，也并非那么在意吃酒被扰，只是想与这酒楼的温掌柜套交情罢了。

吴重笑道："听说温蔚平日里甚少出面，嗯，藏玉楼可是'武林八奇'之一，寻常武人自是极想一睹楼中高手。"

"诸位朋友。"温蔚神情温和，一边向众人拱手回礼，一边走向那个吃饼的汉子，随着他不疾不徐地迈步，酒楼里渐渐静了下来。

温蔚道："请教阁下，尊姓高名？"

那汉子啃着饼子，头也不抬。

温蔚又道："敢问阁下，仙乡何处，师承何门？"

那汉子仍不答。温蔚笑了笑，俯身查看那店伙计的伤势，脸色微变，轻叹道："双手经络损毁，此后怕是用不得力气了。"又吩咐两个店小二道，"先抬到后堂去。"

叶凉心下暗惊，却听吴重低声道："方才那人蓄劲于饼上，等店小二夺过饼去才发作，这份功力颇不简单。"

叶凉默然点头，心想店伙计虽有些嫌贫爱富，可那汉子却也下手太重了，不禁对他生出厌烦。

温蔚注视那汉子，道："阁下与鄙店这位伙计是有什么仇怨吗？"

那汉子道："他夺俺的饼。"

温蔚看了一眼那汉子手中的饼，微笑道："便只是为此吗？"

那汉子也笑了笑，道："他夺俺的饼。"

堂中又聒噪起来，有人骂道："夺你奶奶的饼！""庄稼汉，滚回家种地去！"

温蔚道："鄙店招待不周，失了礼数，还望阁下海涵。"

说罢他击掌两下，数名伙计快步从后堂走出，将一道道美酒佳肴送到那汉子桌上。

那汉子漠然看着。温蔚又道："请阁下尝尝鄙店的手艺，算是赔礼。"

那汉子点点头，径自倒酒吃菜。

众酒客面面相觑、不明所以，有个人大声道："温兄，何必对他这般客气，只要你点点头，我便替你料理了这厮如何？"

温蔚看着那汉子大口吃喝，继续道："只是这烙饼，还请阁下收了。这是鄙店的规矩。"

那汉子丢下碗筷，抬头与温蔚对视，忽而笑道："温掌柜处事公道，名不虚传，俺没话说。”

温蔚微笑道：“阁下过奖了，请慢用。”说罢转身，对着众酒客拱手道谢，走回后堂去了。

众人静了片刻，各自落座，随即接连呼喝店伙计加酒添菜，堂中又嘈杂起来。

叶凉听着酒客们谈笑，不时与吴重对饮一碗，却听临桌有个客人道：“都说那雷缨络是武林第一美人儿，也不知此去金陵赴宴，能否得瞻芳容？”

有人接口道：“那可得仔仔细细，多看几眼。”与他同桌的几人都笑起来，道：“到时你若眼神无礼，小心被她兄长剜出眼珠子。”

又有人笑道：“即便雷缨锋不管，那柳州龙家的大公子也饶不了你。”

酒楼中有不少客人都谈及金陵雷家之宴，叶凉听了片刻，明白过来：那雷家的家主名叫雷澈，育有雷缨锋、雷缨络一双儿女，而雷缨络已许配给龙家家主的长子龙霖，两日后便是雷家千金的定亲宴。

叶凉问师父：“龙家也是武林中的大家族吗？”

吴重颔首道：“袖中龙、云间狐、江上雷、焰里花，各家都有独门奇技，并称为武林四大世家。”

少顷，却听一个白脸酒客笑道：“听说庐州花家也曾想攀这门亲，却被雷澈一口回绝，嘿嘿，这可真是……”

他身旁有个虬髯酒客接道：“不回绝还待怎的？且不提龙家在四大世家中居首，单说那花家大公子花流骛，据传奇丑无比，脸上还长了个大瘤子，倘若雷家小姐真嫁了他，那才叫贻笑江湖。”

众人闻言都笑起来。那白脸酒客又道：“不错，虽说花家的珠玉生意做得不赖，可雷家也不缺金银呀，花家想娶雷老怪的闺女，无论如何是高攀不上的……”

当是时，一道语声从众人头顶上冷冷截落：“谁说我花家高攀不上？”

叶凉仰头看去，却见一个紫衣公子从楼上的阁子里推门而出，凭栏低顾，目光淡蔑。

堂中立时有人惊呼道：“你、你真是花家弟子？”

那紫衣公子冷笑一声，沿楼梯下行，方一抬足，紫影断续几闪，已立在大堂正中，一振衣袖，右手平举，掌心里似是托着一样物事。

众人相顾惊疑。有个胆大的酒客凑上前去，见紫衣公子掌中的是一朵将绽未绽的白玉梨花，琢磨精巧，半裹在黄金雕就的焰状萼片里。

“金萼玉花，确是庐州花家的信物！”那酒客退后了两步，拱手施礼，语声恭敬，“敢问公子名讳？”

那紫衣公子缓缓扫视堂中，似笑非笑道：“在下，花流骊。”

堂中霎时沸起一阵细碎低语。吴重悄声对叶凉道：“听闻花家年轻一辈有七大高手，武林中称为‘流花七瓣’，这花流骊正是其中之一，没想到竟会在滁州遇上。”

花流骊慢悠悠地走到那白脸酒客面前，道：“方才你说，我花家高攀不上雷家，是吗？”

那白脸酒客额上冷汗涔涔，颤声道：“是、这……这个、我并非有意……”

花流骊笑了笑，转过身，弯腰与那个虬髯酒客对视：“方才你说雷家小姐嫁给我大哥便是贻笑江湖，是不是？”

虬髯酒客点了点头，随即又连连摇头，道：“不是、不是我……”他急待站起，却被花流骊的目光压住，僵在椅子上，如坐针毡。

花流骊走到邻桌，对那桌酒客道：“方才你们笑了。”

又走去另一桌前，道：“你们也笑了。”

“在座诸位，许多人都笑了。”花流骊在堂中来回踱步，轻轻拊掌，“寸阴自古千金重，一笑人间万虑轻，好得很呀。”

酒楼里瞬时静默下来。有几人悄然起身离去，刚走几步，便听花流骊道：“且慢，谁让你们走了？”

话音甚是低微，但那几人却不敢佯作未闻，都不再迈步。花流骊沉吟片刻，将那枚玉花搁在一张空桌子上，道："哪位要走，也无不可，只是先请对着此花鞠上一躬。"

众人脸色僵住，一时间无人开口。花家在武林中的势力虽未必及得上龙家、雷家，却也是垂名百余年的武学世家，暗器功夫独步江湖，是他们万万得罪不起的。

花流骊看向那白脸酒客，道："阁下先请吧。"

那人道："我，我没要走……"

花流骊点了点头，道："是吗？"

那人浑身一颤，快步来到那张放置玉花的桌前，鞠了一躬，踉跄奔出了酒楼。

花流骊又打量那虬髯酒客。那酒客不待他开口，便慌忙走向那枚玉花，经过花流骊时垂下了头。花流骊一笑，在那酒客的肩膀上拍了拍。

那酒客一哆嗦，瘫软在地；他急急爬起鞠了躬，转身走出几步，似有些拿不准是否能走，又回身去瞧花流骊的脸色。

花流骊微笑道："你的胡子很威风，长在你脸上倒有些可惜了。"那人听了，头垂得更低，匆匆出酒楼去了。

花流骊目光在众人之间游动，似是在斟酌下一个让谁鞠躬，这时有个样貌威严的胖子站起来，正色道："花公子，方才在下可并未发笑。"

"刚才堂中热闹得很，谁笑了，谁没笑，倒是不大容易分辨。"花流骊指了指桌上的玉花，"既然阁下说话了，那便先请吧。"

那胖子愣在原地，慢慢涨红了脸，片刻后，走到桌前鞠了躬，向着酒楼门口紧走了几步，忽然顿步，狠狠扇了自己两个耳光，夺门而出。

众人看得憋屈，都想你花家吃了亏，不去找雷家、龙家算账，却来欺压我等。不少人眼望后堂，盼着温蔚出来解围，可温蔚却仿佛有急事缠身，无暇顾及酒楼中的变故了。

酒楼的门犹自吱吱呀呀，一名年轻酒客越众而出，大步走到那枚玉花之前，朗声道："在下'青箫白马盟'弟子秦楚，一向最敬重庐州花家，今日得见花家英雄，实是三生有幸！"言毕一连鞠了三躬。

众人愕然，在心中将此人骂了个狗血淋头，脸上却不敢流露鄙夷。

"白马盟？"花流骊神情微讶，"你是方盟主的弟子吗，幸会。"

秦楚喜上眉梢，道："不敢，在下是……"

哐当，忽有一人推翻桌椅，身形疾闪向门口。众人一惊，都看向花流骊，却见他喉中一鼓，也不见他张唇，疾掠中的那人脊背一挺，突兀扑倒，竟似是被什么击晕了。

满堂惊呼不绝，吴重低声道："瞧见没有，这就是花家独有的'咽针'之法，喉中藏针，吐气伤敌。"

叶凉留神细看，那倒地者的背上有一点银芒微闪，似是刺入了一根细针，咋舌道："好厉害。"

门外传来雨声，渐渐压在众人心头。顷刻间又有几人鞠躬离去。

那秦楚与花流骊交谈热络，叶凉听了几句，得知他是青箫白马盟之主方天画的义子，途经滁州是奉命北上去寻一位姓铁的武林前辈。随后秦楚不住嘴地吹捧花流骊，吴重轻叹道："昔年'青箫书生'与'白马长戈'结义时是何等英雄豪情，没想到他们的后辈竟如此没骨气。"

叶凉道："师父，待会儿咱们也要鞠躬吗？"

吴重嘿嘿一笑，道："鞠个躬有什么打紧，只当是舒活筋骨。"

随即又有个瘦弱书生被花流骊的目光点中。那书生步履虚浮，站到金萼玉花之前面色惨白，几次要低头弯腰，却都低不下去，紧抿着嘴，似是随时要哭出来。

忽有一只手搭在了他的肩上，却是先前吃烙饼的汉子走到了他身旁，道："兄弟，你走吧。"

书生一愣，却不敢动。那汉子咧嘴一笑，又道："走吧。"

两人默然对视，书生似是从那汉子的目光中汲得了什么，点了点头，转身朝门口走去。

花流骊冷笑一声，右臂方抬，那汉子已站在他身侧，道："俺这趟正是来寻你。"说着伸手一挡，搭在花流骊的手肘上。

两人贴肩推肘，如一对故友般并立，衣衫无风自鼓。众人眼看着那书生一步步走出了酒楼。

花流骊眯起了眼，目光如锐针："阁下是谁，为何寻我？"

那汉子道："走吧，出去说话。"见花流骊伫立不动，露出耐心解释的神情，又道，"这里地方小，人多，怕你的'绣鹊桥'功夫不好施展。"

花流骊冷笑道："我的功夫在哪里施展都一样。"

"还是莫弄乱了温掌柜的地盘。"

那汉子说完，慢慢挪着步子出门去了。花流骊盯着那汉子的背影，过了半晌，也缓缓迈步，走向门外。

众酒客你望我、我望你，均没料到这个貌不起眼的汉子竟能替他们出头，心里老大不是滋味。有几人道："咱们出门去瞧瞧！""不错，怕个鸟！"众人相互鼓舞，纷纷出了酒楼。

堂中渐渐空了，雨声传进来显得闷闷的，叶凉道："师父，咱们也出去吧。"

吴重摇头道："沉住气，少安毋躁。"

待酒楼里只剩下师徒俩，吴重一个箭步奔到那放着玉花的桌前，将玉花揣入了怀中，笑道："这可是真金白玉，值钱得很。"

而后吴重走回座位，慢条斯理地给自己斟满了酒，叶凉也只得继续吃喝。忽听雨声一急，仿佛无数雨线在坠地的一瞬化作了金铁。

吴重一怔，道："雨声有异，嗯，这是花家绝学'千针万鹊'，没想到花流骊这么快就用了出来。"

片刻后，门外众人的惊叫声骤起，盖过了雨声，随即是一阵纷乱的脚步声，渐远渐稀，最后又只余雨声了。

吴重将一根鸡腿骨丢在桌上，道："咱们出去看看。"

师徒俩来到门外，但见秋雨绵绵，长街空落，先前的酒客们已走得干干净净。只有花流骊倚靠着街对面一株柳树，静立雨中。

吴重皱眉端详了一阵，避着满地银针，慢慢走近，只见花流骊眉目安宁，周身衣衫完好，却一动不动。

叶凉跟上来瞧了几眼，低呼道："师父，他是不是死了？"

吴重嗯了一声。花流骊的身躯在凉风中摇曳起来，随即跌进泥泞，背后的树干上露出了掌印状的白皮，雨水打上去，发出嗤的一声，水汽散入雨幕。

"原来是'木余刀'，好生厉害。"吴重轻叹。

叶凉幼年流浪时见过不少饿殍，本不惧死人，但此刻也不禁惊惑，问道："木余刀是什么功夫？"

"木余者，炭也。"

吴重摸了摸树上那个已有些焦枯的掌印，继续道："武林九大刀派各有兵刃，唯独秦川木余刀一门用掌，掌力炙热，透体焚心。据传当初创此掌法者感其太过霸道，故而以刀名之，诫示门徒不得轻用。"

叶凉点了点头，回想酒楼中的情形，一时惘然。他本来不喜那人下重手伤了店伙计，未曾想最后众人要靠他才能脱离窘境。

吴重似是猜出了他的心思，淡淡道："江湖中的事，原也不是那么容易分辨。"

叶凉默然片刻，又问道："使这木余刀的人，自己的手掌就不怕烫吗？"

吴重哈哈一笑："你道他们是将手掌练成一块烧红的烙铁去烙人吗？木余刀的掌劲侵入经脉后，能挑动肝木，激生心火，使对手内息自炙，在中掌处透体而出。这是秦川刀派的独门心法，旁人虽能从中掌者的伤势中推出原理，却也无从练成。"

叶凉恍然点头，忽听背后一人道："从树上的掌印看来，那人怕是已将木余刀练到了'心烬'之境。"

叶凉回头望去，却是酒楼掌柜温蔚不知何时来到了街上。

温蔚走近柳树，叹道："方才花流骊打出了'针桥'，仍不能损那人分毫，数尽秦川木余刀一门，能有此修为者也不过两三人，那人多半便是掌门人阮青灰了。"

"看年纪，倒似是他。"吴重转头对温蔚颔首致意，"温掌柜，嗯，不知温歧近来可好？"

温蔚听他随口道出了藏玉楼楼主的名字，脸色一肃，拱手道："兄台可是与我家楼主相熟？"

吴重忍俊不禁："你问我和他熟不熟？哈哈，哈哈。"

温蔚更加不敢怠慢，语声谦敬道："想来尊驾是温楼主的老友了，未敢请教高姓大名，师承何派？"

"我姓吴，其余的你自去问温歧吧。"吴重袍袖一甩、转过了身，姿势甚是潇洒，"我还有要事，咱们就此别过。"

温蔚躬身长揖："恭送吴兄。"

师徒俩走出数十步，叶凉好奇道："师父，你和那个温歧很熟吗？"

吴重嘿嘿一笑："素昧平生，随口问问罢了。"

叶凉怔了怔，回身望去，温蔚已进了酒楼，那株柳树上的掌印像一只眼睛，悬在半空，孤零零地望着秋雨长街。

四

两日后的清晨，师徒俩来到金陵，先寻了一家卖牛肉汤的小店坐下。吴重轻轻呷着热汤，张望门外的繁华街景，笑呵呵道："上回来金陵，正逢隆冬时节，雪夜千家梅，灯火绵延如雾，算来已是十年前的事了。”

叶凉想起十年前正是父母惨死之时，不禁叹了口气。

吴重又道：“那时我与展梅来金陵赏花，也曾坐在这家店里。唉，风月无情人暗换，倒是这碗汤还是当年滋味。”

邻桌一人忽然插口道：“阁下所说的，莫非便是名动江南的大剑客展梅吗？”

吴重笑道：“正是他了。不过他当年二十出头，落魄得很，哪有如今这般名头。”

“原来阁下竟是展梅的知交？”那人赶忙站起拱手，“在下也习剑，对展兄‘截长风、斩清流’的神妙剑术仰慕已久，烦为引见，感激不尽。”

吴重摇头道：“那可不成，我已在十年前与他绝交了。”

那人闻言狐疑起来，打量吴重的形貌、气度，似乎不像是配得上与展梅“绝交”的武林高人，只道“失敬，失敬”，便不再多言。过了半晌，吴重向他打听雷家所在，他道：“这个在下却不清楚了。”

反倒是店里另一个年轻人温声笑道：“我也正要去雷府，咱们同行可好？”

叶凉见那人样貌平平，但笑容和煦，让人一见就忍不住心生亲近。吴重道：“多谢阁下。”

三人来到街上，叶凉悄声问吴重：“师父，你真的认识展梅吗？”

“什么，你说什么？”吴重干咳一声，却转头与那年轻人攀谈起来，“听阁下口音，该是北地人士？”

那年轻人颔首道：“在下是朔州人。”随即向吴重请教起金陵风物。吴重一路上口若悬河，那年轻人仔细聆听，话语不多。

时近正午，三人来到城郊莫愁湖畔。那雷府临湖而建，气派恢宏，府前已聚了不少人，彼此寒暄，很是热闹。

雷府的管家正在门口迎客，瞥见那个年轻人，赶忙穿过人群，走近了笑道："胡公子怎么才来，快快请进！"也顾不上吴重师徒，拉着他便走。那人回头歉然一笑，未及说话就被引着进了雷府。

吴重道："原来他姓胡，瞧这管家的嘴脸，料想他在胡家的名位不低。"沉思片刻，又道，"朔州'云间狐'胡家，轻功天下无双，但此人与咱们同行时却丝毫不显露，走得可谓老老实实，简直如不会轻功一般。"

叶凉回想片刻，点头道："嗯，就如师父你走路一般。"

吴重恍若未闻，自顾自道："此人这份心性可不常见，兴许日后能有所成就。"

叶凉瞧着宾客们渐次入府，道："师父你看，进门须有请帖。"

吴重正不知在寻思什么，随口道："是吗？那倒是有些麻烦。"

叶凉细听周围人闲聊，竟连滇西漠北的武人也有，不禁深感雷家交结广博。又听一个宾客道："我瞧见胡家和花家都派了不少俊杰前来贺喜，说起来，上一回四大世家的高手齐聚，已是远在十三年前剿灭摩云教之役了。"

又有人道："这定亲又不是成婚，雷家却如此大张旗鼓。"另一人笑道："这算得了什么，以龙、雷两家的名望，等到婚宴那日，天下哪个门派不来道贺？怕是雷府再大十倍也容不下了。"

叶凉听了一阵，问吴重："这些宾客都有门派，不知师父有没有门派？"

吴重神色一正，徐徐道："也怪为师从前未曾跟你提起，其实我出身于天下第一大教'玄真教'，与如今的掌教真人李素微以师兄弟相称；后来又投入武林第一大派'停云书院'学艺三年，从此才闯荡江湖。"

叶凉点头不语，心中却也不大相信，又道："雷家今日汇集了这么多武人，那萧……怕是不会来了吧？"

吴重嗯了一声，方欲开口，忽有个雷府的仆人走到两人面前，作揖道："见过两位高人，请容小的瞧一眼请柬，便可入府了。"

叶凉脸色尴尬，无言以对。却听吴重道："你家主人呢？既是他写的请帖，便让他来请我。"

那仆人苦笑道："这、这个……还请高人体谅。"

吴重哼了一声，从怀中取出那枚金萼玉花，在那仆人眼前一晃。那仆人恍然道："原来是花家的前辈驾临，快请快请。"

师徒俩进了门，见庭院和堂屋里都已摆满了酒席，宾客们觥筹交错，言笑正欢。另有一张长桌，桌上却是铺满了纸。三五个画匠在院中走走停停，时而返回桌前，提笔涂来抹去。

那仆人领着两人来到第二进院落，但见亭台花木之间也错落摆了些桌椅，宾客比前一个院子少些，桌上的菜肴却精致得多了。吴重咽了咽口水，道："这院子里倒有些空座。"

仆人道："嗯，想是还有宾客到得晚。两位请随我来。"却引着师徒俩又穿过两进院子，所经席上菜色愈发华美，都是叶凉前所未见的。

吴重道："我瞧见每个院子里都有几名画师，却是为何？"

那仆人笑道："此次我家与柳州龙家联姻，并非只是家门喜事，也称得上是武林中近年少有的大事，故而我家老爷花重金从苏杭两地聘请了画匠，命他们将这场盛筵好好描绘下来。"

吴重恍然颔首，道："盛筵难久，佳期易逝，是该好好画下来。"

那仆人皱了皱眉，似觉这话有些刺耳，当先朝着庭院东边走去，道："花家的前辈高人都在那边落座，两位请。"

吴重道："怎么，以我身份，还进不得内堂吗？"

那仆人赔笑道："内堂只有一桌客人，都是我家老爷亲自邀定的，小人可做不得主。"

吴重道："是吗，不知那一桌有什么了不得的人物，龙钧乐来了没有？"

那仆人道："没有。不过小人听说，席上是有朔州胡家的家主的。"

吴重一怔，笑道："龙家家主不来，胡家家主反倒来了，有趣，有趣。”

仆人道：“小人听说龙家家主是忽遇急事，否则本也会来的。”

说话中来到花家那一桌前，吴重不待仆人开口，抢先抱拳道：“我来迟一步，让诸位久等了，还望恕罪。”

花家众人面面相觑，似乎并没有人“久等”吴重，僵了片刻，也只好纷纷起身道：“无妨，无妨。”

吴重冲着那仆人挥挥手：“有劳带路，你自去忙吧。”那仆人应声去了，花家弟子中有几人面露不愉，似是责怪雷家仆从安排不周。

师徒俩坐下来，叶凉偷眼扫量同桌的宾客，没有脸上生瘤子的，想来那花流骛未在其中，也不知这些人是否已得知了花流骊的死讯。

吴重径自斟满了酒，举杯道：“诸位请了。”花家有个人淡淡道：“阁下不必客气，请自便吧。”

“也好。”吴重嘿嘿一笑，招呼叶凉喝酒吃菜。

片刻后叶凉吃饱了，吴重却兀自伸箸在席面上戳戳点点，总共也没吃进几口，半晌夹起一片藕，却又弃在盘中，叹道：“就算在这藕片上雕出十八朵花来，也未必能比红烧蹄髈好吃。”

花家诸人无不皱眉，有人扫了一眼内堂，道：“主人家迟迟不出来敬酒谢客，平白把咱们耗在这里。”

又一人冷笑道：“胡家舍得把‘天衣云裾’的秘籍送作贺礼，雷澈又怎能不好好陪那根老树枝多聊几句？”

吴重讶然停箸，寻思片刻，接口笑道：“雷家武学长在内功、掌法，一向不擅轻功，胡越枝倒真是送了一份大礼，不知他是想从雷家求得什么？”

说完见叶凉听得茫然，便解释道：“胡越枝就是胡家家主，天衣云裾则是胡家独门轻功绝学，本是素不传外姓的。”

叶凉点了点头。花家众人见他听了两句江湖常闻竟也满脸恍然之色，不禁都有些瞧不上他，有人嗤笑道：“那天衣云裾的步法，须用‘镜狐’心诀催动才见神异，雷家只得步法，不得心法，怕也无甚大用。”

有人接口道：“不错，胡老儿想把孙女许配给雷缨锋，雷澈可未必肯答应；再说雷缨锋数年来纵横江湖，风名正响，也未必瞧得上胡家那十五六岁的小丫头。”

吴重笑道：“原来胡家也想和雷家联姻。”花家弟子看也不去看他，自顾自对雷家、胡家冷嘲热讽，却也并不避忌师徒俩。

庭院中人声纷乱，叶凉默默听着，忽然辨出身后隐约有一道熟悉的语声，回望去，却是那青箫白马盟弟子秦楚自言来迟，在数丈外的一桌坐了。

叶凉好奇道：“这人不是说要北上吗，怎么也到了金陵。”吴重瞧了一眼，随口道：“想是他浮夸好事，来凑热闹。”

那秦楚落座不久便讲起了滁州酒楼中的事，旁边宾客不住敬酒，他越讲兴致越高，有人问他：“秦兄，你说那花流骊竟强要你们对着玉花鞠躬，却不知秦兄躬身了没有？”

叶凉忽觉周遭一静，那些花家弟子似也听到了“花流骊”三字，停了交谈，都朝着秦楚那一桌望去。

却听秦楚道：“笑话，秦某堂堂男儿，岂是卑躬低颈之辈！”

叶凉哑然回头，无意间与秦楚目光相触，秦楚神情迷惑了一瞬，似觉叶凉有些眼熟，随即目光中流过一抹阴狠。叶凉微怔之际，秦楚已收回了目光，顿了顿酒杯，说书般继续讲述起来。

“……那汉子在漫天针雨里左折右突，不断迫近，顷刻间就与花流骊错身而过，反手拍在他背上，当即收了掌，踏雨离去。那花流骊却如醉酒似的，踉跄退了两步，靠在树上，就此不动了……此乃我亲眼所见，绝无半句虚言。”

花家诸人听到这里，霍然间一齐站起，神情惊愤。

秦楚眉飞色舞，兀自讲得口沫乱溅：“想那花流骊在酒楼里何等凶狂跋扈，嘿嘿，岂不料江湖中藏龙卧虎……”说话中举杯欲饮，忽瞥见杯中映出一线寒光，竟是不知何时跌进了一根银针。

秦楚一惊，将针倒在桌上，却听叮的一声，又一根针飞入酒杯；他甩手欲将酒杯掷出，叮当连响，一蓬银针齐齐撞入酒杯，震得他手臂酸麻，竟抛不出去。

他怒喝一声，起身四顾，花家诸人正立在丈外，为首一人冷冷盯着他，道：“我问什么，你便答什么，若答得不好，便请喝了这杯‘针酒’吧。”

秦楚神情由怒转惧，眼珠一转，惧意又被满脸笑意化开，一迭声道：“言重了，有话好说，好说。”

花家那人道：“我家七弟是被谁害死的？”

“七、七弟？啊，你们是花家，这个、这个……”秦楚额上见汗，张口结舌。

雷府管家见状，快步走近，道：“诸位高人商谈要事，本来万万不敢打扰，只是今时今地，咳咳，还请莫教小人为难。”

花家那人哼了一声，未及开口，庭院中喧哗起来，宾客们接连站起，纷纷道：“雷家家主来敬谢客酒了！”

花家弟子相互对望，为首那人瞪了秦楚一眼，道：“今日我等是来给雷家贺喜的，稍后再请教阁下。”

叶凉见内堂中走出数人，当先一人年约五旬，身披鹤氅，须发浓密，样貌英武，只是每走两三步便咳嗽一声。叶凉问过师父，得知那人便是雷家家主雷澈。

吴重道：“昔年我和雷澈对掌，震伤了他的肺经，害他落下病根，咳到了今日。”言罢长叹，似深觉愧悔。

叶凉一怔，自是不信，只不知是该笑还是该陪师父一同叹气。

雷澈客套了两句，向众人引见他左手边的年轻公子。那公子气度俊雅，白衣广袖，脸上笑意温润，对着众人拱手道：“柳州龙霖，见过诸位英雄。”众人哄然应道：“见过龙大公子！”

一片喧闹中，有个紫裙女子静静立在雷澈右侧，身姿纤细，双眸凝如寒星，只是脸上却遮了纱巾。雷澈淡淡道：“这是小女。”人群中一片低语惋惜，颇以不能目睹武林第一美人的容颜为憾。

叶凉听见宾客们议论，得知雷缨络年方十九，自幼未学雷家武功，投入峨眉“织星剑”一派，江湖中也无人知晓其剑术深浅。

雷澈等三人走到庭院西边敬了两桌酒，龙霖举止淡洒谦和，抬手之间袖缘泛着淡淡的金光，似是绣入了金丝。雷缨络却不饮酒，只是静静随着。

此时庭院中的数名画师都振奋了精神，有的运笔如飞，有的则凑近了仔细观察，生怕画不好这宾主言欢的热闹情景。

叶凉不自禁地多看了雷缨络几眼，不经意间与她遥遥相视，只觉似有两泓清光凉凉地转过脸颊，一瞬里眼前忽明忽暗，光影纷乱，仿佛日光被她的目光拆散了。

忽听吴重道：“她在看我。”叶凉定了定神，却见雷缨络的目光已落在庭柯上了，随口接道：“你说她吗？”

吴重道：“不错，你瞧雷澈是不是在看我。”

叶凉一愣，醒觉是自己听岔了，却见雷澈正在与宾客谈笑，道：“他没——”话未说完，心头不由得一凛。

雷澈似是忽然在人群中看见了吴重，将酒盏随手抛在桌上，直直注目过来，眼神中蕴有震怒。他周围的宾客们不明所以，也都望向庭院东边。

叶凉惊讶不已，道：“师父，你……”

吴重摆了摆手，站起身来，与雷澈对视。一时间庭院中鸦雀无声。

雷澈大步走近，冷眼打量吴重，咳嗽了两声，缓缓开口：“吴重，你这条老狗，还活着。”

吴重笑呵呵道：“不敢当，雷兄比我年长，不也清健得很吗，不知雷兄有何指教？”

雷澈默然片刻，冷笑道：“论厚脸赖皮，雷某是比阁下差得远了。”

吴重道：“不远，不远，雷兄客气了。”

雷府管家闻言大怒，抢上前来道：“大胆！我看你是活得腻——”话说至此，忽听雷澈低声道：“让开。”语声冷锐，那管家禁不住打了个寒战，远远躲到一旁去了。

雷澈说完便剧烈咳着，忽而伸手拍向吴重肩头。

叶凉一惊，却见吴重面不改色，不闪不躲，任凭雷澈的手搭在了肩头。雷澈神情微讶，撤了手，道：“你的狗胆倒是越来越大了。你到金陵来作甚？”说到后半句，语声已极冷肃。

吴重笑道：“我来金陵的缘由，就和龙钧乐不来金陵的缘由一样。”

雷澈哼了一声，若有所思，片刻后微笑道：“你好生活着，且看你还能活几日。”言罢转身而去。

众宾客看得一头雾水，许多人都不住打量吴重。叶凉问道：“师父，方才是怎么回事？”

吴重笑道：“没什么事，故人闲谈罢了。”坐下又吃喝起来。

叶凉听见不远处有人嘀咕：“方才雷老怪掌劲一吐便可震死这人，却收手走了，嘿嘿，这人捡回一条命却还不自知。”

又见雷澈走到了庭院中间，与龙霖交谈；数丈外站着一名画师，手持纸笔，正自定睛端详这对翁婿，似是要描摹他俩的相貌。叶凉瞧了两眼，心中怦然一跳，几乎惊呼出声——

那画师容貌清秀，嘴角的笑意如微风般自在，赫然便是叶凉在舟中遇到的书生萧野谣。

叶凉当即低声说与了师父。吴重头也不抬，道：“你才瞧见吗？”仍自夹菜吃。

叶凉的目光紧追着萧野谣，但见他躬腰碎步，小心翼翼走到庭院正中，对着雷、龙二人长揖道：“在下奉命作画，只是离得远了，瞧不清两位贵人的眉目，可否容我近前一观？”

雷澈微微颔首，龙霖也温声道：“阁下请便，有劳了。”

“多谢。”

萧野谣缓步来到雷澈面前，只看了两眼，便走到龙霖对面。打量片刻，草草在纸上画了数笔，赞道：“龙公子风神秀拔，骨相清奇，可谓是龙凤之姿，只可惜……”说到这里，轻轻一叹。

龙霖微笑道：“只可惜什么？”

萧野谣道：“只可惜眉骨断了。”

龙霖讶然笑道：“在下眉骨好端端的，怎会——”

话说至半，萧野谣衣袖微振，拈笔的手心一扬，笔锋倏忽点在龙霖的眉心上。

庭院中一寂。龙霖软颓在地，无声无息地死去。

萧野谣手腕空悬，如点眉妆般轻灵，宾客们眼睁睁看着，但见他手里的笔杆隐隐透红，像是一根沉浸了血色的细骨。

霎时间满庭哗然。有人似是认出了这支笔，叫道：“此人是‘龙骨丹青’萧野谣！”

龙霖倒地之际，雷澈身形微晃，右掌已扣在萧野谣肩上——手指触及肩头的一瞬，萧野谣束发的带子立时断了，长发飞扬，袍袖鼓舞，衣衫上流漾出一片轻雷般呲呲微微的响声。

“这便是‘雷渊壶’嘛，雷家内功名不虚传。”萧野谣一笑，头颈微仰，注目苍穹，似乎正有雷潮从天上倒灌下来。随着他说话，一股股鲜血不住涌出嘴角，淌在衣襟上。

雷澈低低喝问：“谁指使你来的？”说着手指扣紧。

萧野谣身躯微震，咳出大口的血，忽而闭目一瞬，再睁开时，目中神光飞动，温和的神情变得清狂落拓，叶凉远远看着，喉咙莫名一紧，似乎从前听的说书人讲过的那些传奇都从心中缓缓升上来了。

雷澈与萧野谣对视，只觉眼前这画师浑似换了个人，仿佛周身蒙上了一层古意，江山如画，多少英魂尽在眼中。当是时，秋风掠过庭院，两人的衣角却突兀垂落，萧野谣微微张唇，雷澈脸色骤变。

似有骨鲠在喉，纵声一啸，吐出千载风流！

雷澈被啸声震得连退三步，瞥见数尺外雷缨络仍自静默立着，嘴角溢出的血已染红了面纱。雷澈急喝："络儿快退！"挥袖一拂，连带着女儿飘退丈许。

萧野谣趁隙掠向庭院东边，有几人挡在半路，都被他随手震飞。叶凉看着他如疾电般闪过了身侧，一刹那似乎冲着自己眨了眨眼，再一想，却又觉得是自己看错了，心头一时怅恍。

花家弟子纷纷呼喝："狂徒休走！""好个贼子！"手上却也并不怎么费劲拦阻。等到雷澈追至，萧野谣已跃过院墙，不见踪影。

吴重笑道："这人很是狡猾，知道花家求婚遭拒，不会帮雷澈拦他的。"说罢忽然站起，快步走到庭院中间，低头看着地上的一张纸。

叶凉心中微动：那是先前萧野谣袭杀龙霖时遗落的。

他走近了瞧去，纸上粗粗勾勒出一个眉骨开裂的骷髅。不少宾客也围上来看，都道："听闻这萧野谣画人只画骨相，果真不虚。"

吴重轻叹道："此人号称龙骨丹青，但画人骨多，画龙骨极少，没想到以龙霖的天资，也只是人骨。"说完俯身捡起了那张画，只看得几眼，微风拂过，那画却飘成了纸屑，想是先前便被震碎了，却竟凝到此刻才散。

叶凉出神片刻，环顾庭院：众宾客脸色惊慌，议论纷纷，雷家弟子手持兵刃，往来匆忙；唯有雷缨络仍然静立于庭院中间，与周遭的慌乱格格不入，宛如湍流中的一块礁石。

叶凉目光一顿，但见她神情被面纱遮掩，难辨悲喜，处在自己家里倒像是个过客。

此时，内堂里的其余客人也走到了庭中，那个引领师徒俩来到雷府的年轻人正在其间。吴重指了指年轻人身旁的一位白发清癯老者，道："那老头便是胡家家主胡越枝。"叶凉一怔，那老者似与寻常田家翁无异，只是脚步声极重，浑不似是轻功世家的家主。

吴重瞥见叶凉神情疑惑，微笑道："这老狐狸将轻功练成了'重功'，其中大有真意。"

那老者站定了，道："去问问。"年轻人找雷府管家问明了情形，回禀道："是萧野谣，杀了龙家公子便逃远了。"

"嗯。"老者低头看着地上，目光自西向东缓缓转过，一直望到墙外，才抬起了头。

叶凉看在眼里，心头一凛：这老者方才本在堂内，但却看破了萧野谣一路逃离的踪迹，庭中以青石砖铺地，不留脚印，也不知他是如何瞧出来的。

雷家弟子在庭院中搜寻一阵，又拷问了几名画师，没能找出什么头绪，便都聚到庭院东边，准备翻过院墙搜寻。

那老者忽道："飞尘，你去会一会他。"

那年轻人点了点头，默默朝着院子东边走去，渐行渐疾，倏忽纵身而起，从雷家弟子的刀剑上借力数次，节节拔高，在高过院墙的一瞬身形凝滞，仿佛铜镜当空散碎，消失在众人眼中，似已随风化入了九霄。

叶凉看得悠然神往，只听众宾客一阵惊呼，赞不绝口。

"登刀入白云，了不起。"吴重轻叹道，"那人是叫胡飞尘吗？想不到胡家年轻一辈竟出了这般人物。"

雷澈扫视庭中，忽然走到吴重面前，道："那姓萧的与雷家素无恩怨，不会平白来杀人，你可知是谁收买了他？"

吴重呵呵笑道："我怎会知道？雷兄太高看我了。"

雷澈道："你当真不知？"语声喑哑，如雨前的闷雷。

吴重摇头道："不知。"雷澈不再多言，转身便走。吴重忽道："雷兄，请留步。"

雷澈止步回身，皱眉不语。吴重拱手道：“实不相瞒，此次我来金陵，已花光了身上银两，唉，行路艰难，还望雷兄慷慨解囊。”

一旁的雷府管家听了，张口欲骂，瞧了瞧雷澈脸色，却又忍住。雷澈以手掩口，咳了好一阵子，听得叶凉心弦紧绷。

雷澈瞥了管家一眼，那管家赶忙凑近，却听雷澈缓缓道：

“他要多少，就给他多少。”

五

师徒俩跟着管家去账房取银子，走出几步，叶凉颈后忽一凉，莫名觉得背后有人正在注视自己。回头望去，却见雷缨络的面纱皱起了一角，唇边挂着血丝，发梢低垂，像是被流淌的日光打湿了。

她孤零零地站在那里，一言不发，但叶凉却恍惚听见了什么，仿佛她成了一块多孔而峻峭的奇石，秋风偶过，呜咽如歌。

叶凉心中异样，想多聆听片刻，却听吴重催促道：“快走快走，莫等雷澈反悔。”

师徒俩背着两袋金叶子离开了雷府。

天上阴云渐凝，两人在莫愁湖畔闲逛，吴重叹道：“这场定亲宴，武林轰动，风光热闹，却不料是这般收场。”

叶凉眺望湖上，但见败柳飘枝，残芦泛叶，一派萧条景象，心头空落落的，道：“也不知那萧野谣为何要杀龙家公子。”

吴重道：“想是有人不欲见到龙家与雷家太过亲近，嘿嘿，兴许就是花家说动了萧野谣。”顿了顿又道，“不过武林中瞧不惯四大世家的大有人在，究竟如何，倒也难说。”

叶凉点了点头，问道：“师父是和雷澈有过节吗？”

吴重一笑，道：“且算是吧。”

叶凉道："莫非师父想杀的人就是雷澈吗？那怕是……怕是有些渺茫。"

吴重摇头道："我杀雷澈作甚？"叶凉一怔："那是要杀何人？那人是在衡山吗？"

吴重却不回答了，看看天色，道："咱们须得找个避雨处。"说着当先朝湖边一间酒肆走去。

半路，忽有一个清秀少年拦在吴重跟前，作揖道："奉命请君赴宴。"他站在阴云之下，一身灰衣，倒像是从云中降下来的。

吴重脸色微变，未置可否。

那少年倒退三步，整衣敛容，又进前三步，身姿甚是古雅，再度长揖道："再请。"

不待吴重开口，少年再度退后、进步，衣袖轻抖，手心里已多了一根芒草，作揖道："再请。"

少年的语气一次比一次恭谨，将芒草递给吴重，随即掉头离去，迈步间快慢飘忽，沿着湖岸渐渐融进天边灰云里。

"这人走路很是古怪。"叶凉收回了目光。吴重叹道："那是'忘返步'。"

叶凉好奇道："师父，是谁要宴请你？"

吴重嘿了一声，半晌才道："走吧，先回雷家。"领着叶凉匆匆走了回去，在雷府大门的门槛上坐了，手托腮帮，沉思不语。

此时宾客们正陆续告辞离去，在门口撞见吴重，都不免神色古怪。那雷府管家摸不清吴重与雷澈的交情，倒也不敢驱他。

天上淅沥沥落起了雨，叶凉立在门外，大惑不解。却听吴重忽道："今日雷家的定亲宴，很不寻常，其中许多关窍，一时倒不容易想明白。"

叶凉道："话是不错，可是师父为何要坐在这里？"

吴重摇头轻叹，似笑非笑，低头把玩着手中那根芒草。叶凉道：

“这根草有什么不寻常吗？”

吴重道：“这不是草，这是请帖，是‘山中刺’要请我去赴鬼宴的。”

他见叶凉不懂，便又道：“‘山中刺’与‘无颜崖’齐名，是江湖中最负盛名的两大杀手帮会之一。”

叶凉一惊，道：“那山中刺是要……”

吴重颔首道：“是有人找了他们，买我的命。”

叶凉道：“是谁？”

吴重道：“不知道。”

叶凉道：“是雷澈吗，要么就是师父从前的仇家？”

吴重摇摇头，道：“行走江湖，往往是不知死在谁手里，也不足为奇。”

叶凉欲言又止，只觉心乱如麻，也到门檐下坐了。秋雨一点一点绵密起来，将雷府远近都织了进去。

半晌，叶凉见吴重仍似不打算开口，忍不住道：“那咱们该如何是好？”

吴重道：“山中刺多年前欠过雷澈的情义，只要我不走出去，他们是不会在雷府门口杀我的。”

叶凉恍然点头。吴重又道：“那些山鬼，自称山中君子，有许多古怪规矩，不但刺杀之前先递请帖，而且接帖后只要能活过七日，他们便不会再出手。”

叶凉道：“既是如此，那咱们在雷府借住七天，是否就没事了？”

吴重笑道：“这确然是个法子，但雷澈本就厌我，又新死了女婿，心中更不痛快，恐怕不怎么乐意帮我。何况山中刺此次动用了‘三请之礼’，也未必肯轻易罢休。”

他顿了顿，又道：“那山中鬼宴可不是好吃的，你背着金叶子，自去别处吧，不必与我同行。”

叶凉怔住，片刻后道：“我没什么地方可去。”却是与七年前初遇吴重时的回答一字不差。

吴重似也不觉意外，点头道："你到临江集的第一天，我便看出你遇事沉静，很有胆气，想来是幼年遭过什么磨难吧。"

叶凉一时不知该说什么，只得沉默。秋雨在檐上敲出碎玉声，师徒俩静静坐在门槛上，听了很久。

吴重沉吟自语："听闻山中刺分为零、落两堂。草曰零，木曰落，嗯，他们送来芒草，没送花枝，那是要派出零字堂的高手来杀我的。"

说话中他望着茫茫秋雨，目光落在极远处。叶凉顺着他的目光望去，只见雨雾弥漫天地，模糊了万物的边界，什么看上去都像是生了锈。叶凉隔着行囊抚过那柄锈剑，心中莫名一定。

"走吧，"吴重忽而站起，笑道，"世间风雨多得很，总不能在人家门口避一辈子。"

叶凉也站起来，随着师父走入了雨幕。

当晚，师徒俩下榻在客栈中，叶凉又开始练他仅会的那式剑术。

他寻了一条僻静的巷子练至夜半，心知遇到真正高手，怕是没什么用处，可是也别无他法。他默默走回客栈，眼前忽然闪过萧野谣逃离雷府时震退拦路宾客的情形。

霎时间，叶凉心中如被雪光照彻，回想白日里萧野谣信手挥洒，如兔起鹘落，电闪虹飞，其中的神妙处似乎颇可融入剑术。他又返回巷子，苦思冥想，试练了许多新的剑招变化，直至自觉已将所睹所悟尽皆化在了剑术里，抬眼见晨光稀微，却是一夜无眠。

往后数日，师徒俩一路南行，叶凉稍得空闲便去练那新剑招，每日都不乏新的体悟。起初他甚感欢欣，然而悟来练去，不是手上滞涩，便是心中疏离，竟是越练越不满意，远远不如最初所学的那招剑术得心应手。

叶凉沮丧、迷惑良久，转念一想，师父所传剑术虽然平平无奇，但毕竟练了七年，早练得烂熟，短日里改不过手来，恐怕也是难免。

好在沿途也没遇上什么山中刺的杀手，心绪渐渐轻松起来。

连日里，叶凉见吴重似乎浑不将山中刺的请帖当回事，行走在暗夜的荒野中仍似闲庭信步，穿梭于热闹的街市间也并不怎么提防路人，不禁颇觉蹊跷。他心想芒草到处都有，至于山中刺的那些古怪规矩，也只是师父自己说的，多半并没有什么杀手要害师父，只是师父往自己脸上贴金罢了。

七日后，师徒俩过了荆州，在山林间走了许久，入夜也没找到宿头，吴重却也不着急，笑呵呵地时而吟两句诗文。

叶凉道："师父，那山中刺的杀手不会再来了吧？"

吴重掐算时日，缓缓一叹："不错，料想是他们慑于为师的威名，自行退避了。"

叶凉哑口无言，又听吴重抱怨道："悔不该从雷府拿了这么多金叶子，只怕三年五载也花不完，徒增累赘。"

叶凉道："那不如买两口新剑，这把柴刀实在锈得厉害了。"

"胡说。"吴重肃然道，"这锈剑大有用处，你须好生保管。"

叶凉奇道："难道师父杀人也非得用这把锈剑不可吗？"吴重却不接话了。这一路上，叶凉多次问吴重要杀何人，吴重始终避而不答。叶凉愈发好奇，心想或许到得衡山便能见分晓。

师徒俩翻过一处草坡，望见淡淡的眉月之下，遥遥飘出一角酒旗，灯火在夜色里晕散成融融的一团。

吴重喜道："可算能喝杯热酒了。"两人已在寒风中跋涉良久，此刻心头一阵安宁，不约而同地松出长长的一口气。

那酒家开在郊野中，很是简陋，两人进了门，坐在炉火边，听着门外风声瑟瑟，各自出神，半晌过去，谁都没说什么。

吴重缓过气来，点了酱牛肉、烤羊腿，店家却说都没有，只给两人各盛了一碗青菜豆腐汤。吴重嫌太素，让店家烹了两碟椒油拌在汤里，道："凑合吃两口吧。"随后连吃了三大碗。

叶凉喝了几杯酒，伏在木桌上打盹，迷糊中听着吴重不住倒酒饮酒，听了一阵，渐渐醒过神来，道：“师父，再喝下去，怕是要喝醉了。”

吴重笑呵呵道：“为师教你一句江湖经验：眼前有酒喝，又有人陪你喝时，不妨多喝几口。”

叶凉一怔，想了想，与吴重对饮了两杯。吴重醉眼蒙眬，道：“你有没有一个人喝过夜酒？”叶凉摇了摇头。

吴重道：“有时长夜独酌，慢慢喝着冷酒，看着天边一点一点亮起，会以为是自己把这夜色一口一口喝掉了。”他端详着窗纸上的月色，忽而轻叹。

呼啦，夜风吹开了门，店家走过去掩门，却听吴重道：“且慢！”

叶凉看向门外，但见一群白衣人手持烛台，曳步如飘，远远而来，腰间有细长事物晃动，似是佩了剑；他脱口道：“他们都是剑客吗？”

吴重点了点头：“这些人，应当都是巴山烛照剑一派。他们不论日夜，出行都持烛台，对敌时若烛火被敌人击灭，当即就会弃剑认输。”

叶凉讶然道：“对敌时也拿着烛台，不会拖累身手吗？”

“其中却有个故事。”吴重一笑，徐徐道，“传闻巴山剑派的创派祖师是一名女剑客，此女子年轻时极厌烛台，只因她身姿窈窕，但经烛火照出的影子却畸长枯瘦，很是难看。后来她行走江湖，匆匆二三十年过去，来到巴山脚下，临溪照影，只见风刀霜剑之下，自己早已形销骨立，与当年烛影无异。”

说到这里，吴重悠悠一叹，继续道：

“那女子性情孤清，长久以来都很不开心，到此刻忽有所悟：多年前烛火照出的，正是她的本相。从此她心绪开通了许多，隐居巴山，夜观烛影，日悟剑意，竟创出一路烛剑相生、人影互化的神异剑术来，慢慢地才有了巴山烛照剑一派。”

叶凉听完，心中有些怅涩，问道：“这是故事，还是真的？”

吴重笑道："道听途说罢了，到哪里去辨真假？"

说话中，那群白衣人已来到门外，叶凉本以为他们会进来歇息，但那些人却在数丈外停步伫立。

叶凉数了数，他们共有九人，正低语交谈。门外烛火与店中灯火相隔而峙，倒像是两片火光有什么仇怨似的。

叶凉低声嘀咕："拿着烛台出剑，总归还是太过麻烦，再说我只要设法打灭烛火，岂不就胜了？"

吴重笑道："似你这般想的人，再多不过，巴山烛照剑既为武林七大剑派之一，岂是虚有其名？听说他们的烛台以秘法制成，燃力极强，大雨也浇不灭，你与他们交手时若分心去攻烛台，怕是反要被他们所乘。"

叶凉道："原来如此。难道巴山剑派就没有一个不带烛台的剑客吗？"

吴重道："不带烛台的没有，不带剑的倒有几个。巴山剑术分为'烛照''犀照''心照'三重境界，据传修到心照之境便无须带剑，而是以烛火为剑。"

"烛火也能作剑吗？"叶凉琢磨起来，幽然出神。

忽听吴重道："门外那些剑客似在商议什么大事，你耳朵好用，听听他们说了什么。"

叶凉凝神听去，脸色渐紧，道："他们深夜到此，是在追击一个武林中的魔头……嗯，那魔头好像是用弓箭的，叫作江……他们语声太低，听不清了。"

"是江海余？"吴重猛然坐直，眉头深皱。

叶凉又听了片刻，道："应当就是了。师父，江海余是哪个门派的，很厉害吗？"

吴重道："江海余无门无派，十多年前纵横江湖，造下不少杀孽，武林中称为'弓魔'。传闻被他的'血河弓'射中便会手足僵痹，动弹不得，只能听凭体内一条条血脉在半个时辰内渐次爆裂，死状甚是残酷。”

说完，吴重神情愈发忧虑，站起身来，道：“咱们出去问问详情。”

师徒俩来到店外，吴重冲着那群白衣剑客拱手道：“诸位可是巴山剑客？久仰高名了。”为首一名剑客笑道：“不敢当，阁下教得好徒弟，耳力不凡。”

叶凉一凛，这才知道他们已察觉自己偷听，想来自己方才所言也被他们听去了。那剑客打量叶凉，微笑道：“小兄弟，看你不过十七八岁，内功已颇有火候，很不简单。”

叶凉茫然道：“我……我不会内功啊。”

那剑客怔了怔，见叶凉神情不似作伪，一时间无言以对。吴重领着叶凉深深一揖，道：“方才冒昧窃听，实在失礼，还望恕罪。”那剑客拱手还礼：“阁下言重了。”

吴重又道：“只是据我所知，弓魔江海余在十二年前遭了大挫败，已然立誓退隐，绝迹江湖。诸位方才却说正在追查弓魔的踪迹，其中是否有什么岔乱？”

那剑客道：“近两月里，巴山一带多有人毙命道旁，尸身上布满血红斑点，那是死在血河弓之下，绝不会错，更何况……”说到这里，脸上怒气一闪即逝，“更何况白日里还有人在荆州城的酒肆中见过江海余，那魔头是去寻一个人，却没能寻到，随意杀了几个酒客，扬长而去。我等一路追踪，这才来到此间。”

吴重道：“不知他要寻的是什么人？”

那剑客回想片刻，道：“若我记得不错，是姓吴名重，却不是武林中的成名人物。”

叶凉禁不住啊的一声，与吴重对望。吴重道：“原来如此，多谢阁下相告。”

那剑客道：“好说，还未请教阁下姓名？”

吴重道："在下张轻，是鄂州'晴川刀'弟子。"

那剑客点头道："幸会幸会。"语气颇为平淡，叶凉不由得猜想，那晴川刀在江湖中恐怕并非什么了不起的门派。

吴重沉默片刻，正色道："请恕我直言，诸位即便真的找到了弓魔，可有把握敌过他？我听说那江海余有一奇技，名曰'悲弓射影'，即便能躲过他的弓箭，只消被他射中影子，也会顷刻间毙命。还望诸位三思。"

诸剑客都笑起来，为首那剑客道："射影之说，终究太过妄诞，只是那弓魔多年前便恶名远著，想来定然不易对付，但我等既为巴山剑客，又岂能坐视他在巴山地界戕害无辜？"

叶凉心神震动，只见这些剑客指骨苍白，所持烛台上染了秋霜，烛火似也被冻成了笔直一线。但他注目片刻，胸口却有一片热意生出。

巴山剑客们辞别了师徒俩，转身而去，举足看似轻缓，刹那间却已在野草上滑出数丈。

吴重轻叹道："这'秉烛游'的身法，已有十三年没见到了。"

剑客们渐渐走远，宛如一叠萤火，转折流向山林深处。叶凉目送良久，脱口道："师父，咱们去帮他们吧。"

"糊涂！"吴重斥道，"你凭什么帮他们，凭你那把锈柴刀吗？"

叶凉道："可是他们……"

吴重道："走吧，回屋喝酒去，醉了便睡，明晨还得赶路。"

叶凉道："师父，你说他们能杀了弓魔吗？"

吴重一怔，随即道："自然不能。他们此一去，也不知能有几人生还。"说完打了个寒噤，快步回屋去了。

叶凉本想问弓魔为何要寻师父，却未及开口；转念一想，师父多半是不肯说的。他默立在夜风中，望着远山黑沉沉的轮廓。没有一丝月光、一声风吹草动泄露出远处潜藏着什么武林魔头。但他隐约感到了山岭般的无形重压，将树梢上黄莺的足胫也压得纤细。

他低下头，看见自己长长的影子拖在地上，像是拖着丢弃不了的负累，心头一阵悚然，霎时间自厌自弃，却又从悚然中生出一阵激荡，解开行囊取出锈剑，朝着那些剑客消失的方向大步行去。

他在荒山野林里走了两个多时辰，没寻到弓魔，也没再遇见巴山剑客，汗流浃背，颓然返回那家小店，天色已亮。

吴重仍在喝着酒，瞥了一眼叶凉，喝道："你小子疯了！"随即连骂了几句，叶凉垂头听着，吴重絮絮叨叨数落了许久，忽而一叹，问道："叶凉，你幼年便能读书识字，多半是出身于书香之家吧，你父母是怎么过世的？你倒是从没讲过。"

叶凉却没听见似的，只道："师父教训的是。"

六

师徒俩继续南行，这一回吴重却不似先前那般悠闲了，两人在一处集镇上买了快马，连日疾驰。有时叶凉觉得赶路太紧，吴重却仍嫌慢，道："被江海余追上，可不是好玩的。"

有一回，师徒俩似是撞见了弓魔，那是在洞庭湖边的一处茶棚里，吴重喝着茶水，忽然脸色煞白，招呼叶凉上马快走。两人纵马奔出十来丈，叶凉回头望去，但见远远的有个红袍人正走向茶棚，步履缓而僵硬，像是冬眠刚醒的蛇。

多日后的黄昏，两人来到衡州城内。吴重问了好几个路人，得知确然已在衡州了，神情顿松，笑道："不怕那姓江的了。"

叶凉奇道："这是为何？"

吴重道："姓江的在衡州吃过大苦头，不敢来这里的。"

师徒俩吃饭歇息，翌日来到衡山脚下，却不走显眼山路，专拣崎岖小径，半日才绕到后山一处清寂的山谷中。

吴重坐在青石上喘息良久，笑呵呵道："此处是衡山剑派的禁地，擅入者死。"

叶凉吓了一跳，道："那咱们为何到这里来？"

吴重道："寻常人来，自然不行，为师身份极高，来便来了。"

"原来如此。"叶凉闷闷应了，但见谷中草木稀零，黄叶层层叠叠，从脚边蔓延到几株梨树下，树旁是一间粗陋的木屋。

叶凉道："既然是禁地，为何还有人住在这里？"

吴重道："住在这里的人名叫方白，那禁令便是他设下的。"

叶凉心弦一紧，道："那他定然是极厉害的人物，咱们能杀得了他吗？"

吴重道："你不先问问，他是好人还是恶人吗？"叶凉道："师父要杀的，自然不是好人。"

吴重哈哈一笑，道："可惜呀，可惜我并非是要杀他。"

叶凉没听懂"可惜"二字，心说原来师父到衡山不是来杀人，张口欲问，忽然感到一阵古旧的潮气，像有一场多年前的雨再次漫进了心头，却听吴重轻叹道：

"看来他还当我是故人。"

吴重瞥见叶凉神情惊惑，不禁微笑："你没察觉吗？有人来了。"

叶凉望向木屋，却无人走出，再眨了眨眼，不由得惊咦一声，梨树之前竟已凭空添了一人，青衫泛旧，缓步行来。

吴重道："这人便是方白了。"

方白似是听到了吴重所言，远远地道："难得吴兄还认得我。"叶凉乍闻他的嗓音，只觉如春夜细雨，夏日清风，说不出的妥帖自然。

吴重道："你便是烧成了灰，我也认得你。"

方白苦笑道："谢过吴兄吉言。"说话中来到两人面前。叶凉见他三十来岁，身形瘦弱，脸色疲倦，像是许久没歇息过了。

吴重打量了方白半晌，叹道："你可比当年老得多了。"

“客居天地间，扰扰匆匆尘土面，见笑了。”方白语声平静，“吴兄的形貌比之十三年前，似也颇有变化。”

叶凉留意到方白说话时目光有些飘摇，这念头方起，忽觉一阵微风拂过周遭，烛火般游晃了片刻，随即消逝。

吴重道：“谁能不变呢，嘿嘿，相看只有山如旧。”顿了顿又道，“江海余正在找我。”

方白神情微怔，道：“他已经重入江湖了？”

吴重道：“嗯。”

方白沉思片刻，道：“他不会找到你的。”

这话听来不过是一句寻常安慰，吴重却松了一口气，正色道：“多谢了。”

方白微笑道：“吴兄此来，不只为此吧。”

吴重缓缓点头，似在斟酌字句，半晌才道：“不错，我想请你出山，随我去一趟昆仑山。”

方白也沉默了许久，叹道：“我心负枷锁，自困于此，恐怕去不成昆仑山。”

吴重闻言眉头紧皱，径自来回踱步，将脚下黄叶踩得乱响，良久才道：“你从前最是逍遥自在，怎么如今却这般颓唐，跟这落叶似的，叫人瞧着生厌。”

方白一笑，道：“此生如倦鸟，被天公提在樊笼里，谈何逍遥。”说罢微微低头，忽有急风如帚，贴地扫过，三人足边黄叶都远远散了开去。

叶凉大为惊疑，久久凝视方白，渐觉他不只是站在眼前，也不仅仅是站在这片山谷里，而是立在纵横万里之间，孤峙在天地中心，时而呼应山河风露，与天地同化，时而却又与整个天地都疏离隔阂；一举一动虽然细微，牵连却极广极远……看到后来，愈感深邃难明，目眩心迷，身躯摇晃起来。

叶凉的肩头忽遭剧烈拍击，堪堪醒神，却听吴重道："方白修为太高，神动而天随，此刻你也不必费心琢磨。"

叶凉点了点头，吴重又道："把孤鹜取出来吧。"说完看向方白，微笑道，"当年你赠我孤鹜，说只要我带来找你，你便答应助我一次，是也不是？"

方白颔首道："不错。"叶凉却怔了怔："孤鹜……啊，师父是说柴刀。"当即从行囊里拿出锈剑。

吴重将剑递向方白，语声一肃："如今剑在这里，请随我去昆仑吧。"

方白接过了剑，打量剑上锈迹，忽而瞥了叶凉一眼，道："这剑往常是你在用吗？"

叶凉手心里无端一紧，道："是。"

方白道："不知怎生用法？"

叶凉道："大多时候是用来砍柴的。"

方白一怔，苦笑道："此剑是我少年时常携，剑身轻薄，须以剑锋刺用，也算难得的利刃，没想到被你拿来砍柴。"

吴重挠了挠头，道："我平素又不杀人，这剑给我徒儿去砍柴，也算物尽其用。"

方白颔首道："不无道理。"随手振剑，剑锋在一块青石上叩出落棋声，天地间横生一劫。

良久过去，叶凉仍觉余音在耳中轻颤，如雨打深潭，幽怅难言。吴重盯着那锈剑的剑尖，道："此去昆仑山，还须借重你那一式'雨梳风帚'。"

"从前的剑术，早不用了。"

方白摇了摇头，将锈剑递还叶凉："小兄弟，方才你称它是柴刀，对不对？"

叶凉张嘴欲答，吴重忽道："住口。"方白对着叶凉眨了眨眼，道："柴刀并不比剑差，剑也没什么好的。"

“方白！”吴重语声焦急起来，“以你身份，也要赖皮？”

方白微笑道：“和吴兄相识日久，受益匪浅。”

吴重与他对视片刻，忽然一屁股坐在地上，神情懊恼，半晌不语。方白叹道：“吴兄……”

“不必多言。”吴重瞪了方白一眼，“这几年我教了我徒儿一招剑术，你来看一看吧。”

方白略一犹豫，道：“好。”

吴重当即侧头道：“叶凉，你好好地使一遍那招剑法，于你大有益处。”

“是。”叶凉提剑摆好了起手，与方白的目光轻触即分，眼前随之一凉，似有雨滴倏忽跳在眉间。那雨滴穿肌越骨，灼入深心，他的手指轻颤起来，光阴静止似的，隐隐捕到了当前一刻。

这一刻悬在秋风中，如雨滴般缓缓下落。在方白的注目之下，叶凉施展起那招剑术。

随着他挥臂迈步，周身仿佛越来越轻，几欲乘风飘离，他忍不住重重一咳，却觉自己已轻得只剩咳声，使完一整式，收剑伫立，神思迷蒙，似乎正不断向下跌去，却又莫名安心，宛如成熟的果子坠落枝头。

他睡着了。

他梦见了雨中柳树上焦枯的掌印、烟涛之间蹈风东流的书生，梦见野草篱笆一盏灯，梦见茶楼说书人口沫横飞，剑光在他的讲述里来去千里，梦见一帘淡月，两声蛩鸣，七岁时父母之死。

他梦见未曾目睹的陈迹过往，青鹿崖上乱石嶙峋、白骨参差，梦见红颜独立华堂，嫌明烛照瘦了清影，梦见大雨落在空谷中，远去了侠客，刀剑横陈无主，梦见荷叶上斑斑墨迹，被露水一晕，再也辨不清的故人题诗。

他梦见尚未来得及发生的事，苍凉的血，滚烫的花瓣，切开白玉的剑光，梦见夜行长街，大敌当前，灯笼渐次熄灭，梦见角声满天，芦笳遍地，单剑驰过长岭，梦见山中天寒，佳人相候，翠绡衣、轻敛袖，皓腕如冰雪，梦见刀芒乱分春色，惊鸿一笔点破漫天飞絮。

他在梦中行走，在奔波中做梦，他在江湖倥偬间听见深秋的一声残蝉，竟透亮如春鸟初啼。

他浑身轻震，睁开了眼，一时间似乎目不可视，耳不得闻，口不能言，良久才察觉到心中一轻一重地跳了两声。轻的那声循着督脉上行，从颅顶百会穴透发出来，将秋风击得如磬清鸣；重的那声顺着足少阴肾经下行，穿过足底涌泉穴敲在地上，地面像是鼓面，将他的心跳传遍山谷。

叶凉手心一松，那柄锈剑悄然崩解成铁粉，堆叠在足边。

山风阵阵，黄叶翻飞，三人衣袂猎猎作响；叶凉耳目骤清，诸般幻感冰消瓦解，回想方才梦境，怔怔呆立。吴重目光追着一片落叶，随手推了推叶凉，道："还不道谢？"

叶凉深深长揖："多谢方前辈。"

方白道："不必多礼。"淡然一笑，又冲着吴重颔首致意，随即转身而去。

吴重看着方白走出几步，蓦然叹道："你当真不肯助我吗？"

"孤负人间三尺雪，匣中青蛇已成灰。"

方白摇了摇头，继续朝着木屋走去。

叶凉忽道："方前辈——"

话说至此，竟突兀地看不见方白了，凝神定睛，片刻后才见青衫晃动，却已到了梨树旁，随即木门微响，眼前一空，再没有人了。

吴重怅然道："精骛八极，心游万仞，来不可遏，去不可止……没想到一别十三年，方白气志虽颓，剑意上的修为却更高了。"

叶凉道："方前辈的身法好生奇异，似乎时隐时现，若有若无。"

吴重道："他能借山川草木藏神，若不想让你看见，你是极难留意到他的。”

叶凉轻叹：“那真是神龙见首不见尾了。”

吴重道：“方才你叫他，是想说什么？”

叶凉道：“我在方前辈面前使完剑术，心中似乎明晰了很多，却也新添了不少模糊的念头……唉，总归是难以言说，刚才正是想请教方前辈。”

吴重颔首道：“不必说，也不用去想，且把这些模糊念头留存心中，日后自有好处。”

师徒俩离了衡山，返回城中客栈歇息。

叶凉辗转难眠，总是想起那柄锈剑。从前他很是嫌弃那剑，如今没有了，心中却颇为不舍。翌日说与师父，吴重笑道：“一把旧柴刀，碎就碎了，有什么要紧？”

两人自此折向北行。叶凉买了一柄新剑，每到夜深人静，便寻僻静处继续练那招剑术。他谨记师父教诲，从不去想山谷中的那场白日梦境，但舞剑时梦中光景也不免掠过眼前。

有时他忍不住从梦中撷来一丝剑意试练，有时便老老实实练那练了万千遍的架势，只是无论如何，总觉新剑远没有那柄锈剑称手，常常使不完整式便感手腕僵滞，剑锋飘忽。他去请教师父，吴重道：“不是剑不称手，是手不顺心。自离了衡山，你心中剑意已然生变，手上却没跟上来。”

叶凉仔细体悟师父所言，仍是夜夜练剑；渐渐地，只觉每次使出那式剑术，都像初次学会时一样陌生。他又去问师父，吴重笑呵呵道：“不错，不错。”然而究竟哪里不错，却又不肯说了。

但叶凉仍感欢欣，他想师父既说不错，应是练对了路子，每夜练剑愈勤，剑刃一次次定在夜风里，有时夜色浓到连他自己也看不清剑尖，但他仍是一遍遍练了下去。

北行多日，师徒俩再度路过洞庭湖，吴重道：“先前咱们为避弓魔，没多耽搁，不然兴许能见着湖上的‘留影舫’。”

叶凉道：“那是一条船吗？”

吴重道：“留影舫既是一艘画舫，也是武林九大刀派之一，门人用石刀，石色漆黑，在白日里还算醒目，夜晚就极难防范。”

叶凉道：“门派在画舫中，料想门徒不多。”

吴重道：“不错，留影舫人数虽稀，但那‘画中留影’的刀术是极凌厉的。”

叶凉道：“咱们这回要去湖边看看吗？”

吴重想了想，笑道：“若你很想看，咱们就去随便看一眼。”

叶凉对武林门派自是颇为好奇，师徒俩当即寻了左近的客栈住下，翌日清早，吴重买好了茶点，领着叶凉来到洞庭湖畔的一处木亭，道：“咱们在这里歇着，若我记得不差，留影舫不久便会经过的。”

两人饮茶闲谈，眺望湖光秋色，但见芦荷摇曳，沙鸥起落，烟波浩渺，颇壮眼界。只是等了大半日，却未能见到留影舫。叶凉道：“师父，咱们回去吧。”

吴重道：“再等等。”

直到月照洞庭，菱歌渐隐，湖上仍没有留影舫的踪影。两人回到客栈，叶凉道：“赶路要紧，既然无缘得见，那便算了。”

吴重沉默片刻，皱眉道：“明早再去，一定要见。”却与他先前说的“随便看一眼”大为不同。叶凉一怔，道：“嗯，能见到自然最好。”

第二天师徒俩起了个大早，又来到湖畔，湖上却起了白茫茫的雾。叶凉道：“这么大的雾，怕是看不着了。”

吴重一言不发，站在亭子里张望湖水，半晌过去，忽道：“快瞧，那便是留影舫了！”语声颇为激动。

浓雾掩映中，一艘画舫从极近处的水面上滑过，船身质朴，不似富贵人家的画舫那般雕饰华美，但行驶很是安稳。叶凉怔怔看着，心头一阵宁和，又见船头有两道人影腾挪跃动，似在交手。

吴重道："那是留影舫弟子在切磋刀术。"

话音未落，雾里绽出几道细细的刀芒，像是白纸上散开了几缕墨痕。吴重轻叹道："画中行舟，雾里刀影，宛如当年初见。"

那留影舫只在大雾里出现了一瞬，便隐入芦花深处去了，吴重却久久伫望，就像能看穿雾气似的。

叶凉觑见吴重眼眶泛红，心里很是讶异，但师父既不说，他也就忍住没问。

"走吧。"吴重又看了一阵，转身而去。

直到返回客栈，两人谁也没说话。叶凉收拾好了行囊，随口道："那些留影舫上的人，什么时候上岸呢？"吴重道："他们只在画舫中，终生不近岸的。"

叶凉一愣，颇觉意外："他们为何不上岸？"

吴重叹道："他们怕这世道。"

叶凉道："他们都是武林高手，还怕什么？"

吴重道："世道面前，哪有什么高手。"

七

师徒俩继续北去，一路秋意愈浓。

途径鄂州汉阳时，吴重让叶凉在酒楼等他，自言要去会一位故人。叶凉猜想师父多半是去那晴川刀一派了，却也拿不准这是不是师父真正的师门出身。

半日后，吴重便回来了，手拿一封书信，神情萧索；他喝了几杯闷酒，忽而抱怨起来："方白这厮，恁地固执，就是不肯帮我。"

叶凉道："师父要杀的人……"他料想师父不会说出是谁，便只道："是在昆仑山吗？"

吴重道："嗯。"

叶凉道："那可远得很了。那人很难杀吗？"

吴重道："嗯。"

叶凉道："比……比弓魔还要难杀吗？"

吴重哑然失笑："比你这一路遇见的所有人都要难杀。"

叶凉心头一凛，默默寻思起来。吴重不住仰头灌酒，很快便醉倒了。

师徒俩出鄂州后，转向西北行去，快马过了襄州。一日黄昏，正在旷野间歇脚，叶凉忽道："前边似有人吹笛。"

吴重怔了怔，却没听见，笑道："你的耳力越来越好了，咱们再往前走走。"

两人纵马驰出片刻，笛声清晰了许多，吴重才道："果然。"

风高日远，黄草连天，师徒俩驻马聆听，吴重怅然道："清商随风发，中曲正徘徊，这是弹霜亭的刀笛。"

叶凉道："刀笛是一种兵刃吗？"

吴重道："嗯，这是'弹霜亭'一派的独门奇刃，激斗中能振出笛声。如此说来，前方是有人在打斗。"

笛音在暮风中悠悠流过，吴重听了一阵，又道："是弹霜亭的刀客占据上风。"

叶凉好奇道："师父为何知道？"

吴重道："弹霜亭的刀术，只有刀招纵横快意，形成连势时，笛声才能绵长不绝。"

叶凉恍然点头，道："那咱们再往前去吗？"

吴重仍在听着刀笛之声，半晌才轻轻一叹："还是绕开吧。"

师徒俩连月赶路，又过了商州、岐州、陇州、原州各地，途中听闻了花流骊的一些恶迹，这才明白那日秦川木余刀的高手为何找上他。两人踏霜冒寒，吃了不少苦头，等快到凉州时，已是隆冬时节。

朔风嘶号，师徒俩跋涉在雪野中，靴子不时踩断冻草，脆声如断金铁。

午后，吴重算了算路程，道："今日赶不到凉州城了，还得露宿一晚，只盼别再下雪。"

叶凉道："兴许半路能遇上人家借住。"

吴重道："天寒地僻，要碰上什么人可不容易。"

师徒俩步履一缓，不约而同地叹了口气。

又行出数里，翻过几个矮坡，叶凉忽见旷野中有个灰衣人，膝上横刀，远远地坐在雪地上，宛如铁块。

叶凉道："师父，前边有个人。"

吴重望了望，道："那是树还是人，我有点瞧不清。"走近了再看，他忽然一哆嗦，转过身道："咱们走！"

叶凉一愣，却见吴重紧跑了几步，随即滑倒，在雪地上打了个滚。他赶忙追上去扶起师父，道："师父，怎么了？"

吴重摔得鼻脸通红，却浑不觉痛似的，边走边道："快走快走。"

当是时，寒风中飘来语声："多年不见，吴兄可好？"那嗓音似有形质一般，在雪地上划开一道长线，从灰衣人坐地处直指而来，顷刻间追过了吴重的足尖。

吴重长叹一声，顿步道："走不了啦。"

叶凉道："那人是谁？"

吴重愁眉苦脸道："那人是'天风峡'的掌门人，'寒衣'铁风叶。"他背对那黑衣人，朗声道："铁兄怎么也到这荒郊野外来了？"

"来杀你。"那灰衣人站了起来。

这三字犹如刀刃，伴着寒风灌入耳中，叶凉顿觉头颅一痛。他低声道："师父，咱们要逃吗？"

吴重仰头望天，霍然回过了身，大步走向铁风叶，道："铁兄缘何杀我？”

铁风叶冷冷道：“你既要杀人，当知人也会杀你。”

吴重点了点头，忽而一笑：“铁兄怎会知我行踪？是不是一个姓秦的白马盟弟子告诉你的？”

铁风叶漠然不答，手中长刀折映雪光，明暗不定。

叶凉见他年约四十，满身雪沫，长发结了霜，髯须一根根冻如虬枝，仿佛已在冰天雪地中等了许多时日。

吴重叹道：“我要杀的人，可并非铁兄，铁兄也不必杀我，你我不妨各行其是。”

铁风叶冷笑道：“不错，青鹿崖上血色已旧，吴兄的心肠也冷得多了。”

吴重嘘出一口气，来回踱步，忽然急道：“铁兄！非我一人要杀他！”

“是吗，”铁风叶嘴角露出诮笑，“还有谁要去昆仑山？”

吴重道：“许多人都会去，龙钧乐怕是已到了。”顿了顿又道，“玄真教的掌教、停云书院的山长，也会去的。”

铁风叶沉吟片刻，忽道：“方白去不去？”

吴重略一犹豫，摇了摇头。铁风叶神情微变，又道：“衡山还有别的人去吗？”

吴重道：“衡山‘夜雨’‘风雁’两大支脉的剑客，都以方白为尊，他既不去，谁还肯去？”

铁风叶缓缓道：“如此说来，没了方白那一式雨梳风帚，你们未必能克制那人的刀意。”

“谋事在人，成事在天。”吴重神情郑重起来，“天风峡是武林九大刀派之首，铁兄身为掌门，亦是‘正气长锋阁’七位阁主之一，为何却一意孤行，不肯与其余阁主勠力同心，共成此事？”

铁风叶冷笑道：“正气长锋阁以停云书院和玄真教为首，铁某只是个弄刀的粗人，插不上话，也不想凑这个热闹。”

吴重叹道："看来你我言尽于此了。"

铁风叶道："非你一人要杀他，但唯有你，或许才真能杀死他。我知你甚深，实不敢放任你去昆仑山。"

吴重苦笑道："铁兄未免太看得起我了。"

铁风叶道："此去黄泉，请君珍重。"

吴重道："既是如此，请留我徒儿一命。"

铁风叶摇了摇头，道："他是你的弟子，所知恐已深，留不得。"

吴重一愣，怒道："那不成。"

铁风叶淡淡道："成不成，不是吴兄说了算的。"

吴重愣住了，沉默良久，轻声道："他什么都不知。铁兄听我一言，若留他一命，于今后武林大有用处。"

铁风叶仍然摇头。

吴重哈哈一笑，道："天无绝人之路，世有绝人之刀，铁兄，你我相识二十年，今日你要绝我吗？"

吴重说到后来，已近嘶吼，压低了寒风，在旷野中远远荡了出去。叶凉颤声道："师父，你不用……"

吴重却看也不看叶凉，直视铁风叶道："我这徒儿天赋绝顶，乃是剑道上举世无双的奇才，他日必有大成。还望铁兄，三思。"

铁风叶冷笑道："天赋绝顶吗，比起你来如何？"

吴重道："比我要高。"

铁风叶神情一肃，转头打量起叶凉来，半晌才道："好，我不杀你这徒弟，但不得不杀你。"

吴重倒退一步，整顿衣袖，长揖道："多谢成全。"

叶凉拔剑在手，道："师父，何必求他，咱们和他——"

"闭嘴。"吴重霍然瞪向叶凉。

叶凉心神为师父目光所震，一瞬里张口结舌，莫名想起数月之前，在下山前夜，他也曾见过师父流露出这样的眼神。

那晚他去江边洗剑回来，进屋时撞见师父正给炉膛添火，脚边书箱翻倒，师父将书一卷卷地都烧了。他讶然道："师父，不要这些书了吗？"当时师父道："此去再不回来，留之无用。"师父说这话时蹲如石雕，侧头望过来，便是跟此刻一般的眼神，沉静孤绝，像灰土上冷冷横了一线白霜。

叶凉点了点头，不再多言，眼中流下泪来。

吴重淡淡一笑，道："我死之后，你不必再去昆仑山。南返路上若遇危难，可去淮州簌玉馆寻……嗯，寻那人相助。"

铁风叶冷眼看着，忽道："何必聒噪，只要能接我一刀，我便不杀你如何？"言毕扬手一刀，斩向吴重头颈。

叶凉不及思索，抬手便使出师父所传剑法，挡在吴重身前，刀剑交击声在风里扬开。

铁风叶冷哼收刀。叶凉又惊又喜，道："我接住了这一刀！"

铁风叶道："吴兄，你还有话说吗？"

吴重道："多谢手下留情。"

话音未落，叶凉忽觉心跳一滞，像是有一片滚烫的青玉在胸口迸裂，热流蔓延到四肢，随即重重地摔在地上，手里的剑也断成了两截。

他正觉周身僵痹，忽听身后有人轻吟："旧游旧游今在否，花外楼，柳下舟。"——他勉力扭头，却见数十丈外的矮坡上立着一人，白衣胜雪，正欲举步下坡。

铁风叶与吴重也望向矮坡，吴重道："铁兄，请快动手吧。"铁风叶横刀一振，将斩未斩之际，却露出斟酌的神色，似犹豫不决。霎时间叶凉心弦剧颤。

"梦也梦也梦不到，寒水空流。"

那白衣人疾行而来，宛如在雪上飘行的一道剑光，顷刻已刺近了十来丈。

吴重微笑道："铁兄再不杀我，等坡上那人到了，便杀不了我了。"

铁风叶沉默片刻，反而收了刀，哂然笑道："只要来者能胜过铁某，就算是吴兄命大。"

那白衣人来到铁风叶身前五尺停步，拱手道："久仰铁兄之名，今日得见，幸何如之。"

叶凉手足麻痹渐消，挣扎站起，只见这白衣人三十出头，容貌极俊秀，眉间却似有一缕清愁，左手敛在袖里，右手拈着一根断枝。

铁风叶瞥见那枝条断痕犹新，似是折下未久，冷声道："这可不是梅枝吧，哼，快剑展梅，铁某倒也久仰了。"

叶凉心中一动，却听展梅道："仓促赶来，随手折的枝条，还是来迟了些。"

铁风叶淡淡道："若非展兄，吴重怕是早已死在山中刺的手下了。听闻展兄最爱梅花，这里远近三百里都无梅树，展兄不在家赏梅，又何必来此？"

展梅轻叹道："半生流落，无家种梅，只能借梅为名罢了。这里也没有烈酒，铁兄又何必来？"

铁风叶颔首道："如此毋庸多言，请展兄赐教。"

"铁兄请。"展梅缓抬右腕，手心里的枝条微微弯曲，宛如一道不得伸展的眉。

铁风叶振刀空斩一记，踏步逼上；与此同时，展梅亦刺出枝条，抵在长刀上急如风火般勾点了数下，似在刀身上写了个字，啪啦一声，长刀断碎。

叶凉顿惊，没料到展梅一出手便写断了铁风叶的长刀，心绪随之一松，料想展梅已立于不败之地。

展梅手腕一挑，随即刺向铁风叶的咽喉；铁风叶拧腰侧颈，避过枝条，长发从展梅的衣襟上擦过，嗤嗤作响，白衣上随即裂开几道细痕。

两人各退一步，瞬息又同时抢进，展梅手中的枝条闪出一阵涟漪，刺在风里宛如漾在水中；铁风叶衣袖横扫，与枝条轻触急分，一股寒锐之气切过周遭，吹荡得叶凉与吴重衣衫翻鼓，遍体冰凉。

一片衣角倏忽飘在风里，枝条在点中铁风叶胸口的一瞬碎成了木粉。

展、铁二人错身而过，各自站定。展梅回过身来，拱手赞道："散发成刃，衣袂如刀，领教了。"

铁风叶背对展梅，猛然吐出一蓬鲜血，大笑道："好剑法，当真痛快！"迈开步子，飘然远去，看也不再看吴重师徒一眼。

吴重哈哈笑道："展梅，你这老小子，总算来了。"

展梅立在铁风叶先前站立之处，方欲答话，忽觉内息剧烈一寒，回想交手之初铁风叶的那一记空斩，心中恍悟惊叹：那时铁风叶已在风里留下了一刀。

吴重见他不答话，又笑道："你这老小子！"

展梅闭目静气，脸上渐渐现出冻疮，咳出了两口冷血，随即才与吴重相视一笑。

两人对望良久，似都不知该再说些什么，吴重的笑容也慢慢淡了，搓着双手，在冷风中打起战来。

展梅道："料想前路已无险，吴兄珍重。"

吴重点头道："嗯，你走吧。"

展梅径自离去，叶凉忽道："多谢展前辈。"言毕长揖。展梅足下不停，扬了扬手，转眼便走得看不见了。

师徒俩默然目送，雪地上血迹散乱，宛如落梅。

过了良久，叶凉轻声道："师父，我真的天赋很高吗？"

吴重道："嗯。"

叶凉道："我一直以为，我是个没什么用的人。以前我给师傅砍柴，觉得自己还有些用，后来又想，其实人人都能砍柴，我其实还是没什么用。”

吴重道：“你眼下是没什么用，但以后会有用的。”

叶凉道：“谢谢师父。”顿了顿又道，“我、我真的很喜欢学剑。”吴重嘿嘿一笑，道：“你若不喜欢，也不会将一招剑法练上七年。”

叶凉看着手里的断剑，出起了神。

吴重忽问：“你在想些什么？”

“我想起七年前我曾问师父，‘江湖多好，师父为何要退隐？’，那时师父说自己志向很高，我还有些不信，甚至以为师父是为了临江集里的陈家姑娘而退隐江湖……”

叶凉笑了笑，继续道：“如今我已经知道，师父没有真正退隐，也一定真的有很高的志向。”

“傻孩子，”吴重露出了几乎是怜惜般的目光，看了叶凉半晌，叹道：

“江湖再好，又怎及得上陈家姑娘？”

叶凉一怔，吴重却已走到旁处去，道：“须得多多收集枯枝，今日不走了，就在这里露宿。”

师徒俩清出一方雪地，生起了篝火，久坐无言。

叶凉放眼望去，枯枝乱草从雪地上刺出头来，星星点点，一直绵延到远山暗云之间，忽听吴重道：“你看这天地，像不像是一袭溅了泥斑的白衣。”

叶凉点了点头。吴重低头一瞧，又道：“我的衣衫也脏了。”他站起身来，走离了篝火，良久过去，忽而轻轻吟道：

“日居月诸，胡迭而微？心之忧矣，如匪浣衣。”

篝火之上，火星四散飘舞；天地寒彻，北风中像是有人在哭。叶凉的目光久久追着那些火星，仿佛等到傍晚，它们就会升起成为星辰。

八

师徒俩行至玉门关时，已是早春，原野上茁起了一层嫩草。

两人在左近唯一的客栈住下，吴重道：“等出了关，再找下榻处可就难了，须得先行备齐吃用之物。”

叶凉道：“听说昆仑山莽莽千里，不知咱们要去何处？”

吴重道：“昆仑山里有座山峰，名为春山。古书有云，春山是唯天下之高山也，百兽之所聚，飞鸟之所栖。”

叶凉点了点头，道：“我见这家客栈里的住客多半带了刀剑，莫非都是去杀那人的吗？”

吴重沉吟不答，只听门外有个稚嫩的声音道：“杏花、梅花，新摘的杜鹃花！”

叶凉怔了怔，没想到远在西域也有卖花的童子，心中不禁一暖。吴重微笑道：“十年未赏过春景了，谁料卖花声里又识春，咱们出去瞧瞧。”

两人来到客栈堂中，买了几枝花，坐下喝酒，忽有个裘衣汉子踢开酒桌，疾掠出了客栈。吴重望了一眼那汉子的背影，若有所思。

叶凉见花瓣散落了一地，心中不忍，俯身去捡，抬头时却被一名年轻女子撞中了肩头。

——那女子身着淡紫衣裙，双颊嫣红，侧头看过来，神情惊惶又决绝，杏花猝遇春雨似的清艳。两人对视的一瞬里，叶凉心中竟莫名闪过了雷缨络的名字。

那女子蹙眉欲语，随即别过了头，急匆匆出客栈去了。

叶凉怔怔坐下，半晌过去，仍想着那女子颊上一抹异样的红，只觉所谓武林第一美人，恐怕也未必能及得上她。

吴重道：“那女子脸色红得有些古怪，是吗？”叶凉点头道：“想来是一种女子妆容吧。”

吴重道：“她是焉支山‘无颜崖’的杀手，唉，却已命不久矣。”

叶凉心里一颤，惊道：“师父为何这么说？”

吴重道：“无颜崖的杀手都是女子，素来蒙面行走江湖，不露容颜；只有在刺杀极难对付的高手时，才会揭去面纱，运转一门能激增内力的奇异心法，但这心法一旦使出，便活不过半日了。”

吴重叹了口气，继续道：“此心法催运起来，脸颊殷红如血，名曰‘半日红妆’。”

叶凉默然良久，道：“兴许那女子只是刚巧涂了红妆。”

吴重摇头道：“先前那穿皮裘的汉子腰上有月牙状的伤口，那是被无颜崖的弯刀割出来的，他奔出客栈，便是为了躲避那女子。”

叶凉道：“那咱们去帮帮那女子吧。”

“糊涂！”吴重呵斥道，“你如今连柴刀都没了，凭什么帮她？”

叶凉道：“可是……”

吴重正色道：“更何况，那女子与巴山剑客不同，焉支山无颜崖的杀手去刺杀的，可未必都是恶徒。”

叶凉道：“那咱们先追上去看看，兴许此刻那两人已分出了胜败。”

吴重看了叶凉片刻，颔首道：“也好。”

两人离了客栈，顺着足迹纵马奔出大半个时辰，撞见那裘衣汉子倒毙在野草间，颈上被切出狭长的一道弧。

叶凉手心微松，这才察觉手里一直紧攥着几片花瓣，已被缰绳勒得皱碎。

吴重瞥见那汉子手边的短刀，皱眉道：“这是‘解牛刀’……原来那女子刺杀的是‘游刃坊’的刀客。”

叶凉张望四野，却不见那女子。吴重道：“咱们再往前行一段。”

两人上马驰出里许，在一条浅溪边遇到了那女子，她孤零零坐在溪边，长发垂在颈侧，似在梳洗头发。

叶凉欲走上前去，忽被拉住，转头看向师父，却见吴重缓缓摇了摇头。

师徒俩默默看着那女子清洗脸颊、对溪照影，良久过去，忽听她歌道：

“失我焉支山，桃李无颜色，思君君未归，归来岂相识？”

歌声轻郁，恍如新生的春草在原野上低昂徘徊。吴重轻声道：“这是无颜崖杀手的辞世之句。”

两人将这女子和游刃坊的刀客都葬了，继续西行，跋涉月余，终于春山在望。

途中两人曾遇见不少武林中人死在荒野乱岭之间，有的是被山中刺、无颜崖的杀手所刺杀，有的却是死在别派高手的刀剑之下。叶凉没有再问师父，也知这些人都是前去春山。

时近黄昏，叶凉远远望见春山脚下升起了炊烟，吴重道：“那里是春雪镇。”

师徒俩站在一条河边，春山自山腰往上覆满积雪，那河便是从山上流下来的。叶凉道：“这镇子和春山，与临江集、与咱们住的那座山，似乎很像。”

吴重道：“不错，确是很像。”说着舒了一口长气，在草地上懒散坐了，让叶凉取水来喝。

叶凉递给吴重水囊，吴重却摇头道：“我想尝尝春山下的河水。”叶凉放下水囊，取出行囊中的葫芦，不觉一讶：那葫芦沉甸甸的，还盛着初离临江集那日所灌的江水。师徒俩下山后，吴重挥金如土，只喝酒不喝水，等到了玉门关，两人又买了几只大皮囊装水，那葫芦便一直搁在行囊中。

叶凉晃了晃葫芦，道：“这是秋天的水了，我先去倒掉。”

“这倒不忙。”吴重点了点头，目光灼灼地凝视叶凉。

“山居七年，你心中剑意已成，又经方白的目光点化，一路风霜跋涉至此，可以试着出一剑了。”

叶凉闻言怔住，与吴重对望，只觉师父的目光与方白的眼神霎时重叠，如日光耀入心头，一瞬里神魂深处清澈了许多。

他闭目沉思，那招剑术仿佛化成了一场雨，淋落在身心。那是一场下过万遍的雨，他记得每一滴雨水的形状。

他看到刀客剑客们远远行走在雨中，面容模糊。他已去过一些地方，遇过一些人，仿佛触碰到了这个江湖的一点真东西，看清楚了雾中的一痕风景，却又让他更惶惑起来。他不明白江湖中的人，为何都要这般匆匆而来，匆匆而去，带着决然的悲欣，带着百折千回的生死情仇，不知来自哪里，不知去向何方。

江湖掩在雾中，叶凉从前的梦里是如此，此刻似乎依然如此。但他心中的惶惑却已与下山前迥然不同，他已经看到了那些端坐在灰尘上的人，看到在细雨之中，在冰雪底下，依然汹涌燃烧的薪炭，他忽然想起衡山梦中听见的那声蝉鸣。

依稀就是七年前初夏听到的那声。

一瞬间叶凉的脊背绷紧如剑，手中葫芦的木塞远远迸射出去。

他随手扬出一线清水，落入了河中。那道水线在河水里久久不散，游鱼撞及，像是遇到了无形的屏障，猝然绕过；剑意缓缓下沉，鱼儿纷乱跃出河面。

他用水在水中刻出了一道剑痕。

“故人意如何，江湖秋水多。”吴重拊掌轻叹，“此一式，可名‘秋水’。”

叶凉放下葫芦，正对吴重，躬身长揖：“多谢师父教诲。”

半晌过去，春雨忽落。师徒俩一坐一站，静静看着黄昏的河面上雨花跳跃。雨线轻飘飘的，像梳子划过长发，像晨光照在身上。

叶凉道：“师父究竟是要杀谁？”

吴重道：“杀天下最难杀的人。”

叶凉道：“那是谁？”

他问完忽觉手心轻颤起来。

吴重似没听见，良久才道："华山停云书院，东海玄真教，乃是江湖中最大的两个门派。但在这一院一教之上，还有一宗。"

叶凉道："一宗？那是什么宗派？"

吴重叹道："一宗不是一个门派，而是一个人；一人即为一宗。"

他缓了缓，继续道："十三年前中原武林决战北荒摩云教，那人刀意如神，连斩'天、风、地、火'四大摩云使，独挽狂澜，救武林于水火，自此天下刀客共仰，武林同钦，尊称其为——"

细雨如尘，春风如客。

吴重站起身来，摇摇晃晃地迈步，顺着曲折的河流走向春山。随即，叶凉第一次听到了那四个字——

"天下刀宗。"

第二章

烛火微微飘摇，众人没有在堂中看见刀光，却觉有一道光华从门外的风雨中亮起，瞬息飘远——那一刻，众人的目光仿佛也随之远去，越过了绵绵夜雨，看到远处闪过一片狭长的河面；看到河边有樵夫、村童、农妇正在旷野间无声地走；看到更远处的莽莽高山；看到那道光华浮荡在群山之间，久久不散。

一

刀光般的晚霞横在天上，斩得青石镇一片昏黄，陈彻在睡梦中感到了一丝刀意。

他睁开眼，看到一个清瘦落拓的年轻人提刀立在他的脚边。那年轻人道："在下姓韩——"

刀光在陈彻的脸上折出亮斑，直视刀锋让他感到了一丝暖意，于是他又闭上了眼，继续睡觉。

镇上的石街不怎么平整，春草蹿满了大大小小的石缝，陈彻就躺在街上，那些野草倒像是从他身上蔓生出来的。那年轻人一怔，提高声音道："小兄弟，站起来说话。你叫什么名字，今年多大？"

陈彻慢慢站起，打了个哈欠，半晌才懒洋洋道："陈彻，十九。"

"原来是陈兄弟。"那年轻人笑道，"我姓韩名昂，是个刀客！"陈彻又打了个哈欠，没说什么，睡眼惺忪地打量着韩昂手里的刀。——那实在很难称作一把刀，只是一条狭长开刃的铁片，一端用布条缠出了握柄。

"我的刀不好，"韩昂也低头看着自己的刀，似有些不好意思，但很快便抬起头来，"但可别小瞧它。"

陈彻嗯了一声，看看韩昂，又看看地上，似想继续躺倒睡觉。韩昂笑道："陈兄弟，你很困吗？我来问你，这里可是青石镇？"

陈彻点了点头。

"那好得很啊。"韩昂手腕一振，那条薄铁片在早春的凉风中发出嗡嗡低鸣，“早听人说玉门关外六百里便是青石镇，也是西去昆仑的必经之地，如此看来，我倒也没走错路？”说完目光灼灼地注视陈彻。

陈彻被他盯了一会儿，老大不自在，只好接口道：“你没走错。”

“如此甚好！”韩昂肃然点头，“你可知我为何来此？告诉你也无妨，如今正气长锋阁已被猪油蒙了心，竟要与‘刀宗’决裂——嗯，看你年纪这么小，也不像江湖中人，多半没听过刀宗的大名。”

陈彻道：“听过的，他是叫云……云什么的。”韩昂道：“云荆山。”顿了顿又道，“你连刀宗的名讳都记不住，怕是记性不怎么好，你且来说说，我叫什么名字？”

陈彻道：“不知道。”韩昂道：“那我再说一遍，你可听好了，我叫韩昂，是冀州人——”陈彻道：“你有吃的没有？”韩昂愣了愣，随即哈哈一笑，从行囊中取出半张烙饼、一包腌菜，道：“我只有这些。”陈彻接过饼吃了起来，半晌没有抬头，韩昂笑了笑，正要开口，陈彻忽然道：“我记住你的名字了。”

韩昂道：“我还有个绰号，叫作‘刀震冀北’，那是江湖人称赞我的刀术。”说完看着陈彻，不禁有些心虚。其实三年前他在冀州城内的“冀北酒楼”饮酒时，曾经挥刀吓退了几名不通武功的闹事酒客，酒楼掌柜便题写了“刀震冀北”四字赠他，却并非什么江湖武人的赞语。

陈彻吃着饼，嘴里含糊道：“绰号我也记住了。”韩昂脸上微红，道：“方才我讲到，正气长锋阁枉顾恩义，许多武林中人也不辨是非，竟要赶赴昆仑谋害刀宗，我来到此地，正是要拦下他们！”

说到这里，韩昂来回走了几步，左顾右看，似乎周遭正有不少人围着他似的，神情渐渐激动。

两人一时间无话。街上荡开几声犬吠，陈彻转头一望，却是不远处有几只野狗奔过。他将吃剩的烙饼递还韩昂，道：“你也吃点吧。”

韩昂摆了摆手，问道：“你今日可曾遇到携带刀剑的过客？”陈彻道：“遇到过几个，都是向我打听镇上客栈所在。”韩昂道：“听你口音不是本地人，你为何不住客栈，却要睡在街上？”

“住不起。”陈彻道，“我家主人要我在青石镇等她，她就快到了。我睡在街上，她一到便能瞧见我。”

韩昂笑道：“原来你是给人家当仆从，你这般懒洋洋的神情，倒真不像能伺候人的。”

陈彻道：“我是欠了主人的恩情，不得不还。”韩昂道：“什么恩情，说来听听。”

陈彻道：“从前我在酒楼做店伙计，认识了一个小乞丐，每日酒楼打烊后，我便将客人吃剩的饭菜拿给他吃，时日长了，倒也成了朋友。后来他行乞时得罪了恶人，被打死了。我想为朋友报仇，却没武功，是我主人帮我报了仇。”

韩昂听他一口气说完，不禁有些讶异：“我原以为你不爱说话。”

陈彻道：“我现下吃得太饱，睡也睡不着，本该走动走动，但我又想，说说话也是一样，多说几句话便不撑得慌。”

韩昂沉默片刻，道：“你真是懒得很了。嗯，你家主人帮你报了杀友之仇，从此便收了你做仆人，是吗？”

陈彻道：“不是。当时我主人对我说：‘你天资聪颖，不该做一辈子店小二。’后来我便……”韩昂打断道：“你天资聪颖吗？我可没瞧出来，哈哈，后来你便怎样？”

陈彻道：“后来我便不做店小二了。我心想主人的这番话不无道理，做店小二每日里起早贪黑，很是辛苦，反正我那朋友已死，酒楼的剩饭也没个去处，我不如就做乞丐。此后我便做了一年乞丐，没想到又遇到了主人，她不许我做乞丐，说我还欠她恩情，须得给她做满四年仆从，才算偿还……嗯，到今年已是第四年了。”

韩昂目瞪口呆，未及说什么，忽听长街尽头传来脚步声，侧头望去，却是一个锦衣佩剑的中年人正快步行来。

“陈兄弟，稍后再聊。”韩昂神情一紧，提刀走到长街正中央，朗声道，“阁下请留步。”

锦衣中年人一怔，停步与韩昂对望。

韩昂道：“在下韩昂，是个刀客！阁下可是要去昆仑山谋害刀宗？”

锦衣人皱起了眉，却不答话。

“阁下若想杀刀宗……”韩昂的嗓音在暮风中微微有些颤抖，“须先胜过在下！”

锦衣人的右手按上了剑柄。

韩昂见状，飞快地横刀当胸。锦衣人扫量着韩昂，目光从韩昂微微抽搐的瘦削脸颊，落到洗得发白、打满补丁的粗布衣衫，再落到那只瘦骨崚嶒的握刀的手上，半晌过去，忽然拱手道：“在下只是路过，并非要去昆仑山。”

韩昂一愣，也拱了拱手，却似不知该说什么。

锦衣人淡淡道了声“借过”，从韩昂身侧走过，渐行渐远。

韩昂走回到陈彻跟前，缓缓舒了口气，笑骂道：“他娘的，虚惊一场。”

陈彻默默看着韩昂，没有说话。韩昂从陈彻手里取过烙饼，大口吃了起来。

尚未吃饱，街上又驰来一匹马，马上是个黑衣带刀的汉子。韩昂丢下烙饼，急急起身，那马已奔到他前方十数步外。

韩昂大声道：“阁下请留步！”

那黑衣汉子闻声勒马，回望片刻，道：“阁下有何指教？”

韩昂道：“在下刀客韩昂，请教阁下，可是要去昆仑山杀刀宗？”

黑衣汉子眯起了眼，道：“是便怎的？”

韩昂挺刀前行，道：“是便先须胜过在下！”

“是吗？”黑衣汉子冷笑道，“阁下先追上来再说吧。”当即催马驰去。韩昂立时发足疾奔，猛追了一阵子，终究没能追上，颓然走回来，在陈彻身旁坐了。

陈彻想了想，递过饼道："我刚才捡起来，用袖子擦过了。"

韩昂没接饼，呆坐良久，忽然道："陈兄弟，你家主人为何要来这镇上，莫非也是要去杀刀宗吗？"

陈彻道："不是。她是去抓一个人，抓到后就来镇上与我会合。"

韩昂一愣："抓什么人？"

陈彻老老实实答道："去年秋天，我家主人在鄂州遇到一个胖子，若我记得不错，那人是叫吴重。他给了我家主人二十两金叶子，请我主人帮忙送一枚珠钗给一位故人。"说罢取出珠钗给韩昂看。

韩昂接过珠钗，道："陈兄弟，你真是个实诚人，什么也不瞒我。"

陈彻道："说实话省事。"

韩昂端详片刻，没看出珠钗有什么异样，叹道："只为送这珠钗嘛，二十两金叶子，那可多得很了。"语气中颇有些羡慕。

陈彻道："只是那吴重有言在先，找到他那位故人后，须得亲眼看着那人将珠钗戴在头上，可吴重又说那人是个四十来岁的男子，怕是找到了他也不肯戴的。"

韩昂道："原来是个男子，这吴重多半是要羞辱那人吧。"

陈彻道："我主人也是这般想，故而她说，只好先去擒住那人，再给他戴上珠钗。"

韩昂道："那人是谁，很难擒吗？"

"那人的绰号没你的威风，"陈彻回想片刻，说道，"是叫弓魔江海余。"

"你家主人要抓弓魔？"韩昂瞪着陈彻，见他神情不似说笑，不禁愕然，"就为了二十两金叶子？"

陈彻道："你方才不是说二十两金叶子多得很吗？"

韩昂哑口无言，想了想又道："你家主人多大年纪？"陈彻道："我没问过，大约二十二三岁吧。"

韩昂闻言轻叹："那比我还小着一两岁。想来你家主人武功很高吧。"

陈彻道："我也不大懂，算是很高吧，她不怎么打架，倒也没打输过。"

韩昂道："那你主人教过你武功吗？"陈彻默然良久，道："教过两套拳脚，不过我也没怎么练。"韩昂极爱习武，只觉颇为不解："你为何不练？"

陈彻道："我幼年时中过毒，损伤了丹田，学不了内功，即便练些拳脚，也成不了高手，倒不如省些力气。"

韩昂一惊，道："原来如此。"

他低头看着手中的刀，良久又道："我师从冀州刀客梁炯，我师父刀术不低，但时运不济，没能在武林中闯出名头，三年前郁郁而终，留下一本刀谱，我至今也未参详明白。"

陈彻点了点头，无言以对。两人静静坐在石街上，不多时有几个客商经过，韩昂见他们没带兵器，便也没上前拦阻。

又过片刻，有个身着短裘、腰佩双刀的年轻人打马而来，韩昂一跃而起，挡在马前，报了姓名。

那人嗤笑道："你姓甚名谁，与我何干？"又瞥了一眼韩昂手里，道，"你拿着那破铁片，是作拐棍吗？"

韩昂道："这是我的刀。"

那人见他说得认真，顿时哈哈大笑，拔出腰间双刀，交击两下，刀鸣清透，远远传了出去，那人道："瞧清楚了，这才叫刀。"

韩昂恍若未闻，道："阁下可是要去昆仑？"那人道："与你何干？"韩昂道："若是，便请下马说话。"

那人冷哼一声，道："那也不必了。"说话中见韩昂走到了马前，不由得策马欲行，韩昂忽然跃起，跳上了马背，那人大惊，与韩昂在马上撕打起来。

那匹马受惊之下，撒蹄狂奔起来，不一会儿便奔过了街角，那人一边格挡闪躲，一边尖叫道："我乃青箫白马盟盟主的义子秦楚，你胆敢——”声音渐远渐低。

陈彻等了片刻，韩昂一个人走了回来，额角流血，鼻青脸肿，颇受了些伤。

陈彻道：“打赢了吗？”韩昂脖颈一梗，道：“自然打赢了，不过那人说并非是去昆仑山，我便放他走了。”顿了顿又道，“那人如此脓包，还自称是白马盟少主，嘿嘿，我看多半是吹嘘。”

两人闲谈之间，有个挑担的货郎走到两人跟前，道：“两位可要买些什么？”陈彻道：“可有金疮药吗？”韩昂一愣，随即道：“都是轻伤，用不着。你卖的可有吃食？”

那货郎道：“只有蘋草做的饼子。”韩昂道：“贫草，是穷人吃的草吗？”

货郎道：“此蘋草非彼贫草，古书有云，‘昆仑之丘有草焉，名曰蘋草，其状如葵，其味如葱，食之已劳’。”

韩昂道：“什么意思？”

货郎道：“吃下蘋草，便能远离一切烦忧。”

韩昂摇头笑道：“我可不信。”

那货郎也不争辩，亦笑道：“两位气度不凡，敢问怎么称呼？”

韩昂道：“在下韩昂，是个刀客。这位陈彻陈兄弟是……”他想说“是别人的仆从”，但又觉得不大妥当，一时说不下去。那货郎打量陈彻片刻，接口道：“这位小哥儿面相清奇，目中神光充盈，必是一位了不起的少年俊杰。”

韩昂闻言望向陈彻，但见他一副没睡醒的模样，哪里谈得上“神光充盈”四字；但这货郎却不似说笑，又仔细端详了陈彻许久，问道：“小哥儿学过武功吗，可有师门？”

陈彻照实答道：“我没拜过师，而且我幼时丹田损毁，学不了内功的。”

货郎一怔，随即微笑道：“学不了内功，那也没什么，云荆山号称

‘天下刀宗’，可算是武林第一高手，但他也不会内功。”

陈彻心头一震，与那货郎对视，但见他身形矮小，面皮黝黑，没什么不寻常之处，只是眼神异样，似乎颇蕴深意；他打量了一阵，却又觉得这货郎似有些面熟。

韩昂讶然道：“刀宗不会内功吗，这我倒是从未听说，你这话可是当真？”

那货郎道：“决计不假。要知鄙人的生意有些与众不同，不光卖杂货，还卖消息。”

韩昂道：“什么消息？”那货郎道：“武林掌故，江湖传闻，应有尽有。”

韩昂狐疑地看着货郎，道：“不知是怎生卖法？”货郎笑道：“那要看客人想问什么。”

陈彻忽道：“正气长锋阁为何要杀刀宗？”

货郎默然片刻，笑道：“这倒是问住我了，此事江湖上众说纷纭，究竟为何，恐怕天底下只有停云书院山长燕寄羽和玄真教掌教李素微知道。有人猜测说，十三年前刀宗成名，那是应劫而生，如今武林又将动乱，刀宗便也须应劫而死。”

韩昂冷笑道：“骗孩童的鬼话。”那货郎道：“也有人说刀宗已不是当年的刀宗，近年来已做下不少亏心事，正气长锋阁不得已而杀之；还有人说，是刀宗不满正气长锋阁掌控武林，想要重出江湖。”

韩昂道：“当年若无刀宗，恐怕武林难逃浩劫，如今正气长锋阁此举，便是不对。我便是不服。”

那货郎道：“阁下此言也不无道理。这一问我答不了，若两位还想买别的消息，可到这镇上的客栈里找我。”说罢挑着货担前行而去。

韩昂张望货郎背影，寻思一阵，道：“这货郎倒也是个奇人。”

陈彻问起正气长锋阁，韩昂道：“十三年前击溃摩云教后，刀宗退隐，中原武林成立正气长锋阁，各派共同推举出燕寄羽、李素微等七名阁主，议决江湖大事。”

陈彻道：“原来如此。”随后又问了些其他门派的事。先前他追随主人行走各地，但整日懒散，对诸多武林门派虽然都有耳闻，心里也并不怎么在意。可不知为何，在遇到韩昂后，对江湖事却似多出了不少兴味。

韩昂对武林中的正教大派颇不信服，略略讲了几句，便叙说起刀宗十三年前名震江湖的往事。陈彻正听得投入，忽然间啊了一声，望见长街上远远走来三人，腰佩无鞘长剑，步履悠缓从容。

韩昂停住了话头，也望向那三人，神色渐肃。陈彻道：“那三人都穿灰蓝道袍，倒像是你方才讲过的玄真教弟子。”

韩昂道：“不错，他们的剑末端很是方正，道剑无锋，正是玄真教的独门兵刃。”

陈彻道：“那他们多半是要去昆仑山吧？”

韩昂嗯了一声，站直了身躯。陈彻道：“你打不过的。”韩昂道：“是啊，打不过的。”

他想了想，将行囊放在地上，又道：“里面还有两张烙饼，都给你吃吧。”说完拍了拍陈彻肩膀，朝着玄真教三人行来的方向走去，头颅扬起，如他的名字那般。

斜阳照在韩昂身上，也染黄了石缝中的野草，晚风扫过长街，草叶摇曳不定，宛如一簇簇微小的火苗。

“在下韩昂，是个刀客！”

二

陈彻远远望着韩昂走到了玄真教三人身前，似乎正与那三人交谈。

他收回目光，默默打量着韩昂留在地上的行囊，伸了个懒腰，站起来将行囊拎在手里，朝着韩昂走去，前行中但见韩昂忽然退后了数步，横刀以待。

与此同时，玄真教弟子中走出一人，无锋剑斜斜指地。

韩昂出刀劈向那玄真教弟子右臂，那人手腕转动，剑身划出一个圆，格开长刀，紧接着捺腕一点，无锋剑的末梢敲在韩昂右肋——韩昂的身形顿时僵住，下一瞬，仿佛失却重量一般，双足离地，跌在丈外。

陈彻抢步上前，将韩昂扶起，瞥见那名玄真教弟子眉眼清稚，却是个十六七岁的少年。

那少年身后立着一男一女，均是二十来岁。那女子道："张师弟，你出手未免太重。"那少年道："谁让这疯子挡路。"那女子道："不得无礼。"她模样柔美，气度温婉，即便语气中流露责备之意，神情却仍是和和气气的。

那少年道："方师兄，你来评评理。"

那男子闻言笑了笑，却没看自己的师弟，与陈彻对视了片刻。陈彻霎时怔住，只觉心中莫名放松了许多，仿佛遇见了多年老友似的。

韩昂道："这位陈兄弟不是江湖中人，三位道长莫要为难他。"

那男子道："韩兄误会了，我们与两位萍水相逢，素无冤仇，自然不会为难两位，此为其一。"他语声幽静自然，宛如细雨敲窗，清泉击石，颇为悦耳。他身旁那女子看了他一眼，微微一笑，对韩昂道："我们三人都未出家，这'道长'二字可不敢当，此为其二。"

韩昂道："三位不是要去昆仑山？"那男子道："我们来到青石镇上，实是另有要事。"韩昂拱手道："那是在下失礼了。"

那少年接口道："不错，你是大大的失礼了。非但失礼，而且——"话未说完，那男子忽道："张师弟。"少年似是对师兄极为敬畏，当即住口不言。

韩昂道："方才还未及请教三位姓名。"双方交谈了几句，原来那三人都是玄真教"轻"字辈弟子，那男子姓方名轻游，那女子名为楚轻鸿，那少年则叫张轻鹿。

韩昂道：“三位都是素微真人的弟子吗？”

方轻游摇头道：“在下师从长希真人，楚师妹师从妙夷师姑，只有张师弟是掌门师叔的弟子。”

韩昂道：“原来如此。”赵长希、苏妙夷、李素微并称“玄真三子”，在江湖中可算是尽人皆知的前辈高人，陈彻对此却不甚熟悉，随口道：“你们的三位师长，名字都很古怪。”

那少年张轻鹿眉头一竖，便要出言呵斥。方轻游摆手拦下，莞尔道：“陈兄弟不是江湖武人，出语天然，那也没什么不对。”又对陈彻解释道：“视之不见名曰‘夷’，听之不闻名曰‘希’，搏之不得名曰‘微’，乃是道经里的说法。”

陈彻道：“视之不见、听之不闻，倒是省事得很，真是好名字。”他疏懒惯了，觉得省事便是好名字，方轻游闻言与楚轻鸿对望，两人都忍俊不禁，只有张轻鹿怒气冲冲地瞪着陈彻。

陈彻却不看张轻鹿，沉思片刻，转头对韩昂道：“韩大哥，方才我见你明明是被剑梢自上而下击中，为何却会向上飞起？”

韩昂脸上一红，道：“料想那是玄真教的‘空游诀’，嘿嘿，名不虚传，果真玄奇。”

陈彻道：“空游诀是剑法的名字吗？”

张轻鹿忍不住接口道：“你这人未免见识太少，空游诀是我玄真教独门内功心法，我方才所使剑法乃是‘玄真八剑’中的第一式。”

陈彻道：“原来如此。照我看来，方才你那一式使得太……嗯，使得太多了。”

张轻鹿冷笑道：“胡言乱语，玄真剑法博大精深，岂是你能懂的？”

方轻游却神情微变，道：“陈兄弟，不知道你所说的‘使得太多’，是什么意思？”

陈彻道：“我确实不懂剑术，只是觉得，方才他若只划半个圆，那么无须格挡韩大哥的刀，便能直接刺在韩大哥腹上。”

张轻鹿道：“腹部要害，守御严密，哪能轻易刺中？”

陈彻道：“只需稍稍侧步，既能避开刀锋，又便于刺击；出剑不能太快，稍慢些兴许更容易刺中。”

方轻游讶然道：“陈兄弟，你从前见过这一式剑法吗？”

陈彻道：“没见过。从前我家主人打架，我从旁观看，她每次打完总是会让我讲说几句，但她从没说过我讲得对不对，料想是不对的。”

方轻游道：“嗯，刚才你讲得很对。”

张轻鹿急道：“方师兄，你怎么帮着外人说话？”

方轻游脸色一肃，道：“玄真八剑第一式‘尘光纷锐’，要旨为何？”

张轻鹿顿时收敛神情，倒挽长剑，语声恭谨道：“挫其锐，解其纷，和其光，同其尘。”

方轻游道：“不错，这位陈兄弟对这十二字的领会，可比你要深多了。”

韩昂听得茫然，苦笑道：“他划一个圆也好，半个圆也罢，我都是破解不了的，那也无甚差别。”

陈彻想了想，道：“要破解这招剑法，倒也不难。”

此言一出，张轻鹿不怒反笑：“大言不惭。”楚轻鸿也不禁蹙眉道：“我玄真教创教百余年来，武林中尚无人敢说能破解玄真八剑。”

方轻游沉吟片刻，道：“陈兄弟既有此言，不妨去一旁将破解之法说与韩兄，稍后再来与我师弟比过。”

韩昂很是好奇，当即答应，拉着陈彻走离了十来步，压低声音道：“陈兄弟，你真有破解之法？”

陈彻老老实实道：“照我想来，只要顺着他所划圆弧的方向，不断绕着他闪躲招架，寻机朝着圆心斩去便是。”

韩昂琢磨一阵，道：“好，就这么办！”

两人走回去，那张轻鹿已经仗剑以待。

随即交起手来，韩昂先虚晃一刀，诱得张轻鹿使出那式“尘光纷锐”，而后连闪了几步，冷不丁出刀斩向张轻鹿左胸，此时张轻鹿刚刚划完一个剑圆，猝不及防，堪堪避过，仍被削去了一片衣襟。

韩昂又惊又喜，道：“陈兄弟，你的法子当真好用！”

张轻鹿脸上涨红，道：“再来！”方轻游道：“张师弟，这次你划半圆。”

韩昂跃跃欲试，道：“再来就再来。”

两人再度交手，这回张轻鹿谨慎了许多，韩昂拖刀绕着他游走良久，张轻鹿也不使别的招式，连出几招都是那式“尘光纷锐”，划出一个又一个半圆；韩昂耐下性子格开几剑，终于等到一个旧弧划老、新弧未生的空隙，霍然劈向张轻鹿右腿——

张轻鹿大惊失色，膝盖微弯，人已高跃而起，悬空飘摇了一瞬，随即如失力的纸鸢般歪歪斜斜地滑退丈外，收剑站定。

韩昂赞道：“早听闻空游诀既是内功，亦是轻功，今日得见，当真神妙非凡。”

张轻鹿冷哼一声，神情极为不服，嘴唇动了动，却欲言又止。

方轻游道：“佩服。”也不知是对韩昂说，还是对陈彻说。随后他缓步上前，道：“韩兄，我也来试一试。”

韩昂意气风发，道：“尽管来试。”

“好，”方轻游道，“我这一剑，要刺韩兄腹上‘天枢穴’。”

韩昂一愣，道：“请吧。”心中却也不怎么相信。方轻游道声“得罪”，长剑直直刺出，却正是向着韩昂腹部而去。

韩昂立时挥刀格挡，刀剑相触的瞬间，韩昂只觉剑上传来一道浩荡如山海倒转般的旋劲，长刀不由自主地脱手，远远飞了出去，坠地后仍然翻滚不休。

方轻游剑势不停，在韩昂的天枢穴上轻点即收。

韩昂呆了半晌，转头看向陈彻：“他这一剑可没划弧呀，他换了招式，我破解不了啦。”

陈彻想了想，道："他没换招式。只是他要划的圆很大很大，他方才那一剑只是那个圆上极短极短的一道弧，故而看起来和一记直刺无异。"

韩昂道："很大很大，那是有多大？"

陈彻道："我不知道，至少要远远大过这座青石镇，我也看不出他的圆心落在何处。韩大哥，这人很是厉害，我主人也未必能胜过他。"

"过奖了，"方轻游摇头一笑，转口道，"请教二位，近日里可是一直在青石镇上吗，不知可曾见过一个货郎？"

韩昂一怔："见过的。那人黑面皮，身形不高，眼下应在镇上客栈里。"

玄真教三人闻言相互对望，方轻游道："原来如此，多谢相告。"

韩昂道："那货郎言行很是奇异，也不知究竟是谁。"

"很是奇异吗？"方轻游点了点头，若有所思，"那人便是正气长锋阁七位阁主之一，藏玉楼楼主温歧。"

三

"这……这可真是万万料想不到。"韩昂满脸震惊之色，好一阵子没再说话。

陈彻对这等江湖高人素来也不怎么知晓，此刻便也不甚讶异，只是想起先前温歧劝慰他那句"学不了内功，那也没什么"，心中很是感激。

方轻游道："我等要去客栈拜会温楼主，两位可要同去吗？"

陈彻望向韩昂。韩昂默不作声，跑到远处，捡回那柄被方轻游击飞的长刀，用袖口仔细擦去刀身沾染的灰土。

方轻游见状歉然道："韩兄，方才实在对不住。"

韩昂笑道："没什么。"顿了顿又道，"我也去见温楼主，我想问问他，正气长锋阁究竟为何如此忘恩负义，要害刀宗。"语声虽轻，却甚是坚定。

楚轻鸿道："阁下方才拦住我们，也是为此吗？"

韩昂点了点头。楚轻鸿面露犹豫之色，却没说什么。

一行人走向镇子西边。张轻鹿先前一直气鼓鼓地不说话，走了一阵，神色渐渐平复，忽然道："从前我练不好这式尘光纷锐，总以为是自己划的圆太大了，到今日才明白，其实是太小了。"

楚轻鸿道："我初学这式剑法时，师尊曾说，此式修到极境，剑意可跨越山河万里，囊括天地众生。我当时还觉师尊所言未免太过夸大，后来修习渐深，才知其中大有真意。"

方轻游亦道："我玄真教武学不似其他门派那般花样繁复，只有一门心法和八式剑法，但单这一式尘光纷锐，便是一生也修习不完的。"

张轻鹿点了点头，认认真真道："多谢师兄师姐教诲。"

不多时来到镇上唯一的客栈，陈彻见那客栈已很是老旧，"青石老店"的木头招牌字迹斑驳，残缺了一角的酒旗在风中翻卷。客栈再往西便是一片荒冷的野地，远远能望见一株老柏树孤兀地立在野草之间。

几人踏入客栈，堂中有个店伙计正自扫洒，招呼道："客官是要打尖还是住店？"

方轻游道："我们是来寻人，嗯……那人正在贵店里下榻，是个货郎。"

那店伙计恍然笑道："果真有人来寻他。他方才便匆匆出门去了，留下一张字条。"说着取来字条，方轻游接过一看，上面潦草写着："忽遇急情，暂离此间，明晨再与诸位擒魔侠士相会。"

方轻游将纸条交给其余人看了，坐下来沉思不语，怅然若失。

张轻鹿神色懊恼，道："没想到这般不巧，不然咱们便先拿了'青锋令'，那该多好。"

楚轻鸿看着方轻游，眸中柔光流转，轻叹道："轻鹿，你实在不懂你师兄，他不是为青锋令而来的。"

方轻游叹道："我心中有一个大困惑，想着温楼主或能解答，故而才提早赶到镇上，想请教他老人家。"

张轻鹿茫然道："方师兄，你武学修为这般高，还能有什么困惑？"

方轻游轻轻一笑，道："即便武功高如掌门师叔和停云山长，也未必没有困惑，即便是刀宗——"说到这里，却不说下去了。

楚轻鸿轻声道："明早便能见到温楼主，到时再问也不迟。"

方轻游点了点头，眉宇间却仍有一丝忧闷之色。

堂中一时沉默。陈彻忽道："青锋令是什么？"

"那是正气长锋阁所颁令牌，"韩昂解释道，"持青锋令者，称为'青锋令使'，行走江湖受到各派礼遇、武人景仰，惩恶锄奸时也可号令群侠，地位极高。若我记得不错，这十三年来，正气长锋阁一共也只颁出了十枚青锋令。"

楚轻鸿道："看来两位有所不知，去年弓魔江海余重现江湖，正气长锋阁传出话来，若有侠士能擒杀弓魔，便能成为武林中第十一位青锋令使。"

韩昂讶然道："原来如此。那弓魔不是在十二年前便销踪匿迹了吗？"

楚轻鸿道："据传这魔头此番出山，是要追杀一个名叫吴重的人，至于这吴重究竟是何人物，却不得而知了。去年秋天，弓魔在衡州遇上了方白，血河弓被击断，重伤而逃。"

韩昂感叹道："能在方白剑下逃得性命，这魔头也算极厉害了。"

楚轻鸿道："弓魔一路北逃，又造下不少杀孽，七日前终于在玉门关外被擒——"

陈彻啊的一声，道："弓魔被擒住了？可是我家主人擒住的吗？"

楚轻鸿道："这半年来，武林中追捕弓魔之人颇多，那弓魔虽然伤重，仍然十分难斗，七日前擒下弓魔的，除了方师兄还有六人，不知你家主人尊名？"

陈彻道："她叫宁简。"

方轻游恍然道："原来是宁姑娘。不错，她也在其中。"韩昂瞪大了眼睛，看着陈彻道："原来你家主人竟是一位女子。"

张轻鹿插口道："那日若非我方师兄以一式'寂兮寥兮'封死弓魔退路，恐怕余人也未必能擒住弓魔。"

陈彻道："是温歧约了你们这些擒住弓魔的人在镇上相见的吗？"他不大懂得江湖位份，故而对温歧直呼其名，并不称为"温楼主"。

楚轻鸿点了点头，道："我们收到温楼主的飞鸽传书后便赶来了青石镇。"

说话中，客栈的木门吱呀响动，又走进来两人。一个是腰间挂着青铜酒壶的中年汉子，另一人是个三十出头的年轻人，一身白袍罩住全身，连双手也不露出。

陈彻打量两人，但见那中年汉子样貌英武，只是满脸皱纹，似饱经风霜；白袍人则眉清目秀，但头发只有寸许长，瞧着很是奇特。

方轻游与两人打过招呼，为陈彻、韩昂引见，原来那中年汉子是青州"飞光门"的刀客岑东流；那短发年轻人则是西域"明光教"的白衣僧卓明月，却是先天聋哑。

卓明月的目光在韩昂身上一转，落在韩昂的刀上。韩昂正自不明所以，卓明月忽然冲他咧嘴一笑，径自走到堂中角落的一桌坐下。

岑东流道："他是夸你的刀好。"

韩昂一怔，望向卓明月。卓明月本来正面对墙壁，似有察觉般微微侧颈，对韩昂点了点头。

岑东流笑道："你的刀很好，我的也很好。"说着拍了拍腰间的铜酒壶，又道，"这是我的刀。"

韩昂细看那铜壶，只见壶面上镂刻着一条龙，形体古拙，口衔烛台，不禁赞道："早听闻飞光门以壶为刀，今日得见，大开眼界。"

岑东流哈哈一笑，看向方轻游，道："方兄，不知温楼主到了没有？"

方轻游递过温歧留下的字条，岑东流看后点了点头，眉头微皱。

方轻游道："岑兄，其余人也快到了吗？"

岑东流道："雷缨锋押着弓魔，走在最后，其余都快到了。"随即嘿嘿一笑，又道，"我看这次'天音宗'的薛秋声是对青锋令势在必得，也不知温楼主会不会给了他。"

方轻游颔首道："天音宗近年来愈发热衷名望，薛秋声是天音宗的长老，更不例外。"

陈彻从旁悄声问过韩昂，得知天音宗是武林八奇之一，亦可算是武林中最为神秘的宗派，门规教义向来不为外人所知，也没人说得出天音宗的宗主是谁、究竟有多少门徒，只知道他们人人身披墨袍，有时三五成群，有时孤身一人，携带竹箫行走各地，聆听天声地籁。

岑东流又道："这弓魔作恶太甚，百死难赎其罪，也不知温楼主为何不许咱们杀他，却要咱们将他带到这青石镇上。要我说七日前便该杀了他，省却诸多麻烦。"

方轻游道："温楼主是正气长锋阁的智囊，运筹帷幄，谋虑深远，此举必然大有用意。"

岑东流沉吟道："温楼主与天音宗交情匪浅，说不准真会把青锋令给了薛秋声。"说着坐了下来，招呼店伙计上酒。

方轻游道："青锋令颁给何人，那是正气长锋阁七位阁主共同议定，不是温楼主一人之言能左右的。"

岑东流提起酒坛倒了两碗酒，随口道："那么方兄是觉得，明晨薛秋声是拿不到青锋令了？"说完抬眼看向方轻游，目中锋芒一闪。

两人对视片刻，方轻游摇头道："我不知道。"

岑东流道："我一直觉得此事甚为古怪：天音宗不设总坛，门徒漂泊无定，一贯清苦得很，绝非争名逐利的宗派，何以这十多年来一味攀附正气长锋阁？"

方轻游道："攀附？岑兄觉得'攀附'正气长锋阁有何不对吗？"

岑东流一怔，随即哈哈笑道："那也没什么不对。方兄，我敬你一碗。”

随后，几人闲谈起沿途风光。陈彻本是想着来到客栈或许有机会请教温歧，刀宗不会内功，为何仍能成为天下第一高手；眼下温歧不在，他便对韩昂道：“韩大哥，我须得去街上等我主人。”

韩昂道：“那我也到街上走走。”

两人走出客栈。韩昂道：“陈兄弟，你是怎么看出张轻鹿剑术破绽的？我方才便想问你，只是不好当着他的面问。”

陈彻沉思片刻，却觉无从说起，只得老实答道：“看出来便是看出来了，我也不知道自己是怎么看出来的。”

韩昂嗯了一声，道：“你家主人说你天资聪颖，果真没说错。”

说完他忽而驻足，眺望客栈西边，久久没再说话。

陈彻顺着韩昂的目光望去，但见野地上春草散乱、飘摇如泣，一株老树枝杈横斜，远远的宛如一道挥舞着双臂的人影，再远处便只有天边的一角残照。

陈彻道：“韩大哥，你在看什么？”

韩昂道：“昆仑山。”

陈彻一怔，道：“昆仑山离青石镇尚有千里之遥，看不见的。”

韩昂道：“小时候我在冀州追随师父学刀，总也学不好，很想弃刀不练了，每当这时，师父便会为我讲起刀宗的诸多事迹，他说天下刀客，无不西望昆仑山，因为刀宗就在昆仑山。后来师父死了，我自己练刀，练到苦处难处，便向西张望一眼，也就能继续练下去。”

他沉默片刻，又道：“师父从没见过刀宗。我自然更没见过，其实天下刀客，大都也没见过的。”

陈彻道：“你很想见到刀宗吗？”

韩昂想了想，道：“我也不知道。其实我不知道自己能不能算是一个刀客。”

两人都沉默下去，一齐望着西边。一道冷风如长刀离鞘般穿过狭长的石街，拂动两人衣袂，吹入了茫茫荒野，就此消散无踪。

陈彻忽然发觉，日落前夕，天地反而无比澄澈，春草一根根清亮欲滴，仿佛每片草叶都是孤零零生长着，又看了一阵，那些春草却终究又汇聚在一起，起起伏伏，草色渐远渐沉郁，如一道河水绵延西去。

两人转身向东，默然走出老远；转过一个街角，忽然听见有人交谈："方师兄，这两三年来你一直心事重重，究竟是为了什么事这般困扰，连……连我也不肯告诉吗？"

陈彻回头望去，却是方轻游和楚轻鸿不知何时也来到了街上，两人都是神情忧凝，边走边相顾交谈，却没留意到陈彻和韩昂。

方轻游闻言似怔住了，未及作答，韩昂便轻咳一声，两人这才察觉到附近有人。楚轻鸿脸色微红，欲言又止。方轻游道："两位不回客栈用饭吗？"

陈彻道："我们先前吃过烙饼了。"

方轻游点了点头，不再多言，与楚轻鸿走到别处去了。

陈彻与韩昂又走了一阵，却见迎面行来两人，一人四十多岁，黑衣麻鞋，腰间挂着一支竹箫，陈彻猜想此人多半便是先前方轻游与岑东流提到的薛秋声。另一人则三十来岁，身形肥胖，华服玉带，俨然一位富家公子，陈彻却不知是谁了。

那两人扫了陈彻、韩昂一眼，见不相识，便没理会，只自顾自谈笑。

"薛兄的'寒蛩爪'轻轻一击便废了弓魔右臂，那是已修至化境了。"那富家公子说话时满脸堆欢，语调极是油滑惫懒。

"废了弓魔不算什么，"薛秋声的嗓音宛如老琴枯弦，又涩又闷，"待我去到昆仑山，将云荆山那厮也废了。"

两人一边聊着，一边经过了韩昂和陈彻。一瞬间韩昂攥紧了拳，没有说话。

陈彻心中莫名松了口气，道："韩大哥，再往前走，便是咱们今日初见时的地方，我便在那里等我主人。"

韩昂静静立着，恍若未闻，神情奇特而僵硬，目光仿佛落在很远的地方，陈彻正要再说话，韩昂忽然轻轻笑了起来，随即大声道："蚍蜉撼树，实在可笑。"

那两人已走出十数步远，闻言顿时停步。薛秋声转回身来，缓缓地道："你是在笑我吗？"

韩昂道："不错。"

薛秋声走了回来，面无表情，打量着韩昂手里的刀，忽然伸手摸了摸刀刃，道："这是你的刀吗？你是谁，哪个门派的？"

韩昂道："我叫韩昂，无门无派，是个刀客。"

薛秋声点了点头，道："好个刀客。"说着拍了拍韩昂肩膀，转身离去。那富家公子看了韩昂一眼，也跟着走远。

韩昂愣了一阵，笑道："这厮好生古怪。"

陈彻道："咱们走吧。"

两人继续前行，各自聊了一些从前的见闻，韩昂道："陈兄弟，你没去过冀州吧？"

陈彻道："没去过。"

韩昂道："我也三年没回去了，我从前是和师父在冀州城郊的一处山崖上练刀，那是座没有名字的荒山——"正说到这里，啪啦一声，手中的长刀断了。

韩昂顿时呆住，默默拾起地上的断刃，脸色惨白。

陈彻一惊："韩大哥，怎么回事？"

韩昂神情困惑，道："我也不知道，方才我好像听见有只虫子在我肩上叫了一声。"

说着他摇了摇头，又往前走了几步，忽然喷出一口血，栽倒在地。

陈彻急忙将韩昂扶起，搀着他走到街边靠墙坐了。韩昂茫然一笑，想要说句什么，却止不住地咯血，起初还是殷红的鲜血，片刻后便转为黑色。

陈彻从前多次见过主人打架，知道这是伤势已深至脏腑，一时间惊慌失措，颤声道："是薛秋声，是他方才……"

韩昂脖颈一垂，晕厥过去。陈彻想到方轻游正在左近，兴许能救韩昂，当即在周遭疾奔了一圈，口中高声呼喊，却没能找见方轻游。他静心想了想，返回去将韩昂背起来，打算奔回客栈求救。

刚跑出几步，韩昂受到震荡，清醒过来，又咳出一大口黑血，忽道："行囊……在行囊里……"

陈彻见状不敢再疾奔，将韩昂轻缓放躺在地，道："韩大哥，别管行囊了，你先在这里歇息，我这便回客栈去请人来——"

韩昂轻轻摇头，勉力道："刀谱，在行囊里……师父留下的刀谱……"

陈彻怔了怔，却见韩昂已再度陷入了昏迷。他捡起韩昂的行囊，抱在怀里，朝着客栈狂奔而去。

半路上，忽听有人叫他——"陈彻。"

陈彻霎时顿住步子，一颗心怦怦急跳，几欲炸开，只觉天旋地转，眼前阵阵发黑。在他背后，有个身披鹤氅的年轻女子正朝他走来。

他转回身，气喘吁吁，一时间说不出话来。

"陈彻，你怎么了，有谁欺负你吗？"

那女子语调清冷，带着些许不耐烦，但陈彻仍觉心中忽然一暖，渐渐松懈下来。

——天色已极昏暗了，两人在当日最后的一抹余晖里相对而立，两道斜长的影子如刀剑一般，刻在青石地面上。

四

陈彻一时不及细说，急匆匆领着主人宁简返回韩昂所在之地。

尚未走近，便见一群野狗正围着韩昂打转，不时便有一只狗凑到韩昂脸旁轻嗅几下。宁简道："这人快要死了。这群狗在等着他咽气。"

陈彻胸中陡然一酸，冲上前去拳脚齐出，将那群野狗逐走，转回头对宁简道："他是被天音宗的薛秋声所伤。"

宁简点了点头。陈彻道："主人，请你救救他。"宁简道："他是你的朋友？"

陈彻想了想，道："也称不上。"

"称不上吗？"宁简淡淡一笑，"那你为何要救他？"

陈彻道："他请我吃了烙饼。"顿了顿又道，"求主人救他。"

宁简默然片刻，道："四年前你我约好，你每求我一件事，便须多给我做一年仆从。这四年来你很有骨气，从没求过我一件事。今日你要求我吗？"

陈彻道："嗯，求主人救他。"

宁简微微颔首，不再多言，伸手搭住韩昂右腕脉门，渡入内力，片刻后神情微变，又将掌心按在韩昂的肩井穴上。

半炷香后，宁简额上微微见汗，撤掌道："寒蛩爪的内劲很是奇诡，侵入经络已久，一时难以根除，不过此人的性命算是保住了。"

陈彻道："多谢主人。"

不多时，韩昂清醒过来，缓了口气，瞧见陈彻身旁立着一名容貌极清丽的年轻女子，寻思一阵，道："这位姑娘，想来便是陈兄弟的主人吧。"

陈彻点了点头。韩昂道："多谢姑娘仗义相救，如此深恩，实在——"

宁简淡淡道："我救你不是仗义，你也不必谢我。"韩昂一愣，便没说下去。宁简转头对陈彻道："他不久便会再睡过去，须得将他安顿到客栈里静养。"

陈彻道："我背韩大哥过去，只要走得慢些，应当不会牵动伤势。"

宁简想了想，道："你没有内功，终究走不稳当。嗯……你且在此稍待。"说完便向东行去。

她说走便走，陈彻倒也习以为常，对韩昂道："韩大哥，你好些了吗？"

韩昂道："好多了，陈兄弟，多谢你。"

陈彻道："你请我吃饼，我请我主人救你，咱们谁也不欠谁。"韩昂道："那我可是占了大便宜了。"说罢与陈彻相视一笑。

韩昂又道："方才我在半睡半醒之间，依稀瞥见你出拳打狗……"陈彻道："嗯。"韩昂道："你的拳脚很是利落呀，是你主人教你的吧，你不是说没怎么练过吗？"

陈彻一怔，道："说是没怎么练，多少也练了一点。"

韩昂沉默片刻，道："陈兄弟，你的武学天分这般高，心中定然也有很高的志向吧。"

陈彻道："没有。"

两人在凉风中闲聊了一阵，韩昂忽觉倦意深深涌来，果如宁简所言，很快便陷入昏睡。

夜色渐深，青石镇上渐渐亮起了稀稀落落的灯火，陈彻望见宁简快步归来，后面还跟着另外两人，都是陈彻未见过的。

陈彻打量右边那人，见他年约三十，模样很是敦厚，甚至显得有一丝憨傻，身形却极为健硕，肌肉鼓胀，掩在一身青灰色短打劲装之下。

再看左边那人，不由得一惊：那人一头凌乱灰白的长发，脸上伤痕纵横，双手被缚，一袭红袍上遍布血污，双腕和双膝上血迹尤重，脚上拖着铁锁链，走得踉踉跄跄，瞧上去可谓惨不忍睹，但那人却神情漠然，半闭着一双眼睛，似是毫不在意。

陈彻道："这人便是弓魔？"宁简点了点头，道："弓魔旁边这位，便是近年来名震江湖的雷缨锋雷兄了。"

雷缨锋道："宁姑娘过奖了。"嗓音既沉厚又干脆。

陈彻留意到雷缨锋的双臂上遍布细细的火色纹路，乍看以为是刺青，随即又觉不是：那些细纹宛如血脉，似是由内而外透发出来，仿佛有滚热的熔浆般的力量正在雷缨锋的皮肤下面流动。

宁简道："可否有劳雷兄，将这位受伤之人带去客栈？"

雷缨锋道："自无不可。"当即一手托在韩昂背心，一手托在其膝弯，将其抱起，忽然眉头微皱，又道，"寒蛩爪吗，好生狠辣。咱们走吧。"

几人前去客栈，途中宁简忽道："陈彻，把那枚珠钗给弓魔戴上。"

陈彻一怔，点头答应，方取出珠钗，弓魔江海余半闭的眼睛陡然睁开，目光宛如两道寒芒钉在珠钗上。

陈彻与江海余对视片刻，道："弓魔的眼神有些怪异。"宁简微微一笑："吓到你了？"

陈彻老实答道："那倒也没有。"说着便要上前将珠钗插进弓魔头发。与此同时，雷缨锋忽然双足微颤，上半身纹丝不晃，人已挡在江海余身前。

宁简蹙眉道："雷兄这是何意？"

雷缨锋道："弓魔虽恶，总算是武林中的成名高手，咱们擒他杀他，天经地义，却也不必折辱于他。"

宁简一时间沉吟不语。与她一同擒住弓魔的这些人之中，她最为忌惮的便是雷缨锋。对于雷缨锋的武功，她多年前便有知闻：金陵雷家武学，分为"风雷""渊雷""岩雷"三种，其中风雷是拳掌功夫；渊雷是雷家正统内功，又称雷渊壶，运转起来能极大激升"列缺惊飞掌"等风雷武学的威力；至于岩雷，则独有自己的内功与招式，修炼起来艰巨无比，而且即便穷年累月耗费绝大的心力练成了，威力似也未必能胜过风雷。故而雷家弟子几乎人人修习风雷和渊雷，雷缨锋是近五十年来唯一练成岩雷之人，其心性之坚忍，让她思之隐隐惕然。

陈彻道："主人——"宁简冷哼一声，道："此事先不着急，等到了客栈再说。"

陈彻闻言将珠钗收起，雷缨锋道："谢过宁姑娘。"

少顷，一行人来到了青石老店，推门而入，堂中已燃起了灯烛，喧笑声扑面而来。

陈彻环视堂中，但见玄真教三人与飞光门的岑东流坐了一桌；薛秋声与明光教的卓明月各自独坐一桌；那身形肥胖的富家公子则在堂中走来走去，指手画脚，似谈笑正欢。

众人见到雷缨锋，纷纷起身道："雷兄辛苦。"唯有薛秋声瞥见雷缨锋竟抱着韩昂进来，便只静静坐着，神情僵冷。

陈彻随雷缨锋来到楼上客房将韩昂安置妥当，返回堂中，坐在主人宁简那桌。雷缨锋则与江海余坐了角落一桌。

众人相互敬酒，堂中一时嘈杂。那富家公子笑嘻嘻道："不妨也给弓魔吃两口饭，若他等不到明晨便饿死了，那可没法向温楼主交代。"说着让店伙计端来半碗饭、一碗水。江海余脸色淡漠，既一言不发，也不吃不喝。

宁简忽道："陈彻，讲讲韩昂的事吧。——诸位也可一起听听。"

堂中顿时一静，陈彻怔了怔，站起身，将韩昂如何遇到薛秋声、如何为其所伤原原本本地讲了出来。

众人听完面面相觑，一时间无人开口。岑东流干咳一声，道："虽说是那韩昂挑衅在先，不过薛兄出手是否也……太重了些？"

方轻游亦道："岑兄所言不错。"

薛秋声冷笑道："天音宗对正气长锋阁的决议素来奉行，不遗余力，薛某说要杀刀宗，也正是为此。那姓韩的小子非只是辱我，更是不将正气长锋阁放在眼里，那便是武林败类，死不足惜。"

"薛兄言之有理。"那富家公子接口道，"当时我正在薛兄身边，那韩昂所言，方才诸位也都听这位陈兄弟讲了，确然是对薛兄甚不尊重，咱们江湖武人本就看重脸面——"

正说到这里，宁简忽然轻轻笑了起来，她方才只是神色清冷地听着，此刻嘴角带笑，在灯烛映照之下极为明丽。

薛秋声皱眉道："宁姑娘笑什么？"

宁简轻啜了一口酒，转头看向薛秋声，不疾不徐道："蚍蜉撼树，实在可笑。"

薛秋声闻言霍然站起，冷冷瞪着宁简。

宁简却转回头，不再看薛秋声，自顾自饮酒。

堂中一阵静默。天上隐隐有雷声滚过，沉闷而悠长，那富家公子干笑道："哈哈，这是要下雨了，来来来，咱们接着喝酒！"说完却没有人理他。

薛秋声道："宁姑娘是铁了心要和薛某作对了？"

宁简恍若未闻，径自对陈彻道："从前我与人打架时，你看过的招式，都还记得吗？"

陈彻道："都记得。"宁简道："记得归记得，看懂的又有多少呢？"

薛秋声见宁简竟对他的问话置之不理，脸色愈发森寒，缓步朝着宁简走去。宁简却仍看着陈彻，似在等他回答。

薛秋声的脚步暗合雷声，走出几步后，天上轰隆一响，春雨骤落，薛秋声也加快了步子，掠到宁简身前站定，缓缓抬起右掌。

陈彻想了想，答道："大都能看懂的。"

"很好。"宁简莞尔道，"今晚怕是少不了打架呢，你可要看好了。"

话音方落，薛秋声右掌倏然成爪，掌心振出怪鸣，落向宁简肩头，霎时间堂中蝉声四起。

宁简端坐不动，目不旁顾，倏然扬袖，一缕狭长的刀光从袖口蹿出，堂中灯烛忽暗。

层层叠叠的蝉声顿时消隐。

当是时，薛秋声的身影如一团浓墨般原地化散，闪退到丈外。呼啦一声，客栈的门开了，闪电破空，照亮了门外密急的雨线。

宁简侧头看向薛秋声，手里已多了一柄短刀，刀刃上青色的刀纹散乱，宛如初春的柳丝。

薛秋声神色肃重而又惊疑，低头凝视自己的右掌，嗤的一声，掌上尾指和无名指齐根断落，细血迸射如箭。

冷风涌入堂中，众人望向门外，恍惚间心生错觉，仿佛正是方才那一抹刀光压低了满堂烛火，冲出门去，点亮了漫天夜雨。

宁简站了起来，持刀一步步走向薛秋声，手腕轻振，刀刃如花叶般在夜风中簌簌作响。

一阵电闪雷鸣，将雨声催得更紧。

“宁姑娘。”雷缨锋忽然叹了口气，挡在薛秋声身前。

宁简一言不发。雷缨锋又道：“好在韩兄弟总算是性命无碍。”

薛秋声冷笑道：“雷兄让开，今日我非亲手杀她不可。”当即出指封住右掌血流，抽出了腰间竹箫。

雷缨锋摇头道：“万万不可。”

薛秋声前行两步，欲绕过雷缨锋，雷缨锋微微转身，与薛秋声肩头相撞。一瞬间薛秋声只觉自己撞中了一座沉静的火山，有沛然无尽的热力正在雷缨锋岩石般的身躯内翻滚涌动，即要喷发过来。

薛秋声骇然之际，侧退了一步，肩头滚烫欲燃。

“大家莫伤和气，莫伤和气！”那富家公子走到门口，慢悠悠地将门掩好，笑呵呵道，“方才宁姑娘好刀术，薛兄的……的身法也很了不起，想来定然是天音宗的‘鸦羽’之术了。”

岑东流哈哈一笑，道：“鸦羽身法自是极了不起的，否则薛兄方才只要稍慢一丝，整只手掌也都被斩掉了。”他已喝了不少酒，此刻脸上显出醉意，眼神也狂放了许多。

薛秋声大怒，刚要开口，却听雷缨锋沉声道：“诸位听我一劝，咱们好不容易擒下弓魔，这桩大事尚未了结，一切不妨都等明晨温楼主到了，再做计较。”

薛秋声淡淡一哼，不再说什么。

宁简看了雷缨锋一眼，将短刀敛入袖中，返回坐下。

那富家公子叹道："这才对了！咱们七日前难得相识，只怕明晨便要各自散去，今晚正该在这青石镇上尽一时之欢，何必打打杀杀？"

岑东流笑道："严公子，你家那名侍女到哪儿去了，我瞧着她可比你顺眼多了。"

那富家公子道："我听说青石镇左近的山中有些珍异药材，便让她去采，眼下也该回来了。"

陈彻低声问过宁简，得知那富家公子名叫严春，是渝州严家的少主。严家虽不如龙、雷、花、胡四大家，却也算是有名的武学世家，江湖人往往将严家与苏州简家并称为"两小家"。严家子弟擅使软剑，但七日前与众人一同擒住弓魔的却并非严春，而是他的侍女严知雨。宁简道："这胖子不过是个酒囊饭袋，他的侍女武功却是不低。"

却听岑东流道："这周围若真有值钱的药材，这青石镇也不会这般冷清了，严公子自己糊涂，却苦了你家侍女。"

严春也不着恼，笑嘻嘻道："想不到岑兄竟是个怜香惜玉之人，既然如此，我便将我那侍女赠予岑兄如何？"

岑东流一愣，哈哈笑道："多谢严公子美意，那却也不必了。"

说话间客栈的门被推开，走进来一名十七八岁的少女，身形纤弱，神情羞怯，似是不敢看众人似的，一进门便低着头，快步走到严春身旁驻足。

严春摸了摸那少女的头发，道："知雨，你回来得正好，我正与岑兄聊到要将你赠给岑兄，你觉得如何？"

那少女发梢滴着水，衣衫已被雨淋透，闻言头垂得更低，似不敢答话。

严春笑道："你莫要瞧不起岑兄，他可是青州'飞光门'门主的师兄，更是门中第一高手，一路'壶中日月'的刀术已练得出神入化，若非他自己无意要当门主——"

岑东流皱眉道："严公子，你没喝几口酒，怎么醉话也这么多？"

严春拱了拱手，道："是我失言了，还望没有扰了岑兄的酒兴。"岑东流淡淡道："凭你还扰不了我的酒兴。"

"那是，那是。"严春说完又看向坐在角落的卓明月，忽而一笑，"知雨，你再看看这位卓兄，他模样俊俏，和你很是相配，你觉得呢？"

那少女严知雨仍不说话，只是微微抬头，似乎偷看了卓明月一眼。

严春道："更何况卓兄的武功也并不比岑兄低，他以一根白木棍为兵刃，小小短棍上却能凝聚绝大劲道，那弓魔的双膝便是被他的短棍点碎的，七日前你也见到了……嗯，你总不成连卓兄也瞧不上吧？"

陈彻听到这里，轻声道："这位严公子自从侍女回来后，好似胆气壮了许多，说话也不甚客气了。"

宁简微微点头，道："确是如此。"

却听严春又道："这位卓兄的棍法有个很长的名目，唤作——"当即说出一串叽里咕噜的古怪音节。

众人面面相觑，谁也没听明白。严知雨终于忍不住怯生生地开口问道："什么意思呀？"

严春道："这是西域话，意思是'十万六千光明狮子吼'。"

卓明月却似浑然没留意到严春，忽地站起，走到薛秋声那桌，突兀地坐下。

薛秋声一怔，随即大怒。他素来极重身份，一进客栈便独占了一桌，却不料这个明光教的白衣年轻人竟敢如此大剌剌坐在他身旁，当即呵斥道："你这厮——"说到这里，忽见卓明月冲他咧嘴一笑。

岑东流道："他是见薛兄的手指断了，可怜薛兄。"

薛秋声怒极反笑，道："是吗，岑兄的手指好端端的，便请岑兄指教薛某一番如何？"说罢身形如一笔墨迹闪过堂中，手中竹箫嘶嘶如蛇，啄向岑东流咽喉。

叮当一声，岑东流挥动铜壶挡下竹箫，醉眼瞥向薛秋声，摇摇晃晃地站起身来。

“薛兄，你当真要扰我的酒兴吗？”

五

薛秋声道：“是便如何？”

岑东流斜眼看着薛秋声，半晌不语，忽而打了个酒嗝，笑道：“那我便不喝了。我已喝得够饱了，眼下却有些犯困。”说着又坐下，趴在桌上，片刻后竟打起鼾来。

薛秋声一怔，冷笑道：“想装醉吗？”手中竹箫轻抖，疾刺向岑东流后颈。

方轻游与岑东流同桌而坐，眼看他兀自沉睡，当即起身横扫一剑，格住薛秋声的竹箫。

一瞬间堂中劲风大作。

薛秋声只觉一道深湛纯正的道家内劲从方轻游的剑刃上透发过来，须发皆被剑气激得倒卷，当即加催内劲，竹箫迸出一阵锐鸣，将无锋剑压低。

方轻游忽然踏前一步，道：“薛兄，还请手下容情。”薛秋声一惊，没料到方轻游在比拼内力的紧要关头仍能迈步说话，皱眉将内息运转得更急，忽觉无锋剑上内劲一空，未及心喜，剑上内劲已迢迢不断地涤荡而至，一道强过一道，宛如江海怒潮。

陈彻远远坐着，仍觉剑风猎猎，衣袖翻鼓不止。一转头，却见宁简目光飘摇，正自凝思，似没去留意眼前这番比斗。

“野马也，尘埃也，生物之以息相吹也。”严春拊掌两下，轻吟赞叹，“这一式定然便是玄真八剑中的‘野马吹息’了。”

薛秋声冷笑一声，听见竹箫已咔咔作响，生怕兵刃断碎，只得撤手退步。方轻游当即收剑，道："多谢留手。"

薛秋声漠然不语。

严春侧头打量严知雨，笑道："这位方兄的剑劲着实凌厉，你对他很是钦慕，是也不是？"

严知雨点了点头，随即脸上一红，又急忙摇摇头。

严春道："要知方兄十四岁才入玄真教学武，但却后来居上，在十九岁便练成了玄真八剑第五式'野马吹息'，到二十一岁时已修齐玄真八剑，实是玄真教创教百余年来绝无仅有的旷世奇才。"

张轻鹿素来钦佩师兄，闻言很是开心，忍不住道："方师兄也是我玄真教'轻'字辈中唯一将'空游诀'修至第七重之人。"楚轻鸿本来对严春有些厌恶，此刻也不禁露出微笑。

雷缨锋听了严春所言，却是神情微变。宁简讶然看向方轻游，道："原来方兄这般厉害，真是失敬了。"两人均知修习玄真八剑，从第四式到第五式，是极难跨越的一关，许多玄真教弟子终其一生也只修成了前四式，而方轻游十四岁才习武，已错过了最适宜打根基的年龄，却竟能短短五年便练成"野马吹息"，确然可算是百年难出的奇才了。

严春又道："只可惜方兄明晨拿不了青锋令。"

张轻鹿愕然道："你为何这么说？"

严春眨了眨眼，道："你们玄真教弟子都用无锋剑，若拿了青锋令，嘿嘿，怕不是好彩头。"

方轻游淡然笑道："不拿青锋令，那也没什么；至于'旷世奇才'四字，在下更不敢当。"

严春道："若方兄不拿，那多半要被雷兄拿去了……嗯，雷兄的名中有个'锋'字，那是对青锋令势在必得了。"

雷缨锋闻言只摇了摇头，却不接话。

宁简轻轻一笑，道："严公子不提雷兄的武功，只说名字，显是对雷兄不怎么服气。"

严春道："那么宁姑娘是对雷兄心服口服了？"

宁简淡淡道："武林中谁人不知，雷兄是当今年轻一辈的第一高手，七日前更是以掌破掌，硬生生击碎了弓魔的掌骨，修为深厚若斯，青锋令自然该给雷兄。"

严春笑道，"宁姑娘过谦了。不过话说回来，我们这几人，门派师承都可谓清清楚楚，只有宁姑娘……"

楚轻鸿接口道："宁姑娘不是七日前便说了吗，她是停云书院弟子。"

严春道："在下虽孤陋寡闻，却也知停云书院弟子以笔为兵刃，号称'笼天地于形内，挫万物于笔端'，然而宁姑娘却使短刀。早听闻停云书院的'鸿翼笔'神异非凡，宁姑娘若真是停云弟子，可否取出笔来，让我开开眼界？"

宁简冷笑不答。

严春笑了笑，又道："更何况……"却顿住不说了。薛秋声忽然接道："更何况什么？"

严春道："更何况停云书院弟子艺成后云游天下，身边携有书童原本也属寻常，但像宁姑娘这般，女弟子带着一名男仆从行走江湖的，倒是少见得很……嘿嘿，当真有点古怪。"说到后面，笑容已甚是龌龊。

话音未落，宁简伸手在桌上轻按，身形已如一阵春日轻风，足不点地般悠悠淌过堂中，掠近了严春，扬手甩出，便要重重打他一记耳光。

倏然间她却周身轻震，双足落定，眼前已多了一个人。

——严知雨低着头，静静立在严春身前，左臂抬起，架住了宁简的手腕。

宁简冷冷道："让开。"说着腕上加劲，却觉一痕极纤细却极锐利的内劲如琴弦般反荡回来，一时竟难胜过。

严知雨抬起头看着宁简，神情腼腆而又认真，轻声道："不能打我家公子。"

严春泰然打量着宁简，笑道："方才宁姑娘所施展的，倒确似是停云书院独门步法‘春日游’。”

雷缨锋忽道：“严公子终究不是刀客，不认得宁姑娘那把刀，否则便不会疑心她的师门了。”

严春讶然道：“是吗，雷兄也并非刀客，如何却能认得？”

雷缨锋道：“我少年时曾见过那把刀，那是青眸先生的刀，名为‘绿玉寒枝’。”

严春脸色顿肃，道：“原来如此。原来竟是柳青眸的刀。”

方轻游、薛秋声等人闻言也是脸上变色。

江湖皆知，停云书院副山长“春风眼”柳续，别号青眸先生，年轻时曾是一名刀客。柳续出身于洛州柳家，幼年遭灭门之祸，少年时学刀有成，孤身复仇，斩尽仇家，此后数年，与北地数十位成名刀客斗刀，未尝一败，直到十三年前，刀宗横空出世，柳续转而加入停云书院，不复用刀。

严春默然片刻，又道：“昔年江湖上有言道：‘回雁峰上剑天子，洛水舟中柳青眸。’将柳续的刀术与方白的剑术并称，足可想见其刀术之神妙。我本以为柳续入停云书院后，其刀术便已失传，未免叫人心生怅憾，原来是传给了宁姑娘，实在是好得很。”

说到这里，严春笑道：“方才是我有眼无珠，言辞失礼了，还望宁姑娘莫怪。”说完啪啪两声，竟抬手打了自己两个耳光。

宁简见严春如此，一时间倒是不好发作了，只冷眼看着严春，一言不发。

薛秋声忽而笑道：“男师父收了个女徒弟，女徒弟又收了个男仆从，有趣，实在有趣。”说着渐笑渐响，笑声也渐怪异，如无数尖刺，在堂中散射开来。

众人一凛，各自潜运内劲相抗。陈彻不会内功，听得几声，只觉颅内锐痛，几欲呕吐。宁简道：“快捂住耳朵。”

岑东流本来正伏在桌上沉睡，骤然被笑声刺醒，皱眉道：“薛兄，你又在鬼叫什么？”

薛秋声冷哼道：“既然岑兄醒了，那便请继续赐教吧。”

“好。”岑东流站起身来，取下腰间铜酒壶，猛然掷向薛秋声。

薛秋声一惊，竹箫刺出，将铜壶击得倒飞回去；与此同时，岑东流已抢步前冲，半途中接住酒壶急跃而起，砸向薛秋声面门。

薛秋声侧步让过，竹箫一阵疾刺，箫影重重，覆住岑东流胸腹要害，岑东流挥动铜壶连连格挡，手指在壶面上一叩，壶嘴里倏忽激出一线酒水，射向薛秋声咽喉。

薛秋声弯身躲过，岑东流的铜壶又已砸至，仓促间用竹箫一格，箫管上裂开一道缝隙。

岑东流弹指不停，一道道酒箭纵横，从壶中不断迸出，在烛火映照下漾着清光；薛秋声既要招架铜壶，又要提防随时会从铜壶中射出的酒箭，一时间左支右绌，狼狈不堪。

壶箫交击数次，两人各自退步，岑东流低啸一声，忽然跃起，铜壶自上而下挥落，壶中溅出狭长的一片酒水，宛如当空展开了一柄水刀，朝着薛秋声头颈斩去。

薛秋声一凛，闪退数步；岑东流手持铜壶左右挥扫，接连泼出两道水刀，打在薛秋声双肩；薛秋声闷哼踏前，竹箫如蝴蝶穿花飘忽一闪，击在岑东流腕上，挑飞了铜壶。

铜壶冲天飞起，薛秋声再进一步，疾刺岑东流眉心，箫管中溢出一缕细长的呜咽，宛如鬼哭；岑东流伫立不动，嘴角轻笑，神情狂放不羁。

当是时铜壶高悬，壶中的酒水猛然倾落如雨，薛秋声被这阵蕴满刀意的酒雨当头淋中，一时间神思模糊，身躯如醉酒般摇晃起来，岑东流沉腰横肘撞在薛秋声胸口，将其击飞丈外。

薛秋声跌在地上，晕厥过去；岑东流抄起即要坠地的铜壶，一仰头将壶中残酒都饮尽了，转身走回去坐下。

众人一时无言，似均没料到这场比斗顷刻间就分出了胜负。良久过去，严春才怅然叹道：“‘世上长游天地窄，壶中醉卧日月明’，岑兄好刀术。”

卓明月忽然走到薛秋声身边，将其抱回，放靠到椅子上，而后冲着岑东流摇了摇头，似是觉得岑东流出手太重。

岑东流将铜酒壶重又灌满了酒，笑骂道：“扰了老子酒兴，还不让老子睡觉，去他娘的！”

宁简侧头看向陈彻，低声问道：“方才这两人的招数，你看懂了多少？”

陈彻道：“招式都能看懂，但催运招式的内功法门就无从看出了。”

宁简微微颔首，道：“那已经很好了。”

严春环顾堂中，目光忽然落在宁简身上，笑道：“敢问宁姑娘，为何要擒弓魔？”

宁简淡淡道：“受人之托罢了。”却不多做解释。

严春道：“敢问是受谁之托？”

宁简道：“吴重。”

众人闻言讶然相望。过去半年来，许多江湖武人都知弓魔正在追杀一个名叫吴重的人，但似谁也不知这吴重究竟是何方神圣。严春道：“原来宁姑娘竟然见过吴重，却不知此人与弓魔究竟有何恩怨？”

宁简冷笑道：“弓魔便在堂中，你何不去问他？”

“言之有理。”严春笑嘻嘻地走到弓魔身旁，“江老兄，便请你来说说吧。”

江海余目光低垂，面色枯冷，似乎全然未听见严春所言。

“本公子问你话呢，”严春忽然伸指，在江海余满是伤痕的脸颊上弹了弹，“你这老贼，七天来一言不发，倒也真能憋得住。”

坐在弓魔旁边的雷缨锋忽道：“严公子。”

严春笑道：“我知雷兄是要说不可折辱弓魔，但我瞧见他这副脸色便满心不痛快，咱们岂不该挫挫他的张狂气焰？”

雷缨锋道："若论气焰张狂，堂中以严公子居首。"

严春一愣，与雷缨锋对视，却见他神色平静，似只是在如实陈说，不禁笑道："雷兄言重了，却不知雷兄为何要擒弓魔，可是为了青锋令吗？"

雷缨锋道："义所当为。"

严春点头道："这话若是别人说，我听后便只一笑，心中却也不怎么相信，但雷兄说出，我却深信不疑。"

雷缨锋道："你信与不信都无妨。"

严春哈哈一笑，又转身走近卓明月，道："我知道卓兄能读唇语，我也想问问卓兄，七日前为何来擒弓魔？"

卓明月伸手入碗，指尖蘸了蘸水，在桌上写下"除魔"二字。

严春笑道："看来卓兄与雷兄一样，都是为了武林道义，要铲除弓魔。"

卓明月摇了摇头。

严春一怔，道："莫非卓兄不是为了武林道义？"

卓明月仍然摇头，指了指桌上那个"魔"字，又指了指弓魔，然后再摇了摇头。

严春寻思片刻，神情微变："卓兄是说，所谓除魔并非指弓魔，而是还有别的魔头？"

卓明月脸色肃穆，点了点头。

堂中一静，门外雨声密如鼓点，一阵阵透进门来。众人相互对望，心中惊疑不定。

严春目光闪动，微笑道："那魔头是谁，此刻在哪里，莫非也在这青石镇上吗？"

卓明月却低下了头，入定似的，再也不理会严春。

夜风愈紧，钻入了门隙，堂中烛火飘摇，忽明忽暗。众人听着门外的风雨声，各怀心事，一时无人开口。

岑东流忽而笑道："岑某一介粗人，这一趟来到玉门关外，想着若能拿个青锋令玩玩，倒也很是光彩，嘿嘿，却不知严公子又是为何要擒弓魔？"

严春道："七日前我只是路过，见诸位正与弓魔激斗，便也凑凑热闹而已。"

"不见得吧？"岑东流喝下一碗酒，斜视严春道，"这两年里你们渝州严家和苏州简家相争甚剧，都是一心要成为武林第五大世家，严公子若拿到青锋令，那严家便算是压过简家一头了。"

严春摇头笑道："岑兄多心了。"

"说到苏州简家，"雷缨锋忽道，"我押着弓魔赶来此地，途中曾遇到埋伏，便是简家人所为。"

众人都是一惊，方轻游道："什么时候的事？"

雷缨锋道："是在两日前，那群简家弟子似是想劫走弓魔。"

岑东流沉吟道："看来简家是想坐收渔利，将弓魔抢去交与正气长锋阁，好换取青锋令。"

严春眼珠一转，嘻嘻笑道："简家这么想要青锋令吗，只怕即便拿到了，也消受不起。"

岑东流道："严公子何出此言？"

严春道："我不久前听闻，正气长锋阁已然召集所有青锋令使前去昆仑山，共诛刀宗。赶上这个关头，谁若拿了青锋令，兴许连命也要丧在昆仑山中。"

"原来如此。"岑东流闻言一叹，"想当年刀宗力挫北荒摩云教，终究是有恩于武林。岑某终究也还是个刀客，本来对青锋令还有些兴味，如今还是罢了！"

"力挫摩云教嘛，"严春闻言忽然露出古怪笑容，"诸位可知，在武林决战摩云教之前，江湖上为何从来没人知道刀宗？"

岑东流道："料想是因为那时刀宗的刀术未成，尚未闯荡江湖。"

严春道："岑兄此言差矣。"

岑东流皱眉道："那严公子说是为何？"

"那是因为，"严春环顾堂中，目光灼灼，"刀宗云荆山来自北荒，本就是摩云教弟子。"

六

此言一出，堂中人人神情震骇，都望向严春。

一瞬间陈彻看到严春的脸颊上仿似掠过了一丝哀意，被满脸的肥肉一衬，显得有些可笑；他眨了眨眼，却见严春又露出了惫懒油滑的模样，嘻嘻笑着，似正在欣赏众人的脸色。

"是岑某听错了，"岑东流缓缓开口，"还是严公子忽然失心疯，说了句蠢话？"

严春淡淡道："岑兄不妨仔细想想，武林中人初次知晓刀宗及其刀术，是在何时何地？"

岑东流沉吟半晌，道："那是在十三年前，中原各派高手被摩云教围困在云州城内，一番浴血苦战，死伤惨重，即便修为高绝如方白、李素微等人，也是身负重伤，险些丧命，如此连战七日，好不容易暂时击退了摩云教，中原武林便将众多失去战力的受伤武者秘密安置在云州城南的荒台之上，稍做整顿，便继续北进……"

听到这里，陈彻低声问宁简："荒台是什么地方？"

宁简道："那是云州城郊的一座野山，峰顶很是平阔，故而得名荒台。"

却听岑东流继续道："然而摩云教不知如何竟探知了此事，便命'天、风、地、火'四位摩云使率领教中数十名高手，悄然绕过了云州城，奇袭荒台。嘿嘿，若是被他们攻下了荒台，将那些伤残武者扣为人质，那便大势已去，武林危矣。

“这批摩云教高手来到荒台山下，趁着夜色登山，等到天色微明时，他们已将至山顶，却猝然遇到了一个提刀的年轻人，长发落拓，静静立在山路中间。

“那人便是云荆山。

“后来，摩云教一众高手谁也没能登上峰顶，无一生还。”

陈彻先前已听韩昂讲述过此事，但此刻再度听闻，仍不禁心中一荡，畅然神往，仿佛被一股纵横来去的刀意充塞了胸膛。

岑东流继续道：“经此荒台一役，武林各派气势大振，不久便在云州城北的青鹿崖上再度击溃摩云教，随后中原武林精锐深入北荒，跋涉千里，直捣摩云教总坛‘天惊崖’，燕寄羽、柳续破去‘摩云天大阵’，云荆山斩杀了摩云教宗，从此刀宗之名响彻天下。”

“岑兄所言不错。”严春似笑非笑道，“不过我有一问：摩云教偷袭荒台那日，刀宗为何竟能提前知悉，早早便等在了那里？”

他不待岑东流回答，便又道：“那正是因为刀宗本就是摩云教弟子，甚至极可能便是九大摩云使之一，如此才能深悉摩云教的绝密动向。”

岑东流皱眉不语。十三年前中原武林虽然捣毁了摩云教，但九大摩云使中却有两人始终未曾露面，成为漏网之鱼，故而严春所言虽然荒诞，却也不无可能。

方轻游忽道：“即便刀宗当真是出身于摩云教，那也属弃暗投明，为武林立下了极大功劳，绝不该因此事而杀刀宗。”

众人本正各自沉思，闻言都讶然望向方轻游。正气长锋阁虽说有七名阁主，但武林皆知这七人中以燕寄羽、李素微这一院一教的掌门为魁首，那诛杀刀宗的决议，多半便是这两人定下的；而玄真教素来门规森严，门徒对师长奉若神明，方轻游身为玄真教弟子，却能说出此番话来，实属不易。

严春笑道：“没想到这话却是方兄先说出来。那么方兄是觉得正气长锋阁做得错了？”

方轻游脸色微黯，欲言又止。

雷缨锋道：“我所听说的，却是刀宗近年来倒行逆施，犯下了许多大违侠义道的恶行，正气长锋阁诸位阁主多番苦劝无功，这才出此下策。”

岑东流冷笑道：“呵，岑某听到的却是正气长锋阁暗中做下了不少有失公允之事，有些武林中人对此不满，但又抗不过正气长锋阁，便会赶赴昆仑山，寻访刀宗陈说情由，想请刀宗出山，匡扶正义。”

方轻游一怔，道：“竟有此事？”

岑东流道：“我还听闻，近几年来，为此而去昆仑山之人，已不知有多少，只是刀宗始终僻居山中，未曾有过什么举动。但正气长锋阁终究却沉不住气了，想赶在刀宗发难之前，先下手为强。”

雷缨锋默默听到这里，面色一沉，道：“岑兄，这种话可不能随口乱说。”

岑东流笑道：“那我倒也想请教严公子，方才张嘴便说刀宗是摩云教弟子，却又是从何得知，可有确凿凭证？”

严春静了片刻，答道：“此事是半年前在滁州时，温楼主亲口告知在下，他老人家是武林中消息最灵通之人，向无虚言。诸位若是不信，明晨自去问温楼主便是。”

岑东流一愣，颔首不语。

雷缨锋注目岑东流，正色道：“正气长锋阁十三年里为武林主持公道，侠行义举数不胜数，所谓‘长锋一荡天下清’，我金陵雷家素来钦服，故而岑兄方才所言，在下实不敢苟同。”

岑东流哈哈一笑，道：“雷兄只管不信，我也不过道听途说罢了。”

严春道：“岑兄所言，在下倒也听过，也觉得不足为信；先前方兄说刀宗弃暗投明，有功于武林，也不无道理。——不过正气长锋阁要杀刀宗，恐怕并非容不下刀宗弃暗投明，而是这所谓的‘弃暗投明’，其中另有摩云教的绝大阴谋。”

众人面面相觑，都觉严春所言未免太过匪夷所思。岑东流笑道：“那么请教严公子，摩云教究竟是有何等厉害的阴谋，以至于施行起来便把自已给覆灭了？”

严春挠了挠头，神情随意道：“岑兄倒是把我问住了。我也不过是胡乱猜测，瞎说几句罢了。”

陈彻一怔，方才他曾留意到严春说那番话时眼神忧虑，绝不似信口胡言。

却见严春笑了笑，又道：“话说回来，无论明晨谁拿了青锋令，多半便须前去昆仑山，那么诸位之中，是否有人不想拿这青锋令呢？”

堂中一时间无人接口。严春又道：“岑兄方才说，对青锋令已没了兴味，那么至少岑兄定然是不想拿了吧？”

岑东流哼了一声，睥睨严春道：“严公子既如此说，那我偏偏要说不是。岑某虽对拿青锋令已没什么兴致，嘿嘿，却也不想让旁人轻易拿了去。”

“原来如此。”严春笑道，“这弓魔是咱们共同擒住，青锋令该予以谁，明晨温楼主来到不免为难。依在下之见，咱们不妨便在今夜推举出一人来，等到明早说与温楼主，如此也算是为正气长锋阁分忧解难了。”

岑东流道：“这法子倒也不错，只是不知该如何推举？若要比谁的银钱多，三万个岑某加起来可也比不过严公子。”

严春道：“咱们江湖武人，素来以武服众，谁的武功高，那便推举谁。”

岑东流哈哈一笑，道：“严公子今晚说了恁多话，就属这一句最为中听。”

严春扫视堂中，见无异议，当即点了点头，挽住严知雨的手，将她拉到身前，笑呵呵道：“既然如此，我便推举我家侍女来做那青锋令使，不知诸位意下如何？”

众人讶然相顾，均未想到严春竟是这般打算。要知以往能做青锋令使之人，要么身份极高、威望极重，譬如庐州花家家主花静庭；要么武功既高、侠名亦扬，如剑客展梅；却从未有过谁家一名侍女拿到青锋令的先例。

岑东流笑道："严公子，我本来以为是你自己要当青锋令使的。"

严春微笑道："不是。"

岑东流寻思片刻，道："那岑某倒不免有些佩服严公子了。"

严春道："不敢当。正气长锋阁既已放出话来，要将青锋令颁给擒住弓魔之人，七日前我家侍女亦在擒魔之战中，自然便也能拿青锋令。"

岑东流颔首道："当日这位严姑娘以一条丝带连点弓魔七处要穴，功夫是极俊俏的，不过既要以武服众，嘿嘿，还得问过岑某这只酒壶。"

严春道："那是自然。"环视堂中，见客栈的店伙计早已不知躲到哪里去了，便又道，"知雨，你且将这堂中清出一方空地来。"

严知雨道："是。"低着头将堂中的空桌椅都挪到角落。她身躯瘦小，搬着偌大桌椅行走颇有些不便，瞧起来很不谐和。

岑东流随口道："严公子使唤起自家侍女，倒真是毫不疼惜。"一边说话，一边走到堂中的空处，与严知雨相距数丈而立。

严春笑道："知雨，你别看岑兄此刻对你很是体谅，稍后打将起来，可未必会手下留情；你方才虽已见过他出手，但那可绝不是他的真本事，你切莫轻敌。"

岑东流哈哈一笑，道："若不露点真功夫，倒是对不住严公子这番话了。"右手按住腰间的铜酒壶，却见严知雨从腕上解下了一条白色丝带，捏在手里。

那丝带软软地垂在地上，仿似毫无杀力，岑东流却心知"严家软剑"颇有独到之处，这小姑娘能以丝带施展出软剑功夫，修为更是极深，当即道："严姑娘请吧。"

"啊，岑前辈先请。"严知雨脸色微红，语声极细微。

岑东流道："也好。"言毕翻腕在铜壶上猛拍一记，铜壶如一道流火直直朝着严知雨飞去。

严知雨仍低着头，右手静静持着丝带，左臂一抬，接住了铜壶。

岑东流一笑，严知雨的左腕忽然轻颤起来，铜壶像活过来似的在她手中急剧晃动，壶嘴中不断有酒水如涌泉般喷溅出来。

严知雨讶然松手，岑东流已掠至她身前，出脚将铜壶踢得高高飞起；与此同时，严知雨右手一甩，丝带霎时刚直如棍，将岑东流击飞丈外。

铜壶翻转上升，酒水不住洒落，顷刻间壶中已空。严知雨被酒水笼罩，一瞬间环顾周遭，水珠弥散，四面八方都是悬浮的刀锋。

她挥舞丝带，将周身裹住，不断荡开酒水，只觉那些水珠一滴滴都蕴满劲道、锐利无比；岑东流站定身形，默然旁顾，眼看酒水即将坠地，忽然迈出一步。足尖震在地上，长发和衣袂瞬时飘起，倏然间那些水珠竟似被震得当空凝停了一刹，坠势立减。

严知雨眼前模糊起来，只觉有一抹醉意侵入了经络，正从丹田缓缓升向颅顶。

岑东流又迈出一步，堂中的整片地面仿似都在微微震颤。严知雨身躯一晃，急舞中的丝带忽然垂落。岑东流轻叹一声，再度迈步。

他在一场刀雨之中缓步走向严知雨。

严知雨颅内一阵阵晕眩，忽然紧抿双唇，手腕急转，将丝带在身前挥舞成一面圆盾，随即踏步跃起，撞向岑东流。

圆盾不断顶开雨水，砰砰连响，水珠四溅，顷刻间严知雨已突进到岑东流身前三尺，岑东流一拳击出，破开圆盾，将之打回成一条曲折的丝带，随即翻拳成掌，按在严知雨肩头，硬生生将她按得单膝跪倒。

严知雨喷出一口鲜血，伸手掰住岑东流的手掌，发力相扛，严春忽然笑道："岑兄要夺青锋令，是为了师弟吧？"

岑东流闻言神情震动，冷哼一声，忽觉掌心上袭来一抹如弓弦般割手的内劲，猝然之际猛挥右臂，将严知雨甩得倒飞出去；严知雨在半空中抖直了丝带，浸透丝带的酒水霎时被震得飞离，宛如在堂中拉出了一根清光粼粼的长弦——

弦端打在岑东流胸口天池穴上，岑东流踉跄倒退，一跤坐倒。

堂中一时间鸦雀无声。岑东流随即跃起，叹道："是岑某输了。"

严知雨双足落地，忽觉脸颊微凉，抬手摸了摸，凉意转为刺痛，脸上多了一抹细浅的刀痕；随即，被那阵刀雨擦伤的痕迹从她颈上、手上和衣衫上纷纷显现出来，周身都在缓缓渗血。

严春似是毫不在意自家侍女的伤势，望着岑东流叹道："我知岑兄本心里确是不想拿这青锋令，只不过是为了飞光门，为了你那个当门主的师弟罢了，岑兄当年让了门主之位，如今却落得比做门主还要疲累，唉，这当真是……"

岑东流脸色一沉，冷冷截道："岑某输便输了，严公子毋庸多言。"

严春颔首不语。

这时，卓明月忽然离座而起，走到严知雨面前，冲着她咧嘴一笑。

严知雨一怔，望向严春。严春笑道："我猜卓兄是说，你很好，这青锋令便便该由你来当。——卓兄，在下可猜对了吗？"

卓明月点了点头，径自返回坐下。

众人都是一怔。严知雨望着低眉静坐的卓明月，目光微颤，欲言又止。

方轻游忽然笑了笑，道："在下也觉得严姑娘很好。"张轻鹿闻言顿惊，急道："方师兄，你怎能——"

方轻游道："我无意于青锋令，张师弟不用多言了。"楚轻鸿默然看了看方轻游，眼神中掠过一丝忧虑。

严春拱手道："多谢方兄。"

方轻游道："严公子不必客气。"说完默然听了一阵雨声，又道，"嗯，这雨越来越大了。"

宁简忽然轻笑一声，侧头问陈彻："你想不想要这青锋令？"

陈彻正自吃着酱牛肉，闻言答道："不想要。"说完便继续低头吃喝。

“还吃。”宁简蹙眉道，“先前不是吃过烙饼了吗？”

陈彻道：“方才看了许多招式，又看饿了。”

宁简道：“嗯，你为何不想要青锋令？若做了青锋令使，那可威风得很。”

陈彻道：“太麻烦，懒得要。”

“你呀。”宁简看着陈彻，忽然伸指敲了敲他的额头，“有时真想学一学你。”言毕起身，走到堂中的空地上。

严春目光一闪，笑道：“看来宁姑娘是决意要争这青锋令了？”

宁简淡淡道：“不错。”

严春道：“敢问为何？”

宁简道：“想拿青锋令，还须另有什么理由吗？”

严春目光闪烁，微笑道：“据我所知，宁姑娘近年来接过不少江湖武人的委托，所谓拿人钱财，替人消灾，如今‘游侠宁简’在江湖中也算颇有名气。我本以为宁姑娘只爱财，却没想到原来宁姑娘竟这般想做青锋令使吗？”

他说完见宁简恍若未闻，便又继续道：“依我看来，或许宁姑娘当真是柳续柳青眸的刀术传人，却未必是停云书院弟子。宁姑娘之所以要拿青锋令，只怕和你真正的出身有关。”

众人闻言相顾。宁简冷冷道：“严公子说完了吗？”

严春一本正经地点点头，道：“说完了。”

宁简不再理会严春，打量着严知雨周身伤势，不禁微微蹙眉。严春也看向自家侍女，笑嘻嘻道：“知雨，你疼吗？”

严知雨摇了摇头。

严春道：“很好。方才岑兄没有对你下杀手，但这位宁姑娘可要比岑兄心狠多了，你千万小心。”

宁简哼了一声，道：“严姑娘，你有伤在身，只需能接住我一刀，便算你赢了。”当即轻振衣袖，握刀在手，斜斜抬腕指向严知雨。

严知雨神色认真地想了想，道："我的气力也只够出一剑了，若刺不中宁姐姐，我便输了。"说完右手握紧丝带当胸举起，左手抹过丝带，数尺长的软带顿时平直如剑。

下一瞬，两人膝盖微屈，便要踏足对冲——忽见青衫晃动，却是雷缨锋闪身到了两人之间。

雷缨锋沉声道："且慢。"

宁简不耐烦道："雷兄若也想夺青锋令，不妨等我与严姑娘打完。"

雷缨锋摇头道："我不想夺青锋令，这青锋令若被严姑娘拿去，那倒也罢了，不过唯独宁姑娘，还是莫拿为好。"

宁简一怔，随即冷笑道："雷缨锋，你真当我怕了你？"

雷缨锋道："宁姑娘，你出身不清，来历不明，若真由你做了青锋令使，我总觉得不大妥当。"

宁简目光中怒意一闪而过，忽然轻轻笑了起来："出身来历，当真那么要紧吗？"

雷缨锋叹道："宁姑娘，你来到青石镇究竟是何用心，怕不只是因为受吴重所托吧？"

"很好，"宁简点了点头，神情渐渐决绝，"多言无益，便请雷兄赐教吧。"

——话音未落，此前晕厥多时的薛秋声忽从椅子上急弹而起，扑簌一声，身形如夜鸦掠空，手中竹箫已刺近宁简后颈！

"当心！"雷缨锋说话中脚下晃动，已与宁简移换身位，将她挡在背后。

宁简霍然转身，却见薛秋声面容狰狞，手握竹箫刺在雷缨锋左肩。宁简没料到雷缨锋竟会替她挡下这一刺，不禁道："雷缨锋，你——"

雷缨锋摇头道："无妨。"语声平稳如常。

薛秋声眼见竹箫刺入了雷缨锋肩头衣衫，却没有鲜血流出，神情渐转惊愕。雷缨锋肩膀一振，咔啦，竹箫断碎成数十片，坠在地上。

两人对视片刻，雷缨锋点了点头，道："薛兄，你醒了。"

薛秋声道："雷兄，这、这……"

雷缨锋道："方才我们正商议到，要推举这位严知雨严姑娘来做青锋令使，不知薛兄以为如何？"

薛秋声一愣，道："推举严公子的侍女？这未免太过可笑了吧。"

雷缨锋道："如此说来，薛兄是不同意了？"

薛秋声皱眉道："薛某自是不能同意。"

"好。"雷缨锋不再多言，忽然踏前一步，出掌抓向薛秋声胸口衣襟。薛秋声脸色顿僵，退后两步，道："雷兄，方才我并非有意要与你为敌，实是那姓宁的——"

雷缨锋却不接话，再踏前一步，仍是抓向薛秋声胸襟。薛秋声冷哼一声，出掌格去，只觉掌缘仿佛切在了一块生铁上，雷缨锋的手臂竟纹丝不颤。

下一瞬，雷缨锋揪住了薛秋声衣襟，手臂抬起，将薛秋声举得双足离地，而后重重掼在地上。

满堂皆惊。

"好个雷缨锋！"薛秋声喷出一口血，倏忽翻身跃起，厉声笑道，"既如此，休怪薛某无情了！"当即双掌齐出，将"寒蛩爪"的爪劲催运到极致，顷刻间堂中凄声大作，烛火急摇。

雷缨锋默然前行。薛秋声的双掌接连狠击在雷缨锋胸腹上，雷缨锋只微微侧身避过要穴，足下不停；薛秋声只觉寒蛩爪的阴劲触及雷缨锋躯体后却难以透入，仿佛面对的是一块暗沉沉的巨岩，自己的掌劲不过是一枚细小的铁锤，一次次敲击过去却连一丝火星都激溅不出。

薛秋声惊惑不解，闪身退后数步，但觉手掌炙痛，内劲竟一时传不到掌上，眼看雷缨锋不断迫近，不禁脱口道："我、我同意便是，便让那严家丫头拿青锋令……"

说话间他忽然从衣襟里取出一枚响箭，甩手便掷向门口——眼前晃过青郁郁的身影，响箭刚一脱手便被雷缨锋攥住。雷缨锋松开手掌，响箭化为粉末。

薛秋声瞠目结舌，触及雷缨锋沉静厚重的目光，不由得惶然失措。

雷缨锋道："我本有几句话想问你，但知你们天音宗的人素来嘴硬，那么不问也罢。"

严春闻言脸色顿变，忽道："雷兄手下留情。"立即给严知雨使了个眼色——严知雨足尖在地上一顿，霎时间掠近雷缨锋，抖腕将丝带激射出去，缠住了雷缨锋的右掌。

雷缨锋握掌成拳，那丝带顿时如遇火焰般飞快萎缩倒卷回去，严知雨浑身轻震，一时难以动弹；雷缨锋无声无息地击出一拳，震开薛秋声狂挥急舞的双掌，轻轻印在薛秋声胸口，随即收拳。

薛秋声倒退了两步，一瞬间须发倒竖，衣衫下的肌肤如浪起伏，仿佛体内有一股热力疾速流遍了全身，随即周身十余处穴道都炸出一丝雾气，瘫软倒地，如一具泥胎从里到外都被烧透了，就此气绝身亡。

众人神情震骇，久久难言。

严春眼神古怪，如赞似怨，悠悠道："江湖传说，岩雷一旦修成，便无坚不摧，看来并非妄言。"

岑东流瞪着雷缨锋，叹道："雷兄，你出手也忒重了！又何必非要将薛秋声杀死？"

雷缨锋默然不语，厚实的身躯立在堂中，宛如山岩孤峙。

"岑兄还不明白吗？"严春忽然一笑，"此人根本就不是薛秋声。"

七

"不是薛秋声？"岑东流一惊，随即皱眉沉思起来。

雷缨锋转回身来，缓缓道："先前此人与宁姑娘相斗时，我上前劝阻，曾与此人肩头相撞，察觉到其内功修为远不及我所想的那般深厚。”

“那是雷兄修为太过深厚的缘故吧，”岑东流笑了笑，道，“兴许薛秋声本就内功不深，只是天音宗名不副实而已。”

雷缨锋道：“薛秋声二十年前便名动江湖，十三年前在云州时，更曾以一人之力刺死摩云教五名坛主，绝非浪得虚名。更何况……”顿了顿，继续道，“薛秋声早已修成寒蛩爪中的至高绝学‘秋虫第一声’，但方才这人非但内功不深，在寒蛩爪上的造诣也很是平常，若这人真是薛秋声，只怕先前那位韩昂兄弟早已毙命街上，决然无法救活的。”

岑东流道：“若雷兄猜错了，此人当真就是天音宗长老薛秋声呢？”

雷缨锋淡淡道：“戕害无辜，死不足惜。”

陈彻闻言心头微震，忽然记起在街上初遇雷缨锋时，雷缨锋将韩昂抱起，曾说了句“好生狠辣”，陈彻回想当时雷缨锋的神情语调，莫名觉得，也许在那时雷缨锋便已打定了主意。

岑东流点了点头，又道：“若这人不是薛秋声，却又是谁？”

严春道：“料想只是天音宗的一名门徒罢了，多半便是薛秋声的弟子。”

宁简蹙眉道：“这人假冒薛秋声与我们耗在这里，那真正的薛秋声却又在何处？”

严春摇头轻笑：“这我可不知道了。”

堂中静默了一阵，雷缨锋忽道：“严公子，近来武林中可有什么大事吗？”

严春沉吟道：“若说武林大事，除去刀宗与弓魔之事，便是青城掌门岳河旧伤复发，据传已奄奄一息，不久于世。”

方轻游叹道：“听闻岳前辈当年在云州青鹿崖上断去一臂，受伤极重，没想到竟是至今未愈。”

岑东流道：“此事我也有所耳闻，听说岳河的独子岳凌歌天资低劣，荒唐放荡，整日只知纵酒淫乐，嘿嘿，名震武林的‘青城弦剑’

怕是要后继无人了。”

雷缨锋道：“岳河前辈是正气长锋阁的阁主之一，此事确算是一件大事，不知还有别的事吗？”

严春想了想，道：“还有便是龙家家主的长子龙霖被‘龙骨丹青’萧野谣刺死，龙家疑心萧野谣是被花家指使，近半年来与花家争斗不断，已经势同水火。”

岑东流笑道：“那龙霖本该是雷兄的妹夫，严公子这可真是哪壶不开提哪壶了。”

严春抬手拍额道：“哎哟，这倒是在下失言了，雷兄莫怪。”

雷缨锋淡然道：“诸位有所不知，那日在我雷家庭院，龙霖公子身死之处却遗着一枚花家的金萼玉花，当时庭中虽然也有花家之人，却始终相距龙霖甚远，故而龙家疑心那枚玉花是萧野谣仓促逃离时所掉落，这才觉得正是花家以玉花为信物，雇请萧野谣刺杀了龙霖。”

严春道：“原来如此。还望雷兄节哀。”

众人都觉严春这句“节哀”说得甚是古怪，但雷缨锋却似不以为意，只道：“说起花家，两日前我在途中遭遇埋伏，那些简家弟子便是手持针筒，伪装成花家弟子。”

严春讶然道：“看来他们是想劫走弓魔后嫁祸给花家。——自从三年前简家大公子简青兮继任家主之后，苏州简家行事可真是愈发狂悖了。”

他忽而笑了笑，又道：“如今庐州花家不仅得罪了龙、雷两家，还被简家算计，怕是要有灭门之祸了。”

岑东流道：“简家近年来频频为正气长锋阁出钱出力，想拿青锋令倒也不足为怪。如今江湖人都说，天音宗是‘正气之鹰’，苏州简家是‘正气之犬’，这一对鹰犬，都不是什么好东西。”

严春微笑道：“岑兄说正气长锋阁的鹰犬不是好东西，那么正气长锋阁呢？”

堂中一寂，岑东流笑道：“正气长锋阁自然是侠义磊落的正道魁首了，严公子以为呢？”

严春未及开口，雷缨锋忽道：“闲话稍后再叙。”又转头望向陈彻道，“先前在来客栈的路上，我听陈兄弟说今日曾见过温歧温楼主，不知当时温楼主神情如何，可有异样？”

陈彻吃饱了牛肉，眼皮微合，正自昏昏欲睡，闻言想了想，抬头答道：“没什么异样。”

雷缨锋点点头，又对方轻游道：“方兄，先前温楼主留下的字条，可否再让我瞧一眼？”

方轻游递过字条，雷缨锋仔细看过，眉峰微皱，道：“请问严公子，近来武林中可有什么与温楼主有关的事吗？”

严春一怔，沉默片刻，缓缓道：“去年秋，我在滁州曾与温楼主有一面之缘，当时温楼主说起，他对停云书院的某些主张颇觉不妥，甚至与燕寄羽多番争吵。”

岑东流道：“什么主张，杀刀宗的主张吗？”

严春又沉默了一阵，似笑非笑道：“我听温楼主话中意思，似乎真正想杀刀宗的并非燕寄羽和李素微，而是柳空图。”

“柳空图？”岑东流一惊，“柳老前辈不是已退隐数十年了吗？”

听到这里，陈彻轻声询问宁简：“柳空图是谁？”

邻桌的楚轻鸿听见他的问话，温声解释道：“柳空图是停云书院的老山长，也是燕寄羽的师父，停云书院便是柳老前辈于六十年前所创，算起来他老人家已经年过九旬了。”

严春笑呵呵接口道：“也有人说，柳续之所以能在十年内升至停云书院副山长，便是因为他实是柳空图嫡亲的后人。”

说完他瞥了宁简一眼，却见她神情淡漠，恍若未闻。

雷缨锋摇了摇头，道：“柳老前辈早已退出江湖，十三年前武林决战摩云教时，他老人家尚且不闻不问，料想如今也不会再干预武林之事。不过，若停云书院和温楼主之间当真已生出嫌隙……”说到这里，却不再往下说。

严春目光一闪，侃侃谈道：“如今正气长锋阁的七位阁主，除去燕寄羽与李素微之外，天风峡掌门铁风叶是九大刀派共举；四大世家中，龙家的家势最盛，便由龙钧乐做了阁主；九川十三崖素来服膺青箫白马盟，自然便是方天画来做阁主；七大剑派之中，本该由方白来做阁主，但方白执意推辞，便由青城弦剑的掌门岳河做了；至于武林八奇之中嘛，除了藏玉楼，便是天音宗的声威最高……”

岑东流皱眉道：“严公子，你忽然提这些作甚？”

严春轻叹道：“在下只是忽然明白雷兄的意思了。”

方轻游忽道：“莫非雷兄是觉得，薛秋声让弟子假冒自己，真身却去刺杀温楼主了？”

雷缨锋颔首道：“据我所知，薛秋声自视极高，我想他根本就瞧不上青锋令——他是想做正气长锋阁的阁主。”

众人相顾惊疑，各自沉思起来。

岑东流道：“倘若这假薛秋声未被识破，一直与咱们待在客栈中，那么即便温楼主遇害，也没人会疑心到薛秋声头上，嘿嘿，这厮倒是奸猾得很，只不过他自己想做阁主，正气长锋阁却也未必能答应。”

严春摇头道：“温楼主极善谋略，在武林中的声名也高，如今若真要与停云书院作对，只怕停云书院也很是头疼，多半也宁愿天音宗的人来做阁主。”

岑东流冷笑道：“难道他们竟敢暗中指使薛秋声刺杀温楼主吗？”

严春道：“停云书院行事素来端正，这种事是绝不会做的，不过薛秋声极有可能知道温楼主与停云书院已经不大和睦，这才如此肆无忌惮。至于玄真教嘛……”说着看向方轻游。

方轻游沉默片刻，道：“十三年前，家师与掌门师叔都曾与薛秋声一同北击摩云教，也算是多年故交。”

堂中静了一阵，楚轻鸿忽道："温楼主武学造诣非凡，即便薛秋声果真有此恶意，也未必便能得逞。"

众人闻言纷纷称是，雷缨锋低头看着纸条上的"忽遇急情"四字，默然不语。

严春笑呵呵道："薛秋声的武功确是未必高过温楼主，不过江湖厮杀，阴谋诡计往往比武学修为更为厉害，明晨咱们究竟还能不能见到温楼主，倒也真说不准。"

楚轻鸿蹙眉道："严公子，你眼下居然还笑得出来，你与温楼主不是很有交情吗，为何却这般说话？"她性情温婉，几乎从不指责别人，只是此刻见严春如此凉薄，才不禁出言驳斥。

严春也不着恼，只淡然笑道："我不过就事论事，实话实说罢了，楚姑娘既不爱听，那我便不说了。"

雷缨锋道："家父曾与我言起，薛秋声当年去过青鹿崖，也到过北荒的摩云教总坛，历经多番血战，却几乎毫发无损地归来，其武学修为是极可怖的，恐怕温楼主未必能胜过他。"

"姓薛的竟这般厉害吗？"岑东流闻言一惊，沉吟道，"当年即便是'柳下春草'，在云州也是七死其五，这薛秋声的修为，总不能还高过柳老前辈的弟子吧？"

宁简瞥见陈彻听得茫然，便轻声解释道："昔年柳空图座下有七大弟子，合称为柳下春草。"

雷缨锋道："若论武道正统，自是停云书院为高，只不过天音宗的武学颇有些妖邪，难以用常理揣度。"

严春叹道："江湖之事，本就都难以用常理揣度。当年武林中人都说，若世间武学共一尺光华，那么柳空图的七位弟子便占去了七寸，谁曾想，名震天下的柳下春草，如今却已只余燕寄羽、吴思邪两人？"

雷缨锋道："温楼主傍晚才离了客栈，料想不会走得太远，眼下咱们——"说到这里，他瞥见卓明月倏忽站起，便道，"卓兄，怎么了？"

卓明月默然长立，脸色肃穆，目不转睛地盯着客栈的木门。

严春打量了卓明月一会儿，神情微变："是那魔头来了？"

众人闻言相继站起，都望向门口。雷雨声中，木门吱呀轻颤，如在低泣轻唤。

卓明月转头与众人对视，忽然咧嘴一笑，摇了摇头，清秀的面容上流露出一抹坚毅。

严春一怔，道："岑兄，他是什么意思？"

岑东流道："他娘的，我也不知。"

当是时，门外突兀响起一道幽幽语声——

"君不见衡阳方白剑天子，犹有荒台落难时；君不见，柳下春草七寸晖，青鹿崖上几人回？"

那声音轻轻缓缓地飘进门来，如烛火乱晃，如雨珠轻飞，更似悄然融入了堂中每个人的呼吸与心跳——众人一时间既觉那声音近在咫尺，亲切温柔，宛如故旧对坐，把盏相谈；又觉仿佛在千百里外，有人独立荒丘，正自当风歌吟。

堂中除去陈彻，都是武学修为极高之人，闻声辨位的功夫无不精擅，但此刻凝神听去，却竟都辨不清说话人的方位，不由得相顾骇然。

雷缨锋道："诸位且听我说。"语声仍然极是平稳，一边走向门口，一边道："咱们当前须得——"

话未说完，堂中白影骤隐乍现，卓明月已凭空闪落在门口，袍袖翻动中短棍一伸，将木门点得粉碎。

霎时间众人齐望过去，但见卓明月低头静立，挡住门外风雨，右手握着一根浅白色的短棍，宛如手持一道月光。

街上夜色深沉，急风吹雨宛如泼墨，竟是空无一人。

众人纷纷走出门来，左右张望，雨线交织如网，笼住长街，远处模模糊糊透出几家灯火。

卓明月忽然单膝跪下，短棍在青石地面上一震，水花四下泼洒，地上丈许方圆的雨水竟被他震空了一瞬。众人低头瞧去，却见石面上歪歪斜斜刻着“天音难测”四个字。

严春皱眉道：“这是天音宗寻仇时才会留的字。”宁简冷笑一声：“那咱们等着他们上门便是。”

雷缨锋寻思片刻，道：“我去周遭走走，兴许能遇到温楼主。”

岑东流一惊，道：“雷兄不可落单，以免中了天音宗的诡计。”

雷缨锋道：“无妨，你们守住弓魔，我稍后便回。”

众人劝说了几句，见他心意甚坚，便都道：“千万小心。”“雷兄速去速回。”

雷缨锋道：“多谢。”说完看了方轻游一眼，欲言又止。

方轻游道：“雷兄放心。”

雷缨锋微微颔首，转身大步而行，顷刻间身影便没入了茫茫夜雨。

众人返回堂中，听着灯花噼啪作响，一时无语。卓明月手持短棍，一动不动地守在门口，宛如一尊石雕。

岑东流坐到了江海余身旁，倒了碗酒一饮而尽，笑道：“江老贼，还不肯吃喝吗，今夜怕是长得很呢。”

江海余默不作声，眼皮也不颤一下，只是垂头看着桌面。

众人等了一炷香时分，均觉自雷缨锋离去后，堂中仿佛空落了许多。张轻鹿不时便看一眼门口，终于忍不住道：“怎么还不来？”

严春微笑道：“张兄弟是说雷兄，还是说薛秋声？薛秋声今夜迟早会来客栈的，至于雷兄嘛，那倒是说不准了。”

张轻鹿哼了一声，转过头去，不理严春。岑东流哈哈一笑，道：“严公子若能少说两句话，多喝几碗酒，渝州严家只怕早已成为武林第一世家了。”

又等了半炷香，方轻游忽道：“有人来了。”

岑东流一凛，却没听见什么，又过片刻，才依稀听出门外雨声里夹杂了一丝极细微的脚步声，不禁轻叹道：“方兄好修为。”

方轻游神情微凝，又道：“来的不止一人。”

众人对望一眼，手按兵刃，纷纷站起，走到卓明月身边。

卓明月忽而迈步来到街上，众人也随即跟出，但见卓明月面向客栈西边的荒野，双手握住短棍，以棍梢抵住眉心，闭目低头，默然立在雨中。

严春道：“那是西域明光教的‘静思礼’，卓兄正在向他们的‘明光圣尊’祈求庇佑。”

雷电嘶闪，轰鸣掠空，卓明月转回身来，眺望东边。众人随着他的目光看去，隐约望见远处的街上似乎张起了一大片黑布，拦断了长街。那黑布随着阵阵雨声缓缓迫近客栈，雨水落在黑布上，仿佛落入无尽深渊，一丝水花也不弹起。

众人心头惊疑，过得片刻，才看出那黑幕实是九个黑袍人并肩而行，九人同时起步落足，脚步声重如滚雷。

岑东流见他们黑巾蒙面，腰插竹箫，脚穿麻鞋，都是天音宗门徒的装束，不禁皱眉道：“这他娘的可难分辨了，究竟哪个才是薛秋声？”

说话中，那九人渐行渐错落，脚步声也分散开来，一时间长街上黑影重重。众人心神收紧，只觉那九道足音宛如九面疾慢不同的鼓，在夜雨中纷乱敲响，似乎脚步声里也裹上了一层湿闷的雨意，听得一阵，顿觉胸中气血翻涌，几欲作呕。

严春急声道：“别听他们的脚步，那是天音宗的阵法‘九重箫’！”

众人收敛内息，各自运功相抗。陈彻正觉得周身血沸欲炸，忽然手心一凉，却是宁简牵住他的手，渡过内力；他大口呼吸数下，胸中顿时舒畅了许多。

那九个黑袍人愈走愈缓，拔出腰间竹箫，抬在唇边；严春脸色微变，道：“九重箫的第二重要来了。”

当是时，卓明月忽然踏步前行，走出几步，回望见众人跟随在后，便停步摇了摇头，冲着众人咧嘴一笑。

方轻游蹙眉道："卓兄，咱们自然应当一齐……"

岑东流道："他要除魔，便让他去吧。"方轻游一怔，不再多言。

卓明月对众人微微颔首，转回身朝着九个黑袍人继续行去，渐行渐疾，足尖飒沓起落，不断振飞地上积雨，在长街上留下一瞬又一瞬的空洼。

在他身形前冲之际，手中短棍的棍梢上倏忽亮起了一丝火苗，虽只是茫茫夜雨中极细微的一星，却竟不熄不灭，随着他的振腕轻轻颤动，宛如萤虫。

顷刻间，卓明月已冲至九名黑袍人面前，那九人脚步腾挪，或以箫刺，或用掌攻，绕着他疾走如风，白衣的身影霎时被翻飞的黑袍遮蔽。

众人远远瞧去，已辨不清卓明月，唯见一点火星在层层叠叠的黑影之间转折闪动，越闪越急，穿梭成一道又一道微亮的细线，不断切割着暗沉沉的夜色。

忽然间，十个人的身影齐齐静住。众人依稀望见卓明月被九个黑袍人围在中间，短棍指天，扬臂而立。

下一瞬，那九人的身躯渐次摇晃起来，仰天栽进地上雨水，月白色的身影显露出来，卓明月迈步走向众人，前行中一抖短棍，恰逢闪电划过，照亮长街，宛如棍上光明盛放。

严春眼望卓明月，似笑非笑，嘴里忽然咕哝了一句怪话。陈彻眨了眨眼，只觉眼前仿佛仍有一抹火光正在往复急舞，忽听岑东流缓声轻叹：

"十万六千光明狮子吼吗，了不起。"

待卓明月走回，众人定睛端详那根短棍，却听嗤的一声，棍梢冒起一缕焦烟，那丝火星转瞬熄灭，仿似从未亮起过。

岑东流怅然收回目光，道："也不知薛秋声是否在那九人之中？"

方轻游沉吟片刻，道："应当不在，不过咱们还是上前查看一番。"

众人走到那九人倒毙之处，却见他们周身并无明显伤痕，渐次挑开几人脸上的黑巾，都是二三十岁模样，想来只是天音宗的年轻弟子，薛秋声却不在其内。

岑东流挑开第八具尸身的面巾，见也是个面容俊秀的年轻人，不禁皱眉道："也不知薛秋声那厮正躲在何处……"说到这里，忽见地上那年轻人睁开了双眸，嘴角露出一抹诮笑。

岑东流一惊，右手按上腰间铜酒壶；与此同时，那年轻人已翻身跃起，伸指在铜壶上弹了弹，岑东流低头瞥见壶面上顷刻结了一层薄霜，自己的刀劲触壶即僵，竟难以传进壶中。

那年轻人掠过岑东流，急袭向陈彻，半途中卓明月扫出短棍，横截而来，那人随手出拳击在棍梢，拳棍一触即分，卓明月只觉有一丝霜雪般的凉意沿着棍身蜿蜒而上，蹿入右手经络，霎时间整条臂膀竟动弹不得。

岑东流手腕一振，雨水瞬息将壶上清霜冲刷干净，随即挥动酒壶砸向年轻人背心要害；那年轻人此时已趁隙扣住了陈彻脉门，扯着陈彻闪身退步——忽有一道短促的冷光从眉睫之前擦过，却是宁简猝然出刀，险些削中他的面门。

那年轻人闪身再退，在丈外落足站定，微笑着打量众人。

岑东流冷冷盯着年轻人，道："阁下方才使的，是简家冰拳吧？什么时候简家已和天音宗沆瀣一气，以至于简家弟子竟做了天音宗的门徒？"

众人闻言暗凛，都知简家以拳术名动江湖，有绝学名为"冰霜结玉"，武林中人一般称之为简家冰拳，却未曾想今日得见，竟是如此神异。

那年轻人右手按在陈彻后颈要穴上，躲在了陈彻身后，闻言笑道："我若不扮作天音宗门徒，怕是也不容易擒住这位小兄弟。"

方轻游道："阁下与这位陈兄弟有仇？"

那年轻人摇头道："我与这位兄弟素昧平生，只不过看出他在诸位之中武功最弱罢了。"说着右手微微加力，不禁一笑，又道："嗯，何止是最弱，简直不会武功，看来在下倒也没选错人。"

岑东流皱眉道："你究竟想干什么，是简青兮派你来的？"他素来听闻简家新任家主简青兮行事颇有些邪异，只觉眼前之事怕是难以善了。

"没人派我，是我自己要来。"那年轻人闻言莞尔，"方才未及自报姓名，失礼莫怪。"说着眨了眨眼，对众人微微颔首致意，道：

"苏州简青兮，见过诸位。"

八

众人闻言都是一惊。严春笑呵呵道："原来是简家家主亲至，实在是有失远迎。"

夜雨绵绵，简青兮悠然环顾长街左右，随口道："严公子不必客气。"

严春道："却不知道简公子煞费苦心，擒下这位青石镇客栈的店小二，究竟意欲何为？"

"店小二吗？"简青兮淡淡一笑，"这位小兄弟是谁都无妨，只要能换得诸位将弓魔交与在下，那便够了。"

严春笑道："这小子不是武林中人，与我等更是非亲非故，阁下要擒要杀，悉听尊便，至于弓魔，那是我等擒住，却与阁下无关。"

简青兮颔首道："既然如此，那我杀了这小子便是。"

严春道："请吧。"

简青兮抬起右手，轻轻缓缓地点向陈彻眉心，一瞬间众人心弦收紧，宁简盯着简青兮的右手，双袖垂敛如刃，微微踏前了半步，却见简青兮伸指挑飞了陈彻眉前的一滴雨水，打量着陈彻，神情讶异。

简青兮微笑道："这位小兄弟倒是镇定得很，既不挣扎哀求，也不惊惶呼叫。"

陈彻道："叫也没用，不如省些力气。"

简青兮一怔，道："言之有理，我看咱们也不必在街上淋雨，且去客栈里说话吧。”说完便推着陈彻走向青石老店。

众人对望一眼，也只得跟上。宁简面寒如霜，走出几步，忽道：“陈彻，你怕吗？”

陈彻道：“怕。”

宁简道：“别怕。”

陈彻道：“好。”

简青兮笑了笑，道：“有趣。”说着当先踏入了客栈。

先前严春命严知雨留下看守弓魔，此刻众人走进堂中，望向弓魔那桌，不由得一怔：江海余仍是面无表情，却正在大口吃喝，随手接过严知雨端来的酒水，仰头喝尽，看也不看众人。

岑东流一愣，不禁哈哈笑道：“我还当这魔头是喝风便能活的铁打身子，原来倒也不是。”

却听严知雨道：“江老伯，再喝一碗吗？”江海余嗯了一声，嗓音很是粗哑。严知雨便又为他倒酒。江海余一连喝了三碗酒，这才摇了摇头。

岑东流讶然道：“严公子，看来这弓魔倒是很听你家侍女的话。先前咱们让他吃饭，他可没理咱们。”

严春微笑道：“这确是有些奇怪。”

简青兮抖落湿透的黑袍，露出一袭青衫，冷冷瞥了一眼地上那假薛秋声的尸身，脸上却也并无讶色；随即转头打量江海余，眼神中闪过一抹奇异光彩，宛如在看一件价值连城的珍宝。

方轻游忽道：“简公子，苏州简家素来是武林正道世家，令尊简熙简老前辈生前也是江湖中有名的侠士，如今简公子为了一枚青锋令便要累及无辜，只怕令尊泉下有知，也绝不愿见到。”

简青兮点了点头，道：“那我便当他泉下无知好了。”

众人闻言怔住，均未想到简青兮竟随口说出一句如此悖逆人伦之言。

方轻游轻叹一声，道：“看来简公子是执意要做恶人了？”

简青兮微笑道：“在下既觉诸位都是好人，也不觉得自己是恶人，只是世道无常，好人与好人为敌，原也不罕见。”

楚轻鸿道：“阁下只为一己名利，便擒下不会武功的无辜弱者作为要挟，如此自私龌龊之举，如何还敢以好人自居？”

简青兮道：“世人无不自私龌龊，只是深浅不同而已。”

楚轻鸿蹙眉瞪着简青兮，一时无言以对。

简青兮沉吟道：“咱们不妨聊些实在的。在下此番前来，并非只为自己，却也想救诸位的性命。”

岑东流哈哈一笑，道：“我倒想听听，你要如何救我？”

简青兮道：“眼下诸位既然杀了这位假扮薛秋声之人，想是已经识破了薛秋声的用心。以在下对薛秋声所知，他多半要杀诸位灭口。——只要诸位留下弓魔，离开这青石镇，我便替诸位挡下薛秋声如何？”

岑东流淡淡道：“薛秋声要杀岑某，便让他来试试，且看是谁杀了谁。”

简青兮一笑，转口道：“须知温岐温楼主的武功深不可测，武林中能杀死他的人可谓凤毛麟角。薛秋声即便能杀了温岐，也须有个能让正气长锋阁信服的替罪之人，才能安稳做得阁主。”

严春目光闪动，接口道：“这替罪之人，想来便是弓魔了？”

简青兮道：“不错。料想今夜过后，江湖上便会传开：弓魔虽被诸位擒住，毕竟老奸巨猾，竟又设法脱困，将诸位与温楼主一一害死，最后全靠薛秋声格毙弓魔，武林才除此大患。”

堂中短时静默，严春看了看江海余，却见他脸色漠然，正自端详身侧的严知雨，对简青兮的话语无动于衷。

简青兮忽而一笑，道：“薛兄，在下方才所言，可说对了吗？”

话音方落，便有一道语声猝然响起，忽远忽近，飘摇如风——“简公子料事如神，自然不会说错。”

众人心头剧凛，看向门外，却不见有人来到。

简青兮道：“诸位现下便走，还来得及。”

岑东流手按铜壶，身躯紧绷，目光缓缓扫过堂中，随口道："走你娘的鬼。"

简青兮点了点头，道："现下已来不及了。"

随即，楼上客房传来推门声，岑东流霍然转头，却看到一个头发花白、面容和蔼的黑衣人，正自缓步下楼。

霎时间众人骇然对望，均想：难道真正的薛秋声一直便在客栈之中？

岑东流提起铜壶，暗自凝神聚力，目光紧随着那黑衣人，那人瞥了岑东流一眼，淡淡咳了一声，铜壶忽然一颤，跳出一线酒水。

岑东流手臂轻震，低头看向铜壶，神情惊疑，随即缓缓抬头打量那黑衣人，道："阁下便是薛秋声？"

那黑衣人不疾不徐地走到堂中站定，颔首道："天音宗薛秋声，幸会诸位。"语气甚是温和，只是听来颇有些模糊，仿似人在客栈内，嗓音却在门外风雨中。

陈彻心头陡沉，猛力挣扎起来。简青兮手指连点，制住陈彻臂上穴道，讶然笑道："小子，乱动什么，到此刻才知道厉害吗？"

方轻游与陈彻对视一眼，面色微变，忽道："轻鹿，你去楼上瞧瞧韩兄弟。"

张轻鹿闻言一愣，随即奔上楼去。薛秋声却也并不拦阻。

岑东流从前听闻薛秋声不过四五十岁，可眼前的薛秋声却满头白发，倒像是个七八十岁的老者，不禁皱眉道："薛兄可比我想的要老些。"

薛秋声淡淡道："十三年前，薛某便已老了。"说话中转头打量弓魔，见其伤痕累累，不禁轻叹："江海余，你今日落到这般狼狈境地，可有悔过？"

江海余恍若未闻，目光空洞地瞧着桌上烛台。

随即，张轻鹿从楼上奔下来，陈彻心神一紧，却听张轻鹿道："方师兄，那位韩兄仍在熟睡。"

方轻游暗自松了口气，对陈彻点了点头。

薛秋声笑了笑，道："薛某何等人物，岂会为难一个无名之辈。"

话音方落，卓明月大步前行，走到薛秋声身前站住，忽然露出迷惑神情。

薛秋声面无表情，只瞥了卓明月一眼，却也不说话。

岑东流本以为卓明月当即便要除魔，见状不禁奇道："卓兄，莫非他不是你要除之人吗？"

卓明月点了点头，随即又摇了摇头，端详着薛秋声，眼神愈发疑惑。

方轻游自卓明月迈出第一步时便凝集内劲，生怕卓明月不敌薛秋声，故而蓄势以待相助，却见薛秋声忽然笑道："天风无形，敢问十万六千光明狮子吼，可能吼散？"

随着薛秋声缓声吐字，方轻游只觉内劲竟难以抑制地逐渐涣散，仿佛一身内力已随着薛秋声模糊的语声飘散到了门外风雨中；惊凛之际数次提气运功，却仍聚不起劲，直到薛秋声说完一句话，内息才流转如常。

严春笑呵呵道："就在不久之前，岑兄还曾说到天音宗与苏州简家乃是正气长锋阁的一对鹰犬，没想到这两家门派转眼间便都到了客栈。"

简青兮微笑道："我与薛兄都是一腔正气，向来服膺正气长锋阁，那也没什么好说的。"

方轻游一时间心念电转：眼下已知薛秋声修为深湛可怖，简青兮又制住了陈彻为人质，若贸然动起手来，己方恐怕难胜。稳妥之计，莫如设法拖延，等到雷缨锋回来，或有转机；最好是雷缨锋能寻到温岐一同来到客栈，温楼主素来多智，武功亦高，定有对策。

想到这里，他当即开口道："说起苏州简家与天音宗，在下心中有一件积存许久的往事，却与这两个门派都颇有关联。——诸位可知，这青石镇为何人烟稀寡，如此冷清？"

简青兮神情微讶，笑道："这等边陲小镇，人烟稀少再寻常不过，却难道还与我简家有关？我知方兄是想拖延时辰，好等雷缨锋回来，不过那也无妨，也省得我与薛兄专程再去寻他。”

方轻游淡淡一笑，却转口道：“我听闻苏州简家门徒甚多，但也并非都姓简，不知确否？”

简青兮一怔，道：“不错，简家确有不少外姓弟子，但只能修习寻常的刀剑拳脚功夫，至于那冰霜结玉的拳术绝学，却是非简姓嫡系不传。”

方轻游道：“果然如此。那么简公子是否知道，你们家中有个名叫张青的外姓弟子？”

简青兮道：“从未听过。”

方轻游颔首道：“那已是十四五年前的事了，无怪简公子不知。在下要说的，便是关于这张青的一件往事。”

说完沉默片刻，似在回想，良久才继续开口讲述起来。

——十五年前，简家弟子张青二十七八岁，腼腆少言，待人甚是仁厚，只是外姓弟子在简家素来不被重视，张青却也没几个朋友，平素与他交好的只有另两个外姓弟子，一个是他师妹，名叫秦芸；一个是他师兄，名为周固。

张青对秦芸已经暗自倾慕多年，但却觉秦芸的心上人实是师兄周固，故而长久以来都郁郁不乐。

有一回，师兄妹三人奉命西去昆仑山送信，归途中秦芸数次避开张青，与周固私会，却被张青察觉，张青心绪更加烦郁，路过青石镇时撞见镇民被一名天音宗门徒欺压，便愤然出手救下；细问得知，却不过是镇民说了些莽撞无心之言，冒犯了天音宗的教义。

师兄妹三人均觉那天音宗弟子行事太过凶蛮，便与之相斗，最后三人虽将那天音宗弟子击伤逐走，周固却也身负重伤。

三人在镇上耽搁了多日，周固眼看自己伤势一时不能痊愈，便让张青与秦芸先行返回苏州复命。张青便将周固托付给青石镇的镇民照料。临行前，周固告诉张青，原来秦芸也一直倾心于张青，只是羞于表露，这才私下里找周固说出，让周固转达。

张青闻言欣喜至极，一路上满心想着要请师父主持自己与师妹的亲事，常常辗转反侧，夜不能寐。待回到苏州，如愿与秦芸定了亲，又过去数月，却迟迟等不到周固归返。

从前张青误以为秦芸喜欢师兄周固，心中对周固暗暗存了些许嫉恨，后来得知秦芸与自己两情相悦，嫉恨顿消，念及师兄多年来对自己的关怀提携，既觉羞惭，更是深深感激。

又等了多日，仍不见周固回来，张青心中愈发不安，禀明师父后便孤身西行，赶到青石镇上。镇民却说，周固在两个月前便已伤愈离去。张青询问师兄去向，镇民们言辞闪烁，答得支吾不清。张青心下起疑，追问起来，镇民们才承认照料不周，致使周固伤重身亡。

张青悲怒交集，回想起与师兄多年情谊，不禁伤心欲绝；他发了一阵子火，终觉埋怨这些镇民也是无用，便询问起师兄的埋骨之处，要将师兄的尸骨带回苏州安葬。

哪知一问之下，镇民们竟仍是答不出来，连问了好几户人家，都推辞说当时将周固葬得匆忙，胡乱埋在了荒野间，却已记不清方位。

张青大为惊疑，先是不断恳请哀求镇民们告知真相，后又发狠逼问，终于得知，原来张青与秦芸离去后不久，便有一群天音宗弟子寻到镇上，对镇民们威胁利诱，镇民们收下了天音宗的银钱，便将周固卖与了天音宗。

张青只听得天旋地转，坐倒在地，霎时心哀若死。他早便听闻天音宗对于仇家尸身向来是用药物融掉，自己师兄弟当初本是为镇民仗义出头，想不到师兄却遭镇民出卖，落得尸骨无存。

后来他定下心神，写了一封书信托人送到苏州，请师门主持公道，自己则四处搜寻天音宗弟子的下落。数月过去，他没能找到那日将周固打伤的天音宗弟子，却收到师门回信，命他速回苏州，不得在外逗留。

原来当时中原武林与北荒摩云教纷争不断，眼看大战在即，而天音宗行走四海聆听天声，曾深入北荒，对摩云教知之颇深，却是中原武林亟须联结的盟友；当此关头，简家自然不会为了区区一名外姓弟子的生死便去违逆武林大势，开罪天音宗。

——方轻游讲到这里，语声稍顿。众人默然相顾，大都觉得天音宗实在跋扈，对那张青、周固的遭遇颇是同情。堂中烛火闪动，岑东流忽道："嘿嘿，好个武林正道，苏州简家。"

简青兮微微一笑，却不接话。

楚轻鸿轻叹道："那些镇民们见利忘义，实是不该。"

方轻游默然不语。严春忽而笑嘻嘻道："方兄刚才讲得很是详尽，宛如亲眼看见一般，这倒是有些奇怪了，却不知方兄从何得知此事？"

方轻游道："那是因为我家便是青石镇的镇民。"

众人闻言怔住。却听方轻游又道："我幼时家境贫寒，常常吃不饱饭，十四年前端阳节那天，我爹娘却忽然买回家许多吃食，还给我添置了一件新衣裳……我当时不知那是他们收了天音宗的银钱，心中自是欢喜……

"数月后的一天夜里，我正在镇子西边玩耍，遇见了一个人，却是张青苦寻天音宗弟子无果，手里捏着那封师门回信，又回到了镇上……当时他满身风尘，脸色极是疲倦，瞧见我后，便如溺水之人抓到一根水草似的，把先前经历都对我讲了。

"他讲了很久，讲完冲着我苦苦一笑，问道：'我该如何是好？'当年我不过十三岁，听完只觉甚惨，哪里回答得出，怔怔看着他丢下书信，提刀走入了一户人家，片刻后走出，刀上已沾满鲜血……

"那天夜里镇上的月光很亮，我看着张青纵入一户又一户人家，又提着血淋淋的刀破门而出，最后孤身站在月下的石街上。那时我早已吓得呆了，醒过神来跑回家中，却见我爹娘倒在血泊中，已被张青杀死……"

楚轻鸿听到这里，忍不住啊的一声，神情凄怜，颤声道："万幸那张青没、没将你也……”

方轻游沉默片刻，道：“楚师妹，傍晚时我带你去看的那处旧宅，便是我幼年所居。”

陈彻心中微动，这才明白先前自己与韩昂为何会在街上遇到方、楚二人。

方轻游继续道：“那晚我在家中茫然呆立许久，不知怎么走出了家门，街上却已下起雨来。我失魂落魄地乱走了一阵，却又撞见了张青……那张青站在夜雨中望着我，他明明杀了那么多人，但脸上的神情却像是比我还恐惧，提刀的手不住地颤抖，鲜血不停从刀尖滴落，现下想来，他实是怕到了极点……”

岑东流道：“唉，方兄……”却又说不下去。

方轻游轻轻摇头，又道：“我听闻那秦芸后来是嫁给了一名简家嫡系弟子，简公子可知此事吗？”

简青兮回忆片刻，道：“我确是依稀记得一个名叫秦芸的女子，是我二叔的妾室，嫁与我二叔后没过几年便病逝了。”

方轻游道：“原来如此。嗯，当年那张青犯下屠镇恶行之后，遭到不少武林正道侠士的追杀，一路逃亡到登州的海边，坠下了悬崖。众侠士都以为他就此殒命，便即离去……”

方轻游吁了口气，继续说道：

“他侥幸坠海未死，劫后余生，已是心性大变，不久得逢奇遇，练就了一身高绝修为，便抛却‘张青’这个姓名，从此横行江湖，自名为……江海余。”

九

堂中人人神情震动，都望向弓魔——却见江海余垂头拨弄着桌上的空酒碗，仿佛方轻游叙说的只是旁人的故事，与他全无干系。

严春忽道："怪不得天音宗近来如此卖力地追捕弓魔。"

众人闻言恍然：昔年那张青与天音宗既有此仇，料想后来弓魔杀过不少天音宗弟子，只是天音宗门徒素来行踪飘忽，即便死伤颇多，怕是也不为武林所知。

薛秋声道："追捕弓魔，不过是义所当为罢了。"

岑东流嘿嘿一笑，道："这'义所当为'四字，从薛兄口中说出，听起来可比雷兄说时刺耳多了。"

薛秋声淡淡道："薛某不想与诸位做口舌之争，只要诸位留下弓魔，离开此间，薛某便饶过诸位性命如何？"

严春讶然道："阁下难道不怕我等离开之后，将阁下的所作所为传扬开来吗？"

薛秋声道："诸位要说什么、要说与谁，尽可去说，薛某区区一人，也堵不住武林中悠悠众口。"

这番话颇出众人意料，严春微微颔首，沉吟起来。

简青兮目光闪烁，笑道："原来薛兄却比在下想的大度得多了。诸位还不趁此良机，速速离去？"

众人相顾一眼，方轻游淡然道："在下本当手刃弓魔，以报父母血仇，但亦深信弓魔作恶多端，到明晨温楼主定会给在下、给武林一个公道。薛兄、简公子，你们既为一己私欲，那也不必多言，今日但教我有一口气在，绝不会将弓魔交与你们。"

此言一出，众人纷纷动容，楚轻鸿与张轻鹿对望一眼，持剑走到方轻游身侧站定。

简青兮轻叹道："须知薛兄闭关多年，已修成绝世奇技，本是要在昆仑山上诛杀刀宗，眼下诸位又何必螳臂当车，自取其辱？"

岑东流笑道："就凭这薛老儿还敢妄言诛杀刀宗，未免太不自量力。"一边说话，一边提聚内劲，紧握铜壶，便待出手。

薛秋声忽道："岑兄可曾见过刀宗？"

岑东流一愣。薛秋声又道："料想诸位都未见过刀宗，也无人知晓云荆山武功究竟如何，却都觉得薛某定然胜不过他。"

岑东流道："那又如何？"

"刀宗的修为，薛某却是亲眼见过的。十三年前在北荒的天惊崖上，云荆山斩杀摩云教宗时，我便在一旁。后来武林各派返回中原，行至朔州时，云荆山与诸人道别……"

薛秋声语声蔼然，宛如追忆旧友，只是愈说脸色愈寒。

"那时他远远地看了我一眼……就是这一眼，叫我胆战心惊，武功尽废。"

众人面面相觑，心中骇然，却见薛秋声古怪一笑，继续道："他就只是那般漫不经意地看了我一眼，嘿嘿，并非薛某不自量力，真正狂妄无知的，却是诸位。"

话音方落，岑东流只觉全身内劲忽如潮起，顺着右臂经络不断涌入铜壶，急急运功压制，内息却竟狂乱难抑，霎时间手臂剧颤如蛇，啪的一声，铜壶炸碎，酒水洒了一地。

岑东流大惊失色，疾跃而起，挥拳击向薛秋声面门，薛秋声恍如未见，自顾自低下头去，掩口咳嗽了两声，岑东流半空里身形骤僵，摔在地上。

方轻游掠近岑东流，将他扶起，一瞬间两人交换眼神，均觉薛秋声的功法实在匪夷所思。

薛秋声道："当年我虽失却一身武功，却也因祸得福，从此潜心修习天音宗秘传'闭口蝉'之术，到去年终至大成，自信已能胜过刀宗。我再好言劝说一回，诸位交出弓魔，便请离去如何？"

岑东流哈哈笑道："你他娘的又不是和尚，修什么闭口禅？"说完脸上抽搐，忽然咳出一口血。

严春沉吟片刻，微笑道："薛兄竟似能以语声扰动他人内息流转，实在是厉害。”

简青兮颔首道：“严公子是聪明人，想必不愿将性命丢在这客栈里。”

严春道：“不错，知雨，咱们走吧。”说完便迈步朝着门口走去。严知雨一怔，也随即跟上。

堂中静默下来，薛秋声与简青兮相视一笑，都伫立不动。众人眼看着严春和严知雨离开了客栈。

简青兮道：“可还有人要走吗？”等了片刻，见无人接口，便又笑道，“若无人走，那么在下只好先将这位陈兄弟杀了。”

方轻游道：“简公子既想要青锋令，那便请凭本事赐教，何必用旁人来要挟？”

简青兮淡淡道：“在下能要挟诸位，那也是在下的本事。”

正在此刻，卓明月忽然袍袖翻飞，短棍横扫，劲风涤荡四散，吹熄了烛台，霎时间堂中漆黑一片。

简青兮顿惊，只觉周遭脚步声、兵刃声、衣袖掠动声纷乱而起，当即扯着陈彻退向角落，忽然颈上生寒，却是有人刺来一刀，险些刺穿他咽喉；情急之际听风辨位，一拳打在那人臂上，退步中听见咔的一声微响，料知已震碎那人臂骨。

那人却浑不觉痛似的，顷刻间又斩来一刀，简青兮拧腰让过，砰砰两拳，都打在那人腹间，随即闪身倒掠；那人中拳后一声不发，不退反进，出刀更疾，连刺向简青兮胸口要害；简青兮扯动陈彻，将他挡在身前，那人手腕偏转，绕过陈彻，转刺简青兮左肋——

简青兮一瞬间心思飞转，将陈彻踢向那人，自己却疾掠向江海余所坐之处，半空里将全身劲力凝集在右拳上，猛击而出。

铮的一声，这一拳却击在兵刃上，简青兮只觉一道旋劲反荡回来，几乎将腕骨生生拧得倒转，心下暗凛，急急掠向墙边，却听嗤嗤连响，似乎接连撞中了许多水珠，顿觉颅中眩晕如醉，赶忙在黑暗中挥拳乱舞，以拳风探路，片刻后才终于贴墙站定。

忽然间堂中微明，却是卓明月的短棍上亮起了一点火星，那火星明灭数下，随即迅疾一扩，燃成了一簇火焰。

一时间众人都望向那火焰，心中莫名空静下来，满堂脚步声顿时止息。

简青兮打量岑东流，见他两手空空，想到他铜壶已碎，正觉疑惑，却听岑东流笑道："简公子，方才岑某喷的那口血刀滋味如何？"简青兮轻哼一声，转头看向江海余，却见方轻游正持无锋剑立在江海余身前，不禁皱眉道："方兄，弓魔杀了你父母，你却还要救他吗？"

方轻游淡淡道："我既答应了将弓魔交与温楼主，在此之前，谁也不能杀他。"

简青兮点了点头，又看向宁简，但见她脸色惨白，嘴角流出一道细血，左手按在腹间，右手横刀将陈彻护在身后。

宁简冷冷道："简青兮，下一刀，我便杀了你。"

简青兮微笑道："那我等着便是。"

忽听地上重重一响，却是卓明月迈出了一步，他双手握住短棍，将燃烧的棍梢高举过顶，火焰闪动，照得他眉宇间肃然生辉。

一步落定后，他缓缓呼吸良久，才又走出一步，仿佛每一步都迈得无比艰重。脚步声震地如雷，也震在众人心头。

卓明月擎着堂中唯一的光亮，朝薛秋声走去。

薛秋声微微眯眼，盯着缓步行近的卓明月，脸上露出了自现身以来从未有过的凝重神情。

方轻游与岑东流对望一眼，道："他未必便能同时袭扰多人内息。"岑东流点了点头，便要与方轻游一同攻向薛秋声。

简青兮微微一笑，倏忽掠到薛秋声近旁，回身道："我劝两位还是莫要轻举妄动。"

宁简忽道："我劝你也别妄动。"一边说话，一边持刀走向简青兮。

便在这时，卓明月看向众人，摇了摇头，神情坚决。

岑东流心知他是要独力除魔，叹道："罢了。"

卓明月咧嘴一笑，重重迈出一步，棍梢的焰心霎时间青白亮眼，火焰向着棍身延烧了两寸；与此同时，薛秋声忽道："且看你还能走几步。"

说话声中，卓明月嘴角溢血，周身轻轻震颤起来，那团火焰迅疾萎缩成微小的一点。堂中顿时昏暗下来。

薛秋声连声咳嗽，卓明月再度抬脚，却竟似久久难以落下；那一点火光急剧闪动了数次，随着卓明月艰缓地落足站定，终究没有熄灭。

薛秋声颔首道："好个明光僧。"

随着他不断吐字，卓明月忽然连踏数步，快步走到薛秋声身前五尺处。火焰蔓延了大半支短棍，几乎烧到卓明月手上，鲜血汩汩从他口中涌出，淌满了白袍。

下一瞬，卓明月发出忽的一声短啸，他口不能言，这一声实是从他口鼻中喷出的一道罡气，宛如神佛绽舌，压低了风雨雷声，震得众人耳中一清；刹那间短棍上光明暴涨，卓明月握着一团狭长的火焰高跃而起，击向薛秋声面门。

薛秋声神情微变，仰头与卓明月对视。

众人心神紧绷，但见短棍即要触及薛秋声的前额，火焰燃到了最盛之际，却倏忽收缩，焦黑的棍身在半空里化作一阵轻烟，卓明月与薛秋声的身影瞬息消隐在黑暗中。

黑黢黢的堂中，脚步掠动声再起；片刻后，众人听见薛秋声闷哼一声，心中各自惊疑。

又过片刻，堂中亮起了烛火，却竟是严春与严知雨去而复返。

严春一边点燃烛台，一边低声念叨："嗯，方才有要紧事物落在了客栈中，不得不回来取，打搅诸位了……"

众人无暇理会严春，都望向薛秋声，一时间无不惊骇失声——

简青兮手握一柄匕首，深深插进了薛秋声腹上关元穴。薛秋声漠然看着简青兮，腰腹间血流如注。

简青兮眨了眨眼，轻笑道："在下竟一不小心刺了薛兄一刀，这可真是对不住。"

薛秋声道："是吗？"

简青兮闻声周身一颤，猝然撤手，倒掠丈外，又笑道："薛兄气度超凡，料想不会见怪。"说完皱眉掩口，指缝中流出细血，却已被薛秋声说的那两字震伤。

众人均想，方才薛秋声凝神对付卓明月，堂中骤黑的那一刻确是出手良机；看来简青兮先前之所以掠近薛秋声，阻拦方、岑二人是假，伺机偷袭才是真。

岑东流讶然道："简公子，我本以为你们俩是一伙的。"

简青兮点了点头，道："我与薛兄确是一伙，只不过刚才兴之所至，随手刺他一刀罢了。"

严春环顾堂中情势，忽而一笑："简公子行事，当真出人意表。"

众人打量薛秋声，但见他默然长立，却也并不点穴封住腹间经络止血，不禁都心下暗奇：关元穴是丹田要害，寻常武人若受此重创，轻则修为折损大半，重则当场毙命，而薛秋声却神情淡漠，似对伤势浑不在意。

薛秋声忽然叹了口气，露出惋惜神色；手腕一动，取下腰间竹箫抬在唇边。

方轻游脸色顿变，疾声道："别让他吹响竹箫！"

话音方落，堂中一阵扑簌响动，众人齐齐掠向薛秋声，各出杀招；薛秋声单手横持竹箫，咽喉微微颤动，宛如蝉翼。

众人身形掠至半途，却未听见竹箫发出任何声响，正在惊疑之际，忽然莫名感到似有一蓬无形之力如网罗般在堂中扩张开来，那是一种听之不见但又确然存在的声响——

无声之声，闭口之蝉。

下一刻，众人恍惚听见箫声径直从自己的经络中响起，起初还模糊隐约，宛如远风，随即尖锐如虫鸣，将众人体内周流不息的内劲寸寸截断。

薛秋声嘴唇微鼓，无声无息地吹奏着竹箫。

——顷刻间众人内息岔乱，气血倒逆，已受极重内伤，未及掠至薛秋声近旁，便已纷纷摔在地上。

薛秋声垂下竹箫，扫视众人，目光高邈如云。

严春挣扎坐起，喷出一口鲜血，干笑道："在下只是回来取一样东西，这便离去，这便离去……"

薛秋声淡淡道："既然去而复返，那也不必再走了。"

严春闻言苦笑，却听薛秋声又道："严公子，你真以为薛某不知吗？"

"不知什么？"严春神色茫然。

薛秋声道："方才诸位去街上破除九重箫阵法时，严公子命自家侍女留守客栈，在烛台里混入了毒药。只是你离去后却未曾想到，卓明月竟会打灭烛火，以至于毒质还未燃发出来。"

众人闻言一怔，都瞧向严春。

严春默然片刻，忽而嘻嘻笑道："薛兄这般老奸巨猾，什么也瞒不过你。"

薛秋声从堂中柜台上取了几支新烛，慢悠悠地换上烛台，忽然叹道："简公子，你起初说我要杀你们灭口，终究还是让你说对了。"

简青兮淡淡一笑，道："本公子料事如神，那也没什么好说的。"

薛秋声环顾堂中，目光落在江海余身上，又道："张青也好，弓魔也罢，终究是你作恶最多，薛某便先杀你。"

他一边说话，一边走向江海余；经过陈彻身旁时，忽被陈彻扯住了衣衫。

陈彻本扶着重伤的宁简，此刻站直了身躯，与薛秋声对视。

啪的一声，陈彻抬手打了薛秋声一巴掌。

薛秋声微怔，冷声道："小子找死。"说着重重咳嗽几声，却见陈彻只是默默看着他。

陈彻道："别费劲了，我身上一丝内劲都没有，你咳不动我的。"

薛秋声脸色顿变，皱眉道："你竟敢如此……你怎知、怎知我也……"

陈彻道："怎知你也没有内功吗？因为先前你说武功被刀宗所废，却因祸得福才能修习闭口蝉，我便猜想，兴许那闭口蝉唯有身无内功之人才能修炼。"

薛秋声冷笑道："好小子，那你若是猜错了呢？"说话中猝然使出寒蛩爪中的一招，右手急抓向陈彻咽喉。

电光石火之际，陈彻回想先前见过的玄真教剑术尘光纷锐，左臂圈转挡开薛秋声的右掌，右手学着岑东流与假薛秋声相斗时曾用过的招式，横肘撞在薛秋声胸口，将其击倒在地。

陈彻点头道："嗯，看来我没猜错。"

十

众人跌在地上重伤难动，本已均觉今日便要毙命于客栈中，此刻眼看陈彻竟将薛秋声打倒，不由得又惊又喜。

薛秋声翻身跃起，一言不发，施展开寒蛩爪再度攻上；陈彻心念飞闪，双臂急舞，时而以雷缨锋的拳术、卓明月的棍法格挡，时而又用宁简的刀法和严知雨的丝带招式进击，甚至偶尔也使出两记寒蛩爪，一时间与薛秋声斗得旗鼓相当。

岑东流讶然笑道："这小子偷招倒快。"说完却忍不住喷了口血。

薛秋声面沉如水，出招愈渐阴狠毒辣，他虽然已无内功，但终究是成名已久的武林高人，所知招式既广，临敌经验亦多，与陈彻斗了一阵，渐渐占据上风，口中忽地发出一声悠长而古怪的呼哨，远远地传出门去。

严春脸色顿变，急声道："他在召唤左近的天音宗门徒，须得速战速决。"

陈彻闻言一怔，加紧了出招。从前目睹过的招式顷刻间历历在目，信手拈来，无所不用，到后来心思空明，已不拘泥于招式派别，将不同的招式或拆或融，随意挥洒变化，接连击中薛秋声胸腹。

众人对望一眼，神情均肃。简青兮似笑非笑地看着陈彻，道："原来这小子竟如此聪颖。"岑东流道："岂止聪颖，嘿嘿，这般天资，岑某以前从未见过。"

严春侧头看了宁简一眼，轻声赞叹："宁姑娘收得好仆从。"

宁简先前硬受了简青兮三拳，又被薛秋声的闭口蝉震伤，此刻脸色惨白，几欲晕厥过去，闻言默不作声，回想起数年前初遇陈彻时的情景，一时间心头微微怅恍。

忽然间，远处街上响起了呼哨，一声紧接着一声，透过风雨传进门来，随即便是一阵纷乱的脚步声，似正向着客栈奔近。

众人脸色顿变，简青兮轻叹道："来客栈之前，我便已命简家弟子去牵制天音宗门徒，看来终究是未能挡住。"

陈彻与薛秋声身形辗转腾挪，相斗愈急；宁简眼看陈彻身无内功，拳脚无力，短时难以杀伤薛秋声，便在他经过身旁时勉力抬手，将袖中短刀递出，轻轻叫道："陈彻！"

陈彻想要伸手去接，却被薛秋声招招紧逼，不得不连连退避，从方轻游身侧掠了过去，一时竟无暇拿刀。

先前众人袭向薛秋声时，方轻游横剑当先，内息受到闭口蝉震动最剧，本已半昏半醒，此刻听见陈、薛二人的激斗声掠过耳边，迷蒙中睁开了眼，微微侧头，看到卓明月低头闭目静坐，鲜血染红了白袍，也不知是生是死；再看其余人，有的呼吸粗重急促，有的气若游丝，无不是重伤呕血，跌坐难起。

方轻游缓缓转头，环顾堂中，但见桌椅狼藉，血流遍地，神思模糊之际，宛然又回到十四年前的家里，孤处于绝境之中；他心中一阵惶急，一阵哀伤，身躯晃动，恍恍惚惚地站了起来，瞥见一名天音宗弟子奔进门来，随手掷出无锋剑，将那人钉死在地。

众人一惊，没料到方轻游遭此重创竟仍能起身，随即心神一振。岑东流忽然想起雷缨锋离去前看向方轻游的那一眼，这才恍然：方轻游实是众人里修为最高之人，只怕雷缨锋早已看出，当时才有托付之意。

方轻游踉踉跄跄地走到门边，从那人尸身上拔出无锋剑，眼前光景纷乱，时聚时散，依稀看到似有四五个天音宗弟子又奔到了门口，一时间只觉周身空落落的，仿似乘风飘起，心中倏忽闪过了初入玄真教那日，自己肃立在猎猎山风之间，听见师尊说道："自今日起，你便是玄真教弟子了，为师先教你玄真剑法入门第一式——尘光纷锐。"

"多谢师父。"方轻游咳出一口血，与当年的自己一起呢喃着，不自觉地摆出了尘光纷锐的起手式，挥剑扫出一道长弧，那几名天音宗弟子霎时倒飞出去，半空里身躯齐腰开裂，却已被剑劲扫断。

街上另有两名天音宗门徒正待奔近，此刻脚步骤缓，凝神持箫慢慢走向门口。

方轻游扫出这一剑后，嘴角流血更疾，猛地扑倒在地，静了片刻，只觉二十多年来心里的一切都正在盘旋飞远，便要消散在茫茫夜雨中，忽而笑了笑，迸力咬破唇舌，用剑拄起身子，缓缓挪动脚步，挡在门口。

薛秋声见状脸上变色，退向门边，便要发声震袭方轻游，陈彻紧追而至，一拳打在薛秋声脸上，随即连连抢攻薛秋声面门；薛秋声抬起竹箫，转瞬便被陈彻挥掌击飞，竟来不及催动闭口蝉。

——当是时，堂中忽然响起咚咚咚的脚步声，却是韩昂不知何时苏醒了，提着断刀奔下楼来。

韩昂撞见满堂残酷情景，不禁惊呼出声，问道："陈兄弟，这是怎么回事？"

陈彻与薛秋声打斗正到紧要关头，无暇分心回答；韩昂犹豫片刻，大步踏前，全力挥刀斩向薛秋声。

薛秋声心下顿喜，侧步让过断刀，同时猛力一咳；韩昂身躯剧震，与陈彻撞在一处，只觉周身内劲不受控地接连撞入陈彻体内；霎时间陈彻眼前发黑，扑通一声，跪地晕厥。

堂中响起一片惊叹痛惜之声。韩昂颤声道："这，这究竟是……"

薛秋声冷然低笑，将韩昂也震晕过去，漠然望向方轻游。

客栈门口，方轻游浑身浴血，脚下左摇右晃，断续出剑，先后击在那两个天音宗弟子的胸膛上，那两人身躯僵住，随即飞旋而起，跌进了街上的泥泞中。

方轻游面对门外风雨，大口呼吸了数下，缓缓转回身来。

薛秋声轻叹道："你可知今日青石镇上、诸人之中，薛某最看重的便是你，更甚于雷缨锋。"

方轻游低着头，嘴角滴血，静静地以剑撑地。

薛秋声古怪一笑，又道："薛某识人甚广，一见便知，你瞒不过我——方轻游，你有心魔。"

众人闻言一怔。楚轻鸿浑身轻震，神情忧惧地望着方轻游，却见他微微抬头，低声道："不错，十四年前我目睹了张青屠镇，那夜之后，我心里便种下了心魔，后来我拜入玄真教，师尊与掌门师叔曾要我立下誓言，学武之后，不得杀伤性命……"

薛秋声道："你今日杀了这么多人，滋味如何？"

方轻游默然片刻，忽然轻轻笑了起来："我现下只觉得，满嘴都是死意……甜甜的，像小时候吃过的糖人。"

说完，他手拖无锋剑缓缓走向薛秋声，神情既凄苦至极，又透出一抹奇异的狂肆。

薛秋声眼望着方轻游足尖起落，轻声笑了笑，声音中满是嘲意。

众人心弦一紧，却见方轻游仍自慢慢地迈步，似乎未受笑声震动。

严知雨先前相距薛秋声最远，与江海余跌在堂中角落，所受震伤稍轻，此刻挣扎站起，便要上前相助，忽见身侧的江海余摇了摇头。

江海余转头望向严知雨，眉目微动，又摇了摇头。严知雨犹豫起来，一时怔在原地，但见方轻游抬袖擦了擦唇边溢血，又轻缓地挪出半步。

薛秋声目光灼灼，忽而又是一笑。

方轻游停步调息了片刻，又走出两步，忽而周身剧震，以剑拄地，单膝跪倒，喷出一大口血。

薛秋声漠然俯看着他。

方轻游手上发力，想用剑撑起身子，咔的一声，无锋剑断为两截，方轻游霎时扑在地上，久久不动。

堂中一片静寂，众人默然低头，楚轻鸿已是泪流满面。

忽然间，一阵闷哑的笑声从方轻游口中迸出，众人心中一凛，却见方轻游趴在地上，微抬断剑，凝视着宽厚的剑刃，宛如在对剑照影。

楚轻鸿忍不住颤声叫道："轻游！"她心知玄真教弟子对自己的佩剑爱逾性命，此刻方轻游眼睁睁地望着断剑，当真不知该有多难过。

方轻游听到楚轻鸿的轻唤，只觉心神一清，提着断剑艰缓地爬起身来；他低头看去，断剑在烛火下淡淡发青，瞧了一阵，又恍惚起来，忽然呵呵笑起，神情如释重负，又像是被大山压垮了。

张轻鹿看着方轻游，眼眶泛红。他虽比方轻游小着十岁，但自幼在玄真教长大，入门却没比方轻游晚多久，两人一同习武十余年，他从未见过方师兄脸上露出这般凄惨的笑容；一时间心中酸楚，嘴唇颤抖，几次张口都说不出话来。

方轻游忽道："薛秋声，你可知道……为何当年张青没将我也一起杀了？"

薛秋声一怔，道："为何？"

"那是因为当时有人救了我，"方轻游语声轻飘飘的，宛如陷入了过往，"那是一名刀客，路过青石镇上，出刀击退了张青……"

“嗯，他只是随手出了一刀……后来我常常想起那一刀。”

薛秋声漠然道：“那又如何？”目光转锐，便待再度震发闭口蝉。

宁简忽道：“刀宗云荆山也是身无内功，姓薛的，你想凭你的邪术击败刀宗，那真是痴心妄想。”

薛秋声神色微变，道：“刀宗没有内功？呵，真是胡言乱语！”

先前温歧告知了陈彻此事，陈彻又转述给了宁简，她本不能确定薛秋声是否也知此事，眼见情势危急，便脱口说了出来，此刻见薛秋声神情异样，便又冷笑道：“你苦练十三年闭口蝉，都算是白练了。”

方轻游却似浑然未听见两人所言，一边缓步朝着薛秋声走近，一边自顾自道：

“后来我入玄真教学剑，仍然总是想起夜雨中的那一刀……再后来每逢夜雨，我便偷偷去后山自练刀术。”

楚轻鸿与张轻鹿对望一眼，神情惊疑。却听方轻游继续道：“我越练刀术，心魔便越盛，可是心魔越盛，便越是忍不住去偷练刀术……

“练到后来，常常午夜梦回，又站在了青石镇的石街上。

“只是在梦里，我却不是我，甚至也不是救我的那个刀客，我提着刀站在夜雨之下，走在血泊之中，却化身为张青，听见月光如风声在我头顶上呼啸而过……

“后来师尊与掌门师叔得知此事，便让我立誓，不得杀生，从此也不能再自练刀术……可是在梦里，我仍然一次次地出刀，到去年，我得知弓魔重出江湖，夜里更是频频惊梦——”

方轻游语声忽顿。

薛秋声冷笑道：“你今日终究还是破去了誓言。”

方轻游提起断剑，默然端详片刻，忽而轻笑：“有时深心里也隐隐渴盼着身败剑断，从此便能去做自己真正想做的事……”

说着说着，他眼中流下泪来，神情愈渐决绝。

“我方轻游，今日退出玄真教了。”

他走向薛秋声，步履忽然轻快起来，仿佛诸般沉重伤势都已离他远去；薛秋声脸色骤紧，厉声咳嗽起来，霎时间堂中恍若遍布飞蝉，锐啸如疾风快雪，席卷四散。

方轻游咽下一口血，脚下不停，手腕轻轻抖动，将宽厚的断剑震掉了半爿，露出狭薄的锋刃，宛如刀弧。

下一瞬，众人忽感双目一痛。

方轻游越过了薛秋声。两人相背而立。

烛火微微飘摇，众人没有在堂中看见刀光，却觉有一道光华从门外的风雨中亮起，瞬息飘远——那一刻，众人的目光仿佛也随之远去，越过了绵绵夜雨，看到远处闪过一片狭长的河面；看到河边有樵夫、村童、农妇正在旷野间无声地走；看到更远处的莽莽高山；看到那道光华浮荡在群山之间，久久不散。

堂中万籁俱寂。

张轻鹿看得魂悸魄动，一瞬间心想，方师兄的心里藏着很辽阔的事情吧，自己似乎从来也没真正懂过方师兄。

薛秋声怔怔然伫立，轻声道："'天地朝夕'……这是云荆山的刀术天地朝夕。救你的那个刀客就是刀宗。"

方轻游摇头道："这如何能称得上天地朝夕，不过是我少年时见过他出刀，心中存下了一丝刀意罢了。"

薛秋声点了点头，转身朝着门外走去。回想往事，模糊如梦境，一切都辨不清楚，只有十三年前刀宗看向自己的那一眼无比澄澈，透梦而来，刹那间汗流浃背。

他站在街上的风雨中，与云荆山隔着陈旧的光阴遥遥对视，忽而哈哈一笑，栽倒毙命。

方轻游叹息一声，倒挽断剑，轻轻缓缓地坐了下来。众人目中刺痛稍缓，这才觉得堂中似乎骤然间明亮了许多。

——仿佛那旷远的一刀此刻才从千里之外返回。

第三章

陈彻怔怔看着韩昂的背影，再也说不出话；从前他在酒楼说书人的故事里听过刀客，后来随着主人宁简行走江湖，也见过许多用刀的武人，其中也不乏高手，但却似乎都在他心里面容模糊，都和故事中的刀客相隔遥远，他似乎莫名地认定那些人都不算是刀客。

但此时此际，他忽然间心中无比清楚：这一刻，他见到了一个真正的刀客。

一

青石镇上，客栈之中，陈彻梦见了昆仑山。

夜色昏暗，他站在山脚下，看到霞光从极远的地方亮起，渐渐照出一座冰雪覆盖、直插云端的山峰；随即，天上云影疾闪，那座山很快又黯淡下去，霞光仍在，却已转成夕照了。朝夕转瞬之间，天地静如初开，他的目光追随着霞光变幻，莫名觉得，那是一道刀光。

而后，他听见有人叫他："陈彻，陈彻——"他怔了怔，倏忽看到一个十四五岁的灰衣少年走过眼前，那少年面容倦怠，背着破旧的行囊，脚步东歪西晃，就像风里的一片败叶；走在少年身旁的是一名十七八岁的白裙少女，正侧着头，神气飞扬地数落那少年："从今日起，你就是我的仆人了，你可不能比我这个主人还懒。"

陈彻打了个哈欠，随口答应了一声，微微睁开眼，尚未醒过神来，便模糊瞧见宁简正侧头打量过来，脸色苍白，眸光清柔；他在恍惚中脱口道："你长大啦。"

宁简一怔，蹙眉道："你找死吗？"

陈彻愣了愣，环顾堂中，却见韩昂正靠在椅子上昏睡，其余众人或立或坐，大多正自闭目调息；再看门外，夜雨不知何时停了，天光微亮，竟似已是清晨。

"啊！"陈彻低声惊叫起来，"薛秋声呢，他在哪里？"

宁简道："他已经死了。"当即将方轻游震剑成刀、斩杀薛秋声之事说与了陈彻，又道："可惜你没能瞧见那一刀。"

陈彻回想梦境，片刻后道："也算是瞧见了。"

"瞧见了？"宁简神情微讶，"你伤得如何，该不是被薛秋声打傻了吧。"见他眼皮微合，一副没睡醒的模样，便拉起他的手，扣住脉门，探知不过是经脉微受震伤，并无大碍，却只是贪睡而已。

岑东流张望门外，忽道："想来温楼主也快到了。"

众人回想客栈中的这一夜，不约而同地舒了口气。严春道："不知雷兄是否已和温楼主会合，这般迟迟不归，可真有些怪了。"

岑东流道："雷兄修为深厚，眼下薛秋声既死，镇上即便还有天音宗门徒，也伤不了雷兄。"

宁简本正扶着陈彻，忽然起身走近严知雨，淡淡道："严姑娘，现下你我都受了伤，也算是公平，再请赐教。"

众人面面相觑，岑东流皱眉道："宁姑娘仍是要争青锋令吗？"

宁简微微颔首。

严知雨轻声道："可是，宁姐姐的伤势比我重……"严春忽而笑道："这青锋令我们严家不要也罢。——弓魔虽是咱们共同擒住，但若非方兄杀死薛秋声，只怕咱们都已经命丧黄泉，不如这青锋令就给了方兄吧。"

方轻游摇头道："多谢严公子，不过我并不想要。"

严春神色淡然，似早有预料，笑了笑又道："既是如此，那咱们也不便勉强方兄。且说先前危急之际，若非这位陈兄弟挺身而出，与薛秋声相斗，诸位此刻还有命在吗？依我看来，咱们稍后便向温楼主讲明详情，就让陈兄弟来做那青锋令使。"

众人闻言怔住。宁简皱眉道："严春，你究竟要干什么？"

严春恍若未闻，环顾众人道："诸位以为呢？"

堂中一阵静默。岑东流忽道："若是让这位不会内功的少年人做了青锋令使，嘿嘿，倒也有趣得很。"

话音方落，本在盘膝静坐的卓明月忽然睁开眼，冲着陈彻咧嘴一笑。

严春点了点头，又见方轻游等玄真教三人也无异议，便道："那么咱们只等雷兄回来便是。料想雷兄义气为先，淡泊名声，绝不会反对的。"

宁简冷眼看着严春，沉吟不语。严春笑呵呵道："宁姑娘，你若再想争青锋令，那便只能和自家仆从去争了。"

陈彻忽道："我不要青锋令。"

严春讶然道："为何不要？"

陈彻道："……我怕麻烦。"

"拿了青锋令，好处可多得很，"严春嘻嘻一笑，"至于麻烦嘛，自有你家主人来挡。"

陈彻摇了摇头，道："总归还是太麻烦，我不想——"宁简哼了一声，截口道："别说了。"

陈彻一怔，当即住口。

"妙极，妙极，"简青兮忽然轻轻拊掌，笑道，"小子，恭喜你做成了武林中年纪最轻、声名最浅、武功最低的青锋令使。"

岑东流冷笑道："怎么，简公子不打算夺令了？"

简青兮淡淡道："现下我身受重伤，既难以杀死诸位，也无法抢走弓魔，那只好就不夺了。"

严春闻言微笑："简公子说话倒也算是磊落。"

方轻游静静听着众人说话，此刻望向楚轻鸿与张轻鹿，忽道："我该走了。"

楚轻鸿神情一震，欲言又止。

张轻鹿急道："方师兄，我知你先前说要退教，只是一时激愤之言，你……你实在不必如此呀！"

方轻游默然摇头。

严春见状劝道："听闻方兄在玄真教三年前的'寒池试剑'中夺魁，前途不可限量，将来多半有望继任玄真掌教；眼下强敌既去，还望方兄三思。"

方轻游道："这几年来，我日夜思虑此事，绝非一时激愤。我已决心此后转修刀术，自当另寻门径。"

张轻鹿道："可是方师兄先前还说，单是玄真八剑第一式尘光纷锐，便有无穷妙诣，终其一生也修习不完，难道不是吗？"

方轻游颔首不语，良久才道："可我更喜欢刀术。"

张轻鹿愣住，一时间无言以对。

岑东流忽道："方兄，你这是要去哪里？"

方轻游道："刀宗曾救过我性命，如今天下高手即将聚集昆仑山……"说到这里，顿住不言。

严春目光一闪："方兄要去救天下最难救的人吗？"

方轻游静了片刻，轻声道："不错。"

众人相顾震惊，随即连连劝说；只有楚轻鸿紧抿双唇，一言不发。

方轻游执意告辞，去客栈旁的马厩里牵了马，陈彻随众人走出门来，瞥见薛秋声的尸身横在泥泞中，胸前衣衫开裂，却不见刀痕。

石街上，方轻游回身道："多年以来，我本以为若能擒杀张青，便能解脱心魔，从此专心学剑……到如今我才明白，那并非心魔，而是我应当去做的事。"

严春颔首道："方兄既已想得通透，也是好事。我等便不再多言了。"

众人送到客栈西边的荒野间，方轻游便要上马离去。楚轻鸿忽然走近几步，颤声道："方……方轻游，你知道我要问什么。"

众人对望一眼，各自避到一旁。

方轻游道："嗯，我知道。"

楚轻鸿低下头去，道："嗯。"

方轻游默然转头西望，但见满目春草低昂，一株老树似遭雷电劈击，半边枝杈都燃烧起来，鸟雀飞过，惊散远去；一时间心中苍凉，看了片刻，忽道："相识十余年来，我从未骗过你，今日能让我骗你一回吗？"

楚轻鸿一怔，点了点头。

方轻游道："楚师妹，我不喜欢你。"

楚轻鸿身躯一颤，将头垂得更低；等到抬起头时，却见一人一骑已然遥遥西去，消隐在茫茫山野之间。

众人返回客栈，却见严知雨正为江海余倒茶添饭，江海余默默吃喝，满脸血污已被擦拭干净，露出了清瘦苍白的面容。

简青兮仔细打量了江海余许久，笑道："这弓魔的模样倒是老实，哪里像个杀人如麻的魔头了？呵呵，当真是人不可貌相。"

岑东流道："不错，简公子的模样也英俊得很。"说完不待简青兮接口，便转头看向严春，笑道，"严公子，你家侍女将弓魔服侍得挺好呀。"

严春哼了一声，道："知雨，谁让你给他擦脸了，也不怕弄脏了自己的手。"

严知雨顿时神情紧张，双手捏着袖口，低下头不敢说话。

少顷，韩昂苏醒过来，环顾满堂，却有许多陌生面孔。陈彻见他脸色茫然，便一一将众人身份说了。韩昂听得目瞪口呆，良久才哈哈笑道："没曾想竟能遇到这么多武林高人。"

他当即勉力站起，走到堂中间，抱拳道："在下韩昂，是个刀客，幸会诸位！"

众人纷纷道："幸会。"

岑东流道："不知韩兄弟师承何人？"

韩昂道："我师从冀州刀客梁炯。"说完见众人神情疑惑，似乎都不知"梁炯"是谁，便又道，"先师不是武林中的成名英雄，在下更是人微言轻，只是……只是稍后温楼主到来时，恳请诸位能让在下也和温楼主讲几句话。"

岑东流道："那自无不可。"

严春微笑道："我看韩兄神情如此凝重，想必是有极要紧的话要说与温楼主吧。"

韩昂一怔，摇了摇头，随即却又点了点头，道："多谢诸位。"言毕走回坐下，低头看着手里的断刀，不再多言。

众人闲谈了一阵，才见楚轻鸿缓步走回，静静坐在张轻鹿身旁。张轻鹿犹豫片刻，道："楚师姐，吃些饭食吧。"

"嗯，你也吃些吧。"楚轻鸿点了点头，脸色淡然如常。

严春沉吟片刻，道："眼下咱们都受伤不轻，若再有强敌赶来，怕是不妙，只盼温楼主与雷兄快些来到客栈。"

宁简微微一笑，道："也没什么不妙，到时只要严公子燃起毒蜡烛，便能将强敌一个个都毒倒了。"

严春轻叹道："宁姑娘言重了，先前在下偷换蜡烛，正是为了救咱们大伙儿的性命。我那蜡烛里掺了蘋草的粉末，燃出的烟气能让人神思飘摇，手足酸软，却绝不致命，当时若能将薛秋声迷倒，在下自会即刻为诸位解毒。"

岑东流冷声道："是吗？那可真是多谢严公子了。"

严春笑呵呵道："岑兄不必客气……"

陈彻忽道："那蘋草是温歧给你的吗？"

严春脸色微变，讶然道："陈兄弟这话，在下却听不懂了，这草药是我自己家的，却与温楼主有何关系？"

陈彻道："我只是记得温楼主的货担里卖得也有蘋草，所以随口问问。"

众人面面相觑，却听严春淡淡道："嗯，藏玉楼收罗天下奇珍异宝，温楼主若也有蘋草，倒也不足为奇。"

简青兮忽然叹道："早知严公子有此妙计，在下也不必假意与薛秋声结伙了。"

岑东流哈哈笑道："如此说来，简公子假扮成天音宗门徒，在夜雨中忽施偷袭，擒住陈兄弟，扬言要夺走弓魔，却也都是一番好意了？"

"不如此，实难取信于薛秋声，"简青兮语声诚挚道，"在下素知薛秋声修为深湛，心思狠毒，为求稳妥，才不得不出此下策。——诸位不妨细想，在下可曾伤及诸位中的任何一人吗？"

众人闻言相望，均想简青兮自露面以来，似乎确也只出过一次重手，便是捅在薛秋声的腰腹上。

严春忽道："简公子说'素知'薛秋声狠毒，却究竟是从何而知？"

简青兮一怔，似是被问住了，片刻后才微笑道："嗯，家父生前与薛秋声打过交道，正是从前他老人家告诉在下的。"

岑东流道："嘿嘿，原来令尊泉下无知，泉上却有知得很。"

此言一出，简青兮的目光瞬息冷锐起来，站起与岑东流对视。岑东流端坐饮茶，斜眼看着简青兮。

片刻后，简青兮忽而一笑，重又坐下，道："诸位若还是信不过在下，那便请动手吧，在下听凭处置，绝不会有一丝抵抗。"

堂中一时间静住。

简青兮道："既然如此，多谢诸位相信……"宁简似是不耐听简青兮聒噪，渐听眉头渐紧，忽道："陈彻，你去喂马，等见过温楼主，咱们便走。"

陈彻答应一声，出门而去。

宁简走近韩昂，问起他的伤势，韩昂道："先前不知怎的就被姓薛的震晕了，倒也没什么大碍。"

宁简见韩昂气色还算健旺，便点了点头，默默回想众人伤情，似乎内功修为越是深厚，所受薛秋声震伤便越剧烈，譬如岑东流、简青兮所受内伤瞧上去就要比张轻鹿重得多；唯一例外便是严春，她本以为严春武功低微，可严春方才却吐血数次，虽强言笑语，目光、脸色却极是萎靡，伤得似比自己还重。

正自沉思，忽见陈彻抱着一人奔进门来，众人转头望去，霎时间都惊呼起来。

——方才陈彻来到马厩边，却闻见一股血腥气，一惊之下，走进马厩里，只见地上横躺着一人，短衫焦黑，遍布烧痕，赫然竟是雷缨锋。

陈彻立即将雷缨锋抱起，却觉其身躯比自己料想中更要重得多，摇摇晃晃地奔回了客栈。

岑东流抢步上前接过雷缨锋，将其平放在地，但见雷缨锋双目微闭，眼中、耳中以及口鼻中都淌出了细血，不禁深深皱眉。

岑东流伸指探了探雷缨锋的鼻息，又捏住其脉门，片刻后道："还活着。"

一瞬间众人神情各异，简青兮淡淡道："在下久仰雷兄大名，没想到初次相见，竟是这般情形。"

卓明月走近雷缨锋，俯身弯腰，端详了片刻，摇了摇头。

严春道："先前方兄离去时，咱们也曾到过马厩，却未见到雷兄。想来雷兄是不久前才赶回，只是重伤不支，没能走进客栈便晕厥过去。"

岑东流一边为雷缨锋渡入内力疗伤，一边道："不知是何人，竟能将雷兄伤成这样。"

严春轻叹道："岑兄，你当真认不出雷兄衣衫上的烧痕吗？"

岑东流一怔，低头端详片刻，神情渐凝，喃喃道："木余刀，这是木余刀……阮青灰来了？"

二

严春沉吟道："单凭阮青灰一人，未必便能重创雷兄。"

岑东流摇头道："多年前，我曾和阮青灰、铁风叶一起把酒论刀，嘿嘿，老阮的修为……"说到这里，神情忧虑，住口不言，紧扣雷缨锋脉门持续渡入内劲。

过得片刻，岑东流嘴角抽动，脸色煞白，险些再度呕血；他本就受了颇重的内伤，此刻连连催运内功，虽不是临敌打斗，却也极耗心力。

卓明月悄然靠近，替下了岑东流，继续运功为雷缨锋疗伤。简青兮默默看了一阵，微笑道："在下本来也想略尽微力，却只怕诸位信不过在下，还是罢了。"

雷缨锋伤势极重，经络中劲气郁结，卓明月支撑良久，仍未能全然疏通开来；严知雨见状便要上前，严春忽道："知雨，你还是歇歇吧。"

众人面面相觑，但见严春上前拍了拍卓明月肩膀，卓明月咧嘴一笑，让到旁边，方要盘膝坐下，身躯一晃，却径直跌坐在地，显是耗力甚巨。

严春以右掌抵住雷缨锋背心，左手按在雷缨锋胸前，闭目不语，直过了半炷香时分，但见两人颅顶隐隐有热气透出，雷缨锋随即睁开了双目。

众人相望惊喜。严春退开两步，缓缓吐息。

宁简淡淡道："原来严公子这般深藏不露，佩服佩服。"

严春苦笑道："不敢当。"看向雷缨锋，又道，"雷兄，你怎么样？"

雷缨锋道："无妨。"说完静默调息，岩雷流转开来，仅过片刻，目光渐渐有神，脸色也不再灰败。

岑东流道："雷兄，可是阮青灰伤了你？"

雷缨锋摇头道："我不知道。那是一伙蒙面人，共有六人，我与他们都交了手，似是各派高手都有。"

严春道："那伙人为何要与雷兄为敌？"

雷缨锋道："那伙人是要为难温楼主，温楼主另有要事在身，我便拦住他们，让温楼主先行离去。"

简青兮忽道："原来雷兄已然见过温楼主了。嗯，苏州简青兮，幸会雷兄。"

雷缨锋侧头看向简青兮，目光凝重，半晌不语。简青兮讶然微笑道："雷兄？"

雷缨锋却转回了头，继续说道："现下回想起来，那使木余刀的人功力极厚，多半便是阮青灰。嗯，他却还不是六人中修为最高的。"

岑东流与严春相望皱眉，均想若那六人武功都与阮青灰相当，而雷缨锋遭遇那伙人，仍能保得性命，当真是极不容易了。

严春道："我去年在滁州城中，曾目睹阮青灰在藏玉楼的地盘上杀死了花流骊，没想到如今他却来到青石镇与温楼主为难……嗯，那么温楼主今晨恐怕未必能来了？"

雷缨锋静默片刻，缓缓道："温楼主本是在暗中护送吴重师徒，却被那伙蒙面人缠住，他脱开身后，便赶去救吴重了。"

众人相顾惊疑。江海余听见"吴重"二字，抬眼看了看雷缨锋，又漠然低下头去。

岑东流道："这吴重到底是他娘的什么人，原来还有个徒弟吗？"

雷缨锋道："我也不知。但温楼主是守信之人，我想他会来的。"顿了顿，又道，"我需以岩雷中的'沉峦'之法调匀内息，稍后再与诸位相谈。"

众人点了点头，却见雷缨锋走去了角落，闭目站定，就此纹丝不动，宛如化为山岩。

宁简沉吟半晌，只觉疑云重重，尤其温歧迟迟不到，自己便得耗在此间，一时间心头烦乱，道："陈彻，拿出珠钗来，给弓魔戴上。"

简青兮脸色微变，眼看着陈彻从衣襟中取出了珠钗，又转头看向宁简，讶然笑道："原来珠钗在你这里。"

宁简冷冷道："那又如何？"心中却想：莫非这珠钗有什么不寻常之处吗？陈彻闻言也低头打量起珠钗。

简青兮与宁简对视，轻声道："可否将珠钗给我？"语气甚是恳切。

宁简只冷笑不语。

简青兮叹了口气，道："那么……我也没有别的法子了。"说完忽然猛力击掌四下。

众人一怔，却见客栈后堂里快步走出四个厨子装扮的中年汉子，满脸灶灰，衣衫油腻，但眼神明锐，步履极为沉稳有力，显是武功不低。

岑东流道："呵，原来简公子早早便在客栈里设下了埋伏。"

简青兮微笑道："怕被诸位高人识破，没敢让他们扮成堂中伙计。"

到此刻众人才恍然明白，先前简青兮屡次轻轻拊掌，多半也是在向后厨传递暗语。

严春叹道："苏州简家本是武林中的堂堂正派，简公子却执意要带简家走上邪路吗？"

简青兮淡然道："世上那么多邪门歪道不走，偏要走正道，岂不是太蠢了些？"

严春与岑东流对望一眼，忽然齐掠向简青兮，想要将其擒下；与此同时，卓明月也高跃而起，以拳作棍，直直砸向简青兮额头；简青兮身形闪动，出手如风，顷刻间与三人各对了一拳，矮身拧腰，倏忽掠到了门口。

三人各自踉跄退步，心中骇然，均想：简青兮所受内伤竟似远比自己要轻！他们三人先前被薛秋声震伤，后又耗损内劲为雷缨锋疗伤，此刻几已竭尽气力，渐次坐倒在地，只觉一股冰寒的拳劲如雪水般在经络中融化蔓延开来，一时间动弹不得。

宁简眼见简青兮身法迅疾，拳劲沛然，似乎先前只是假作被闭口蝉震成重伤；一时间持刀在手，心中惊疑不定。

"还等什么？"简青兮堵住门口，回身招呼四名手下，"快快将这些人都杀了，不然我可有些无颜面对他们了。"言毕转过头去，似不忍再看。

那四人当即扯去外衫，露出一身灰色劲装，大步走向岑东流、严春等人。

楚轻鸿、张轻鹿仗剑当先，各自拦下一人，激斗片刻，牵动了内伤，渐渐不支；严知雨挥振丝带，独自拦下了两人，嘴角不住地溢血，出招渐缓，也是险象环生。

严春勉力侧头，瞥见雷缨锋仍自闭目调息，不由得面露苦笑。

简青兮背对堂中，轻叹道："人生在世，乐少苦多，在下及早帮诸位脱离苦海，也是一番好意。"说完张望长街，又喃喃道，"只盼温楼主晚些到来，不然我只好将他也杀了。"

说话中，宁简脚下踏步，疾掠而起，刺向简青兮后颈；半途忽被一个灰衣汉子出拳击偏了手腕，扭头望去，张轻鹿却已被击倒在地，生死未卜。

宁简闪身欲绕过那灰衣汉子，但那人身法灵动、拳术沉稳，宁简连连移步竟都甩不开他，内息一阵急乱，不得不疾退数步，运功压制内伤，只觉周身僵滞难动。

简青兮头也不回，随口道："这位宁姑娘生得很漂亮，还有些用处，且先擒下不杀。"

那灰衣汉子冷声答应，朝着宁简走去。

在此同时，与严知雨交手的一名灰衣汉子眼看她以一敌二，已然尽落下风，而不远处的卓明月一直闭目静坐，似乎陷入了昏迷，当即疾掠过去，出掌削向卓明月咽喉。

刹那间，卓明月忽然睁眼，口中喷出一股内息，那人只觉手掌刺痛，如被利刃刺穿，虎口崩裂，鲜血淋漓。

那人惊惶之下，狼狈收掌退步；卓明月看也不看那人，随即闭目。那人短时内却不敢再行进击，转身又袭向严知雨。

严知雨身形闪动，衣衫上与丝带上已遍布点点血迹，但仍一声不吭，护在严春周遭。

堂中变故骤起，韩昂已惊得呆住；他与众人都不甚熟，醒来后本以为这些武林名门弟子相互间都是知交好友，却不料简青兮竟突然翻脸发难，眼看着一名灰衣汉子步步迫近宁简，不及思索，已挺刀挡在她身前。

那灰衣汉子一怔，却听门口的简青兮道："杀了他。"话音方落，韩昂已挥斩出断刀，灰衣汉子瞟见刀势平平无奇，冷笑着伸手，倏忽捏住了刀刃。韩昂发力回夺，却撤不回刀来。

宁简内息岔乱，周身僵痹，正自运劲疏导，见状加紧催运内功，强凝心力通开了上半身的经络，双腿却仍难以动弹。

陈彻快步上前，挥拳猛攻向那灰衣汉子面门，想要相助韩昂，却已不及；那灰衣汉子将韩昂的短刀震得脱手，随即手腕翻动，扣住韩昂右手，"简家冰拳"的拳劲催发出去，韩昂剧痛惊叫，忽觉一道凉如雪的细线瞬息贯穿了右臂经络。

那汉子松手挡开陈彻打来的一拳，韩昂趁机弯腰捡起断刀，却觉右臂乏力，臂上的一线穴道宛如枝条枯萎，竟连刀柄都握不紧，这才惊觉：自己的右臂经络已然被废了。

韩昂勉力拿着刀，咬紧牙关，再度斩向那灰衣汉子，那人随手击飞了断刀，扭住韩昂手肘，硬生生将韩昂右臂拗断，韩昂闷哼一声，痛得晕厥过去；那人接着挥掌切向韩昂咽喉，陈彻猛扑上来，将那人撞退了半步。

忽听简青兮道："这小子没有内功，容易对付，杀了他，取走他身上的珠钗。"

灰衣汉子瞥了一眼晕倒在地的韩昂，又瞪向陈彻，道："遵命。"——说话中猛然进步出拳。

陈彻一惊，倒退数步避开拳锋，那灰衣汉子却转瞬欺近，当胸一拳击来，陈彻身后便是宁简，避无可避，只得反击一拳，迎向那人的拳头。

两人拳头相触，一瞬里无声无息；那人面色骤白，猛地喷出一口血，倒飞出去。

简青兮霍然回头，却见宁简正冷冷望过来。

陈彻惊惑低头，看见自己的左手脉门正被宁简的右手轻轻握着。

——方才情势危急之际，宁简却仍难迈步，便将内劲从陈彻左手内关穴注入，沿手厥阴心包经上行，经天池穴流过胸中，转入陈彻右臂，从他掌心的劳宫穴上迸发出来，当即将那灰衣汉子震飞。

宁简淡淡道："陈彻，内息运转的法门，从前我也教过你一些，别怕。"话音未落，陈彻便觉又一股清冷锐利的内劲从脉门涌入自己臂上经络，不自禁地微微点头。

简青兮讶然一笑，随即又转回头去，漫不经意道："小心些，这两人已撑不住了。"

那灰衣汉子面色涨红，翻身跃起，大步而进，聚劲挥拳打向陈彻咽喉；宁简松开手，陈彻抢步迎上，与那灰衣汉子再度拳拳相撞——

灰衣汉子这一拳有备而发，架势沉凝、力道雄厚，霎时将陈彻震得口鼻流血，踉跄倒退，跌坐在宁简身侧。

陈彻只觉颅内眩晕，一时难以站起；迷蒙中瞧见宁简勉力弯腰，慢慢地伸手过来，不禁心弦微颤，一瞬间恍惚看见一个衣衫褴褛的小乞丐，正闷闷不乐地坐在酒楼门口，忽然听到一声轻笑，抬头看去，却是那个在自己无能为力时帮自己为朋友报仇的白裙少女又回来了，她弯腰看着自己，伸过手来，似要将自己拉起。

——似要将自己从泥潭中拉出。但数年过去，自己却似乎依然睡在梦中。刹那间他仿佛又看到那个灰衣少年和白裙少女行走在山前水畔，行走在人声喧笑的街巷间，行走在尘土飞扬的古道上。

原谅你了，陈彻心说。

他回想过去追随宁简的数年，只觉恍如睡了一场觉，漫长而空落。

江湖匆匆过眼，却没留进他心里，仿佛什么也没发生过，但此刻想来，却又似已经梦遍了一切。叮当一声，短刀从宁简袖中坠落在地，他不自觉地拾起刀，抬眼看着宁简嘴角上的血丝和微微的笑意。

睡了好几年，似乎也该醒来了，陈彻心说。原谅你了，那个没用的自己，那个苦闷纠结、患得患失，贪睡却又常常夜不能寐的自己。

“不就是丹田受损，练不成内功嘛，别怕……”宁简神情清冷，一边说话，一边将内劲源源不断地注入陈彻手腕，嘴角不住溢血，语声却平稳而坚定——

“我就是你的丹田。”

陈彻心头一震，站起身来，但见宁简深深一眼直望进自己神魂深处；当是时，那灰衣汉子挥拳攻至，陈彻转身挥刀，不自觉地使出那式尘光纷锐，却仿佛在刀光中看到了远在五年之前、千里之外的自己。他眺望当初的自己，在两人之间划出了一个辽阔的圆弧——短刀深深贯入灰衣汉子的胸膛，那人只觉一股沛然飞旋的锐劲涌入体内，将内息瞬间涤散。

刀弧去势未尽，陈彻低啸一声，猛然推着刀柄飞奔起来；那人被撞得连连退步，跌在门边，陈彻脚下急转，倏忽向旁跳出，将与楚轻鸿打斗的另一灰衣人的手臂斩得鲜血飞溅！

那人剧痛之际，身躯瘫软倒地；余下的两个灰衣人顿时甩下严知雨，倒掠回身，齐望向陈彻，神情惊疑。

三

陈彻重重踏足，将倒地那人踩晕过去，作势欲攻，忽而疾步倒退，返回了宁简身边，却是经络中的内劲已将耗尽。

那两个灰衣汉子弯膝抬臂，正自戒备，见状顿时面露怒色，迈步便要追上；岑东流看在眼里，忽然扯过旁边桌上的一碗水，勉力催运壶中日月的刀意，将水泼洒向两个灰衣人，然而终究重伤力竭，水花未及触到那两人便已颓然下坠。

当是时，卓明月闭目端坐，袍袖无风自鼓，一袖扫出，漫天水珠化作一阵箭雨，打在那两人背上。

那两人只觉身躯剧痛，神思模糊，霎时间相撞跌倒。严知雨与楚轻鸿相望一眼，抢步掠近，迅疾出掌，切断了两人咽喉。

简青兮独处门边，负手而立，恍若全然未察。众人摸不清他的伤势轻重，一时间却也不敢靠近袭他，各自趁机缓缓调息。

晨风悠悠过堂，堂中良久静默。

“多谢诸位。”简青兮背对众人，忽然轻轻一笑。

众人面面相觑，均不明所以，却听严春缓缓开口道：“不知简公子谢我们什么？”

简青兮道：“方才这四人，都是我的叔辈，平素在简家自恃身份，不怎么听话，多谢诸位帮我除去。”

话音方落，他倏忽从门边疾掠入堂中；众人眼见青衫晃动，心神一凛，却是简青兮落足于先前被陈彻踩晕的那个灰衣人身旁，俯身探手，咔的一声脆响，已将那人的脖颈扭断。

众人相顾骇然，只觉这简青兮行事颠三倒四，肆意妄为，实不知他真正心意究竟为何。

简青兮从容抬起身来，望向陈彻，淡淡道：“小子，我这便来取珠钗。”

陈彻站在宁简身前，此刻已重获内劲，闻言紧握短刀，凝神以待；简青兮轻笑一声，倏忽掠近楚轻鸿，伸指点向她眉心；楚轻鸿侧步闪避，简青兮却似已预料到，几与楚轻鸿同时侧闪，左拳捣在楚轻鸿的腰眼上，将她击晕过去，随手取过她手中的无锋剑，又掠向卓明月。

卓明月倏然睁眼，咧嘴啸出一道凌厉的劲气，简青兮早将无锋剑横在面前，剑身咔的一声轻响，简青兮束发的飘带被罡风吹断，却终究挡下了卓明月的这一击；简青兮随即身躯前倾，瞬时将剑身拍压在卓明月额头上，无锋剑悄然断为两截，卓明月身躯轻震，缓缓歪倒。

简青兮不待半截断刃坠地，猝然飞踢，断刃横飞出去，插入岑东流肋间，岑东流双目一瞪，顷刻晕厥。简青兮披头散发，左手背在身后，将断剑敛入右袖中，向旁急踏两步，挥袖扫向严春咽喉。

严知雨见状飞身而至，抖出丝带将简青兮右臂牢牢缠住，发力一挣，神情微变；那断剑突兀地从简青兮的左袖中射出，毒蛇般叮在严知雨胸口；严知雨手心顿松，丝带软垂，栽倒在地。简青兮顺手扯过丝带，勒在严春颈上，转瞬便将他勒得昏迷。

简青兮收回丝带，振腕抖了抖，将丝带系在了自己头上，回身对着陈彻眨眼一笑。

陈彻心里咯噔一下，只见简青兮嘴角的笑意倏忽收敛，仿佛下一瞬便要突袭而近；但片刻过去，简青兮却仍是站在原地，静静地打量着主仆二人。

先前简青兮出手如电，顷刻间击倒五人，陈彻甚至未及反应，此刻触及简青兮的目光，心跳骤然加剧，只觉宁简渡来的内力在体内沛然流转，浑身蓬勃欲飞，恰逢简青兮眉梢一挑，宛如应机而动，急跃出去，挥刀斩向简青兮。

简青兮扯过一张桌子，挡在身前。刀劲震碎了桌面，简青兮却似已凭空消失；陈彻头也不回，反手刺出一刀，划破了简青兮衣袖；随即拧腰回身疾刺数刀，简青兮身形转折如鬼魅，连连让过刀锋，忽然脚下滑动，飘向宁简。

陈彻一惊，踏步急追。他没学过轻功身法，但腿上经络灌注了宁简的内劲，仍是顷刻追近，曲肘沉腕，便要一刀刺向简青兮的背心要害——当是时，眼前的青影却倏忽凝停，一瞬间仿佛万物静止，唯有简青兮轻飘飘地转回身来，伸手在陈彻的右肘上一托，短刀脱手，冲天激飞。

简青兮与陈彻对视一瞬，已探手将珠钗从陈彻的衣襟里取了出来。陈彻没想到简青兮的身法竟快到这般地步，不由得骇然怔住，但见简青兮在数尺外轻轻顿足，正觉疑惑，忽然双腿微凉，似有一道雪线如虫豸般贴地游近，从足底涌泉穴钻入腿上经络，一时间身形滞住难动。

简青兮手拈珠钗，怅然端详，宛如拈着一瓣落花，神情古怪而忧愁。下一刻，他身躯陡然一震，低头看去，腰间鲜血汩汩涌出。

——方才宁简冲开了腿上经络，悄无声息地跃向简青兮，半空里接住短刀，贯入了简青兮的腰间。

简青兮侧头看向宁简。

宁简神色冷然，一字一句道："我说过，下一刀便杀了你。"

简青兮点了点头，忽而露出微笑："你杀不了我。"说话中霍然拧腰，带得短刀离体、鲜血激射，随手一拳将陈彻击飞丈外；与此同时，宁简持刀的手腕一闪，已刺在简青兮胸口。

只听铮然一声，刀尖却刺不进去，简青兮的衣襟内似藏有护身铁牌；宁简撤刀转刺别处，简青兮抬起右掌格挡，刀锋刺中掌背，叮当微响，竟仿似刺中了一块坚冰。

宁简脸色微变，转平了刀刃，挥手抹向简青兮喉咙，简青兮手肘古怪一折，掌缘切在宁简右腕上，将短刀打飞。

宁简以擒拿手法错开简青兮手掌，挥拳打在简青兮腹上，将他击退了两步；随即两人各自展开拳法，出手如风，转眼间互拆了数招，一时难分胜负；两人谁也不退步，出手更疾，无声无息地连对了三拳。

下一瞬，两人的拳力骤然涤散出去，堂中立时寒冷了许多，劲风纵横如刃，吹荡得桌椅簌簌晃动。

两人默然再对一拳，宁简终究内伤沉重，忽地咳出两口鲜血，单膝跪地，一时难起。

简青兮伸手捏在宁简颈上，将她拎得起身，歪头看着她。宁简冷冷与简青兮对望，胸口一阵阵起伏，似乎心绪波动剧烈。

“你既假作不识我，我便也不与你相认，但我奉劝一句，”简青兮脸色森寒，缓缓说话，眼神中闪过了一抹痛楚之色——

“别逼我杀了你……简宁兮。”

“住口……住口！”宁简语声微弱而狠厉，嘴角轻轻颤动，却不自禁地避开了简青兮的目光。

“好在这小子学不了内功，”简青兮冷然瞥向跌在地上的陈彻，“你若胆敢将冰霜结玉传给外姓，我便当真杀了你。”

“你最好现下杀我，”宁简喘息着，吐出一口血沫，“否则我迟早杀了你。”

简青兮默然片刻，淡淡一笑：“无论如何，你终究是我的亲妹妹……简宁兮，我既不会杀你，你也永远摆脱不掉简家的血脉。”

“别叫我简宁兮！”宁简的眸光霎时间清亮骇人，抬手掰住简青兮的手腕迸力相挣。

陈彻勉力坐起，到此刻才明白简青兮先前为何不让手下杀死宁简；一霎里怔怔望着宁简，说不出话来。他与宁简相识数年，从来没见过她流露出这般失态的、宛如被尖刀剜在最痛处的神色。

简青兮冷哼一声，松开了手。

宁简踉跄倒退，软倒在地，咬牙拾起地上的短刀便要扑跃出去，身躯轻晃，却没能站起来，神情一时倔强孤绝，一时又慌乱恍惚。

陈彻心神震动，想要上前将她扶起，经络中却仍残余着简家冰拳的劲力，手足冰寒乏力，只得僵坐在地，心中倏忽闪过了四年前的隆冬，两人坐在青州城外半山腰一株老松下看雪的情形。那时宁简问他：“要过节啦，你回家不回？”他说：“我没有家了。你有家吗？”

他记得当时宁简张望南边，沉默了许久才说：“算是有吧。但我也回不去了。”

而后两人看着漫天雪花缓缓落向山脚下绵延的灯火，宁简忽然说："叶落尚能归根，雪花落在灯火上却融化不见了，再也回不到天上。"她静默了片刻，一下子站了起来，语声轻快飞扬地说："我是雪，可我也不想回家。"

当时他嗯了一声，不知该说什么好，心里想着自己连家也没有，不能是雪，那么自己究竟是什么呢。他想了四年，仍然没能想明白。但此刻他忽然觉得想明白了一些，却又隐隐约约，说不清楚。他一边想，一边不自觉地站了起来，走到了宁简身边，轻轻将她搀起，与她倚肩而立。

简青兮也不拦阻，微笑着打量陈彻，道："小子，你的筋骨很是结实，看来方才我那一拳却打轻了。"

宁简忽然冷笑道："简青兮，你不用卖弄口舌，你若有胆，便将我们杀了，却只怕你不敢。"

"我不敢？"简青兮环顾堂中，讶然失笑，"先前我本打算将这些人通通杀了，只是又改了主意，想等着温楼主到来，便拿你们同他老人家做一笔买卖。"

宁简道："你瞒不过我。你若敢杀人，定会设法将堂中之人都杀死，再掠着弓魔离去，这才是你的脾性，是也不是？"

陈彻闻言一怔，他也觉得方才简青兮明明能下杀手，却只是将诸人击晕，着实有些蹊跷；但见简青兮微微一笑，悠然说道："你既知我脾性，便该知道我绝非心慈手软之人。"

宁简道："你自然不是心软，呵，我看多半是你受制于人，奉命行事，是制住你的那人不允你杀人。故而你才只敢杀自家手下，却连一个外人都不敢杀。"

简青兮哈哈一笑，连连摇头，片刻后却神情渐冷，瞪着宁简默然不语。

陈彻见状松了口气，问道："可是先前他不是让四个手下进堂杀人吗？”

宁简淡淡道：“那是因为他知道，那四人根本就杀不死咱们。”顿了顿，转头又道，“我说的对吗，严公子？”

陈彻一惊，却见严春苦笑着睁开了眼，缓缓站起道：“在下可不敢擅听你们简家的私事，实在是只盼自己未醒。”说完目光闪烁，却又笑道，“不过既然听见了，在下却有一事甚是好奇，索性就问个明白：我听闻简家老家主简熙只有四个子女，分别以青、春、素、景为名，其中却没有宁姑娘……嗯，敢问宁姑娘的生母是谁？”

宁简恍若未闻，脸色冷然。

简青兮哼了一声，道：“严春，你已经醒来多时了吧，还是根本就未曾晕过去？”

严春笑嘻嘻道：“我猜到简公子不敢下杀手，故而很是放心大胆，方才可真是被简公子勒晕了。”

陈彻心下恍悟，这严春深藏不露，显是和简青兮一样，只是装作重伤，先前众人若当真敌不过那四个简家弟子，严春自会出手相救；而简青兮说要借众人之手除掉不听话的手下，却也未必是假。

他细思严春的心计，不禁骇然：严春先是假作不会武功的富家纨绔公子，料知众人未必能信，便在薛秋声施展闭口蝉之际又假作重伤，更耗力为雷缨锋疗伤，将自己的“深藏不露”展现出来，众人见他已然暴露了修为，多半便不会再疑心于他，却不料他的“深藏不露”竟是藏了两层。

严春眼珠一转，看向宁简道：“方才问得失礼，宁姑娘只当我未问过便是，得罪莫怪。不过我却也实在不知，宁姑娘为何能看出我其实受伤不重？”

宁简淡淡道：“严公子真要我现下便说出来吗？”

严春沉吟片刻，笑道：“这倒也不急于一时。此刻在下更想知道：指使简公子的究竟是何方高人？”

简青兮微笑道："严公子不仅修为深不可测，心机更深过修为；想来早已猜到了，又何必再来问我？"

严春道："苏州简家近年来行事狂悖无常，我早便猜测或许是有人指使，只是那人既让你行恶，却又不许你杀人，倒真是有些古怪了。"

简青兮道："严公子自己也古怪得很，那也没什么好说的。"

严春轻叹道："既然简公子不肯说，在下只好请雷兄帮忙了。"他说到"雷兄"两字时语调倏转尖锐，听来极是异样，一句话说完，那两字仿似仍在堂内嗡嗡震颤。

陈彻转头望向雷缨锋，却见他倏忽睁开了双目，皱眉望向严春。

严春道："冒昧唤醒雷兄，不知雷兄调息得如何了？"

雷缨锋道："差不多了。"

严春道："眼下须擒住简公子，问出他的背后主使；只是我等都受伤不轻，还得有劳雷兄。"

"原来如此。"雷缨锋点了点头，走向简青兮；他先前受了重伤，衣衫上满是血迹烧痕，但此刻行走起来依然势如山岳。

简青兮瞬息间面色数变，低头叹道："罢了。"

众人都道简青兮自知不敌雷缨锋，即要说出主使他的人是谁，倏然堂中寒风乍起，青影闪动之际，简青兮已然一拳击在雷缨锋胸膛上。

雷缨锋顿步看着简青兮。

两人对视片刻，雷缨锋顶着简青兮的拳头，继续向前迈步。

简青兮随之退步，只觉冰霜结玉的拳劲宛如打在一块烧红的烙铁上，顷刻蒸散殆尽，不禁收拳站定，哂然笑道："岩雷果然不虚，我也不过只想试上一试。"

话音方落，青衫开裂，却从衣襟里掉出了一页纸笺。

雷缨锋低头看去，沉静的目光一瞬紊乱。

严春远远瞥见，面色骤白，走过来拾起纸笺，与宁简、雷缨锋对望，良久都说不出话来。

陈彻凑近了瞧去，只见纸上歪歪斜斜地写着两行字，笔迹缭乱如野草，一时间难以辨清，唯有两个“中”字宛如一刀一剑，在乱草中锋芒毕露，夺人心魂。

严春低头看了几眼纸上，如遭重击似的，猝然侧开了头，目光灼灼地盯着简青兮。

堂中一阵静默，严春缓缓道：“简青兮，这‘停寄笺’怎会在你身上？”

简青兮淡淡一笑：“严公子又何必明知故问？”

陈彻问宁简：“主人，什么是停寄笺？”

宁简蹙眉道：“停寄笺是燕寄羽手书的一页纸，也是……停云书院的掌门信物。”

陈彻心中惊凛，仔细端详严春手上的纸笺，但见纸色微微泛黄，有些笔画像淋过细雨似的微微晕开，纸上共十四字，似是一句诗文：

寄却樽中惊鸿影，停此心猿万卷中。

陈彻是平生第一次知道这句诗，在心里默念了两遍，忽觉天旋地转，身躯骤轻，仿佛浑身重量都压在了唇舌之间，只要张口念出纸上文字，神魂也会随之喷离体外；惶然之际，想要移开目光，脖颈却竟不听使唤。

严春面露忧色，捏着纸笺久久沉默，手指不觉间轻颤起来，纸上的字迹随之晃动，那两个“中”字宛如绝世高手的刀剑，不住交锋激斗；看到后来，一道道笔画渐渐都活了过来，在陈彻眼前狂闪乱飞，仿佛龙蛇纵横，在纸上展开了一场浩大峥嵘的纷争。

一霎里陈彻心中乱念万千，急生急灭，世事变幻匆匆过眼，仿似在刹那之间历经了千百回的生死浮沉，幼年损毁的丹田里有一股热意渐渐涌起，喉中腥甜，竟吐出一口血来。

宁简见状一惊，轻轻扳过陈彻的肩膀，道：“不要久看。”

陈彻身躯轻震，只觉纷纷怪念顿时聚成一只鸿雁，倏忽飞远；怅然醒过神来，已是汗流浃背，几乎虚脱。

“有趣，有趣。”简青兮打量着陈彻，讶然微笑，“这小子倒似颇能领会燕山长的笔意。”

宁简哼了一声，想起先前刺中简青兮心口时，刀尖如中金铁，本以为他是在衣襟里藏了护身铁牌，现下想来，当时实是刺中了停寄笺，没想到这一页薄纸如此坚硬，竟能挡住刀锋；心中转念，忽而冷笑道：“简青兮，怪不得那闭口蝉没怎么伤到你。”

简青兮道：“不错，若无这停寄笺护体，只怕我也难免重伤。”

严春轻叹道：“我虽知停寄笺上凝有燕寄羽的非凡笔意，却也从未亲眼见过，原来竟是这般神异。”

陈彻闻言不自禁地又瞥向纸笺，耳中清微一震，只觉那些字迹即要在纸上鸣响起来，当即转开了目光。

雷缨锋叹了口气，转身走到岑东流、卓明月等人身旁，渐次出掌在诸人额头上轻轻拍击；在经过韩昂时神情微变，皱眉看了简青兮一眼，却也没说什么。

众人缓缓睁眼，苏醒过来，均觉有一股暖融融的气劲正在周身经络中流转，滞住的内息宛如冰雪遇火消融，重又奔淌开来；仅过片刻，内伤竟已痊愈了许多。

“多谢雷兄。”岑东流调息一阵，又道，“只是雷兄也受伤不轻，实不该再耗费功力为我等疗伤。”

雷缨锋道：“无妨。”

严春取出一粒丹药，交给严知雨服下，见众人都已缓过神来，便将方才堂中情形说了。

众人听后震惊不已，均未想到简青兮竟是受燕寄羽指使。放眼如今江湖，柳空图年老，刀宗退隐，方白僻居不出；燕寄羽身为停云书院山长、正气长锋阁魁首，可谓是武林中权势最大、声威最高之人，素来持身极正，侠义仁厚之名遍传江湖，众人思来想去，实在想不通他为何要将停寄笺交与简青兮，暗中授意简家行恶。

韩昂眼看半晌无人开口，忍不住道：“我早便说过，正气长锋阁连刀宗都要杀，自然就是做事不对。”

岑东流沉吟道：“嗯……这停寄笺会不会是假的？”

严春摇头道：“纸张能做假，燕寄羽的笔意谁也做不了假。”

简青兮负手静立，环顾堂中，满脸讥诮之意。

严春道：“简公子，不知燕山长究竟是要你做什么事？”

简青兮微笑道：“别问我，去华山，问燕寄羽去。”顿了顿，又悠然道，“现下我不敢杀诸位，诸位却也不敢杀我，实在是有趣得很。”

岑东流道：“嘿嘿，简青兮，你也莫急着张狂。”

简青兮点了点头，道：“嗯，也许燕山长此刻已至昆仑山，诸位还是莫去华山了，以免走了冤枉路。”

堂中一时静默。

简青兮又道：“严公子，不知能否将停寄笺还给在下？嗯，若严公子想要，便拿去也无妨。”

严春犹豫片刻，将停寄笺放在桌上，苦笑道：“这张纸太重，在下拿不动。”

简青兮一笑，走向桌子，却见雷缨锋忽然转头，目光犹如石碾般推了过来；心下微凛，顿步道：“怎么，雷兄想拿停寄笺？”

雷缨锋缓缓道：“我不拿，你也先莫拿。”

忽听门边传来一声笑语——“既然诸位都不拿，便让我来拿吧，我这货担虽满，却也还放得下一张纸。”

众人闻声望向门口，不少人都露出惊喜神情，纷纷拱手道：“见过温楼主！”

四

温歧微微一笑，踏进门来，将货担搁置在地，拱手道："幸会诸位侠士。"一边说话，一边缓步走向放着停寄笺的桌子。

简青兮目光闪动，道了声"幸会温楼主"，抢步拦向温歧；他素知温歧的货担中有许多奇兵异宝，本来颇为忌惮，此刻眼见温歧将货担留在了门口，心知机不可失，当即凝起十成拳劲，假作伸手招呼，实则想要一举制住温歧扣为人质。

当是时，地上的货担里扑簌一声，竟飞出了一只灰黄色的怪鸟，猝然掠到简青兮背上轻轻一啄，随即又飞回了门边。

简青兮大惊，只觉背心一点麻痒蔓延开来，仿似中了怪毒，身形转瞬僵住，眼睁睁地看着温歧走到桌前拿起了停寄笺。

温歧侧头望了简青兮一眼，淡淡道："看来这只'钦原鸟'不怎么喜欢简公子。"

片刻之间，简青兮身上的麻痒已转为剧痛，只觉从头到脚一阵阵如刀割过，闻言咬牙冷冷瞪视温歧。

严春见状讶然微笑："古书上说，'昆仑之丘有鸟焉，其状如蜂，大如鸳鸯，名曰钦原，蠚鸟兽则死，蠚木则枯'，却不知蜇在人身上又会如何？"

温歧轻叹道："这怪鸟的毒性极大，只怕简公子活不过半日了。"

简青兮脸色发白，冷笑道："我持停寄笺，奉燕山长之命行事——温歧，你敢杀我？"

温歧摇头道："我没有杀你，堂中诸位也没有杀你，你是时运不济，被一只鸟蜇死，只能说天意如此，却又怪得谁去？"

岑东流哈哈大笑，道："温楼主言之有理，料想燕山长也不会见怪。"

宁简神情微变，望向简青兮。

简青兮默然片刻，忽而一笑，随手扯过一把椅子，道："既是如此，我静静等死便是，倒也省却了一生的麻烦。”说话中，脸色渐渐松懈下来，从容坐下，不再多言。

温歧颔首道：“简公子既想得通透，那是最好不过。”随即便转开头去，与众人寒暄起来。

陈彻心中一动，打量了简青兮许久，他从前也曾有过这般“一死了之，省却麻烦”的念头，但不知是否别人也有，没想到今日却听简青兮说了出来。

简青兮似是察觉到了陈彻的目光，微微侧头；一瞬间陈彻忽然发觉，简青兮的眉目确然与宁简有些相似。

众人将昨夜之事详细说与温歧，温歧听罢一叹，走到门边掀开货担，将钦原鸟收入，又随手将停寄笺揉成一团，也丢进了货担。

张轻鹿好奇道：“温前辈，你不怕损坏了停寄笺吗？”

温歧笑呵呵道：“这纸笺材质特异，刀砍火烧也不怕，岂会那么容易损坏？”说话中从货担里取出了一块青灰色的铜铸令牌。

众人望向那块巴掌大小的铜牌，均知那便是青锋令，心中微凛，堂中一时无声。

温歧道：“这武林中的第十一枚青锋令该当给谁，我曾与燕、李二位阁主商议过，实不相瞒，他两人都属意于方轻游。实没想到方轻游竟会退出师门，独自离去。”

说到这里，他轻叹了一声，又道：“既是如此，只好由温某自行处置了。诸位方才说要共举这位陈兄弟来做青锋令使，不知可都是想得清楚了？”

众人相望一眼，渐次点头。

温歧沉思半晌，颔首笑道：“我昨日见过陈兄弟，知道他天资聪颖，心性诚朴，青锋令给了他，也是极好的事。”

堂中静默片刻，宁简忽然推了推陈彻肩膀，道：“还不谢过温前辈？”

陈彻上前道谢，接过了青锋令，只觉入手沉甸甸的，虽名为“青锋”，却是钝厚无锋。

岑东流打量铜牌，道：“这青锋令之‘锋’，究竟在哪儿？”

温歧微笑道：“诸位以后自会知晓。”

岑东流点了点头，转头笑道：“严公子，你此番非但没争得青锋令，反倒拱手让与了陈兄弟，这倒是让岑某百思不解了。”

宁简闻言一笑，看向严春。

严春与她对望一眼，淡淡道：“宁姑娘但讲无妨，在下也很想听一听。”

宁简颔首道：“昨夜雷兄问起近来武林中的大事，咱们曾聊到青城掌门岳河伤重病危，岑兄当时还感叹说，青城弦剑恐怕后继无人了。”

岑东流道：“不错，青城弦剑与渝州严家都是川蜀地界的门派，素来不睦；如今岳河的独子岳凌歌暂代青城掌门之位，这岳凌歌天分低劣，好色放荡，正是渝州严家崛起于巴蜀的大好时机。故而我才觉得，严公子此番定然极想夺得青锋令，趁机壮大严家声势。”

严春微笑道：“我们严家正是要乘势而起，这也无可厚非。”

宁简道：“你们严家？呵，只可惜那岳凌歌虽然剑术不高，行事荒唐，可我听闻近来严家与青城相争，却是频频吃亏，没讨得一丁点好处。”

岑东流皱眉道：“竟有此事，这却是为何？”

宁简道：“只因那岳凌歌深藏不露，最擅作伪，实则武功既高，心机亦深，”说话中转头与严春对视，目光灼灼——“我说对了吗……岳凌歌？”

众人闻言怔住，但见严春沉吟片刻，忽而微笑：“宁姑娘究竟是怎么看出来的？”

此言一出，无异于自承身份。众人注目“严春”，神情震骇，一时间说不出话来。只有温歧脸色泰然，似早知“严春”便是岳凌歌。

宁简道：“先前陈彻与薛秋声打斗时，曾使出诸多门派的招式，其中便有青城弦剑的功夫；但他数年来从未遇到过青城剑派的人，为何却能使出从没见过的招式？”

她顿了顿，继续道：“那是因为他看了严姑娘的招式。先前严姑娘以丝带所施展的招式，看似是严家软剑的架势，激斗起来终究难免流露出青城弦剑的底子；等到后来陈彻自行使出时，他不必刻意掩饰，瞧着便更像是青城弦剑。”

众人闻言顿时恍然。岑东流嘿嘿笑道：“严家软剑与青城弦剑都是曲折如意、刚柔相济的剑术，本也有些形似；严家弟子和青城剑客也都是巴蜀口音，确然是极难识破……严公子，嗯，该说岳公子当真是好深的心计。”

岳凌歌微微一笑，道：“岑兄过奖了。”

宁简道：“先前你唤醒雷兄时所施展的，自然便是青城剑派的‘弦劲’了？”

岳凌歌颔首道：“那时我已然不想再瞒下去了。”随即又道：“不过知雨本就出身于严家，也确曾修习过严家软剑，后来才转入了青城剑派；昨夜她在打斗时仅有一两招露出了青城弦剑的精义，却仍被陈兄弟看了出来……陈兄弟，你能由其形推知其神，再由神而形地施展出来，这等武学天分，实是我平生仅见。”

先前沉默良久的简青兮忽然笑道：“看来这小子不仅是十三年来武林中年纪最轻、名头最低的青锋令使……也是天分最高的。”

温歧微笑道：“只盼陈兄弟能珍惜天分，行侠仗义，为武林造福。”说着漫不经意地瞥了简青兮一眼。被钦原鸟咬中之人往往剧痛难忍、惨呼不绝，但见方才简青兮一直未出一声，眼下亦是面露微笑、淡然端坐，心中也不禁有几分佩服。

陈彻闻言茫然点头，不知该说什么。他幼年时也曾憧憬做个侠士，只是后来连遭磨难，这念头已渐淡去，只觉自己一介微命，离“行侠仗义”四字实在太过遥远。

温歧又道：“你用别人的招式，于生死关头救人性命，那也罢了；

只是擅学别派武功，终归是武林大忌，日后行走江湖须小心谨慎，以免招惹祸端。”

陈彻一怔，道：“多谢温前辈指点。”

温歧微微颔首，从货担中取出许多内外伤药，分与诸人；众人知道藏玉楼之主所藏必都是灵丹妙药，当即纷纷道谢。只有雷缨锋不收丹药，道：“岩雷与诸般丹药相冲，谢过温楼主。”

温歧道：“原来如此。”看了一眼雷缨锋身上血痕，又叹道，“昨夜辛苦雷兄弟了。”

雷缨锋摇头不语。温歧想了想，也丢给简青兮一枚丹药，淡淡道：“钦原之毒无药可解，这一粒药只能延你三个月性命，也够你寻到燕山长复命了。”

简青兮一笑，服下了丹药，道：“多谢温楼主。”

陈彻忽道：“温前辈，我想请教一事：刀宗既无内功，为何却能成为天下第一高手？”

众人闻言都望向温歧，均想一听究竟。

温歧犹豫片刻，答道：“据我所知，云荆山的刀术，是靠‘意劲’催动。”

岑东流皱眉道：“意劲？这可真是闻所未闻了。”

温歧道：“意劲不是外功，不是内劲，亦非刀意剑境，究竟是什么，恐怕天下只有刀宗自己知晓。”

陈彻道：“这意劲是比内功外功都更厉害吗？”

温歧摇头道：“那却也不是。一个人的武功能练到多高，要看天分高低、用功勤惰，但归根结底，还是要看各人的心境与造化。”

陈彻点了点头，沉思起来。

温歧说完便走向弓魔那桌，坐下来，倒满了两碗酒，道：“江兄，请。”言毕当先饮尽。

江海余端起酒碗，却只望着温歧，并不饮下。

温歧叹了口气，放下了酒碗，又道："张青，早知今日，何必当初？"

江海余也放下了酒碗，仍不说话。一时间众人相望无言。

岑东流忽道："我听闻昨夜温楼主与雷兄遇到了六个蒙面人，不知其中是否确有阮青灰？"

温歧颔首道："其中有个用掌刀的，多半便是他了。岑兄与阮青灰交情不浅，是吗？"

岑东流叹道："却不知那六人为何要与温楼主为敌，先前听雷兄说，似是和吴重有关？"

温歧道："不错，他们与这位江兄一样，都是在追杀吴重。我本在暗中护送吴重师徒，昨夜先行来到镇上客栈查探，不料被那伙蒙面人缠住，多亏雷兄弟相助，才能脱身返回镇外，却发觉龙骨丹青萧野谣似也在暗地里相护，那吴重倒也没遇上什么危急。"

岳凌歌神情微变，道："原来萧野谣也来了。"

宁简忽道："如此说来，那吴重师徒已到青石镇外了？"

温歧颔首道："不错，料想他二人今日便会经过镇上。"

岑东流道："这些人为何要追杀吴重？"

温歧道："那是因为他们都觉得，只要吴重一死，天底下就无人能杀得死刀宗。"

众人闻言一惊，岑东流道："这吴重的武功修为极高？"

温歧摇头道："多半不会武功。"

岑东流皱眉道："那么是他极富智谋，能想出杀死刀宗的计策？"

温歧道："那也不见得。"

岳凌歌闻言微笑道："若说足智多谋，天下谁人能及温楼主？"

岑东流道："那就奇了，这吴重究竟有什么本事能杀刀宗？"

温歧苦笑道："我也不知。不过燕、李二位阁主似也颇信此事，叮嘱我务必护好吴重的性命。"

众人相顾惊疑，却听温歧又道："先前是展梅从金陵将吴重一路护送到凉州，后来他另有要事，我便接替他将吴重送出了玉门关……呵呵，这一路上想杀吴重的绝非只是弓魔与那六个蒙面人，好在暗中相护的也有不少，否则我也不会放心前来客栈与诸位相会。”

岳凌歌道：“原来如此。在下听说，山中刺也曾想杀吴重，正是被展梅拦下。”

宁简莞尔道：“这么多人要杀吴重，又有这么多人护他，不知他自己知不知道？”

温歧道：“前些日子，有个游刃坊的刀客来杀吴重，却被无颜崖的女杀手刺死，吴重师徒懵懵懂懂，还将那刀客好好地安葬了。照此看来，吴重应是不知的。”

岳凌歌道：“自出玉门关以来，可真没少遇着无颜崖的杀手，究竟是何人出此重金，几乎雇下了整个无颜崖来护送吴重？”

温歧默然不语。

岑东流道：“却不知那伙蒙面人眼下正在何处，是否又去追杀吴重了？”

温歧微笑道：“今晨来客栈之前，我已与他们约好在西边的枯树下相会，商谈吴重之事，我看他们都是信义之辈，料想不会另行再去为难吴重师徒。”

雷缨锋道：“既是如此，我等自当与温楼主同去。”

温歧道：“诸位有伤在身，不必犯险。”看向岳凌歌，又道：“我与岳公子押着弓魔出去一趟，稍后便回。”

岳凌歌闻言颔首。

堂中静默片晌，岑东流忽而笑道：“岑某倒也想出去透透风，说不定能遇着吴重，拜会一番这位奇人。”其余人也纷纷都道：“咱们一同随温楼主前去便是。”

温歧点了点头，也不多劝，道：“如此也好。”

众人便待出门，岑东流瞥见了站在堂中角落的韩昂，又道：“韩兄弟，你不是有话要说与温楼主吗？”

韩昂先前听着众人交谈，一直默不作声，在心里将正气长锋阁杀刀宗如何不对、为何不该翻来覆去地想了许多遍，自觉酝酿出了情理兼具的一番话，却迟迟没机会上前说出，忽听到岑东流唤他，当即走到温歧身前，拱手道：“温楼主。”

温歧微笑颔首，道：“韩兄弟请讲。”

韩昂与温歧对视一眼，心中微微慌乱，不知为何，此前想好的那番话却说不出口了，眼见温歧正神情平和地看着自己，不禁脱口道：“温楼主，你们正气长锋阁都是好人，你们……你们能别杀刀宗吗？”

众人一怔，均未想到韩昂会说出这样一句孩童气的话语。温歧黯然叹息，良久不答，饶是他能言善辩、智计百出，此刻却也无言以对。

岳凌歌打量着韩昂与温歧，忽道：“温楼主，你与那伙蒙面人是约在今晨相会吗？”

温歧点了点头，道：“眼下他们约莫也到了。”岳凌歌笑道：“在下倒是迫不及待想要会一会他们了。”说罢当先出门而去。

严知雨扶起弓魔，道了声：“江老伯。”江海余顺从站起，跟着严知雨步出客栈。

简青兮目光闪动，也走到门口，倏忽被楚轻鸿抢先走了出去，却见她头也不回地道：“若非简公子命不久矣，必当讨回断剑之仇。”

温歧拍了拍韩昂肩膀，轻叹道：“韩兄弟，容后再叙。”众人跟着温歧相继出了客栈，堂中空落落的，很快便只余下韩昂一人。

陈彻本已走到街上，又转身走进门来，道：“韩大哥，你留在堂中歇息吗？”

韩昂正自出神，闻言茫然道：“歇息什么？”

陈彻道：“那你也一同出去看看？”

韩昂道：“看什么？”怔了怔，又道，“嗯，温楼主还未答我，我须再去问他。”

他当即与陈彻出了门，随在众人之后，来到客栈西边的野草地上，远远地瞧见那株遭了雷击的枯树已燃得半边焦黑，飘出一阵阵的灰烟。

众人望见树旁果然已到了六个蒙面人，或坐或立，正自相候，不由得神情微凛，放缓了步子。

岳凌歌前行中弯腰折了一根野草，拈在唇边吹动，草叶如弦轻颤，其声凄清婉转，在荒野间悠悠传开。岑东流听了片刻，忽道：“也不知方兄此刻行到了哪里。”

众人闻言一怔，虽说方轻游离去未久，众人也是在这枯树边送别了他，却似乎又觉先前见到他已是极久远的事了；再看向楚轻鸿，但见她手提断剑、张望着那伙蒙面人，一副临敌待战的神情，似浑未听见岑东流所言。

那六个蒙面人远远听见了吹叶声，正坐着的便懒散站起，站着的也止住了谈笑，各自转过身来，与温歧等人相望。

陈彻无意间瞥了简青兮一眼，不禁微愕：简青兮神情凝郁，双目泛红，竟似哀伤欲泣。却听岑东流讶道：“简公子，你哭什么？哈哈，莫非是被怪鸟咬得疼哭了吗？”

简青兮漫不经意道：“只是觉得岳兄吹出的曲子有些耳熟，触景伤情罢了。”说着眼中却淌下两行泪来。

岑东流愈发好奇，追问道：“不知是触什么景、伤什么情？”简青兮淡淡一笑，却不接话。

温歧见状也是心下微奇，他知道此刻简青兮已服下丹药镇住了毒性，自然绝非因为剧痛而哭，沉默片刻，叹道：“江湖人各有各的伤心事，岑兄也不必多问了。”

说话中，众人已来到了枯树之前。岳凌歌落下手腕，拎着一根细草与六个蒙面人拱手施礼，清怅的曲调戛然止息，一瞬里旷野间仿佛更空落了许多。

六人里居中的那名蒙面男子道："聆听阁下此曲，心中狭然如失所寄，却又阔然似有所得，佩服。"

岳凌歌道："不敢当。请教六位如何称呼？"说话中打量六人身姿，却似有两个是女子。

那蒙面男子道："便称我等为'青崖六友'即可。"话音方落，他身旁一个蒙面女子忽道："先前不是说叫'荒台六客'吗？"嗓音清灵动人，听来甚是年轻。

那蒙面男子闻言似是一怔，道："嗯，那当然也无不可。"

温歧将货担放在地上，微笑道："青崖也好，荒台也罢，都是云荆山立下刀名的地方，看来六位对刀宗是极为钦服了。"

"不错。"站在六人左首的另一个蒙面男子哑声一笑，倏忽掠近温歧，抬脚踢在货担上，那货担翻滚着飞到了十来丈外，落在野草之间。

众人一惊，转头望见那钦原鸟钻出了货担，怪啼数声，远远地飞走了。

温歧神情不变，轻轻摇头道："尊驾又何必如此？"

那蒙面男子淡淡道："温楼主，闲话少提，要打便打。"

岑东流听他说完这句话，脸色骤僵，脱口道："阮青灰，当真是你。"那蒙面男子却恍若未闻，只默默盯着温歧。

众人相顾骇然，知道岑东流已经认出这蒙面人的语声，若此人当真是阮青灰，则无异于整个秦川木余刀一派已决意要与正气长锋阁为敌。

温歧道："温某诚心求教，倒非闲话：那吴重只是个山野散人，手无缚鸡之力，不知何罪之有？"

那蒙面男子道："不杀吴重，难救刀宗。这便是吴重的死罪。"

温歧叹道："若温某能劝得吴重不去昆仑山呢？"

那蒙面男子默然片刻，道："温楼主，我们素知你巧舌如簧，但你是决然劝不回吴重的。"

温歧道："这却也未必。料想吴重师徒稍后便到，诸位不妨让温某一试……"

那蒙面男子摇头道："温歧，我只问你，刀宗何罪之有？"

温歧闻言默然，久久沉吟。

那蒙面男子冷笑道："不知温楼主可能答我？"

温歧忽而一笑，道："罢了，我便说与诸位：刀宗的罪证，就在此间。"

众人一怔，环顾周遭，但见一株枯树燃势已颓，焦烟缕缕飘散，远远近近春草缭乱，却哪有什么罪证？正在惊疑间，只见温歧伸手指向弓魔，淡然道："这位江兄，便是刀宗的罪证。"

那蒙面男子皱眉道："温歧，你这话是什么意思？"

温歧道："昔年江海余坠崖不死，正是被云荆山所救；云荆山当时正心灰意冷，便将一身内功尽数转给了他，更曾亲自指点他的武功，他才能短时内创出血河弓，成为武林魔头。而云荆山失却内功之后，反而另行悟出了意劲，后来一举成为天下刀宗。"

众人心神一震，都望向江海余，但见他满身血污，正漠然蹲着拨弄地上的野草，却对温歧所言无动于衷。岳凌歌颔首道："如此说来，弓魔追杀吴重，却也是为报刀宗之恩了。"

温歧继续道："十二年前，弓魔败在方白剑下，方白本要为武林绝除此害，却又是云荆山为弓魔说情，这才让弓魔立誓退隐；然而去年弓魔却竟背誓重出江湖，料想方白因欠过云荆山恩情，去年仍不杀弓魔，致使弓魔又造下许多杀孽。"

韩昂脸色煞白，已听得惊住。

雷缨锋、岑东流等人听到这里才恍然明白：先前温歧之所以让他们留下弓魔性命，正是为了指证刀宗之罪。

"请教诸位……"温歧缓缓舒出一口气，肃然说道，"云荆山一手造就了弓魔，致使多少无辜之人惨死，岂不该杀？"

五

那六个蒙面人闻言沉默许久，不约而同地发出一声叹息。

温歧道："诸位既已明晓了云荆山的罪证，料想不会再执意去杀吴重。"长叹一声，又道，"温某知道诸位素来钦佩刀宗，此刻乍闻真相，难免觉得惋惜。唉，那也是无可奈何的事。"

那六人相望一眼，居中的蒙面男子淡淡道："温楼主，我们不是为刀宗叹惋，而是为你。"

温歧皱眉道："尊驾此言何意？"

那蒙面男子沉吟片刻，叹道："也不知是温楼主把我等瞧得太低，还是先前我们将温楼主看得过高了。且不论温楼主此番说辞是真是假，即便是真，以我对正气长锋阁所知，你们也绝不会因为区区此事，便去诛杀刀宗。"

温歧神情微变，默然不语。

站在六人中左首的蒙面男子冷笑道："温歧，你说刀宗造就了弓魔，我是一个字也不信的，我只是想问你，你自己当真想杀刀宗吗？"

温歧目光一黯，仍不接口。

那蒙面男子继续道："十三年前你便与刀宗一见如故，后来更是结为知交，情谊愈厚；在正气长锋阁的七位阁主之中，你实是最不欲杀刀宗之人，恐怕更甚于铁风叶。——温歧，你又何必这般为燕寄羽、李素微苦苦卖命？"

温歧苦笑道："阁下言重了。"

居中的蒙面男子轻叹道："温楼主素为武林大义而自苦，却也不是头一回了。昔年本是温楼主最瞧不惯天音宗行事鬼鬼祟祟、阴沉狠辣，可是与摩云教临战在即，却也是温楼主未雨绸缪，最先主张联结天音宗，甚至亲身与天音宗诸多长老都结下了关系——后来武林中人都道温歧与天音宗交情匪浅，却不知温楼主苦心孤诣，其实只是为武林筹谋而已。”

居左的那蒙面男子摇头道：“若真是为武林大义，那也罢了，但眼下的温楼主，嘿嘿，却是当了燕、李二人的走狗。”

温歧也不着恼，淡然道：“我也不过是施行正气长锋阁的决议，做些力所能为之事罢了。”

居中的蒙面男子道：“温兄，我知你素来最识英雄、最重英雄，定然也是最不想杀刀宗的。我有一言相劝：凭温兄的武功、智谋与人望，若振臂一呼，未必便不能救刀宗。”

温歧沉吟半晌，叹道：“诸位对刀宗的义气，实在令温某深感钦佩；闻君一席话，心中亦颇受触动。不错，温某与云荆山是多年好友，确然也极想救他。”

那蒙面男子道：“既是如此，更劝温兄三思，切莫铸成终身憾事。”

温歧点了点头，久久沉思起来。

那六人静静等待温歧开口，又过了一阵，居左的蒙面汉子似有些不耐了，冷笑道：“温楼主还是想不清楚吗？”眼见温歧仍然低头叹息不语，便继续道，“那我且问你，你为了正气长锋阁，处心积虑也要找寻刀宗的罪证，却又找到了什么？你先前那番话说出来，不过是徒费唇舌，自己都未必信服，却如何能让我等相信，更如何堵得住天下武人的悠悠之口？”

“那自然是堵不住的，”温歧抬起头来，淡淡道，“不过能换得诸位说了这许多话，拖延了许多时辰，却也不算徒费唇舌。”

那六人闻言顿惊，环顾四野空旷，又松下心来；有个蒙面女子冷笑道：“莫非温楼主是在等什么援手吗？”

温歧摇头道：“不过是想等诸位毒发罢了。”

那蒙面女子一怔，瞥向落在远处的货担，随即轻哼一声，道：“温楼主，自你出了客栈，远远地走过来时，我便紧紧盯上了你，谅你也做不了什么手脚——”

话音未落，她忽然微觉异样，眼前温岐的身影似乎模糊了一些，转头望向同伴，却见他们也是眼神惊疑、身躯晃动，似是突遇变故。

居中的那蒙面男子涩声道："这是……是蘋草之毒……"说话中软倒在地，瞥见了身旁那株已燃得焦黑大半的枯树，霎时间悚然醒悟，"是这树上冒出的烟气……温岐，你早早便将蘋草掺进了树里——"

温岐颔首道："这是天生的野火，温某只是添了些柴而已。"顿了顿，又轻叹道："树上烧出的毒烟在荒野间耗散极快，好在诸位都是守时之人；不过我攒了十年的蘋草粉末，今日也都已为诸位用尽了。"

话音未落，那六个蒙面人强凝心神，各自出招扑向温岐；温岐恍如未觉，只是淡然转头，看了看岳凌歌。

当是时，风中发出刀剑出鞘般的铮鸣——岳凌歌手腕微振，将手里那根细草抖出了金铁声，身影转折成线，在晨风中一闪即回，仍驻足原地，轻轻甩了甩手，草叶倏然落碎成末。

那六人只觉双腿风市穴上一痛，纷纷跌倒，想再跃起，却觉足少阳胆经里似被注入了一根震颤不绝的短弦，一时间腿上发不出力来，只得任凭毒质流遍全身，瘫软难动。

岑东流苦笑道："躲过了毒蜡烛，却没躲过毒烟，看来命中注定要中一回蘋草之毒。"此时他与雷缨锋、宁简等人也已吸入了不少烟气，渐觉头晕目眩，心中却倏忽明白过来：

这株枯树在旷野间很是醒目，昨夜遭雷电劈击，本已燃了许久，温岐与这伙蒙面人约在枯树旁相会，却也颇合情理；今晨温岐多半是估算了枯树的燃势，预先在树干里掏出空洞布置好了毒草粉末，而后才去客栈与他们相会，从容谈笑一阵，故意比这伙蒙面人晚到片刻，又任凭那阮青灰踢飞了货担，如此谋划得精当而自然，这伙人果然也并未生疑，终究还是被温岐毒倒。

众人眼看着只有温岐与岳凌歌仍自站立，其余人都已倒地，料想他二人是提前服了解药。

简青兮慢悠悠道："看来岑兄先前实在多虑，青城弦剑非但不是后继无人，反而是青出于蓝了。"

岑东流坐倒在地，打量简青兮道："哼，看简公子的面色，倒似毫不意外。"

简青兮微微一笑："温楼主义薄云天，若非已有把握制住这六人，又怎会同意咱们随他一同来这里涉险？"

温岐道："这毒烟不会伤及性命，稍后温某便为诸位解毒，得罪莫怪。"看了一眼远处的货担，苦笑道，"解药便在货担之中，却被那蒙面的'阮兄'踢出去老远，就有劳岳公子取回。"

岳凌歌点了点头，走去一旁。

温岐扫视六个蒙面人，道："咱们这便来瞧瞧，所谓青崖六友，荒台六客，到底却是哪六位高人。"说着便探手去揭一名蒙面男子的面巾。

韩昂忽道："温前辈，你方才所说弓魔与刀宗的事，究竟是真是假？"说话中眼神颤动，似极为紧张。

温岐一怔，轻叹道："是真是假，又有何重要……韩兄弟，咱们初次见面时我便说了，正气长锋阁究竟为何要杀刀宗，天底下只有燕寄羽、李素微知道。"

韩昂沉默一阵，道："我仍是想问，温前辈先前所言究竟是不是真的。"语声甚轻，却甚为坚定。

温岐道："此事的真假，对韩兄弟这般要紧吗？"一边说着，随手扯开了一名蒙面男子的面巾，脸色微变，又道："阮青灰，果真是你。"

岑东流叹道："老阮呀老阮，一别多年，没想到却和你在这里重逢。"

阮青灰嘿嘿一笑，道："俺也实在没想到。"说话中已露出了秦川口音。

温岐皱眉道："阮青灰，你执意与正气长锋阁为敌，就不怕给木余刀一派招致灭门之祸吗？"

阮青灰道："不怕。"

温岐一怔，一时倒接不下去了。此时岳凌歌收拾好货担，走了回来；温岐便接过货担，从中取出解药，正待交与岑、雷等人，忽听阮青灰身旁的一名蒙面女子轻轻吟道："当年携手上河梁——"

温岐皱眉道："姑娘，你方才说什么？"与此同时，陈彻瞥见江海余面无表情的脸上倏忽颤出了一丝惊惑，仿似发觉自己遗忘了一件极重要的事，又似猛然记起了什么。

那蒙面女子微微摇头，道："没什么。"

温岐点了点头，扫了江海余一眼，沉吟起来。韩昂一直在旁默默听着，此刻见机又道："温楼主，你方才还没答我——"

温岐回身与韩昂对视，听他语声已比先前平静了许多，神情中却仍带着些许执拗，不禁叹道："弓魔与刀宗的往事，我所知也不全，其中颇有些是听别人说起，倒也难辨真假。"

韩昂顿时松了口气，道："原来如此。我原也觉得刀宗绝不会纵容助长弓魔的恶行。"

温岐淡淡道："我先前所言虽未必都是真，但也绝非胡言妄语，当时我是要拖延时辰，才不得不说些半真半假的话语。"

韩昂一愣："这是为何？"

温岐道："你若想让别人不停地开口，最好便说几句似是而非、对中有错的话，那些自以为聪明的人便忍不住要出言反驳，你省心听着便是。"

阮青灰闻言冷哼一声，瞪着温岐说不出话来。

温岐转头看向阮青灰，叹道："阮兄，我知你从前其实出身于——"说到这里，忽然惊觉自己语声有异，似越说越是急促。

他顿了顿，愈觉气息不畅，似乎身边有一阵无形的气劲正自弥漫，宛如当空拉满一张又一张的弓，抽紧了周遭轻缓流淌的晨风。

"温岐，你又何尝不是自作聪明？"

——江海余嗓音嘶哑，缓缓站起，宛如一根枯涩的弓弦渐渐绷直。

温岐霍然转身，目光如电，落在江海余身上，皱眉道："张青，你竟还能动？"

江海余道："我已看了太久，看着你们打打闹闹，来来回回。看得厌了，也该动一动了。"语声甚是低怅，众人听在耳中，只觉空落落的一时恍惚，分不清他口中的"太久"是说这两日，还是过去的二十年。

温岐一怔，转瞬间神色已复镇定，颔首道："原来江兄是假意被擒，却在等着温某吗？"

江海余道："你行踪飘忽，诡计多端，要寻到你可真不容易，不如等你自己前来。"

众人闻言心头一震，各自惊疑。岑东流道："江老兄，你不是在追杀吴重吗，却又等温楼主作甚？"

江海余却只漠然与温岐对视，并不理会岑东流。

岳凌歌轻叹道："岑兄忘了，当年是温楼主极力主张联结天音宗，苏州简家才不敢违逆武林大势……"

岑东流一愣，想起当年张青的遭遇，这才明白弓魔竟是将温岐归为了罪魁祸首，不禁哑然无语。

温岐道："江海余，你待如何？"

"我待如何？"江海余嘴角露出一抹诮笑，"却不知这江湖，这莽莽世间，待我又如何？"

随着他声声吐字，温岐浑身剧震，当即丢下手中的蘋草解药，俯身拾起货担；岳凌歌先前本在左手里暗自捏了一根细草，正要袭刺江海余，忽觉手上锐痛，竟是莫名被草叶割破了。

温岐冷冷道："有时你待世间如何，世间便待你如何，也莫只怨世间。"说话中将双手探入货担。

"是吗，倒是说得漂亮。"江海余随口说话，身上的绳索铁链如纸片般松脱，踏前一步，转头四顾，满地春草倏然飘飞起来，断草碎叶悬浮如雨，又如蓄势待发的箭矢。

岳凌歌只觉那根细草在掌心里一跳，随即急颤不绝，霎时间满手流血，再也拿捏不住草叶，只得松手弃下；转头望向温歧，但见他将手伸在货担里，肩肘却也在不住震动。

温歧沉声吐气，倏忽倒空了货担，闪至江海余身侧——江海余微微侧身，挥掌扫向温歧，带得漫天碎草向着温歧兜身罩落，众人骤觉身边淌过一片片箭雨离弦之声；温歧挥动空货担，瞬息与江海余互换数招，货担里炸开几声劲响，两人已各自退步。

电光石火之间，众人连两人的招式都未看清，但见两人相隔数尺而立，那些悬空的碎草却已尽数被温歧收入了货担，不由得心中惊喜。

忽听江海余道："可笑你们击碎我的筋骨，毁去我的经络，又下了毒，却还是封不住我的修为。"

温歧叹道："原来昔年刀宗传给你的并非内功……而是意劲。"话音方落，忽然低头呕出两口鲜血，都吐在货担里。

咔啦连响，货担开裂，随即坍成片片碎竹，里面的草叶已被血染红，顷刻间流泻了满地。

温歧倒退两步，坐倒在地。

当是时，岳凌歌又折了一根野草在手，便待闪身刺出，忽然瞥见温歧轻轻摇头，道："岳公子，罢了。"

"温兄！"岳凌歌语声颤动，神情中头一回失却了镇定。

刹那间温歧心念飞转，他虽然一生信奉力不胜智，但亦知若遇到真正的强绝大力，却非任何智计所能抗衡，当即只淡然道："事已至此，咱们也不必勉强了。"

江海余注目温歧，忽道："如今人人皆说，十三年前刀宗救了武林。其实若无刀宗，中原武林未必能赢，但若无你温歧苦心筹谋，则武林必败无疑；只是你自己不求权势，不争名头，即便在刀宗退隐之后，仍然屈居于燕、李之下。"

说话中，他随手弹飞了一片断草，轻飘飘地撞中了岳凌歌手里的草叶；此刻岳凌歌本已跃出，半空里身躯骤震，重重坠在乱草上，一时间脸色煞白，几欲晕厥。

江海余瞥了一眼岳凌歌，随即收回目光，继续道："温歧，你可知道，武林之中除了刀宗，我最佩服的人便是你。"

温歧笑了笑，道："不敢当。"

江海余轻轻一叹，身影倏而消散；众人心神顿紧，眨了眨眼，却见他已落足于简青兮身前，默然打量着简青兮，神情中似乎露出了一瞬温柔。

简青兮脸色微变，干笑道："江……嗯，江前辈看我作甚？"

江海余道："简公子，你小时候，我在简家曾见过你，你可还记得吗？"

简青兮一怔，摇了摇头。

江海余道："我与秦师妹都曾见过你的。"说完手腕微晃，已将简青兮衣襟里的珠钗取在手上。

简青兮轻声道："原来如此，我却不记得了。"

江海余不再看简青兮，低头久久端详着珠钗，忽而涩声笑道："当年携手上河梁……"眼中落下泪来。

众人一时失声，只怔怔看着江海余，但见他神情悲戚，慢慢抬手，将珠钗插在头顶之上，束起了凌乱披散的头发。

随即，江海余缓步走近温歧。

两人静静对视片刻，江海余道："早知今日，何必当初？"

温歧淡淡道："早知今日，亦不悔当初。"

江海余点了点头，眉宇间青气一闪而逝，抬手拍在温歧的额头上。

温歧身躯轻震，头颅垂下，气绝而亡。

六

春风吹低了野草，江海余在众人的惊呼声中转过身来，一言不发，久久看着那棵焦黑的老树。

岳凌歌张了张嘴，眼眶已然泛红，却说不出话来，咳出一口血，将地上一根枯枝拾在手里，挣扎站起，朝着江海余走去。

严知雨忽然轻唤道："公子，公子——"语声茫然无措，目光中满是害怕之色。

江海余看了一眼严知雨，道："瞧在你家侍女的分上，让你活着吧。"说话间一根长发从头上垂落到了胸前，随手弹指，发丝断飞出去，宛如风中的一抹柳絮，轻旋缓绕着，飘向岳凌歌。

众人心神剧凛，都紧紧盯着那根头发，稍一眨眼，惊见发丝已凭空消失；岳凌歌前行中骤觉手腕剧痛，竟似倏忽被一线劲气贯穿，血丝飞溅，手中的枯枝坠在地上。

——晨风微动，那根灰白的发丝穿过岳凌歌右手神门穴，悬在了岳凌歌眼前。

江海余轻轻吹气，发丝悠然飘坠，一连擦过岳凌歌身上多处穴道；霎时间岳凌歌周身麻痹，僵在原地。

先前那个居中的蒙面男子见状叹道："江海余，没想到终究还是让你练成了……"

江海余神情苦涩，喃喃道："呵呵，我真愿自己练不成。"

雷缨锋默然看着江海余，忽道："我自以为擒住了弓魔，却反害得温楼主不幸身亡，实已无面目活于世上，江海余，你便请动手吧。"

众人闻言顿惊，江海余却理也不理雷缨锋，转头望向宁简，道："这枚珠钗，是吴重托你带给我的？"

宁简一怔，蹙眉道："是又如何？"

江海余微微点头，沉吟道："从前吴重欠了我一条命，今日既能重见珠钗，这条命我便算他还了。”

先前吟诗的那名蒙面女子忽道：“张青，你……你竟不杀吴重了吗？”

江海余叹道：“今日不杀了，且先看他能否活着走到昆仑山吧。”

说完他咳嗽了两声，闪身掠到那蒙面女子身旁，便要揭去她的面巾，手伸出去，却在她面前一尺处倏然停住，神情古怪而犹豫。

良久过去，江海余手臂一颤，慢慢收回了手，摇头道：“不是，不是……你的语声太年轻了，就和她当年一般，你不会是她。”

那蒙面女子轻声道：“你当真不想看看我是谁吗？”

江海余却恍若未闻，缓缓转头，环顾四野，目光又落在那株枯树上，淡淡道：“如今我就像这老树了，在燃尽之前，且看我还能做多少事吧。”

言毕他不再看众人一眼，灰影晃动，已向西远去，渐渐融入了灰蒙蒙的山野。

先前居中的那个蒙面男子忽而长叹一声，道：“血河弓虽断，青丝箭已成……弓魔这一去，武林中又将腥风血雨了。”

众人各自静默，回想着过去几日的经历，一时间心中翻涌，百感交集。

简青兮轻轻一笑，道：“眼下咱们都中了蘋草之毒，手足难动，一起在这旷野间吹着春风，倒也是难得的缘分。”

岳凌歌缓缓吁气，心绪渐渐平复下来，目光扫动，忽道：“那蘋草的解药便落在韩兄弟脚边。”

众人闻言瞟过去，果然看到一瓶丹药，淡紫色的瓶身，正是先前温岐拿在手里的。却听简青兮笑道：“是了，岳公子想来提前服过解药，不知现下可能动吗？”

岳凌歌苦笑道：“我被弓魔封住了穴道，便是半步也难以迈动。”

简青兮淡淡道：“那也无妨，眼看这棵天杀的树已快燃不动了，咱们便在这里好好休息两日，料想毒性自能解去。”

众人都不理他，各自试着运功驱毒；一炷香过去，却均没能解去多少毒质。

陈御不会内功，索性便躺在草地上闭目养神，歇了一阵，忽然留意到简青兮目光灼灼，似正端详地上的某样物事。

先前温歧将货担倒空，担子里的诸多珍奇货物散落了满地，其中便有那停寄笺；此刻陈御眼见简青兮目不转睛地盯着那张纸笺，心中微奇，便也忍不住瞧去。

停寄笺本来被温歧揉成一团，但那纸张似颇有韧性，到这时揉痕已渐渐摊开，纸上的两行字映入陈御的眼中，陈御忽觉丹田一热，手足竟似微微能动了。

陈御心中一喜，当即凝神定睛，认真看起停寄笺来。

片刻过去，阮青灰忽然神情微变，眯起了眼，轻叹道："吴重来了。"

众人顿时一惊，许多人勉力侧头，果然看到有两道人影走过了青石老店，正朝着荒野间缓缓行来。

岳凌歌道："不错，那确是吴重，还有他的徒弟叶凉。"

岑东流看了一会儿，不禁嘿嘿笑道："老阮，你们不是要杀吴重吗？我看他身边也没什么高手相护，你快快去杀吧！"

阮青灰哼了一声，心知吴重不会武功，他的徒弟似也只会一式粗浅剑法，眼下当真是个难得的良机，却只恨自己与同伴都动弹不得。

又过片刻，众人远远地听见吴重的弟子叶凉道："师父，你瞧那边树下，聚了好些人。"

又隐约听见吴重答道："此刻春光正好，他们多半是一群好友，正在树下喝酒谈笑，赏玩美景。"

众人心中苦笑，却听叶凉道："我看他们有的躺着，有的坐着，有的人似乎受伤不轻……师父，他们像是刚打过架。"

吴重道："是吗，那咱们快快避开，莫要招惹麻烦。说起来，这一路咱们撞见的江湖争端可真是不少。"

叶凉嗯了一声，又道："我看他们躺坐的姿势很是古怪，好像不能动弹似的，应是打得两败俱伤了。"

众人只听吴重咦了一声，笑呵呵道："他们动不了吗？那好得很，你去翻翻他们的衣衫行囊，看看有没有什么值钱的东西。"

叶凉道："师父，这个……"

吴重道："怎么，你怕了？来来来，咱们先不靠近，从远处丢几块石头过去，且看他们到底能不能动，若能动，咱们就赶紧跑。"

众人闻言怔住，下一刻，忽见一块石头飞了过来，撞在枯树上弹开，险些砸中岑东流的额头。

随即便听见了吴重欢喜的语声——"哈哈，看来咱们今日是要发财了。"

众人听得吴重师徒似已打算走近，心中各自转念，忽听雷缨锋纵声道："吴重，这棵树冒的是毒烟，这里有许多人要杀你，你快些避开吧。"

片刻后，却听吴重在远处喊道："多谢！阁下是谁？"

雷缨锋道："金陵雷，雷缨锋。"

吴重不再回话，与徒弟原地驻足，似在商议；过了一阵，众人望见师徒两人绕过了这株枯树，踩着满地野草继续向西去了。

阮青灰皱眉冷笑："雷缨锋，原来你也甘做正气长锋阁的走狗吗？"

雷缨锋本来正在聚劲驱毒，为警示吴重而提气出言，说完两句话后内劲泄散，便又重新默默运功，却也不理会阮青灰。

陈彻一直凝神看着停寄笺上的字迹，心无旁骛，丹田里热力渐盛，方才听见雷缨锋的语声，如遭雷电震击，那股热力忽如一团火焰迸散开来，手足中涌进了力道，一瞬间翻身跃起。

众人见之俱惊，岑东流讶声道："陈兄弟，你是怎么解的毒？"岳凌歌苦笑道："咱们这些身负内功之人尚未冲散毒质，却是不会内功的陈兄弟先解了毒。"

陈彻道："我也不知怎么回事，看了一会儿停寄笺，忽然便能动了。"

岳凌歌脸色微变，扫了一眼地上的纸笺，道："陈兄弟，劳烦你先取解药给大伙儿解毒。"

陈彻答应一声，走到韩昂脚边，俯身拾起那瓶丹药，先倒出一粒给韩昂服下；韩昂调息了一瞬，仍不能动，便道："我内力浅，恐怕得慢慢运功催化药力。"

陈彻点了点头，却听韩昂身旁的岑东流道："有劳陈兄弟。"当即便也给岑东流服了一粒解药，而后走到宁简面前，正要给她服下解药，忽听岑东流道："且慢，这解药不对！"

陈彻一惊，回望见岑东流嘴角溢血，挣扎站起，脱口道："怎么了？"

"这瓶丹药似也有毒。"岑东流踉跄走向陈彻，"陈兄弟，解药先给我过目。"陈彻一怔，不禁望向韩昂，却见韩昂仍在闭目调息，忽听宁简低声道："别信他，快给我解药。"

陈彻心中一凛；与此同时，岑东流脚下加疾，已掠至他身前，出指连点了他周身十余处穴道。

"陈兄弟，得罪了。"岑东流轻叹一声，将那瓶丹药拿在了手里。陈彻身躯微晃，跌倒在地。

岳凌歌皱眉道："岑兄，你这是意欲何为？"

岑东流神情古怪，却不答话，只自顾自道："从昨夜至今，算来已有大半日没喝一口酒了……嘿嘿，我那酒壶随身也有二十年了，昨夜也被薛秋声那厮打碎了。"

说完他转头看向阮青灰，又道："老阮，你可带得有酒？"

阮青灰闻言怔住，打量了岑东流片刻，忽而一笑："在我背后的行囊里。"

岑东流嗯了一声，走过去取出一只盛酒的皮袋，仰头猛灌了几口，哈哈笑道："痛快。"

雷缨锋忽道："岑兄。"

岑东流摆了摆手，道："我知雷兄要说什么，唉，只是眼下终究是个机会。"

他顿了顿，笑呵呵又道："岑某从前行走江湖，自以为也能算个人物，便妄想着要拿到青锋令，为飞光门博些名声。这几日里卷入正气长锋阁与刀宗之争，才知道自己人微言轻，本事也不济，连这些武林高人们究竟的想法都摸不着边儿，当真是心也冷了，人也乏了，本来不想再掺和什么……但眼下，实在是个机会。"

岳凌歌神色顿紧，缓缓道："岑东流，你想去杀吴重？"

岑东流点了点头，道："岑某练了几十年刀，终究也是个刀客。"

阮青灰一愣，随即展颜笑道："岑兄终于想得通彻，真不枉你我相交多年，你这便给我等六人解毒，咱们同去手刃吴重。"

岑东流犹豫片刻，嘿嘿一笑："阮兄，我虽信你，却不怎么信得过你这些同伴，你们便在此稍待。"环顾岳凌歌、雷缨锋等人，又道，"等我杀死吴重，便回来为诸位解毒，到时诸位便是要杀了我，我也认了。"

言毕他连灌了几口酒，将空酒袋掷在了地上，朝着吴重师徒离去的方向大步行去。

当是时，陈彻穴道被封，身躯难动，想着要再看几眼地上的停寄笺，兴许便能冲开穴道，目光一瞥，顿时惊骇失声——

简青兮本来正躺在地上，此刻倏忽贴地急掠而出，抄起地上韩昂的那柄断刀，顷刻间追至岑东流背后，挥刀猛斩！

霎时间陈彻凛然恍悟：简青兮原就一直在端详停寄笺，多半早已解去了蘋草之毒，先前却只是诈作动弹不得。

岑东流走出数步，听到背后众人的惊呼声，霍然回身，却见简青兮手挥断刀，已斩到面前，猝然之际只得抬手格挡——刹那间血光飞溅，右臂已被齐肘斩落！

岑东流怒吼一声，左拳重重轰在简青兮的胸襟上，简青兮喷出一口血，抬手将断刀剜进了岑东流的右臂断臂处；岑东流一拳正要击在简青兮眉心，身躯倏忽剧颤，晕厥过去。

简青兮断刀脱手，跌坐在地，又喷出一口血，一边剧烈喘息着，一边咬牙低笑："只要吴重到得昆仑山，刀宗就必死无疑，这是燕寄羽亲口说与我的，你们，你们……"

他缓了好一阵子，才从牙缝里挤完了那句话——"你们谁、也、别、想、救刀宗！"

众人骇然望着简青兮，许久难言。宁简蹙眉道："简青兮，你疯了吗？"

简青兮说完便瘫倒在草地上，呼吸声时缓时急，几次挣扎扭动，却都没能起身。

韩昂本在闭目催化药力，此刻耳听情势危急，当即加紧运劲，终于站起身来，张望着众人，一时间惊慌失措。

岳凌歌疾声道："方才解药被岑兄收入了衣襟，韩兄弟快取来为我等解毒。"

韩昂赶忙应声，奔到了岑东流身旁，俯身拾起自己的断刀，又从岑东流的衣襟里找到了那瓶丹药，正要奔回，忽听阮青灰道：

"这位兄弟，你是个刀客，是吗？"

韩昂心头一震，脚下顿时停住。

"你我素不相识，但我看得出来，你与岑兄一样，是个刀客。"

韩昂怔怔然转身，与阮青灰对视，一霎里似是忽然明白了什么。

七

阮青灰道："吴重不会武功，他那徒弟只会一招无用的剑法，此刻他两人身边也没人护送……敢问这位兄弟，你想救刀宗吗？"

韩昂喃喃道："我想救刀宗吗，我……我能救刀宗吗？"

阮青灰道："你若为雷缨锋等人解了毒，就再没机会救刀宗了。"

"韩兄弟切莫受他蛊惑，"岳凌歌忽然冷笑道，"他不过是想骗你先为他们解毒罢了。你且想想，岑兄先前也要杀吴重救刀宗，为何却不给他们解毒？"

韩昂一怔，却听岳凌歌又道："这伙蒙面人身份不明，居心叵测，万不能中了他们的奸计。"

阮青灰闻言一笑，注目韩昂道："在下阮青灰，不知阁下姓名？"

韩昂道："我叫韩昂，是个，是个……"说到这里，脸颊轻颤，不知为何却说不下去了。

阮青灰道："韩昂兄弟，你也不必为我们解毒，那吴重师徒武功低微，料想绝非你的对手，只看你究竟想不想救刀宗。"

韩昂默然不语，他自然想救刀宗，但他本性善良，若要为此去杀死一个素不相识、不会武功之人，却终究也难以下手；正自心念飞转，倏忽与阮青灰身旁的另一蒙面男子目光相触，那人看了看他，再看了看吴重师徒离去的方向，轻叹道："岑东流说得不错，这实在是个机会。"

韩昂神情微震，又默默寻思片刻，心想只要能拦下吴重，将他制住，让他去不得昆仑山，便也算是救了刀宗。

想到这里，他看向阮青灰，道："我，我是要——"只说出几个字，唇舌似打结般，却又没能说下去。

阮青灰淡淡道："不用说与我听，且做你该做的事。"

韩昂脸色苍白，轻轻点了点头，道："我终于也有机会……嗯，这是我唯一的机会了……"说完转身，提着断刀向西走去。

"呵呵，哈，哈哈，就凭你吗……"简青兮躺倒在野草上，嘴角迸出一串低笑，"就凭你也想救刀宗……"

韩昂走出几步，听见简青兮的笑声，略微犹豫，继续朝着西边荒野行去。

陈彻瞥见简青兮一边歪着头说话，一边双目瞬也不瞬地盯着地上的停寄笺，不禁心中一紧，叫道："韩大哥，快回来拿走停寄笺！"

韩昂愣了愣，回身看去，只听陈彻又急声道："别让他一直盯着停寄笺。"

当是时，简青兮忽然身躯一挺，朝着停寄笺翻滚过去，将纸笺捏在手里；先前他被岑东流重拳击在胸口，受伤颇重，此刻勉力挣扎滚动，嘴里涌出一大口鲜血，都喷在了停寄笺上。

韩昂与陈彻对望一眼，快步走回；简青兮平躺着，将停寄笺举在了脸前，呵呵轻笑起来，眼神直勾勾地冲着纸上，恍如着了魔，也不知看的是字迹还是血迹。

韩昂走到简青兮身前，弯腰劈手夺过了停寄笺。简青兮兀自低声笑着，恍如未觉。韩昂一怔，将纸笺收入衣襟，转身便走；简青兮左手空悬，仿佛手里仍捏着停寄笺似的，右手却在一边勾画描摹。

众人看得惊疑，想起宁简先前所言，都道简青兮已然失心疯了；正自唏嘘，忽见简青兮无声无息地站了起来，朝着韩昂踉跄走出几步，转瞬间飞跃而起，扑向韩昂。

其时韩昂听见陈彻道了声"小心！"，未能反应，已被简青兮扑倒在地。

韩昂不及爬起，拧身一刀剁在简青兮手臂上；挥刀之际，那停寄笺从他衣襟里掉了出来，简青兮瞥见纸笺，恍似气力一振，使出擒拿手法将断刀抢在手里，刀刃贴地捅向韩昂胸口；倏而却被韩昂扭住了手腕，一时竟捅不下去。

——韩昂武功虽不及简青兮，但简青兮亦已重伤力衰，两人在地上翻滚扭打，斗得难解难分。

半晌过去，简青兮终究招式精妙，占据上风，将韩昂压在身下，横刀抵在了韩昂的咽喉上；韩昂双手掰住简青兮的手腕，发力相抗，简青兮一时却也难将刀刃摁下去，嘴里断断续续地咕哝着："凭你也想救刀宗……凭你……凭你也配？"

说话中他几次咬牙压腕，都被韩昂抵住；韩昂渐觉呼吸艰涩，眼前一阵阵发黑，神思纷乱之际，没想到自己要死了，却只是想着那柄断刀正在简青兮手里，自己的刀被简青兮夺走了，须得夺回来，无论如何也须得夺回来；恍惚中膝盖一顶，正中简青兮腹间，简青兮浑身剧震，腕上劲道顿松。

韩昂趁机扯住刀刃一挣，满手流血，却终究将断刀扯在了自己手里，手心哆哆嗦嗦地向下摸索，摸到了刀柄握住，心里一松，呢喃着："这是我的刀，我的刀……"正想要挺刀刺出，倏忽看见简青兮面目古怪扭曲，嘴角滴着狰狞的笑意，似要将自己整个儿都吞噬；他心里打了个突，却没能刺出去，只觉整条右臂都在不断地发抖，一瞬间问自己，韩昂啊韩昂，你是怕了吗，不自禁地侧头西望一眼，随即将目光缓缓转到自己的右臂上，这才发觉自己其实全身都在轻轻抖动，但唯独右臂纹丝不颤，宛如已与断刀化为一体——

韩昂心中一静，看向简青兮，轻声问道："我是个刀客，为何不配？"说着将断刀贯入了简青兮腹中，随即拔刀，挣扎爬起，向西走去。

"我说过……我说了……"简青兮歪倒在地，嘴角不住溢出血沫，狠狠地吐字，宛如要把字刻进地上似的，"我说谁也休想救刀宗！"

说到最后，语声凄锐刺耳，他伸手扣住了地上的一块硬石，强自聚起冰霜结玉的拳劲急掷出去——

石块破风如箭，击在了韩昂的后心上。

韩昂前行的身影顿时凝住。

陈彻眼眶一热，失声道："韩大哥！"

一瞬里韩昂只觉周身冰寒，断刀几欲脱手，当即紧了紧右手，却仍觉握不紧刀，这才想起自己右臂经络已废，他笑了笑，咬紧牙关，缓缓地挪动臂膀，将断刀从右手交到了左手上。

春风过野，碎草纷飞，韩昂勉力用左手握紧了断刀，想要迈步，却动弹不得。

陈彻怔怔看着韩昂的背影，再也说不出话；从前他在酒楼说书人的故事里听过刀客，后来随着主人宁简行走江湖，也见过许多用刀的武人，其中也不乏高手，但却似乎都在他心里面容模糊，都和故事中的刀客相隔遥远，他似乎莫名地认定那些人都不算是刀客。

但此时此际，他忽然间心中无比清楚：这一刻，他见到了一个真正的刀客。

众人望见韩昂微微侧颈，以为他要走回来斩杀简青兮，或是回头再说句什么，但见韩昂身形摇晃起来，随即却踏前一步，撑住了身躯。

韩昂伫立片刻，一瘸一拐地继续前行，没有回身；他孤零零地提着断刀，向着茫茫荒野，向着远到穷尽他的眼目也望不见的昆仑山一步步走去。

八

陈彻看着韩昂渐行渐远，几乎每迈出一步，身上都有斑斑点点的鲜血滴落，绵延在野草上；少顷，韩昂转过一处低矮的草坡，身影消失在众人眼中。

陈彻收回目光，低声道："也不知韩大哥能不能找到吴重师徒。"

宁简轻轻起唇，却欲言又止。

雷缨锋与岳凌歌对视了一眼，岳凌歌倏然看向横躺在地的简青兮，冷冷道："简青兮，没想到你竟敢违背燕寄羽之命，下此重手。"

陈彻闻言心头剧震，脱口道："你说什么、你是说……"

雷缨锋叹道："方才简公子掷石一击，已经震断了韩兄弟的心脉。"

陈彻张了张嘴，猛然间极想要狂喊大叫一番；随即却垂下了头，怔怔不语。

"让吴重安然到得昆仑山，是正气长锋阁如今的头等大事，"简青兮吐出一口血沫，低声冷笑，"——我为此而杀人，料想燕山长也绝不会怪罪于我。"

阮青灰忽道："燕寄羽不怪罪你，俺却想找你讨教两招。"

简青兮将地上的停寄笺捏在手里，重又端详起来，淡淡道："阮青灰，等你先能动弹了，再放话也不迟。"

他随即呵呵一笑，又道："我本来只想制住那姓韩的小子，是他自己执意寻死……呵，没想到他的心劲倒是够韧，明明已命在顷刻，却还能走出这么远。"

陈彻耳听着简青兮说话，不自禁地向西望去，一时间恍惚觉得韩昂并未走去，似乎身形仍然凝停在眼前，但见他右臂歪扭着，手上血流如注，左手似握不惯刀，手腕的姿势有些古怪，身躯和左腿都是向前微倾，似是即要被什么重物压倒，又像是竭力挣扎着想要前行。

简青兮说完便不再理会众人，一手持着停寄笺，一手在地上不断勾写；众人见状无不心神紧绷，然而半晌过去，眼瞧着简青兮一遍遍地临摹那两句诗，却似仍然伤重难起。

岳凌歌不禁轻笑道："简公子真有雅兴，当此关头还练起了书法。"

简青兮神情惊疑，手指越写越急，地上泥土飞溅，众人正看得骇异，倏见他手臂顿住，脸色一白，似是忽然省悟了什么，缓缓转头西望。

雷缨锋叹道："停寄笺的主人到了。"

众人闻言惊凛，顺着简青兮的目光瞧去——先前韩昂走过的那处草坡上已多了一名白衣人，方巾广袖，背对众人而立，衣袂在春风中舒展如鸿翼。

阮青灰眉头紧皱，良久才道："燕寄羽嘛，嘿嘿，算来也有十年未见他了。”

却听燕寄羽遥遥轻唤道：“简公子，且随我来。”

简青兮本自呕血躺倒，闻声恍如突然得了活力似的，一霎里精气焕发，翻身站起；随即环顾众人，似在斟酌该如何处置。

众人一惊，却听燕寄羽又道：“不必多事。”

简青兮神色微变，略一犹豫，不再看众人一眼，快步向西走去。

片刻后，众人眼睁睁看着简青兮随燕寄羽走下了草坡，相顾无言；正要各自运功驱毒，忽见阮青灰站了起来，竟似已解除了薮草之毒。

岳凌歌叹道：“阮兄好修为。”

阮青灰古怪一笑，道：“非也，我是方才被燕寄羽的语声一震，不知为何，便能动了。”说着走到先前韩昂与简青兮扭打之处，捡起了地上的丹药，给五个同伴服下。

有个蒙面女子扫了一眼雷缨锋、岳凌歌等人，问道：“要杀了他们吗？”阮青灰摇头道：“先前弓魔都未下手，咱们难道还不及弓魔吗？”

居中的那个蒙面男子亦道：“不错，咱们速去寻吴重，不必在此耽搁。”

阮青灰瞥向晕厥在地的岑东流，犹豫片刻，跟着同伴离去。

待六人离得远了，雷缨锋忽而身躯一晃，缓缓站起。

岳凌歌目光一闪，笑呵呵道：“雷兄，原来你早便能动了吗？”

雷缨锋道：“自韩兄弟走后，我才驱散了毒性，却在一直提防着简青兮，未敢轻举妄动。”随即为岳凌歌、陈彻解开了被封的穴道，又给众人解了毒。

岳凌歌将岑东流扶起，打量他的断臂，摇头道：“只怕岑兄的修为要废去大半了。”

楚轻鸿等人取来伤药，将岑东流救醒；岳凌歌道：“岑兄，你又何必为了吴重之事如此……唉！”轻叹一声，却没再说下去。

岑东流缓过神来，嘿嘿笑道："吴重这厮险些丢石头砸到我的头，我岂能不杀他？"

众人一怔，却听岑东流淡然又道："我师弟吕东游是飞光门门主，也是先师的独子，这些年来我为了师弟，为了飞光门的名头，为了师父四处奔走争逐，只有今日才算是为我自己做了一件事……虽没做成，却也值了。"

岳凌歌默默颔首，不再多言。

陈彻立在一旁，等着宁简调息了片刻，道："主人，咱们去找找韩大哥吧。"

宁简点了点头，雷缨锋道："我等一同去找。"

众人向西行去，翻过草坡，又在荒野间走出了很远才找到韩昂。

陈彻分开众人，走上前去，却见韩昂闭目躺在乱草之间，一动不动，手里仍紧紧握着断刀，也不知他是如何走到这里的。

雷缨锋叹息一声，为韩昂渡入岩雷劲力，良久过去，韩昂缓缓睁开了眼。雷缨锋道："陈兄弟，你来与他说话吧。"

众人闻言纷纷退开，陈彻搀着韩昂，两人静静对望了片刻，韩昂气若游丝道："陈兄弟。"

陈彻嗯了一声。

韩昂道："陈兄弟，我要死啦。"

陈彻一怔，无言以对。

韩昂继续道："我的行囊落在了枯树下，那里面还有两张烙饼，你都吃了吧……"

陈彻颤声道："好，我吃。"韩昂道："你吃完了烙饼，便将行囊里的刀谱收好，那是师父留给我的刀谱，万万丢不得的……"

陈彻连连点头，却听韩昂又道："我一直没能参透那本刀谱，嗯，其实我常常忍不住心想，即便参透了恐怕也不能如何……陈兄弟，我的刀术不高，我这一脉的刀法流传下去也没什么用处……"

陈彻道："韩大哥放心，我一定能参透你的刀谱，我会学你的刀法……"

韩昂一笑，松出了长长的一口气，道："那真好，那好得很……陈兄弟，多谢你啦。"

他越说语声越是微弱，但想着已将刀谱托付妥当，心中深感安宁，忽而想起一事，便随口问道："陈兄弟，咱们俩初次见面时，我拿刀指着你，你为何却似一点也不害怕……"

陈彻道："我是觉得怕也没用，而且你知道我很懒的，我那时是在想，你若真的一刀斩下来，也省却了我许多麻烦。"

韩昂怔了怔，笑道："原来如此，哈哈，你确然是最怕麻烦的……"说着笑声一顿，倏然咳出几口血来。

陈彻也笑道："是呀，只要活着，就会有许多不得不做的麻烦事的，比方说我还得为你报仇，那就是很麻烦的事，我得杀了简青兮为你报仇……嗯，我没什么本事，说这样的大话该是挺可笑的，不过我会杀了简青兮，如果燕寄羽拦着，我就把燕寄羽也杀了……我会为你报仇，我会做到的。"

他低着头，自顾自说着，直到韩昂缓缓闭目，就此不动了，他仍喃喃说了很久。

宁简默然等着他说完，淡淡道："很好，我本也打算去昆仑山寻人，那咱们就去昆仑山。"

陈彻点了点头，默默坐在野草上。

过得半晌，众人商议起安葬温歧、韩昂之事；陈彻坐在一旁，任凭众人掘坑葬下了韩昂，起初只是一动不动地坐着，后来微微打鼾，竟似睡着了。

宁简轻轻叫了声："陈彻。"本以为他正自熟睡，不会听见，却不料陈彻随即应声道："累了，想睡一会儿。"

宁简道："那你睡吧。"

陈彻道：“嗯，这次我只睡一会儿，就会醒来。”

当是时，刀光般的朝霞横在天上，刀风化作万里春风，斩得天地间一阵微凉。

陈彻在睡梦中感到了一丝刀意。

第四章

那姓铁的汉子叹道："燕、李二人想杀刀宗，早已筹谋多年，但我与方兄却是近一两年才得了消息，如今我只盼为时未晚。"

众人闻言相望，一时间低语纷纷。有个书生打扮的中年人悠悠叹道："犹记得北荒'天惊崖'上，那摩云教宗曾说，"你们中原武林迟早要杀刀宗"，当年自无人相信，不料却是一语成谶……"

一

晃荡荡如云一般，飘过这一生便算了。

——陈彻在梦中仰头，看着天边缓缓飘动的懒云，心中忽生此念。他数出一共是九朵云，又想起自己也是从九岁那年便在春风酒楼里打杂，到如今已经是……想了一阵，不知为何却有些算不清年岁了，他在梦境里坐了下来，仔细回想了一阵，才想起今年他已经十四岁了。

环顾四周，但见野草茫茫、远山灰蒙蒙的宛如酒楼掌柜的长衫，自己却正坐在一个从未到过的地方；正觉惊奇，忽然周身一凉，睁开眼睛，看见一个衣衫破烂的小乞丐正站在自己的床榻前。

陈彻迷迷糊糊地揉了揉眼，道："阿狐，你是怎么进到我屋里的？"

那小乞丐阿狐身上背着一个破布囊，也是十三四岁年纪，闻言道："我从酒楼后门偷偷溜进来的。"说话中一双细眼滴溜溜打转，瞧着很是灵动。

陈彻道："昨夜的饭食我给你留好了。"当即起身从屋子角落端来一个盛着不少残羹剩菜的木盘。

阿狐嘻嘻一笑，接过木盘，席地而坐，大口吃了起来。陈彻默默瞧着阿狐，见他吃得香甜，也不禁心中畅快。

阿狐是陈彻唯一的朋友。数月前，陈彻去酒楼后面倾倒剩饭，被饿了两天的阿狐撞见，阿狐便将剩饭都讨了去，道："多可惜呀！你既不要了，就给我吧。"

此后，陈彻便每天都将客人们吃剩的饭菜攒下来，留给阿狐吃。阿狐连吃了一个多月后，说道："咱们既是朋友，我也不能总是白吃你的……"

——正是那次，陈彻才知道原来自己已经有了一个朋友；他当时问道："那你要怎样？"

阿狐笑道："我给你说个江湖故事吧，一定好听！"

陈彻点头答应。其实春风酒楼也算是青州城里有数的大酒楼，常常有说书人在酒楼堂中讲述刀客剑侠的故事，他向来也不用心去听，但见阿狐兴致盎然，不忍扫了他的兴，这几个月里便听阿狐讲了许多故事，大多是听过便忘，不甚在意。

阿狐的故事都是从街头的几个老乞丐那里听来的；有时同一个故事，阿狐讲的却和说书人讲的有些不同。譬如说陈彻曾在酒楼里听过花流骊飞针杀贼、智夺镖银的故事，花流骊是庐州花家的翩翩公子，那些衣饰华贵的酒客们都爱听他的故事，但阿狐却说，花流骊实是个暗中做尽恶事的伪君子，那镖局的银子本就是花流骊自己找人假扮成山贼劫走，后来却又杀人灭口，再将镖银归还给镖局，如此既立了名声，又得了镖局谢他的一份重礼。

陈彻最能记住的便是这类故事。他每日做完酒楼里的活计便回屋睡觉，倒也懒得去辨清谁讲的是真、谁讲的是假，只是觉得这真真假假中似藏着什么东西似的，在夜里睡不着时颇可拿来咂摸回味一番，往往便能睡着了。

阿狐正在狼吞虎咽地吃着饭菜，忽然瞥见陈彻神情古怪地看着自己，不禁笑道："我这就吃完啦，吃完就讲故事。"

陈彻道："阿狐，你今天好像有些不寻常。"

阿狐边吃边道："我哪里不寻常了？"

陈彻道："你的布袋里是不是有什么东西？"

"你怎知道？"阿狐一笑，从破布囊里取出了一张烙饼，又道，"这饼香喷喷的，一定好吃，给你吃吧！”

陈彻没接烙饼，却也不禁笑道：“恐怕还有别的东西吧？”

阿狐顿时咦了一声，讶然道：“这可真是奇了，我本来还想卖个关子呢，你是怎么知道的？”

陈彻道：“往常你都是晚上才来找我，今日却是晌午刚过就溜进我屋里，多半是遇到了什么事。还有就是我方才睡觉的时候，忽然觉得身上发凉，就像是……就像被人拿着刀剑架在脖子上似的，忍不住打了个寒战，一下子就醒了，那凉气似乎就是从你的布袋里透出来的。”

阿狐停住了吃喝，转头打量了陈彻许久，认认真真地道：“陈彻呀陈彻，我看你才是很不寻常。”

寻思片刻，他忽而神秘一笑，又道：“陈彻，你甘心做一辈子跑堂的吗？”

陈彻道：“自是不甘心。”

“好！我就知道你我都绝非、绝非那个……嗯，等闲之辈！”阿狐一拍大腿，正要好好讲抒心中的志向，却听陈彻继续道：“我从前是在后厨打杂，这两年当了跑堂的伙计，每天都要与酒客没完没了地搭腔接话，实是太累，晚上睡觉也总梦见自己不停地说话，睡不安稳……嗯，等有机会了，我还是想回后厨打杂。”

阿狐闻言愣了片刻，道：“嗯，原来你是这般想的。”

陈彻道：“不然呢？”

阿狐道：“我还以为你和我一样，也想做个刀客。”

陈彻道：“倒也不是不想，不过咱俩要做刀客，还差着两件事：一是咱们没刀；二是咱们不会刀法。”

阿狐笑道：“你说的很对，但那是以前，眼下嘛……”说着从布囊里取出了一个狭长古朴的木匣。

陈彻一怔，道：“这里面是什么？”

阿狐双手捧着木匣，低头轻轻吹了吹木匣表面，仿似上面结了蛛网似的，但陈彻却瞧见这木匣甚为光洁，显是一直被用心保管着。

阿狐神情郑重，又吹了两下，才轻声答道："——是刀。"

陈彻道："啊，是谁的刀，难道竟是飞光门刀客的壶刀？"飞光门是青州城里名声最响、势力最盛的门派，他从前也见过几个飞光门的刀客来春风酒楼喝酒。

"飞光门哪有这么好的刀？"阿狐连连摇头，捧着木匣的手臂和木匣一起颤着，匣中发出一阵阵清鸣，"你听见了没有——你也听我说过不少武林故事，该知但凡宝刀，往往在匣中便会自己震鸣起来，那是怎么也按捺不住的。"

陈彻道："胡说，分明是你自己的胳膊在抖。"

阿狐手臂顿住，哼了一声，道："即便如此，这也是一柄宝刀，你看过便知。"当即打开了木匣。

陈彻凑过头去，只觉清光晃眼，定睛细看，却是一柄极薄的短刀，刀刃上细细的青纹乱绽，宛如新生的柳丝。

"嗯，看起来倒是不凡。"陈彻似懂非懂地点了点头。

阿狐得意笑道："这把刀名为绿玉寒枝，刀的主人姓柳名续，半个时辰前把刀送给了我。"

陈彻道："柳续是谁？"

"嗯……我以前也没听过他，"阿狐挠了挠头，"不过我觉得他一定是武林中大有身份的高人。"

陈彻道："那他为什么要把刀送给你？"

阿狐道："我是在吕记当铺门口遇到了他，他当时要把这把刀当掉，说是只想当一碗酒钱……"

陈彻讶道："这么好的刀，只当一碗酒钱吗？"

阿狐道："不错，我当时便说不如我请他喝酒，让他把刀送给我，他想了一会儿就同意了。"

陈彻皱眉道："你请他喝酒了？"

阿狐恍若未闻，满脸惊喜之色，似仍沉浸在初遇柳续时的情形里，忽然一手抱着木匣，一手拉起陈彻的手道：“走，我带你去一个地方！”

陈彻一怔，口中说着：“再过一炷香我便得去堂中干活了——”却仍是被阿狐拉着从后门出了酒楼。

两人在街上奔走了一阵，陈彻恍然道：“你是要带我去吕记当铺？”

阿狐道：“对呀！”

陈彻道：“莫非那个柳续还在当铺里？”

阿狐摇头道：“他把刀给了我就走了，不过咱们可以去当铺门口站一会儿！”

陈彻奇道：“站一会儿？那吕记当铺门前我也走过好多次的，有什么好站的？”

阿狐道：“嗯，你听我说，当时我见柳续要当掉这把刀，我就说：‘多可惜呀！你既不要了，就给我吧。’”

陈彻哈哈一笑，道：“你当是讨剩饭吗？”

阿狐也笑道：“是呀，我说完也没以为他会答应，不过是随口一讨而已，但他听完却在当铺门口站定，像是呆住了似的，然后问我：‘小兄弟，你觉得可惜吗？’

“我当时便说，自然可惜，一定可惜！他笑了笑说，那也是没法子的事，又说：但有的人却不会在意，不会像你这般觉得可惜。

“我也听不懂他到底要说什么，总而言之，他是在当铺门口站了很久。我记住了那个地方，咱们便也去那里站上一会儿，沾沾武林高人的气派。”

陈彻苦笑道：“原来如此。”

说话中两人奔到了吕记当铺附近，阿狐却忽然放慢了脚步，挠了挠头。

陈彻道：“怎么了？”

阿狐道："那个地方，柳续站过的地方……好像正站着别的人。"

陈彻顺着阿狐的目光瞧去，一瞬间，在前方十余步外，像是整个江湖的雪在他面前倾散开来，阳光下白得宛如明亮的刀刃，是一名少女的素白衣裙，在冬日的风中流漾出轻微的涟漪。

那是个十七八岁的少女，侧对着两人，正微微仰头打量着当铺的牌匾——陈彻看见了她，恍如乘舟转过溪流倏然望见一道瀑布。静了静，他又觉像是穿过层层雨帘之后，眼前的雨线骤然一空，心头旷怅若失。

阿狐怔了怔，道："……这位姑娘模样真美。"

陈彻道："嗯。"

阿狐走近那个白裙少女，道："姑娘，你能不能——"

那少女回眸道："怎么？"

阿狐干咳两声，道："你能不能稍稍一让，站到别处去……"

那少女道："这是为何？"

阿狐道："这是因为……是因为我俩要站到这里。"说着指了指少女的脚下。

那少女莞尔道："你们为什么要站在这里，是要典当东西吗？可以进当铺里面呀。"

阿狐犹豫片刻，道："告诉你也无妨，只因不久前有个武林高手在这里站了很久，一定留下了高手的气势，我们在这里站上一站，以后也会变成武林高手的。"

那少女好奇道："不知是哪位武林高手？"

阿狐沉吟了一会儿，郑重道："料想说出来你也没听过，那人是叫柳续——"

那少女神情顿变，道："原来是柳青眸，我也正在寻他……"

阿狐闻言一惊，他从前倒是依稀听过柳青眸的名头，却不知柳青眸便是柳续，寻思片刻，心绪渐渐激动起来，问道："柳续就是柳青眸，柳青眸是江湖中顶尖儿的刀客，对吗？”

那少女微微颔首：“不错，不过我听说多年前柳续转入停云书院后，便不怎么用刀了。”

阿狐也不知听进去了没有，兀自喃喃道：“原来是他，原来他就是柳青眸……”陈彻在一旁问那少女：“你为什么要寻柳续？”

那少女听他问得突兀失礼，不禁蹙眉道：“小子，你俩叫什么名字？”

陈彻道：“我叫陈彻，他叫阿狐。”

那少女道：“嗯，我寻柳续，是想学刀。”

阿狐讶然道：“原来你也想学刀，那你有刀吗？”

那少女一怔，道：“没有。”

阿狐神情得意，笑嘻嘻道：“我们有。”

话音未落，那少女便瞟向他手中的木匣，轻咦了一声，清亮的眸光在木匣上转过，倏而伸手扣在匣上，似要打开，随即却又收回手去。

阿狐紧紧抱住木匣，正要开口，忽觉匣中微微震颤起来。

陈彻道：“阿狐，你又抖手做什么？”

“不是我。”阿狐神情惊疑地看着那少女。

那少女想了想，道：“你们既在不久前见过柳续，他多半还未走远……”说着便转身走开，似去找寻柳续了。

待那少女走远，阿狐压低声音道：“没想到她也想学柳续的刀法，咱们可不能让她抢了先。”

陈彻道：“咱们？什么意思？”

阿狐道：“先前我对柳续说了，今晚请他在春风酒楼喝酒，他才答应把刀送给我，等到喝酒的时候，咱们便提出拜他为师……”

陈彻打断道：“你要请他到春风酒楼喝酒？你请得起吗？”

阿狐嘿嘿一笑，道：“我正要和你商量这事，你在酒楼跑堂的俸钱，能不能先借我用用？”

陈彻道：“我的俸钱都花光了。”

阿狐讶道："你都花到哪里去了？"

陈彻道："你别问了，反正都花光了。"其实数月前他将酒楼的剩饭拿给阿狐吃，没出几日便被掌柜察觉了，掌柜说他若想每天拿剩饭，便不再给他俸钱，他懒得计较，又想着自己那一丁点俸钱怕还买不起这许多剩饭剩肴，也就答应了。

阿狐怔怔无语，半晌后眼珠一转，忽又笑道："有了，你便到后厨去偷两坛酒，再拿些卤肉酱菜，咱们带着酒菜去旁处请柳续吃喝。"

陈彻道："那可不成，偷东西总不是好事；再说若是掌柜的知道了，便会将我赶出酒楼，你以后也没得饭菜吃了。"

阿狐叫道："还管什么以后？学会了刀法，以后还用得着吃剩饭吗？"

陈彻摇了摇头，仍不答应。

阿狐再三劝说，两人逐渐争吵起来，忽听一人道："怎么啦，两个小孩子在拌嘴吗？"

陈彻转头一瞧，却是那个白裙少女又走了回来。阿狐轻轻一哼，道："我们不是小孩子。"

那少女微笑道："嗯，气鼓鼓的是叫阿狐，还没睡醒的是陈彻，我没记错吧，你们俩倒也有趣。"

陈彻道："你还没说呢——你叫什么名字？"

那少女嗯了一声，却没接着说下去。在陈彻与阿狐想来，回答自己的姓名实是天底下最简单不过的事，但眼前这少女倒似被问住了似的，神色微黯，许久都没回答。

又过片刻，那少女忽道："我叫简……嗯，我叫宁简。"

二

陈彻点了点头，随口道："嗯，我记住啦。"

那少女宁简闻言道："你这话可有些古怪，你记我名字做什么？"

陈彻方才未经思索，脱口说出了那句话，听宁简一问，倒是怔住了，想了片刻，老老实实答道："我见你刚刚像是忘了自己的名字似的，可能是记性不大好，我就想着帮你记住名字，下次你忘了我便能告诉你。"

宁简一怔，道："你这人心肠倒好，就是说的话有些呆。"阿狐在一旁小声嘀咕："记不住自己名字才叫呆呢。"

宁简瞪了阿狐一眼，微笑道："你俩是遇到了什么麻烦吗？不妨说与我听听……嗯，你俩只要稍稍付我一些银两，便可雇我帮你们排解麻烦。"

阿狐道："你帮忙还要收银两？"

宁简颔首道："受人之托，忠人之事，顺便收些酬劳，岂非天经地义？本姑娘行走江湖，就是靠此……嗯，以后就打算靠此赚钱为生。"

阿狐眼珠一转，道："听你话中意思，你是以前还没接到过雇托吧？"

宁简道："不错，所以这第一笔买卖就便宜你们了，只需给我三两银子便可。"

阿狐在心里算了算，若要在春风酒楼置办一桌上好的酒席，约莫也须三两银子，便道："我俩遇到的麻烦就是缺三两银子。"

宁简闻言哑然。阿狐道："你有三两银子吗？"

宁简道："……没有。"

阿狐道："那看来咱们一般穷，谁也帮不了谁。"

宁简轻哼一声，道："我本来有二十两金子，前些日子在淮州都散给灾民了，不然倒可省下三两给你们。"

"二十两金子？"阿狐张大了嘴巴，"你怕不是胡吹大气吧，就算是吕玉寒吕大少，身上也未必能拿得出这么多钱。"

宁简问起吕大少是谁，得知却是青州城里有名的富家纨绔子弟，仗着自己是飞光门门主吕东游的远亲，素来嚣张跋扈，横行无忌。

宁简微笑道："若他真是吕东游的亲戚，身家肯定远不止这些。我那二十两金子嘛，却是在路过滁州左近的临江集时，有个叫吴重的人给我的。"说到后面，脸上露出了迷惑的神色。

阿狐讶道："他为什么要给你这么多金子？"

宁简道："那人很是古怪，他说这二十两金子只是定金，现下我本事不高，他也没什么事要雇我去做，他说等我以后本事厉害了，便会再给我二十两金子，请我做事。"

阿狐点点头，道："嗯，原来你现下本事不高。"

宁简淡淡道："所以我才想找柳续学刀呀。"

她顿了顿，又道："我寻柳续去了，你们若是凑够了三两银子，可以到城西的归云客栈找我。"

待宁简离去后，阿狐与陈彻继续商议请柳续喝酒之事。阿狐不断地恳求陈彻，让陈彻去酒楼后厨偷些酒菜，陈彻却只是不应。

阿狐默然良久，从破布囊里拿出先前那张烙饼，递给陈彻道："还没凉呢，你吃了吧。"

陈彻一怔，道："我不饿，你吃了吧。"

阿狐笑道："我不是刚在你屋里吃饱了吗，你吃吧，我本就是带给你的。"

陈彻嗯了一声，接过了烙饼。

阿狐道："我从小就当乞丐，吃的都是别人的剩饭，还没吃过囫囵的饭菜……"

陈彻一怔，看向阿狐，却见阿狐眼眶微微泛红。

阿狐低下头去，端详着烙饼，忽而咽了咽口水，道："这张烙饼是我从小到大得过的最囫囵的饭食了，我舍不得吃，给你吃吧，你吃完就帮我一回，从酒楼里拿一点酒菜出来，行吗？"

陈彻道："还是你吃吧。"将烙饼递还给了阿狐。

阿狐点了点头，却将烙饼收回了破布囊里，哈哈一笑，道："算了，真让你偷那么一丁点酒菜来请柳续，却也显得咱们太寒酸了。”

他说完想了一阵，又道：“走吧，咱们去别处想办法。”

陈彻跟着阿狐在街上走着，两人好一阵子没说话。

阿狐左右张望着街景，忽道：“我与柳续是约在今晚戌时两刻，在此之前，咱们须得弄到三两银子。”

陈彻道：“咱们想想法子，说不定能借到一钱银子，也够买许多酒了，三两银子的大席面咱们可请不起。”

阿狐摇了摇头，沉默片刻，忽而大声道：“不成！我要请就请柳续吃青州城最好的酒菜！”

陈彻心知自己没答应帮阿狐偷酒菜，阿狐自是不满，先前压住了火气，却在此刻迸发出来，想了想，轻声劝道：“这又是何必呢，料想那柳续是江湖中有名的大侠，也不会嫌咱们寒酸……阿狐，咱们有多大能耐，便请他吃多好的酒菜，那就挺好了。”

阿狐冷笑道：“那你说说，咱们有多大能耐？”

陈彻默然不答。阿狐道：“你说啊，陈彻，你怎么不说话了？”

陈彻道：“嗯，咱们本来也没什么能耐，要我说，你就不该夸口说要请他到春风酒楼喝酒……”

阿狐叫道：“我不请他喝酒，我怎么学刀术？你要让我吃一辈子剩饭吗？你当你那酒楼的剩饭就那么好吃吗，我告诉你，我早吃腻了！”

陈彻闻言愣住，一时间说不出话来。

阿狐气喘吁吁，一边走，一边又断断续续地道：“我要当刀客，我不能一辈子吃别人吃剩的东西，我要当刀客，我要当刀客……”

说话中，两人路过一家赌坊，阿狐忽然停住了步子。

陈彻道：“阿狐，你是想赌钱赢够三两银子吗？”

阿狐摇头道：“我连赌本都没有，拿什么去赢……”话未说完，便大步走进了赌坊。

陈彻也跟着走进去，赌坊中的伙计见两人衣衫褴褛，当即将两人轰了出来；阿狐在赌坊门口大叫道："吕大少在不在里面？我要见吕玉寒吕大少！我有要紧事见他！"

陈彻心中一惊，这才想起从前确似听说过吕大少常来这家赌坊玩乐。却听赌坊伙计骂道："吕大少也是你想见便能见的？快滚远些！"

阿狐却兀自大叫："我要见吕大少！我要见吕玉寒吕大少！"

那伙计皱眉道："就凭你这臭乞丐也配见吕大少？你便是叫他，也是脏了他老人家的尊名。"

阿狐恍若未闻，只是自顾自叫着："吕大少！吕大少！我要见你！"

"你这小疯子不去讨饭，却来讨打！"那伙计冲上前来，一记窝心脚踹倒了阿狐。陈彻急忙扶起阿狐，眼看那伙计迫近了还要再打阿狐，忽听赌坊内传来一道语声——"且慢，是谁要见我？"

望向门内，却是一个锦衣玉带的年轻公子缓步踱出，那公子面颊白惨惨的，身形枯瘦，瞧来倒似比阿狐挨饿还多。

赌坊伙计赔笑道："只是一个臭乞儿，没想到竟惊动了吕大少。"说完变换脸色，怒目瞪向阿狐道："还不快滚！"

那吕大少吕玉寒转头瞥向阿狐，淡淡道："是你要见我？"

阿狐吐出一口血沫，站直了身子，道："对，就是我阿狐要见你。"

"嗯，就是你阿狐要见我……"吕玉寒轻轻一笑，似觉有趣，缓声说道，"你是阿狐，这我知道了，但阿狐又是个什么东西？"

阿狐一愣，涨红了脸，大声道："吕大少，我知你看不起我，我想找你借三两银子去学刀，等我以后学成刀术名震江湖，自会报答于你！"

"名震江湖吗……"吕玉寒莞尔道，"你这样的乞丐，倒也少见……好，我便给你个机会。"说完皱眉沉吟起来。

阿狐心中激动，瞪大了眼睛，直勾勾地盯着吕玉寒。

良久过去，吕玉寒才慢悠悠道："嗯，你既想要三两银子，就来学三声狗叫吧，先震一震这条街，日后再名震江湖也不迟。"

陈彻闻言道："阿狐，咱们走吧。"

阿狐却低头沉思起来。吕玉寒面带微笑，好整以暇地打量着阿狐。

过得片刻，阿狐看向陈彻，欲言又止；两人对视片刻，陈彻看到阿狐神情渐凝，就像有一洼水正在他脸上飞快地干涸似的，不禁摇头道："阿狐，不成。"

阿狐却忽而冲着陈彻眨了眨眼，笑嘻嘻道："陈彻，我从前忘了告诉你，我学起鸟兽的叫声来，那真是像极了，不过我也没想到，今日还能凭此赚钱。"

陈彻一怔，却听吕玉寒道："我倒想听听，你能学得多像。"

阿狐嗯了一声，道："那就请吕大少听好了——"当即张嘴学了三声狗叫。

陈彻听得心里一紧，半晌说不出话来。吕玉寒颔首道："不错，不错，果然挺像，只是却不够响亮，你连我的耳朵都没震动，他日如何能震动江湖？嗯，你且敞开嗓子，再叫三声来听听。"

陈彻闻言拽住阿狐便走，阿狐却猛然挣脱，走到吕玉寒跟前，道："要多响亮？"

吕玉寒随口道："怎么也得让整条街都听得见吧。"

阿狐点了点头，道："好。"说完默然片刻，放开喉咙大叫了三声，而后伸出手道："吕大少，请给银子吧。"

吕玉寒神情微变，转头对赌坊伙计道："取一壶酒，再拿两只酒碗来。"那伙计应声进了赌坊，不多时捧着酒壶、酒碗出来。

吕玉寒接过酒壶，缓缓斟满了两碗酒，道："阿狐，你年纪很小，做事却很是果决，以后定能扬名江湖——来，我敬你一碗。"

阿狐一愣，神色犹豫道："谢过吕大少，不过，你能不能先……先把银子给我。"

吕玉寒哈哈一笑，取出三两银子给了阿狐。阿狐接过酒碗，正要与吕玉寒对饮，忽见赌坊旁边的酒肆中走出两人，不知为何心中一定，似是被那两人的脚步声震住了心神，久久转不回头来。

那两人都是三四十岁年纪，其中一人身穿粗布短衫，打扮得像个农夫，正侧头对同伴说道："方兄，这第十枚令，不知你究竟打算给谁？"

当是时，陈彻留意到吕玉寒身躯轻震，似为那两人的谈话所惊；再看那农夫身旁之人，也不由得心头微凛：那人一袭青袍，身形极瘦长，迈步之际衣衫晃晃荡荡，仿似皮下无肉，只有骨架支棱着。

陈彻一时看得出神，只觉那人宛如是被老天爷随手写下几道横竖，仓促就撑起了身躯，整个人随时便要散架；却听那人答道："我与柳、展、萧三人约定了今晚在春风酒楼相会，阮兄到时去了便知。"

那农夫淡淡笑道："方兄既先说了'柳'，那想必是要给他了。"

那青袍瘦子叹道："其实阮兄若想要，我这就给了阮兄，那是最省事不过，料想其余阁主也都无异议。"

那农夫道："俺可不敢拿你们正气长锋阁的令牌，嘿嘿，只盼他日不必与你们为敌，那便够了。"

那瘦子道："阮兄言重了。"说话中经过赌坊，扫了门口几人一眼，脚步缓下来，看向阿狐道："小兄弟，方才是你在叫吗？把我的酒兴都叫没了。"

阿狐脸颊通红，抿嘴不答。那瘦子拍了拍阿狐肩膀，道："嗯，你声音透亮，骨骼也好，倒是练武的好料子。"

阿狐一怔："啊，是吗？"

那瘦子却恍如未闻，与那农夫走远了。阿狐转过头，目光久久追着那人，忽听吕玉寒轻笑道："阿狐，请吧，盼你明天便名震江湖。"

两人对饮了一碗，阿狐道过谢，便即告辞；陈彻忽道："也不知那两人说的令牌是什么？"

吕玉寒瞥了陈彻一眼，冷冷道："小子，这等武林大事，劝你还是莫乱打听。"说完便转身踱进赌坊去了，不再看阿狐一眼。

陈彻与阿狐离远了赌坊，阿狐将那三两银子紧紧揣在袖中，良久不语。陈彻道："阿狐，我须回酒楼干活了。"

阿狐随口应道："嗯，你去吧。"陈彻便要离去，忽听阿狐嘴里轻轻嘟囔着："我刚才学了狗叫啦。"

陈彻想了想，道："阿狐，你现下要去哪里？"阿狐闻言怔怔转头，看着陈彻，轻声道："我还会学鸟叫、牛叫、马叫……这是我的能耐，学狗叫那也没什么的。"

陈彻道："嗯。"

阿狐笑道："走吧，我跟你回酒楼！等会儿你得带我去见你们掌柜，叮嘱好今晚的菜肴。"

陈彻当即答应。半路上，阿狐沉默了一阵，很快又高兴起来，不停地念叨着："我能学刀了！我终于能学刀了！陈彻，咱们能学刀了！"

随即阿狐又向陈彻打听起春风酒楼最好的厨子，陈彻道："那该是宋大叔了，他在酒楼里也有十来年了，如今只是指点别的厨子，已不怎么亲自下厨，我怕他……"

"怕什么，咱们有银子，"阿狐意气风发道，"就让宋大叔亲自烧一桌好菜！"

陈彻点了点头，又道："阿狐，我想起方才那瘦子说的'柳、展、萧三人'，这个'柳'，会不会就是你遇到的柳续？"

阿狐一边走，一边畅想着自己今晚如何敬酒、如何与柳续师徒相称，闻言随口道："是吗，或许那瘦子说的是'刘'吧……嗯，反正柳续今晚倒确是会来春风酒楼的。"

两人回到酒楼，陈彻对掌柜说明了详情，那掌柜虽觉让一个小乞丐在酒楼里摆席实在不怎么光彩，但看在银子的分上，也就答应下来。

阿狐道："我要你们酒楼最好的酒，最好的菜！"

掌柜收了银子，懒洋洋地挥挥手道："陈彻，你自带着这个小……小兄弟去后厨交代菜色吧。"

两人随即来到后厨，那宋大叔却有事外出了，只有一个年轻厨子正自烧火、洗菜。陈彻对那厨子道：“老萧，你知不知道宋大叔何时回来？”

那厨子老萧回过身来，微笑道：“多半就快回来了。”

阿狐从前没见过老萧，但见他二十来岁，身形清瘦，脸上虽沾染了些许灶灰，但眉目却极俊秀，神情和煦淡洒，瞧来让人心中很是舒服。

陈彻与老萧闲聊了几句，便与阿狐待在后厨，等宋大叔回来。过得片刻，老萧从地上拾起一小块燃冷了的炭火，又找到一张包卤味用的油纸，打量着阿狐，忽道：

“左右无事，不妨让我给你画张像吧。”

三

阿狐一愣，随即拍手笑道：“那可真好，还从没人给我画过像呢！”

老萧微微颔首，看了阿狐一眼，随即低头在纸上涂抹起来；不出片刻，便抬起油纸抖了抖，递给了阿狐。

阿狐打量那张脏兮兮的油纸，不禁愕然道：“说好了给我画像，怎么却画了个龙头？”

陈彻闻言凑近了一瞧：纸上的龙头似是有骨无肉，虽只粗粗数笔，但也勾勒得虬角峥嵘，颇具气势。

阿狐埋怨道：“唉，瞧着乱七八糟的，你能重画一张吗？”

老萧摇头笑道：“你不知多少人盼着我能将他们画成这样呢。”

阿狐撇了撇嘴，道：“是吗？”陈彻却是怔了怔，问道：“老萧，这龙骨是有什么讲究吗？”

老萧道：“也没什么讲究，我只是瞧出这位阿狐兄弟根骨奇绝，武学天资很高罢了。”

“是吗，哈哈！”阿狐顿时咧嘴笑起来，转头看向陈彻，又道，“对了，咱们先前在街上遇到的那个瘦子，是不是也这般说我的？”

陈彻道：“对，那人说你是练武的好料子。”

阿狐得意一笑，点头道：“如此看来，我果然是个武学奇才，嗯，我自己从小也是这么觉得。”

他寻思了一阵，又道：“陈彻，你整日里老是睡觉，没精打采的，武学天分怕是不高。不过你也别灰心，常言道勤能补拙，以后你也未必没有出路。”

陈彻道：“嗯，我明白了。”

老萧从旁听着，问起那瘦子的事，陈彻便将那瘦子与农夫的对话复述了一遍。老萧听完皱眉沉思起来，许久没再开口。

陈彻念起一事，犹豫片刻，问道：“阿狐，你是怎么想到要去找吕大少借银子的？”他知道青州城里的许多乞丐都遭过吕家仆从的打骂，阿狐平日里也挺怕吕大少，往常在街上讨饭时也会远远避开，今日忽然有了这般胆气，却是有些古怪；只是他想到阿狐刚学了狗叫，心中定然难受，短时内不愿再向阿狐提起吕大少，此刻趁着阿狐正兴高采烈，才问了出来。

阿狐笑道：“我也是实在没别的法子，只能赌一赌运气。”顿了顿又道，“说来也巧，先前我从当铺走来酒楼找你，路上却遇到了一个货郎，问我要不要买他的货物。我哪里有钱买，他便说，他听闻吕大少今日心情颇佳，已经赏了许多乞丐银子，劝我也去碰碰运气……”

陈彻恍然道：“原来如此。”

老萧忽道：“那货郎长得什么样，你还记得吗？”阿狐一怔，回想片刻，答道：“嗯，那人是个黑脸，长得不怎么高。”

老萧颔首不语。阿狐想了想，笑呵呵道：“老萧，不如你给陈彻也画一张像吧。”

老萧微笑道：“他嘛，我画不了。”

阿狐讶道："啊，这是为什么？"

老萧默然片刻，轻叹道："半年前我来到青州城，在这春风酒楼里做了厨子——我进这酒楼的第一天便想画一画这位陈兄弟，可是直到今日，我却还是画不了他。"

阿狐好奇地端详着陈彻的脸庞，道："是他很难画吗？我瞧他长得也不古怪呀！"

老萧道："是我笔力不够。"

阿狐眼珠一转，又道："你能看出我武学天资高，莫非你也懂武功吗？"

老萧笑了笑，道："岂止是懂，我可是在画剑堂、弹霜亭、知味谷都学过武功呢。"

"是吗？"阿狐应了一句，心中却着实不大相信。老萧提及的这三个门派他从前也听过两个，都是武林中赫赫有名的大门派，可不像是一个厨子能去拜师的地方。

老萧淡淡道："嗯，我烧菜的本事，也是从知味谷学来的。"

说话中，春风酒楼的主厨宋大叔回来了，老萧便道："你们与宋叔商议晚上的菜肴吧，我要走了。"

阿狐以为老萧只是要出门买菜或是做些其他活计，闻言只随口嗯了一声；陈彻却听出老萧的话音中似有离别之意，便道："阿狐，你和宋大叔先聊，我出去一趟。"

老萧与陈彻先后离开了春风酒楼，走到街上，老萧忽而驻足，转身笑问陈彻："你那位朋友，今夜是要请谁喝酒呀？"

陈彻道："那人叫柳续。"

老萧恍然道："原来是他。嗯，你的朋友天分很高，若真能学到柳续的刀术，以后必能成为江湖中有数的刀客。"

陈彻点了点头，心中也为阿狐高兴。

老萧又问道："方才在后厨，我听你两人提及吕玉寒吕大少，你们今日可是喝过他的酒？”

陈彻一怔，道：“我没喝，阿狐喝了一碗，可是你怎会知道？”

老萧道：“方才我将画像递给阿狐兄弟时，曾和他的手掌相触，察知他经络中有两种内劲，其一便是飞光门的壶中日月，其二则是方……嗯，就是那瘦子的独门内劲。”

陈彻道：“啊，我记得那瘦子当时拍了拍阿狐的肩膀……”

老萧颔首道：“是了，万幸他那一拍给阿狐注入了内劲，护住了他的经脉，否则他喝了吕玉寒的那一碗‘刀酒’，不出一炷香，刀劲便会在脏腑中翻腾开来，不死也成废人。”

陈彻悚然一惊，喃喃道：“那吕大少为何……为何要这般狠毒？”

老萧淡然道：“江湖中比他狠毒的，却也绝不算少。”

陈彻沉默良久，问道：“老萧，你要走了吗？”

老萧道：“不错，我本也未打算在春风酒楼长留。待了半年，便只是因为想画一画你，可惜还是没能画成。”

陈彻道：“我真有那么难画吗？”

老萧微笑道：“你们这些酒楼伙计每日吃的饭菜，有时是我烧的，有时是宋叔烧的，有时却是别的厨子烧的，但我留意到，若是哪天赶上我烧菜，你便会多吃一些……”

陈彻听得茫然，却听老萧又道：“我从前行走江湖，也遇过几个知音，但他们都不爱吃我烧的菜，呵呵……知音未必能知味，此中大有真意。”

陈彻道：“有什么真意？”

老萧哈哈一笑，却转口道：“数月前我便悄悄探查过你的经络，得知你丹田损毁，学不得内功，否则本可教你一些本事的。”

陈彻点头道：“我小时候中过毒，医馆的郎中也说我经络有损。”

老萧轻叹道：“果然。”想了想，又问道，“你先前说，你们俩是在长庆街上的赌坊门口遇到了那瘦子，是吗？”

陈彻道："不错。"

老萧道："你是今日午后一直都在长庆街上吗，不知可曾在街上听见什么犬吠声？"

陈彻心中一动，道："没听到，不过阿狐他——"先前在酒楼后厨，他怕阿狐难过，便把阿狐学狗叫的事略过不讲，没想到此刻老萧竟会突兀问起，犹豫了一阵，便将当时情形原原本本地说了。

老萧听完神情沉凝，良久才喃喃道："原来如此，没想到竟是如此……该来的终究还是要来，那是避不过的。只怕不出四五年，武林中便会……"

陈彻心中疑惑，不明白阿狐学狗叫和偌大武林能有什么干系。老萧说到这里，却顿住不言，拍了拍陈彻的肩膀，道："陈兄弟，就此别过。"

陈彻道："老萧，我还不知你叫什么名字呢？"

老萧一怔，淡淡笑道："以后咱们若有缘再见，你自会知道我的名字，到那时我再为你画像。"

他说完摆了摆手，转身而去，顷刻间便隐入了街上熙攘的人流。

陈彻回到酒楼后厨，却见阿狐面红耳赤，正与宋大叔争论；细问起来，得知是今晚的酒席上有一道清蒸鲈鱼，依宋大叔的意思，用本地的寻常鲈鱼来蒸，已是很美味了，但阿狐却不肯答应。

宋大叔哼了一声，道："凭我的手艺，不论你小子请谁来吃，包管他赞不绝口。"

阿狐却摇头道："那不成，我知道你们春风酒楼有更好的鲈鱼，为什么舍不得拿出来？"

宋大叔道："胡说，你这臭小子又能知道什么？"

阿狐撇了撇嘴，看向陈彻道："两年前我听秦老伯说过，春风酒楼里最好的菜便是四鳃鲈鱼，可比寻常鲈鱼滋味好多了……"

宋大叔打断道："你说的秦老伯，是个什么人？"

阿狐道："秦老伯和我一样，也……也在街边讨饭，但秦老伯说他从前家财万贯，常来这里吃四鳃鲈鱼的。"

宋大叔嘟囔道："什么家财万贯，说来说去，如今不也是个乞丐？"

阿狐大声道："乞丐怎么了，我把三两银子都给了你家掌柜，你不能拿次等的鱼来蒙我！"

宋大叔冷笑道："实话与你说，我这里确有四鳃的鲈鱼，那是从苏州的吴江里捕的，装进盛满江水的木桶连日急运到青州。这般费时费力，就你那点银两，却还不够吃这鲈鱼。"

阿狐道："你胡说，一条鱼能贵到哪里去——"

陈彻道："阿狐，你别说了。"又看向宋大叔道："要么晚上就用四鳃鲈鱼吧，若银两不够，就从我下个月的俸钱里扣。"

宋大叔皱眉道："你小子还有俸钱吗……"说到这里，瞥见陈彻满脸恳求之色，不禁一叹，道："好，就便宜你们两个臭小子了。"

陈彻笑道："多谢宋大叔！"阿狐也顿时笑嘻嘻道："陈彻，谢谢你啦。"说完却不谢宋大叔。宋大叔自去配菜，嘴里咕哝着："从前我在江南当厨子，也只有苏州简家那样的富贵之家才吃得起四鳃鲈鱼呢……"

陈彻拉着阿狐离了后厨，悄声将吕玉寒用刀酒暗算阿狐的事说了。阿狐吓了一跳，半天说不出话来。

陈彻道："盼你早点学成刀术，咱们便不怕那吕大少了。"

阿狐道："嗯，我想过了，我用五年学刀，五年闯荡江湖，到十年后，我二十四岁，便是名震江湖的刀客了。"

陈彻道："那可真好。"想了想又道，"到十年后，我多半也还在酒楼里跑堂。"

阿狐道："跑什么堂，咱们一起学刀！嗯，也不知那柳续愿不愿意收两个徒弟……我瞧他人很好的，到时咱们多求求他便是。"

陈彻点了点头，虽觉午后困顿，颇想睡觉，心头也不禁泛起一丝振奋。

阿狐沉默片刻，忽然轻声道："那位秦老伯，嗯，旁人都叫他秦老丐，你也见过的——他说自己年轻时风光，老了却沦为乞丐，还说我恰恰和他相反，我从小就做乞丐，长大了一定风光。"

陈彻道："嗯，一定。"

阿狐道："一定！"

两人相视点头，不约而同地笑了出来，都觉心绪一畅。

随即，陈彻便去干活。阿狐原想去街上逛逛，陈彻怕他再撞见吕玉寒，便让他去自己屋里歇息。

晚上，还不到戌时，阿狐便兴冲冲地走到堂中，与陈彻打了个招呼，问道："酒菜都备好了吗，戌时两刻准能上齐吧？"

陈彻道："我问过了，都备好了，你若不放心，咱们便再去问问。"

阿狐想了想，道："嗯，去问问也好。"

两人来到后厨，宋大叔道："菜是都备齐了，只是……"神情犹豫，欲言又止。

阿狐连声道："只是什么，只是什么？"

宋大叔道："只是不久前吕家派来仆从传信，说吕大少今夜要宴请贵客，席上须得有苏州吴江的四鳃鲈鱼，咳咳……"

阿狐大叫道："你把鲈鱼给吕大少了？"

陈彻问道："那吕大少请客，要用几条鲈鱼？"

宋大叔苦笑道："后厨里一共只有七尾四鳃鲈鱼，吕家全都要了，说是每一尾只取鱼身最嫩的月牙肉，凑一盘菜。"

阿狐闻言张了张嘴，呆立良久，才道："不成，你得给我们留一条，是我们先说好的。"

宋大叔道："这我可做不了主，稍后吕大少便到，你若不服，自己找他说理去。"

陈彻轻叹道："算了，阿狐，咱们走吧。"

两人回到堂中，在靠窗的一桌坐下。那是陈彻提前给掌柜说好，为阿狐请客所留的位子。

阿狐脸色发白，一会儿瞧瞧酒楼门口，一会儿瞧瞧后厨的方向，半晌一言不发。

少顷，吕玉寒带着几名仆人缓步踱进了酒楼；陈彻看到阿狐攥紧了拳头，心中一紧，轻声道："阿狐，别去。"

吕玉寒环顾堂中，似已不认得两人，慢悠悠上楼去了。

阿狐怔怔转头盯着吕玉寒上楼，片刻后收回目光，笑了笑，问道："他是要在楼上的小间里请客吗？"

陈彻道："嗯，吕大少往常都是在楼上'得意轩'吃酒的。"

阿狐点头道："得意轩，好得意嘛。"说着继续张望门口。

陈彻松了口气，道："我方才还以为你要冲上去找他要鲈鱼呢。"

阿狐嘻嘻一笑，道："我可没那么蠢，我又打不过他。"

眼下酒楼生意正热闹，陈彻在堂中端茶上菜、迎来送往，隔段时间便走到阿狐那桌，同阿狐说几句话。

不到戌时一刻，菜肴便渐渐上齐了；邻桌的一名酒客见了，忍不住讥笑道："嘿嘿，真没想到，这年头连个要饭的都比老子吃得好。"

阿狐恍若未闻，看见桌子正中央摆着一盘蒸鲈鱼，不禁笑道："这鱼瞧起来，却和四鳃鲈鱼也没什么分别。"

陈彻闻言嗯了一声，道："我看也没分别。"

阿狐道："你从前吃过鲈鱼吗？"

陈彻一怔，道："没吃过。"

阿狐轻声道："我也没吃过，我觉得一定很好吃。"一边说话，一边端详着鲈鱼。

随即，陈彻又去忙活了一阵，走回阿狐身边时，却见他仍在低头看着那盘鲈鱼，似已看得出了神。

堂中的酒客们不时便打量阿狐一眼，但见他衣衫破烂，脸上也沾了脏灰，活脱脱是个小乞丐，却竟坐了靠窗的好座位，桌上还摆满了酒菜；一时间堂中低语纷纷，诧怪者有之，不忿者亦有之，偶尔还有酒客故作大声，嘲笑一两句。

阿狐一个人静静坐着，等待着柳续的到来。

四

戌时两刻将至，忽有个脸色通红的酒客摇摇晃晃地站起，走到阿狐那桌坐下，笑道："我瞧你半天也不吃一口，莫不是从前没吃过好菜，不知该如何下嘴了？"

阿狐道："我是在等人。"

那人斜着醉眼打量阿狐，嘴里含糊道："是吗，便让我先帮你吃些吧。"说着便提箸去夹那鲈鱼；阿狐猛地站起，扭住那人的手，道："你不能吃！"

那人挣扎起来，陈彻见状赶忙快步走来，与阿狐一起架住那人，半搀半搡地送出了酒楼；那人已喝得烂醉，一时爬不起身，不久便瘫睡在了街边。

阿狐回去坐下，陈彻算了算时辰，道："阿狐，那柳续不会不来吧？"

阿狐一怔，笑道："你先前也说了，那柳续是江湖中有名的大侠，岂会言而无信？他说来喝酒，那是一定会来的。"

陈彻道："嗯，我想也是。"犹豫片刻，又道，"先前在街上，那姓方的瘦子说今晚要与三个人在春风酒楼碰面，当时那吕大少也听见了，我有些担心，说不准吕大少要宴请的正是那个瘦子。"

阿狐道："那又如何？"

陈彻道："如果柳续也是和那瘦子一起的……"

阿狐顿时摇头道："那可是柳续柳青眸！他既答应了和我喝酒，就不会去吃别人的宴。”说完便将身躯坐得笔直，不再四处张望，低头注目着桌上那盘鲈鱼，像个刀客在守着自己的刀。

半晌过去，酒客们眼看阿狐只是默然呆坐，渐渐地也都失去了兴味，不再议论他。

酒楼掌柜向着陈彻招了招手；陈彻走到柜台边，却听掌柜道：“你这位朋友，当真是要请人喝酒？”

陈彻道：“嗯，他要请的是个很厉害的人，约莫也快到了。”

掌柜狐疑地点了点头，道：“那就好。我瞧他一直动也不动，像个傻子似的。”

陈彻转头看了一眼孤零零坐着的阿狐，轻声道：“他不傻，我觉得他也很厉害。”

戌时两刻，柳续没来。

陈彻走近阿狐，尚未及开口，阿狐便语声轻快地说道：“陈彻，我方才心想，那柳续既是武林中的成名刀客，又答应来见我这样的无名之辈，多半是要迟些到来，这才与他的身份相符。”

陈彻听他语气笃定，便道：“不错，那咱们再等等。”

直到戌时三刻也渐渐过去，堂中酒客愈稀，柳续仍然没来。

陈彻看向窗边，恰逢阿狐也扭头看过来，一瞬间他觉得阿狐的眉目口鼻在烛火下扭成了一团，瞧着很是丑陋怪异，下一瞬却又见阿狐似乎只是神色淡淡地与自己对视着。

阿狐低声道：“鲈鱼凉了，陈彻，鲈鱼凉了。”

陈彻闻言怔住，半晌才醒过神来，道：“我去把这些菜再热一热。”

阿狐低头看着满桌菜肴，忽道：“我知道柳续为何不来了。”

陈彻道：“为什么？”

阿狐道：“因为桌上没有四鳃鲈鱼。”

陈彻一愣，却听阿狐又道：“一定是的，一定是柳续知道我没法请他吃四鳃鲈鱼了，才不肯来……嗯，我本来在心里已经打定了主意，要请他吃春风酒楼最好的酒菜，是我没能做到，是我先言而无信了……”

陈彻道：“阿狐，你别乱想了，那柳续怎会因为——”话未说完，忽见阿狐抬头望向自己，眼中泪光盈盈，神情难过已极。

阿狐道：“可是我连寻常的鲈鱼也从没吃过呀。这一桌子菜，我以前一样也没吃过。”

陈彻默然点头，一时间无言以对。

忽听脚步声响起，侧头看去，却是吕玉寒面色阴沉地走下楼来。酒楼掌柜当即赔笑道：“吕公子，你老人家宴请的贵客还未到吗？”

吕玉寒冷哼一声，走到门口左右张望，却不接话。片刻后，他转回身来，环顾堂中，瞥见了陈彻、阿狐两人，似觉有些面熟，随即皱眉打量着阿狐，道：“你小子还活着？”

阿狐神情一紧，起身道：“……吕大少。”

吕玉寒走了过来，问道：“今日在长庆街上，你俩也听见了，那方天画是不是说今夜要来这里？”

陈彻心中一动，这才知道了那瘦子的名字；阿狐回想从前听过的江湖故事，脱口叫道：“原来那人就是白马长戈方天画？”

吕玉寒颔首道：“不错，我晚上本是要宴请他的。”

陈彻道：“那人确是说过今晚要来春风酒楼。”

吕玉寒不再看两人，径自皱眉沉吟起来，喃喃道：“可是眼下已是亥时，不但方天画未至，其余几人却也都没来，这可真是奇了……”

他说着在堂中来回踱步，又低声自语：“这方天画身为青箫白马盟之主，亦是正气长锋阁的阁主之一，以他这般身份，既接了我的请柬，绝不该爽约的，莫非是出了什么大变故？”

酒楼掌柜道：“吕公子，楼上的菜肴，是否再要重新热过？”

吕玉寒道：“不必了。”说完又走到门口张望。

陈彻低声问阿狐道：“咱们还等柳续吗？”

阿狐默然片刻，道："等。"

陈彻道："那我去热菜。"阿狐点了点头，帮着陈彻将桌上菜肴一一端去后厨热过，又一道道地摆回桌上。

吕玉寒久久伫立，目视着门外夜色，此刻忽然转回身来，慢悠悠地走近两人，道："我的菜不必热，你们的却也不必了。"

陈彻与阿狐对视一眼，未及反应，吕玉寒倏忽起脚踢倒了桌子，酒菜淋洒了满地。

两人慌忙闪避到一旁，半晌才稍稍定神；阿狐看着那盘扣翻在地上的鲈鱼，一时间手足止不住地颤抖，瞪向吕玉寒，大声道："吕大少，你——"

吕玉寒淡淡道："我怎么样？"

阿狐一怔，慢慢低下了头，没再说下去。

吕玉寒冷笑道："你这小乞丐诓骗我说要学刀，却拿着我的银钱到酒楼里大吃大喝。了不起，很了不起呀。"

阿狐脸色苍白，与吕玉寒目光一触，不禁张口结舌。陈彻道："我们请人喝酒，就是想要拜师学刀。"

"嗯？"吕玉寒眯起了眼，"你们要请谁喝酒？"

陈彻道："柳续。"

吕玉寒哈哈大笑："就凭你们两个，也配请柳青眸喝酒？他若真来了，岂不成了天大的笑话。"说到这里，想起自己宴请方天画，却也没能请来，心中羞恼交迸，抬手便甩了陈彻两个耳光。

"你干什么？"阿狐一惊，当即挺身护在陈彻身前。

吕玉寒哼了一声，忽地振动衣袖，重重打了阿狐一个耳光；阿狐身躯摇晃，险些摔倒。

陈彻扶住阿狐，道："阿狐，你没事吧？"

阿狐喘了口气，哑声道："没事……"陈彻心中微松，抬头看向吕玉寒，道："吕大少，你到底要如何？"

吕玉寒冷笑道："你们两个臭小子拿我的银子在这里摆酒，如此明目张胆地骗我，还敢问我要如何？"说到后来，语声已极锐利。酒楼掌柜缩身于柜台后，不敢露头；堂中其余酒客也都快步出门离去。

陈彻道："我们没骗你，银子是你答应给我们的，眼下你自己却要反悔吗？"

吕玉寒面色一僵，缓缓地道："我便反悔了又如何？"说着踏前一步，目中杀机毕露。

阿狐见状急忙将陈彻挡在身后，叫道："吕大少！"

吕玉寒打量着阿狐，轻笑道："你这小乞丐，倒是很有胆气。"

阿狐与吕玉寒对视一瞬，摇头道："我……我其实很怕。"说着语声低了下去，"吕大少，先前你要我学狗叫，我也学了，我喝了你的刀酒侥幸没死，也不敢向你寻仇；今晚你夺了我的鲈鱼，掀了我的桌子，我也都认了……"

吕玉寒淡淡道："你若不服，也大可不认。"

阿狐道："我没不服，我只想请吕大少，请你……"说到这里，从前在江湖故事中常听到的词句涌到了嘴边，忽觉心中一苦，但仍继续说了下去，"……请你手下留情。"

陈彻本来正要开口，闻言望着身前的阿狐，一时间不禁欲言又止。

吕玉寒沉吟片刻，微笑道："阿狐，即便我对你手下留情，但你这位朋友，我却还不认识呢。"

阿狐一怔，却见吕玉寒注目陈彻，又道："你也来学三声狗叫，让我认识认识。"

陈彻脸色苍白，半晌不语。阿狐回过头来，连声道："陈彻，陈彻，你先听我说……"

陈彻却不看阿狐，直视吕玉寒道："我学不来。"

吕玉寒哈哈一笑，道："是吗？"

阿狐凑近陈彻，压低声音道："你不是最怕麻烦吗？你若不学，咱们可就有大麻烦啦。”

陈彻摇了摇头，轻声道：“我是怕麻烦，但若学了，怕是从此睡觉再也睡不踏实，那就更麻烦了。”

吕玉寒闻言又踏前了一步，道：“既是如此，那就怪不得我了。”

阿狐顿时急道：“吕大少，是我找你借银子，你冲我来吧！”

吕玉寒皱眉道：“冲你来吗？你学狗叫倒是很像，但我也不必再听了。”想了想，又慢悠悠道，“不过你今日喝了我一碗酒，却似丝毫无碍，可见你酒量好得很，那我便再请你喝一碗如何？”

阿狐闻言一愣，想起陈彻与他说的，当时若非有方天画的内劲护体，只怕自己已被吕大少的刀酒害死。眼下也不知那股护体内劲是否已经消散，只怕时隔已久，未必再能承受一碗刀酒。

却听吕玉寒继续道：“你只要喝下这碗酒，我便不再让你的朋友学狗叫。”

一瞬间阿狐心念电转，看了看吕玉寒，又看了看陈彻，胸口热血上涌，脱口道：“好，我喝。”

与此同时，陈彻急声道：“不能喝！”

阿狐对着陈彻眨了眨眼，拍了拍自己肚皮，笑嘻嘻道：“不妨事，我酒量好得很呢。”

说话中，吕玉寒随手从旁边桌上拿来一只空酒碗，又取下腰间的铜酒壶，开始斟酒；这一回他斟得却比白天时要慢得多了，良久过去，才只斟出了小半碗酒。

吕玉寒斜眼瞧着陈彻与阿狐，又斟了一会儿，缓缓舒出一口气，道：“这半碗酒，也够你喝的了。”

阿狐上前两步，接过了酒碗；陈彻见状大急，冲过去想要撞洒那碗酒，吕玉寒冷哼一声，拂袖扫出。

陈彻顿觉一股罡风扑面袭来，接连倒退了数步，眼看着阿狐将那碗酒一饮而尽。

吕玉寒轻轻拊掌，赞道："果真好酒量。"

阿狐怔怔立在原地，一时不动。

陈彻颤声道："阿狐，你怎么样……"

半晌过去，阿狐慢慢转头，对陈彻道："我……我好像什么事都没有……"

"啊，是吗？"陈彻愣了一会儿才明白过来，连声道，"那就好，那就好！"

吕玉寒神情惊疑地盯着阿狐，方才他在那半碗酒里注入的刀劲极为凌厉，万没想到阿狐喝完竟能安然无事，耳听着两人又惊又喜地说话，心中恼恨已极，倏然间身形掠动，扣住了陈彻的咽喉。

阿狐惊叫道："你做什么？！"

吕玉寒手上发力，将陈彻拎得双足离地，催动壶中日月的刀劲不断灌入陈彻经络；一时间陈彻面目抽搐，身躯抖如筛糠。

阿狐骇得说不出话，扑上来掰住吕玉寒的手腕死命拉扯，随即被吕玉寒一脚踢飞，周身僵痹，跌坐难起，眼睁睁看着吕玉寒举手扼在陈彻的咽喉上。又过了好一会儿，吕玉寒手指张开，扑通一声，陈彻摔在了地上。

吕玉寒转头看向阿狐，慢悠悠道："我说过你喝完酒便不让他学狗叫，可没说不杀他。"

阿狐张了张嘴，脸色惨白，却听吕玉寒又道："今日既听你学了三声狗叫，我便手下留情，给他留下了三炷香的性命。"

一霎里阿狐只听得呼吸停滞，胸口如遭重锤抡击；片刻后，忽见陈彻的身躯在地上扭动了两下，赶忙连奔带爬地过去将陈彻轻轻搀住。

吕玉寒走到酒楼门口，轻叹道："看来今夜方天画他们是不会来了。"驻足片晌，没再看阿狐与陈彻，径自出门远去。

陈彻双目紧闭，倚靠在阿狐的臂上，急剧喘息了一阵，睁开了眼；阿狐颤声道："陈彻，你……你没事吧？"

陈彻试着缓缓吐气，只觉脏腑内一阵阵剧痛，时而如沐火浴冰，时而又如遭雷击，轻声道："我不知道，我多半是快要死啦。"

"不会的，绝不会的……"阿狐连连摇头，喃喃说着，忽见门口踉跄走进来一人，却是先前被他和陈彻架到街上的那名醉客。

那人似已醒过酒来，环顾堂中桌椅翻倒，满地狼藉，不禁拍额道："啊呦，莫不是我又撒酒疯了！"说完又看向陈彻、阿狐两人，问道，"请教二位，这、这到底是怎么回事……啊，这位兄弟受伤了，莫不是刚才我醉酒后打伤了你，啊呦，实在对不住！"

阿狐正自关切陈彻的伤势，无心去理会那人，那人兀自喋喋不休，却与先前醉酒时判若两人，言辞中礼数周全，语气极为恳切，只是此刻阿狐听在耳中，却是越听越觉酸楚苦涩。

过了半晌，陈彻道："我觉得好多啦，扶我起来吧。"

阿狐心中一喜，道："你好多啦？"慢慢扶着陈彻站起，却听陈彻低声道："我在春风酒楼已待了五年了，不想死也死在这里，咱们出去吧。"

阿狐闻言怔住，那酒客见两人都不搭理自己，便也住口不言，堂中一时静默。

陈彻忽道："咱们去吕记当铺门口吧，你不是说柳续曾在那里站了很久吗，我想去那里站一会儿。"

阿狐心头一震，轻轻点了点头，道："好。"

两人缓步出了酒楼，朝着吕记当铺的方向慢慢走去。

阿狐扶着陈彻走了一阵，眼看着他一边迈步，嘴角却不断溢血，忍不住哇地哭了出来，道："若不是我非要请柳续喝酒，若不是我非要学刀，咱们也不会招惹上吕大少……是我，是我害了你……"

"别哭，"陈彻轻轻笑道，"阿狐，你哭什么，你想想咱们第一次见面的时候，你都饿了好几天了，也没哭呀。"

阿狐嗯了一声，却听陈彻又道："我方才想了想，今天的事怕是不简单，那吕大少恐怕并非只是想羞辱咱们，否则老萧绝不会问我有没有听到犬吠……”随即走一阵，歇一阵，将老萧离去前与他说的话断断续续告诉了阿狐。

阿狐默然听着，忽然丹田里一痛，只觉先前喝下的那碗酒正在腹中翻转搅动，顷刻间额上疼出了冷汗。过得片刻，疼痛渐消，却又骤觉周身疲倦，宛如被抽干了似的。

陈彻正自说话，忽然顿步，问道：“阿狐，你没事吧？”

阿狐闻言鼻尖一酸，道：“我没事，我没事。”

陈彻道：“嗯，你知道我很懒，我是最怕麻烦的人，我总觉得麻烦的事多半都有危险，即便没危险，总也是很累心，那是要少去碰的……阿狐，你以后要小心谨慎，遇到事情多想一想，少惹麻烦。”

阿狐用力眨了眨眼，点头道：“嗯，我知道了。”

陈彻笑了笑，继续道：“午后你在我屋里歇息时，我去问了常来酒楼的说书人，这才知道原来老萧在江湖中很有名气。他给许多武人画过骨像，但只有遇到天资绝顶的人，他才会画成龙骨……”说到这里，忽然吐出一大口血，咳嗽了许久才继续道，“阿狐，你是龙骨，你以后一定会是很厉害很厉害的刀客的。”

阿狐看向陈彻，道：“我今日也想过了，你能察觉到匣子里的刀，而且连老萧都说他的笔力不够、画不了你，我想多半你的天分是比我更高的……等你、等你治好了伤，咱们就、咱们一起再去学、学刀……”说到后来，语声已是颤抖不止。

陈彻摇头道：“其实我学不了刀的，我小时候中过毒，丹田已经毁了。”

阿狐一怔，一时无言以对。

陈彻喃喃道：“现下想来，也许老萧是看出我命短，才不愿画我……”说完不待阿狐接口，便又笑呵呵道，“阿狐，你还记不记得，有次咱们去城北的云梦镖局玩……”

随后，陈彻便只是与阿狐提起许多两人相识以来的经历。阿狐知道陈彻不愿看到自己伤心落泪，便也凝定心神，与陈彻谈起过往趣事。

两人聊了一阵，陈彻呕血愈频愈多，已走不了路，阿狐便将陈彻背起，继续朝着当铺走去。

月光静静照在两个少年身上，像洒了一层晶莹的盐。

到得吕记当铺之后，阿狐扶着陈彻在门前的石街上站了一会儿，听见陈彻的呼吸越来越轻快急促，便说："咱们坐下歇歇吧。"

长街静谧，两人坐在地上，陈彻问道："阿狐，我还不知你姓什么呢，你的名字一直就叫阿狐吗？"

阿狐摇头道："我没有名字的，秦老伯他们说我长了一对狐狸眼，便都叫我阿狐，我从小就不知道自己的名字……"

陈彻笑嘻嘻道："原来是这样。你的眼睛像狐狸吗，我以前倒没发觉呢。"

阿狐默然片刻，忽道："不过，今后我就有名字啦。"

陈彻道："为什么？"

阿狐道："我想好了，今后我就用你的名字，今后我就叫陈彻，我以后……我以后会让你的名字名震江湖的。"

陈彻一怔，轻轻摇了摇头，笑道："听起来就很麻烦，太麻烦了……"缓了口气，又道，"阿狐，你今晚没吃饭，应当很饿了吧？我记得你的布袋里有张烙饼的。"

阿狐点点头，从破布囊里取出那张烙饼，道："我都快忘了，你倒还记得，你要吃吗？"

陈彻道："我不饿，你吃吧。"

阿狐道："我也不饿。"

陈彻勉力提起一口气，道："你说你从未吃过囫囵的烙饼，你吃吧，我挺想看着你吃。"

两人对视了片刻，阿狐道："好。"低头默默吃起了饼。吃着吃着，忽然哭道："陈彻，我便是不明白，为什么柳续没来，为什么没人来救咱们。"

陈彻轻声道："我也不知，这世上的大侠多半都很忙吧。"

阿狐一口一口地吃完了烙饼，身旁的陈彻已没了气息；他呆坐了一阵，忽觉丹田里又是一痛，宛如一片刀刃在腹中迸开，少顷剧痛消隐，随之而来的是一阵深深的倦意，不禁心想：哈哈，难道是我跟你认识久了，也变得爱犯困了吗？

想到这里，他索性闭上眼睛躺在了石街上，在心里对他的朋友说："那就让我睡一会儿吧，等我醒来，我便替你活下去。"

五

"阿狐，阿狐——"

他听见有人轻声唤他，方一睁眼，便觉双目被一片白光刺痛了；定了定神，借着月色，才看清那是一名少女的素色衣裙。

他坐起身来，一时间不敢侧头去看身旁，便直视那少女道："你是……你是宁姑娘？"

"嗯，"宁简侧头瞧去，轻声问道，"你的朋友他……他死了多久了？"

他想了想，问道："现下是什么时辰？"

宁简道："约莫是丑时了吧。"

他吃了一惊，怔怔然道："我竟睡了这么久。"

宁简犹豫片刻，道："方才你睡着时，我探过你的脉门了，你的丹田受损极重……"

他点了点头，心中一阵恍惚，低声道："嗯，不错，我小时候中过毒，丹田损毁了。"

“小时候？”宁简讶然道，“可是你这分明是不久前才受的伤呀，看伤情似是飞光门的刀客……”

他脸颊一颤，顿时截口道：“对，是飞光门，吕玉寒。”

宁简神情微变：“原来是他。”顿了顿，又轻叹道，“你被壶中日月刀劲所伤，不光丹田损毁，脾经与胃经也受创不轻，所以才会不知不觉睡了很久。嗯，恐怕你以后也会常常嗜睡的……”

他沉默良久，看了一眼身旁朋友的尸身，道：“嗯，听起来倒也不坏。”

宁简蹙眉望着他，一时无言。他又问道：“宁姑娘，你怎么会在这里？”

“我白天听你们说了吕玉寒的恶名，便去查证了一番，果然是个作恶多端的败类……”宁简冷哼一声，继续道，“既然如此，正好本姑娘暂还没接到什么雇托，又查到这家吕记当铺也是他的产业，便想着……”

他接口道：“便想着劫富济贫，是吗？”

宁简道：“是劫富济我自己。嗯，也算劫富济贫吧。”

他想了想，道：“你白日里站在当铺门前，便是在查探情形，准备晚上来劫吧？你当时还不知吕玉寒是谁，便已打算要劫这家当铺了，是吗？”

宁简一怔，微笑道：“你倒是很聪明，不过我本也要去查查这当铺的主人的，若他是个恶人，我便多劫点。”

他道：“若是个好人呢？”

“那也劫。”宁简道，“好也好不到哪里去，这世道，好人开得起这么大的当铺吗？”

他道：“那你劫吧。”

宁简沉吟片刻，轻叹道：“嗯……那你呢，阿狐，你要先葬了你的朋友吗？”

他摇头道："我不叫阿狐。"

"啊，怎么会？"宁简神情诧异地看着他，回想着初遇两个少年时的情景，"我想想……气鼓鼓的叫阿狐，睡不醒的叫陈彻，难道我记错了吗？"

他避开了宁简的目光，慢慢站起，伸了个懒腰，轻声道："气鼓鼓的阿狐没了，睡不醒的陈彻也没了……现下只有我了。"

宁简闻言打量了他许久，默然不语。

月色清柔，两人在空落落的长街上相对而立，两道斜长的影子如溪水般，淌在青石地面上。

他抹了抹脸上的泪水，转身走到当铺门口，一脚踹开了门。

当铺里面黑黢黢的，只有一个守夜的伙计，正自瞌睡，被踹门声惊醒，依稀辨出似有两人闯进门来，身形都不算高壮，便恶狠狠道："你们怕是不知道，这里是谁的地盘。"

宁简道："吕玉寒的。"

那伙计一愣，又道："你们好大的胆子，既知这当铺是吕大少开的，莫非是活得不——"

话未说完，宁简身形闪动，轻轻一拳击在那伙计腹间，那人浑身哆嗦，瘫倒晕厥；宁简道："我活得好好的，只是听得不耐烦了。"

随即二人四处翻找了一阵，将当铺里的现银都装进了自己的行囊。

两人走到了街上，宁简忽道："你怎么总是眯着眼看我？"

他闻言一怔，道："嗯……你的衣裙太白了，我瞧着有些刺眼。"

宁简蹙眉道："真有这么刺眼吗？"

他想了想，道："我在青州城很少见到有人穿这么白的衣裙，嗯，或许也有，只是我不记得了，多半是我做乞丐做惯了，总觉得这青州城脏兮兮的，便不该穿太白的衣衫……"

宁简淡淡道："那么是我错了，还是青州城错了？"

两人对望片刻，他茫然摇了摇头，小声问道："宁姑娘，我的丹田还能……还能治好吗？”

宁简道：“死是死不了，只是以后没法修习内功了，倒也不耽误你度日。”

他闻言沉默了很久，从破布囊里取出那个木匣，道：“我没有三两银子，眼下你劫了当铺，也不缺银子了，但我还是想请你帮我一个忙，就用这匣中的刀作为酬劳。”

宁简道：“你想要我帮你什么忙？”

他打开木匣，将短刀递向宁简，道：“这是柳续柳青眸的刀，名叫绿玉寒枝，请你收下吧。”

宁简端详着那柄短刀，一时没接；他便又道：“这是柳续自己亲手送给我的。”

宁简道：“你想让我帮你为朋友报仇？你是要杀吕玉寒吗？”

他点了点头，将今夜的遭遇约略讲了一遍。宁简听后沉吟半晌，道：“你还是把刀收起来吧。”

他颤声道：“你……你不肯接我的雇托？”

宁简道：“江湖中似你朋友这般的无名之辈，一天不知道要死多少，我便是想帮，也帮不过来；何况那吕玉寒武功修为不低，我也未必能胜他。”

他想了想，道：“我见过吕玉寒出手，方才也见了你出手，我……我觉得你能胜过他的……”

“你觉得？”宁简摇头轻笑，“你是刀宗还是方白，你觉得便能作准吗？”

他低下了头，默然不语。

宁简又道：“这左近有棺材铺吗？”

他道：“有的。”

宁简颔首道：“我便帮你个忙，给你些买棺材的银钱，让你把你朋友葬了吧。”

他嗯了一声，将短刀收回破布囊，默默背起朋友的尸身，与宁简在街上走着。

宁简道："你葬了朋友之后，要去哪里？"

他道："去找吕玉寒。"

宁简道："去送死吗？"

他道："我本来想着去别处，去学好武功再回来找他，但现下我的丹田也废了……我也没有别的去处了。"

宁简淡淡道："很好。那我给你买两副棺材。"

说话中，两人转过街角，远远地看见棺材铺门口有一道人影；走到近处，宁简身躯一颤，忽然顿步，喃喃道："是他。"

他一时瞧不清楚，便又前行了几步，但见月下立着一个浑身浴血的青衫人，鲜血不断地从那人的脖颈上、手臂上和身躯上滴落在地，顷刻间便在那人脚下积出了一小片血洼。

他怔怔看着那人，道："……柳续？"

那青衫人侧头看向他，微微颔首："小兄弟，是你。咱们白天见过的。"

他张了张嘴，本想问问柳续为何今晚没去春风酒楼，但见柳续遍身伤痕，却似也不必再问了，便只是轻声道："我有个好朋友，他也很想见你的。"

"是吗？"柳续轻轻一笑，宛如浑未受伤似的，嗓音很是清澈，"小兄弟，我还不知道你的姓名呢。"

他听着柳续的语声，莫名觉得心中微定，一时却呆呆地说不出话来；从前他本以为回答自己的姓名实是天底下最简单不过的事，但此刻倒似被问住了似的，静默了很久才答道：

"我叫陈彻。"

六

柳续道："原来是陈彻兄弟。"说话中发梢轻颤，也有丝丝鲜血滴落。

陈彻道："原来不是，如今才是。"

宁简闻言瞟了他一眼，淡淡道："好个陈彻。"

柳续似也不觉陈彻说得怪异，只轻声道："咱们进去说话吧。"说着目光转动，落在棺材铺的木门上。

下一瞬，那木门如遭推摇似的，发出吱呀呀的一阵响动；片刻后，门里便有个苍老的声音应道："稍等，老朽这就来了——"

宁简看在眼中，心神一凛，她虽听过柳续的春风眼之名，却也未想到他竟似能以目光触门，简直已非人力能为；随即又想，若柳续的修为已是如此神异，究竟又是谁能将他伤得这般重？正自惊疑，却见木门缓缓打开，柳续道了声谢，当先走了进去。

陈彻紧随其后，宁简寻思片刻，也跟着走入。

棺材铺的主人是个头发花白的老者，似已见惯了生死，扫了几人一眼，便默不作声地引着几人来到堂中；看了看浑身流血的柳续，神情犹豫道："老朽店里也有些伤药，可要拿给阁下？"

柳续道："不必了。"随即转头看向陈彻。

陈彻与柳续对视，不禁微怔：此刻柳续身负重伤，脸颊苍白，但眼神却似在昏黄的烛火下跳动出某种异样的生机，瞧着倒似比白日初见时更加精气旺足。

柳续道："陈兄弟，你背着的便是你方才说的朋友吗？"

陈彻点了点头。柳续收回目光，轻叹道："下手的人功力阴鸷不纯，应当不是岑东流、吕东游二人，是他们的弟子吗？"

陈彻道："是吕玉寒，听说他是吕东游的侄子。"

柳续闻言默然片刻，随即与陈彻商议起下葬事宜。得知陈彻的这位朋友出身孤寒，在世已无亲人，便让店主先将尸身收敛在棺中，到明日再择地安葬。

那店主道：“咳，这棺材钱，不知有劳哪位先给付了？”

柳续苦笑一声，看向陈彻道：“我可是连一碗酒都买不起。”

陈彻便也只得看向宁简；宁简付了银钱，道：“柳……柳前辈，不知是谁将你伤得这般重？”

柳续神情微变，却只苦笑道：“惭愧。”

陈彻问道：“是和那……是和什么‘令牌’有关吗？”

柳续道：“你说青锋令吗？我本以为是，谁知却不是……唉，事已至此，不说也罢。”

陈彻道：“青锋令是什么？”

柳续却恍若未闻，微微低头，看向陈彻的丹田，注目良久；陈彻正待开口，忽觉丹田里似有轻风拂过，暖柔舒畅，一时间呼吸悠缓了许多，神思懒懒的不想说话，亦不想动作。柳续随即侧头，又看向宁简。

宁简与他目光相触，只觉心中忽凉忽热了一瞬，忍不住脱口道：“你……你认得我？”

柳续道：“姑娘何出此言？”

“我也说不清，”宁简怔了怔，摇头道，“但我方才初次见到你，不知为何，一眼便猜出了你就是……就是柳青眸。”

柳续道：“原来如此。我不认得姑娘，但认得姑娘眼中的字迹。”

宁简讶道：“我眼中有字迹吗？”

柳续道：“姑娘曾经见过我的字，是吗？”

宁简轻声道：“嗯，我小时在家中见过，数月前从家中……从家中带了出来。”说着取出一卷淡黄色的丝帛，递给柳续。

柳续展开丝帛，低头瞧去，随口问道：“不知姑娘芳名？”

宁简犹豫片刻，道：“我叫宁简。”

“宁简嘛……”柳续一瞬里似乎神情微怅，“好名字。”随即合上丝帛，又道，“十年前，我在你家中留下了这幅字，没想到今日还能再见到。”

宁简道：“我现下将这幅字还给你，是想请求你一件事……”

柳续道：“宁姑娘请讲。”

宁简道：“我听说你自从八年前入了停云书院，便不怎么用刀了，但我……我很想学你的刀术。”

柳续沉吟片刻，轻轻摇头道：“可是我已将刀送与这位陈兄弟了。”

宁简一怔，低头道：“嗯，我原也猜到你不肯教我的。”

柳续轻叹道：“我的刀术若流传下去，于人于己，于这个江湖，都没什么好处。”

陈彻从旁默默听着两人说话，只觉丹田里异感渐消，此时柳续忽又瞧过来，道：“陈兄弟，你丹田的伤势太重，我也无能为力。”

陈彻对此本已不怀什么希望，但此刻闻言仍不禁心中一黯。柳续又问道：“你和你的朋友都是在春风酒楼受的伤吧？”

陈彻一怔，默然不答。

柳续叹道：“我推算你受伤的时辰，只怕当时我若能赴约，便不至于……”说到这里，神色歉然，顿了顿又道，“陈兄弟，我今晚失约，很对不住你。你有什么事需我帮忙的，我必当尽力，决不推辞。”

陈彻心中一颤，喃喃道：“那你……你能让我想想吗？”

柳续颔首答应。陈彻低头沉思起来，良久过去，忽而抬头道：“我想好了。”

柳续道：“陈兄弟请讲。”

陈彻道：“我想请柳……柳大侠你将刀术传与宁姑娘。”

宁简闻言顿惊，久久凝视着陈彻；她先前本已料定陈彻必是要让柳续去杀了吕玉寒，却没想到陈彻竟会说出这番话来，不由得心神震动，一时难言。

柳续皱眉不语，片刻后苦笑道："我已有许多年没听人叫我'柳大侠'了。"

陈彻道："那你答不答应？"

柳续低头打开那卷帛书，又看了一眼，随即丢在地上，笑道："当年初听吴重吟出这阕词句，直以为是道破了自己的命数，可是多年来我遵从命数行事，却仍落得一事无成……"

宁简听到"吴重"二字，一时迷惑不已，只听柳续又道："既是如此，今日我便率性一回，且不去管什么天命地数……陈兄弟，我答应你了。"

陈彻当即道谢，心头微怔，却是在想着：柳续柳青眸早已是名满江湖的侠士，为何却仍说自己一事无成？想到这里，忍不住低头瞧去，但见那丝帛上数行字迹宛如春风吹絮，笔画轻盈洒脱，细看却又透出一抹惆怅：

> 风回小院庭芜绿，柳眼春相续。凭栏半日独无言，依旧竹声新月似当年。
>
> 笙歌未散尊罍在，池面冰初解。烛明香暗画楼深，满鬓清霜残雪思难禁。[①]

陈彻将那阕词默念了一遍。从前他虽跟秦老丐学过识文断字，但终归也不甚通晓诗词，有些字句的意思便不怎么明白，只觉得读完之后心头空幽幽的，恍如误入了一处深深庭院，思绪转来折去，却找不到出路，便愈觉怅涩；看了一阵，目光停在了"竹声新月"四字上。

---

① （南唐）李煜《虞美人·风回小院庭芜绿》。

柳续忽道："陈兄弟，你莫非是瞧出了什么？"

陈彻却只久久端详着地上的丝帛，一时不答。

柳续目光微动，转头对宁简道："宁姑娘，稍后我便传你刀术，但咱们却仍是平辈论交，你不必拜入停云书院，咱们也不算师徒，你看如何？"

宁简颔首道："我本来也只是想学你的刀术，并不想拜你为师。"

柳续一怔，莞尔道："如此甚好。"

宁简道："嗯……你先前提到的吴重，究竟是什么人？"

柳续讶道："怎么，宁姑娘也认得他？"

宁简道："我是数月前在滁州左近遇到的他，他这人很是古怪，瞧着不会武功，不似武林中人，却能看破我的出身，对我说了一些怪话……"

柳续道："什么怪话？"

宁简道："譬如他说只要我能见到你，就一定能学到你的刀术，我当时听了却是不怎么相信的；他还说——"

说到这里，她神色倏忽异样，犹豫片刻，转口道："嗯，他说话实在是太……太过怪诞，不提也罢。"

柳续淡淡道："这吴重不过是个江湖骗子，他的胡言乱语，宁姑娘也不必当真。"

宁简沉吟片刻，点头道："我遇见吴重时，却也恰逢他正在行骗。在一处小江村的酒馆里，他赌棋使诈，骗得了一坛酒；我听酒馆中的客人们说，这吴重还收了个小徒弟，却什么也不教，每日里只是支使徒弟砍柴干活……"

柳续听到此处，神情顿紧，截口道："你说吴重收了徒弟？"

宁简道："嗯，怎么了？"

柳续却只沉思不语；宁简自遇到柳续以来，从未见他脸色这般凝重，心中也自惊疑。良久过去，却听柳续苦笑道："没什么，只是怕他误人子弟罢了。我想起从前他曾吹嘘过，说自己修成了一项名为‘心术’的奇技，也不知会不会传给徒弟……”

宁简道：“心术是什么？”

柳续道：“这心术据吴重自己所言，又名曰‘心外之心’，究竟是什么，世上无人知道，想来只是他自己胡乱杜撰的。”

说完他看了陈彻一眼，问道：“陈兄弟，你还没瞧完吗？”

陈彻抬起头来，却已经眼眶泛红。宁简蹙眉道：“你究竟看出了什么，瞧一阕词却把自己瞧哭了。”

陈彻抹了抹眼睛，道：“我只是觉得，这‘竹声新月’四字，好像与其余的字有些不同。”

柳续道：“你觉得哪里不同？”

陈彻神情迷惑道：“我起初觉得这四字似乎写得比其余的字更早，要早很多年；可是看了一阵，却又觉得其实是写得更晚，简直像是今夜才刚刚写下似的……”

柳续闻言眸光骤亮，沉思良久，似有所悟，随即颔首道：“白天我在当铺门口初见你时，便看出你天资很高，但此时才知，你的天分却比我看出的更要高得多了。”

顿了顿，又道：“实不相瞒，这‘竹声新月’四字里，藏有一路我多年以来也未能参透的武功。”

宁简一惊，不禁也瞧向地上的那卷丝帛；柳续目光灼灼地注视陈彻，道：“陈兄弟，我想再请问一句，这四个字，你可能全然看懂？”

陈彻低头又端详片刻，想了想，茫然摇头。

柳续沉吟不语。宁简看向柳续，问道：“这四个字是你自己写下的，你却自己也参不透吗？”

柳续轻叹道：“不错，正是如此。”

陈彻道：“柳……柳大侠，你是武林高人，一定什么都经历过了，我想请教你一件事情。”

柳续道："陈兄弟请讲。"

陈彻道："嗯，我想知道，人生最苦，能有多苦？"

柳续默然片刻，淡淡答道："依我说来，人生最苦，不过内外交困四字。在外，躲不过世道艰险；于内，求不得心中所愿。"

陈彻点了点头，道："原来如此。"一瞬里心想：若是如此，那于我来说，便是此刻最苦了。随即又道："柳大侠，请你传授宁姑娘刀术吧，我便先走了。"

柳续一怔，道："陈兄弟，你不妨也留下来看看。"

陈彻道："我丹田损毁，看了也不能练的，嗯，我还有别的事须做，咱们就……咱们后会有期。"说完只觉胸膛里深深发闷，一时间心想，不知那些江湖故事中的侠士在说出"后会有期"之际，心中是否也是这般苦涩？

却听柳续叹道："近日里龙骨丹青萧野谣也在青州，若你俩能相遇，我倒真想瞧瞧他会如何画你。"

陈彻一愣，欲言又止；方要转身离去，却听柳续道："陈兄弟，瞧你神情，莫非是已见过萧野谣了？"

陈彻不料柳续目光如此敏锐，便道："嗯，他给我画过像了。"说完便从衣襟里取出了那张脏油纸。

柳续接过看了一眼，道："果然是龙骨。"随即还给陈彻，又道，"你收好这张纸，以后或有用处。"

陈彻嗯了一声，虽不觉得自己还有什么"以后"，更遑论"用处"，却也没再多言，径自出门离去。

他在空荡荡的街上走了一阵，只觉困意不断涌来，极想坐倒了酣睡一场，转念又想，过不了多久，只怕便可一直睡下去了；这般一想，困意倒似淡去了不少，便在夜风中疾行起来。

少顷，他来到吕记当铺附近，却见当铺的门兀自敞着，屋里已点起了灯烛，有几个店伙计正在清点损失的银两，口中不时迸出几句牢骚、谩骂。

陈彻虽久闻吕玉寒的恶名，却也不知他究竟住在何处，便想着来当铺查探一番，当即凑近门边，偷听当铺伙计们说话，得知他们已将遭劫之事知会了吕玉寒，眼下正等着吕玉寒亲来当铺处置。

听了一阵，陈彻便悄然蹑行到街对面，寻了个暗处蹲下，将那柄柳续给他的短刀捏在袖中，静静等待。

半晌过去，吕玉寒来到了当铺门前的石街上，身旁却另有一个身形高瘦的汉子；陈彻眼看吕玉寒没带得许多仆从，方自微微松了口气，忽而却又辨出那瘦子赫然正是青箫白马盟之主，白马长戈方天画。

但见吕玉寒从旁引路，微微躬身，似是对方天画极为恭敬；方天画晃晃悠悠地迈步，宛如一缕畸长的孤魂，缓缓飘行在夜色中。

霎时间陈彻心中怦怦急跳，拿不准方天画与吕玉寒究竟是何关系，犹豫不决之际，却听方天画道："夜长事多，未曾想竟忙乱到了此刻。"

吕玉寒赔笑道："方盟主实在辛苦，晚辈本想略尽地主之谊……"

方天画道："那春风酒楼，该已打烊了吧？"

吕玉寒笑道："想来是打烊了，不过若方盟主还有酒兴，便请到舍下……"

方天画忽道："春风酒楼打烊了，那么春风也打烊了吗？"

——这一问极是古怪，吕玉寒怔了怔，一时接不了口。

陈彻一时也听得错愕，不及细想，便要起身冲上去，却见方天画忽然侧头看过来，似是察觉到了自己，霎时间心神紧绷；片刻后，方天画又转回了头去，淡淡道："吕公子怎不说话？"

吕玉寒干咳一声，停步答道："晚辈以为，如今正值隆冬，却哪有……哪有春风？"

方天画颔首道："不错，隆冬时节，春风已老，那是不该有的。"

吕玉寒又是一怔，随即啊了一声，似有所悟，道："方盟主莫非是指春风眼吗……嗯，也不知那柳续此刻躲去了何处，他能在方盟主手下逃得性命，也算有点本事了。”

“有点本事？”方天画嘿嘿一笑，“当时我与铁风叶合力一击，却仍是没能留下柳青眸。”

吕玉寒讶道：“这柳续竟有这般厉害？”顿了顿，语气更是惊惑，“铁前辈也来青州了？我却、我却一直不知……”

方天画道：“但我所言的春风，却并不是说柳续。”

陈彻渐听心中渐冷，他虽不知铁风叶是谁，却也明白了方天画似已与吕玉寒结伙，而柳续也是被方天画所伤；眼看着方、吕二人继续交谈，耳中却听不进去了，只觉一道道困意如怒潮般涌上眼帘，一时间只想丢了短刀，从此睡倒在地，生死不管。

可是刚微微合眼，却又难以抑制地对自己生出深深厌弃，心想：“我本也不是吕大少的对手，眼下再多出一个方天画，却又有何分别？不如就试上一试，嗯，反正也不麻烦……”

不知不觉中，陈彻咬破了唇舌，心神微振，却听吕玉寒又道：“料想那柳续仍躲在城中某处，是否要晚辈召集人手，四下里搜寻一番？”

方天画笑了笑，道：“我知他是躲去了一家棺材铺，且随他去吧。”

“这，这却……”吕玉寒默然片刻，赞叹道，“方盟主行事出人意表，神鬼莫测，晚辈实在佩服。”

方天画道：“我有一事不明，想请问吕公子：不知你今日为何要让一个少年学狗叫？”

“方前辈见笑了，”吕玉寒微微一笑，“此事说来也怪，晚辈今日频频遇到乞丐讨钱，正觉苦恼，却听一位路人说，若再遇到讨钱的，不妨让他学一学狗叫，若肯学才给银钱；后来晚辈在赌坊门口遇到那个小乞儿，当时兴起，便让他学了。”

方天画闻言沉思良久，叹道：“看来冥冥中自有天意，若无那三声犬吠，我与铁风叶便也未必会对柳续下手……”

吕玉寒愕然道："竟有此事？莫非那犬吠声其实是什么不寻常的暗号吗？"

方天画默然不语。

陈彻躲在暗处，脸色惨白，听方天画话中意思，似乎若非自己学了狗叫，那柳续便不会受伤失约，说不准便能救下自己的朋友；一时间心中既惊疑又愧悔，不禁僵坐在地。

方天画忽道："吕公子，我看你似乎还有些私事未了，我便先去前边等你。"

吕玉寒一愣，随即听见街对面蹿出响动，却是一个少年走了过来；转头再看方天画，却见他已信步走到了数丈之外，身影模糊在月色中。

陈彻走到吕玉寒身前站定，吕玉寒斜眼一瞟，道："原来是你这小乞丐。"目光却仍追着方天画，又叫道，"方前辈，请你稍待片刻，晚辈这就了结此事。"

方天画闻言顿步，头也不回地道："如此最好。"

吕玉寒沉下一口气，看向陈彻，冷笑道："你喝了我的刀酒没死，若是此后老老实实地讨饭，本也能再当几十年乞丐，可惜却偏偏要来送死。"

两人相对而立，陈彻本以为自己再见吕大少，一定会恨得浑身打战，可是此刻心中却莫名平静，恍惚看到自己的朋友嘴角挂着懒散笑意，正对自己说："嗯，这事不麻烦，可以试试。"

吕大少瞥见陈彻竟似在轻笑，皱眉道："你这小乞丐，胆子倒是越来越大了。"

陈彻道："我其实很怕。"

吕大少冷声道："是吗？"

陈彻道："嗯，但我不是来送死，我想试试看能不能杀了你。"

吕玉寒一怔，不怒反笑，身形倏然晃动，右手已掐住陈彻的咽喉，将他凌空提了起来。

陈彻双足离地，一瞬间猛抬右臂架住吕玉寒的右手；同时拧腰侧对吕玉寒，用身躯封死了吕玉寒左手的出招方位；随即左手持刀平贴着自己的腹部疾刺而出，刀锋顷刻间便触到了吕玉寒的胸襟。

吕玉寒本待催发壶中日月的刀劲，忽觉衣襟破裂，胸口隐隐一痛，霎时惊得脸颊煞白。

——陈彻先前便知凭吕玉寒的修为，即便自己设法偷袭，多半也会被吕玉寒提前察觉，于是便堂而皇之地走到吕玉寒面前，故意激怒他，料想他素来轻视自己，多半会再度使出惯用的扼颈招式；而在前来当铺之前，陈彻已再三思虑，自觉似已找出了吕玉寒这一招的破绽；又反复回想宁简击倒当铺伙计时所用的拳法，只觉颇可用来破解这一招，但知自己没有内功，出拳无力，非得以刀代拳不可，故而之前在棺材铺里便未将短刀归还。

眼下陈彻出刀即中，短刀已刺入吕玉寒胸口半寸；吕玉寒冷汗涔涔而下，急运起十成内劲，聚在胸腹间，迸震出去，将刀刃震得偏斜；一霎里陈彻虎口开裂，整个人如遭车马撞击，倒飞出去，短刀在半空里脱手坠落。

吕玉寒一低头，只见胸前被划出了一道浅长的血口，惊怒中厉笑一声，迈步走向陈彻。

陈彻勉力爬起，定了定神，想要躲避，却觉刀劲透体，周身酸麻难动。吕玉寒走到半途，瞥见短刀在月下冷冷发光，当即伸脚踢在刀柄上，短刀急飞而起，破空直刺陈彻眉心——

当是时，陈彻忽觉眼前月色一阵乱晃，却有一道身影挡在了他身前，接住了短刀。

陈彻眨了眨眼，只觉双目刺痛，喃喃道："……宁姑娘？"

宁简右手抬起，鲜血从指缝里不住滴落，闻言微微侧头，道："我来取我的酬劳。"

陈彻张了张嘴，想问问宁简为何会来帮他，为何又决定接下了他的雇托，可是一瞬间又心想："太麻烦了，太麻烦了，又何必再问？"

他默然看着宁简，心口怔怔地一痛，仿佛有一抹刀痕猝然刻在了心间；白日里他初遇宁简时，只是觉得她容貌很美，却也并未留心去记她的模样，但此刻他觉得自己忽然间就记住了，虽在寒夜中看得模糊，却又记得和他心里的苦痛一般牢固而清楚——

那个月光下紧握刀锋的人。

七

"没想到这小乞儿竟还有帮手，"吕玉寒冷眼打量着宁简，道，"未敢请教姑娘姓名？"

宁简手腕翻转，握住刀柄，闻言蹙眉不语。

吕玉寒见状便道："姑娘身法迅疾，出手利落，必是名门弟子，又何必为了区区一个无名小子为难在下？在下飞光门吕玉寒，平素最爱结交朋友……"

宁简却恍若未闻，自顾自喃喃道："嗯，究竟该叫什么名字好呢？"

吕玉寒一愕，道："姑娘是在说自己的名字吗？"

宁简仍自认真思索，随口应道："我方才刚学得刀术，第一次出刀之前，总须为自己的刀术想个好名目。"

吕玉寒目光闪动，道："不知姑娘师承何人，尊师传你刀术时，没告诉你名目吗？"

宁简道："嗯……他让我自己想。"随即瞧见前方远远地似还有一道人影，便又问道："那人是谁？"

吕玉寒听她语声已渐渐不那么清冷，不禁微笑道："那人便是武林中赫赫有名的白马长戈，方天画方盟主。"

宁简颔首道："那他会帮你吗？"

吕玉寒怔了怔，道：“这个……在下为何须方盟主帮我？”

宁简淡淡道：“因为我这便要杀你。”

吕玉寒神情微紧，轻笑道：“姑娘说笑了，咱们无冤无仇……”说到这里，忽听远处的方天画悠悠吟道：“多少恨，昨夜梦魂中。”[①]

他嗓音粗犷，浑不似文人墨客，却将这阕词吟出了苍莽阔落之感，仿似野店昏灯里豪侠惊梦，抚剑喟叹。

陈彻听见这词句，心弦一颤，站直了身躯，遥遥望向方天画。吕玉寒回头望去，疑惑道：“方前辈？”

却听方天画默然片刻，继续吟道：“还似旧时游上苑，车如流水马如龙。”

吕玉寒听得皱眉，四下环顾，但见长街空落，地上铺着一层稀薄的月光，却与词句中的热闹情景浑然相异，可是不知为何，心中竟乱哄哄地难以平静，仿佛方天画的语声一瞬里活过来了似的，正在周遭浮动。

宁简持刀静默，亦是心头微微恍惚，刀刃在夜风里颤出一丝轻鸣。吕玉寒顿时收摄心绪，回过头来紧紧盯着宁简，神情戒备。

陈彻怔怔呆立，过往经历匆匆过眼，恍如车马般从身旁疾驰而去，转瞬便与方天画的语声一般模糊；耳听着凄冷风声，忽觉心口锐疼，似乎即要被天上新月勾走一切心事。茫茫然中，莫名想起了柳续的那幅字，不自禁地轻声呢喃：“竹声新月，依旧竹声新月……”

吕玉寒无意间与陈彻目光相触，只觉陈彻眼中似有刀意夺眶而出，一霎里如遭斩伤，竟忍不住想要闭眼。——忽然眼前一阵摇晃，仿佛周围朦胧晕散的月光倏地收成了长长的一线，惊凛中眨了眨眼，却见宁简已掠至自己身前。电光石火之际，猝然看清了她的容貌，恰

---

① （南唐）李煜《望江南·多少恨》。

逢方天画吟出尾句："……花月正春风。"只觉她的眉目在淡淡的月光下惊艳如刀，不禁心中一动，身躯缓缓软倒，涩声道："你，你究竟是谁？"

宁简轻轻扶着吕玉寒，将他放倒在地，目光却一直盯着远处的方天画。

长街寂静，方天画背对三人而立，衣摆在夜风中飘动，自始至终都未曾回头。

宁简松了口气，回身对着陈彻招了招手，留意到他眼神清亮而锋锐，不禁微微一怔。

陈彻走近了，低头瞧去，却见那柄短刀已深深插进吕玉寒胸口，就像是从他心窝里长出来似的。

宁简轻声道："你来拔刀吧，拔出刀他便会气绝。"陈彻嗯了一声，俯身蹲下，握住了刀柄。

吕玉寒身躯抖动起来，眼皮翻动，瞪着陈彻，嘴里含糊道："世事无常，真没想到，我竟是死在你阿狐手里，居然是你这个小乞丐……"

宁简冷声道："这不叫世事无常，叫天道轮回。"

吕玉寒一愣，低声笑道："不错，哈哈……我若不逼他学狗叫，便有人逼我学狗叫了，只怕我仍难逃一死……这是命数，果真是天道轮回……"

宁简当即问道："你说什么？是谁逼你？"与陈彻相视一眼，均觉惊疑。吕玉寒说到这里，气息渐弱，神色古怪地笑了笑，却不再开口。

"吕大少，你不是死在阿狐手里，"陈彻低头看着吕玉寒，认认真真地说道，"记住我的名字——我叫陈彻。"

陈彻言毕拔刀在手，站起身来，吕玉寒当即毙命。

陈彻静默片刻，将短刀递向宁简。

宁简接过了刀，沉吟了一阵，忽道："我想好了，从此我的刀术就叫‘春风’。”

陈彻点了点头，忽然听到了轻轻的击掌声。

“春风如刀，秋水似剑，都是动人心魂之物啊。”方天画叹息一声，转回身来，“……真是好名目。”

陈彻低声道：“就是他打伤了柳大侠。”

宁简神色顿凛，持刀的手缓缓抬起，指着方天画。

却听方天画微笑道：“我若真想杀死柳续，眼下便可赶去棺材铺，正好将他送进棺材。”

宁简一怔，道：“方前辈，你……你与吕玉寒不是一伙的？”说完便觉问得多余，若方天画真与吕玉寒结伙，刚才绝不会袖手不救。

方天画道：“我岂不知他为恶甚多，只是看他还有些用处罢了。今夜两位代我先杀了他，倒也甚好。”

宁简犹豫片刻，将短刀敛入了袖中，道：“那你为何要伤柳续？”

方天画道了声“问得好”，随即却径自继续道：“这吕玉寒虽是吕东游的远亲，但在飞光门里地位并不高。他心有不甘，一意攀附于我，想让我助他成为下任门主，正好近两年我行事颇有不便，就一直让吕玉寒替我出面联络……”

宁简忍不住打断道：“联络什么？”

方天画走到两人近旁，打量了两人一阵，忽而莞尔：“小姑娘，你虽收了刀，但袖中的刀意却比方才更盛了，显是仍信不过我。”

宁简心中一凛，蹙眉道：“那便如何？”

方天画点头道：“你新得了柳续的刀意，便能领悟到如此之深，可谓是天生的刀客了，柳续传刀的眼光果然了得。”

宁简道：“方前辈，你究竟意欲何为？”

话音方落，她倏然听见远处街上传来一阵纷乱的脚步声，似有许多人正自走过来，不由得愈发惊疑。方天画却不回顾，抬起头来仰望月色，怅然答道：

“夜半春风，刀意凉初透。此情此景，岂不该欢宴一场？”

宁简与陈彻心中疑惑，都望向长街远处，但见人影憧憧，络绎行来，粗辨去竟似有二三十人之多。又过片刻，看清了走在当先的是两个中年汉子，左边那人衣衫单薄，手里拎着两坛酒；右边的则捧着一大堆物事，却是陈彻白天遇见过的那姓阮的农夫。

方天画转身打量那两人，笑道：“眼下良友做客，春风为肴，正好铁兄与阮兄又携得酒来，那便足够开宴了。”

那薄衣汉子粗声道：“这时节哪来的春风，老方，你是被柳续打糊涂了。”

方天画哈哈一笑，却听右边那农夫道：“方兄，你说要请客，却是让咱们都陪你当街喝风吗？俺可是真有些饿了。”说着将手里的物事放在地上，却是几摞用麻绳捆扎在一起的酒碗。

陈彻听到“饿”字，顿时也觉得又困又饿，眼前微微发晕。

宁简蹙眉心想：这两人与方天画平辈论交，语气中似也甚是熟稔，难道竟是凉州天风峡、秦川木余刀两派的掌门人铁风叶与阮青灰？转念之际，那群人都已渐渐走近，围着方天画稀稀落落地站定，却将她与陈彻也围在了当中。

她四下环顾，但见众人高矮胖瘦不一，有男有女，均是她不认识的；一时间心头惊疑，却听方天画叹道：“本来是有菜的，但现下吕玉寒死了，我可也买不起菜了。”

众人闻言都笑，有人道：“吕玉寒吗？这两年我与他书信联络过两回，倒还未曾谋面。”也有人道：“吕玉寒是谁？我可从没听过。”

方天画指了指地上吕玉寒的尸身，淡淡道：“这便是吕玉寒了。”

众人瞥了一眼那尸身，稍稍议论了几句，便无人再去在意。又有人道：“方兄，你身边这位小兄弟是谁，他似乎不会武功？”

方天画侧头问道：“这位兄弟，你名叫陈彻，是吗？”

陈彻闻言与方天画对视，只觉他的神情一瞬肃重，眼神中似乎别有意味，不禁怔了怔，答道：“是。”

方天画微微点头，又道：“诸位或有不知，白日里若非这位陈兄弟学了那三声狗叫，只怕咱们今夜也未必能相聚于此。”

众人闻言相顾，有人神色恍然，有人却皱眉不语。方天画也不解释，径自又对宁简道：“还没请教姑娘姓名？”

宁简道：“我叫宁简。”

话音方落，人群中便有个女子冷笑道：“你姓宁吗，我瞧着可不像。”

宁简哼了一声，蹙眉不语。

有人接口道：“薛姑娘，那你说她姓什么？”

那女子轻笑一声，却不说话了。陈彻不明白为何她连别人姓不姓什么都能瞧出来，不禁转头望去，月光下依稀看见她脸上斑驳一片，也不知道是伤疤还是刺青。

那农夫忽道：“方兄，请你来说几句话吧。”

方天画答应一声，环顾众人，拱手道：“诸位之中，有些与方某是旧识，有些却是今夜初次见面，但无论如何，诸位总归是信得过方某，才会来到此地，方某先行谢过。”

众人纷纷拱手还礼，都道：“方兄不必客气。”“多谢方盟主邀约。”人群中有个道士打扮的高瘦汉子忽道：“贫道赶来青州，只是因为信得过刀宗，却不是信你方天画。”他语声轻细，却如一根长针般从众人的说话声里刺透出来。

方天画微微一笑，道：“尹兄所言不错，咱们来此，都是为了刀宗。”

宁简闻言心想：这人姓尹，又是个道士，莫非竟是多年前便名动武林的庐山“天敌道人”？正自寻思，果然便有个胖子讶声道：“尹天敌，没想到你也来了。”

那道人语声漠然道：“嗯，阁下若想到了，贫道便不来了。”

那胖子似是接不下话了，此后便静默不语。

那姓阮的农夫笑道：“起先方兄没说实话，俺也是今晚才知，原来方兄与铁兄却也是要对付燕寄羽，嘿嘿，那我倒也愿意凑个热闹。”

人群中随即便有人道：“阮青灰，我倒不知你也是个爱凑热闹的脾性。说起来，你与燕寄羽交情也不算浅吧？”

阮青灰淡然道：“从前曾是有些交情，但我也早瞧燕寄羽那厮不顺眼了。”

众人相顾一静，那姓铁的汉子忽而哈哈笑道：“武林中提起燕寄羽的名字，在其后加上‘那厮’二字的，只怕阮兄是第一人了。”

方天画苦笑道：“要说交情，本是温歧与刀宗相交最深，然而……”说到这里，却未再说下去。

阮青灰道：“温歧对燕、李二人早已唯命是从，那是指望不上的。”顿了顿，又道，“但咱们既来到了飞光门的地盘，为何方兄却不去找老岑？”

方天画叹道：“岑兄义气深重，我素来知闻，只可惜他为师弟吕东游所累，一心要给飞光门争名头，怕是万万不敢开罪燕寄羽的。”

宁简听到这里，心中愈惊，忍不住问道：“方前辈，你们在这里聚会，是要对付燕寄羽？”

方天画点头不语。阮青灰嘿嘿一笑，道：“如今燕、李把持正气长锋阁，武林各派大都听命于他们，我等要对付的，实是大半个武林。”

宁简又道：“听你们话中意思，是燕寄羽要对刀宗不利，而你们却是为了刀宗？”

方天画道：“不错。”

宁简点了点头，蹙眉沉思起来。众人里随即有人道：“我也想请教方兄，那燕寄羽究竟何时会对刀宗下手？”

方天画沉吟道：“依我看来，短则一两年，长则四五年。”

那姓铁的汉子叹道：“燕、李二人想杀刀宗，早已筹谋多年，但我与方兄却是近一两年才得了消息，如今我只盼为时未晚。”

众人闻言相望，一时间低语纷纷。有个书生打扮的中年人悠悠叹道："犹记得北荒天惊崖上，那摩云教宗曾说，'你们中原武林迟早要杀刀宗'，当年自无人相信，不料却是一语成谶……"

阮青灰道："兄台瞧着面生，不知是哪一派的高人，当年竟也在天惊崖上？"

众人闻言纷纷打量那书生。那人微微一笑，却不回答。

方天画道："这位兄台对燕寄羽、李素微均可谓知之甚深，稍后方某自当为诸位引介。"

"这人我倒也认识，"人群中忽有个青衣人冷冷道，"但我却有两件事想问方兄，若方兄不能答，那便恕我先行告辞，不奉陪了。"

方天画轻叹道："寒生兄，咱们相识多年，你请直言便是。"

宁简闻言一凛，心想原来这青衣人竟是弹霜亭刀派的掌门谈寒生。只听他快语问道："其一，你今日为何将青锋令给了展梅？其二，你究竟为何不杀柳续？"

八

众人闻言都望向方天画。阮青灰道："我倒也很是好奇，今日方兄说要去联络柳、展、萧三人，却不知后来究竟如何？"

方天画颔首道："白天我与阮兄分别之后，头一个见的便是展梅。我与他只略略谈了几句，便探出他对燕寄羽甚是钦服，绝不愿与咱们结伙，我便没再深谈，径直将青锋令给了他，这也是燕、李二人的意思……"

他顿了顿，轻叹道："燕寄羽想让展梅来做武林中的第十位青锋令使，是看中了展梅与吴重的交情，而我顺其意而为，也是因此：咱们要救刀宗、要摧灭燕寄羽的奸谋，便须得让吴重到时死在春山之上，不能死得晚了，但也绝不能死得太早，嗯，这确是咱们的一大难处所在……”

谈寒生闻言皱眉不语，只听方天画又道：“我见的第二个人，是萧野谣。他与展梅恰恰相反，满口答应说要与咱们结盟，共同对付正气长锋阁，可是随即却说另有要事，夜里不能来此与咱们相聚……”

阮青灰道：“据我的消息，萧野谣今夜之前便已离了青州。”

方天画道：“此人看似潇洒散淡，实则让人捉摸不透，他答应了我，怕也不过是随口答应，并不能当真。”他看向谈寒生，又道：“谈兄，你教过萧野谣武功，可知他性情如何，是不是守信重诺之人？”

谈寒生淡淡道：“我也不过只是教过他武功罢了。——老孔，你不也教过他剑术吗，你来说说？”

那“老孔”是人群中一个面皮白净、模样俊美的男子，闻言笑嘻嘻道：“这萧野谣是昔年‘墨铗门’的遗孤，我们画剑堂与弹霜亭、知味谷都欠过墨铗门的恩情，这才传授武功与他……嗯，其实他在知味谷里待得最久，可惜眼下似没有知味谷的高人在场。”

“原来如此。”先前那自称到过北荒天惊崖的中年书生忽而一叹，“‘思鱼此日空弹铗，误墨他年点画屏’，没想到墨铗门还有一脉尚存。”

众人里许多人都未曾听过墨铗门这个门派，心中疑惑之际，却听方天画继续道：“我第三个见的，便是柳续柳青眸了，在见他之前，我已知他与燕寄羽近年来嫌隙渐深，本以为他是三人之中最易联拢的，不料他虽然颇不认同燕寄羽的所作所为，却仍是对停云书院心怀至诚，不愿与停云书院山长为敌……”

人群中当即有人道：“所谓‘衡阳之雁，华顶之云’，武林中从前谁不景仰，谁又愿意开罪停云书院？但我等今夜仍然聚会于此，那是义所当为，毋论其他，不得不与停云书院为敌。”

又有人冷笑道：“我可是听说，燕寄羽即要升柳续为停云书院副山长，嘿嘿……方天画、铁风叶，你俩今日不杀柳续，怕是要为以后种下祸患。”

宁简神情微震，心说那人果然便是铁风叶，没想到正气长锋阁的七位阁主竟在今夜见到了两个。

却听方天画道："方某不杀柳续，自有原因。其一是因柳续行事侠义，我素来有些钦佩，即便他不便与咱们结盟，料想以后也绝不会与燕寄羽同流合污；我曾听闻，柳续是柳老山长的嫡亲后人，若此事为真，只怕燕寄羽也不敢过分逼迫柳续。"

谈寒生道："那么方兄今日放任柳续逃遁，就不怕走漏咱们结盟的风声吗？"

那中年书生微微一笑，接口道："方兄选在这露天里与咱们聚会，又不去追杀柳续，只怕为的便是走漏风声。"

方天画点头道："不错，这正是原因之二。燕寄羽为人谨慎，思虑悠远，又有温歧为他出谋划策，若他得知了咱们结盟之事，多半会有所收敛，推迟他的奸谋。——如今的情形，他越迟动作，于咱们越是有利。"

那中年书生沉吟道："嗯，以我对燕寄羽所知，他定然是要重新筹谋一番，方兄今日的安排已是极妥当了。"

方天画道："多谢吴兄。"环顾众人，又道："诸位或有不识，这位吴兄便是燕寄羽的师兄——吴思邪。"

众人闻言顿惊，均想当世柳下春草已仅余两人，燕寄羽久居华山，那是极难一见的，未曾想今日却见到了他的师兄吴思邪；一时间纷纷拱手道："久仰！""幸会吴兄！"

"幸会诸位侠士。"吴思邪走到方天画近旁，对众人还礼，"说到'衡阳之雁'，有一事还须教诸位得知：半年前，在下曾到衡山与方白相谈，他已答应在下，绝不会相助燕寄羽。"

话音方落，众人便相顾低语，无不神情惊喜。

铁风叶默然旁听良久，忽道："诸位。"

语声如一道寒风扫过长街，众人渐渐肃静下来。

"铁某在来青州之前，去了一趟云州青鹿崖。"

铁风叶一边说话，一边伸手拍开了地上那两大坛酒的封泥，“这两坛酒里，都掺入了青鹿崖上的雪水。诸位既然来此，想是都已思虑清楚，但咱们要做之事极为凶险，从今往后，多半便是九死一生……”

众人都望着铁风叶，一时无言。

铁风叶淡淡道：“若诸位心意已决，便请来喝一碗雪酒，从此咱们便缔下这‘青崖之盟’。”

街上冷风嘶啸，人群里一阵静默，忽有个年轻公子走上前来，道：“请容晚辈先来喝一碗吧。”

方天画微微点头，那公子便取了一只酒碗，满满地倒了一碗酒；陈彻从旁看着，忽觉眼前一闪，却见那公子的袍袖边缘在月色中发出淡淡金光，似是绣入了金丝。

那公子端起酒碗，目视方、铁二人，神色一凝：“柳州龙家弟子龙霖，见过方前辈、铁前辈。”言毕饮尽碗中酒，返回人群。

随即又有两个年轻人越众而出，左边那人面目丑陋，脸上生了个瘤子，默默倒酒喝了，道：“庐州花家花流骛，见过诸位。”嗓音很是粗哑。

右边那人等着花流骛喝完，也从容喝了一碗酒，不疾不徐道：“朔州胡家弟子胡飞尘，见过诸位豪侠。”

待胡飞尘走回，吴思邪低声道：“原来四大世家倒是来了三家。”

方天画颔首不语。

阮青灰嘿嘿一笑，道：“这三家的家主奸猾得很，自己不来，却派来了三个晚辈，那是两边都不想得罪，还要继续观望势头……”说到这里，径自扯起一只酒碗，也喝了一碗酒，随口道：“木余刀阮青灰，幸会诸位。”

随即，一个灰衣人缓步走近，慢悠悠喝了酒，道：“游刃坊金厌昔，请诸位多指教。”

谈寒生也跟着走近喝酒，冷冷道了声“弹霜亭谈寒生”，便默然退到一旁。

铁风叶本自淡漠旁立，看见有个白衫人走到酒坛之前，不禁神情一肃，也倒了一碗酒，道："天风峡铁风叶，先干为敬。"

那白衫人也饮下一碗酒，轻声道："留影舫周行空，有幸与诸位相会。"

人群中一阵惊呼低语。吴思邪不禁看向方天画，轻叹道："没想到留影舫的掌门竟会上岸亲至，方兄当真好大的面子。"

方天画摇头道："不是我的面子。"

又过片刻，先前那"老孔"道："你们五大刀派的掌门都喝完了，也该在下了。"

铁风叶哈哈一笑，道："孔掌门请吧。"

那人当即快步上前，笑呵呵地倒酒喝酒，又道："画剑堂孔芜，幸会幸会。"

宁简正听得心惊，却见众人里又走出一个美貌女子；方天画迎上一步，取碗为那女子斟了少许酒水，道："秋掌门，咱们是初次见面。"

那女子约莫二十出头，脸颊清瘦，闻言眸光微颤，低眉道："巴山烛照剑传人秋剪水，见过方盟主。"言毕接过酒碗，浅酌了一口，随即走回。

方天画拱手还礼，却听身旁的吴思邪沉吟道："刀派掌门九到其五,七大剑派的掌门却只来了两个。"

众人从前几乎未见过秋剪水，不禁纷纷侧目打量。孔芜喝完了酒，却未返回，注目方天画，忽道："咳咳，我有一事，不知当问不当问……"

方天画道："但讲无妨。"

孔芜道："咱们结盟之事，敢问刀宗是否知道？"

方天画摇头道："刀宗不知。"

孔芜沉默片刻，苦笑道："刀宗不知，但咱们此后却要出生入死，这究竟……值不值得？"

方天画却不回答，径自走近酒坛；众人面面相觑，但见方天画俯身取了一只新碗，慢慢给自己倒了一碗酒；他身形极瘦长，弯腰时姿势极为畸异，宛如一根歪扭的长竿从中断折。

方天画端着酒碗，却不看众人，低头静默片刻，忽而转头向西望去。一时间众人纷纷西望。

方天画将那碗酒一饮而尽，淡淡道："值得。"

孔芜点了点头，不再多言。吴思邪忽而轻叹："等再过几年，咱们这些人不知尚能有几个活着？"

众人一阵静默，忽见月光下灰白的身影一闪，却是那道人尹天敌掠近酒坛站定，冷笑道："诸位都是老江湖了，谁也蒙不了谁，来都来了，还有什么好算计的，喝酒便是。"

尹天敌喝完之后，很快又有一男一女走过来喝酒。那男子眉目精悍，头发极短，自言是西域明光教弟子陆孤月；那女子脸颊上刺着一条青郁郁的鱼，正是先前质疑宁简姓氏之人，她一口气喝完了满满一碗酒，嘴角挂着一丝诮笑，随口道："山中刺，薛夜鱼。"

人群里有不少人知道薛夜鱼是山中刺零字堂的堂主，一时间相顾低语。

随后不断有人上前喝酒，其中有些人之间似是相互厌恶，瞥见对方去喝酒便面露不屑，却也都先后喝了酒。

宁简正自留心听着这些人的姓名、出身，忽见方天画侧头看过来，道："宁姑娘，你也来喝一碗吗？"

"好。"宁简闻言点头。

方天画莞尔道："宁姑娘答应得却是痛快。"

宁简淡淡道："我不认识燕寄羽，不知他是好是坏，但我一向讨厌正气长锋阁，嗯……我最鄙夷的便是那些趋附正气长锋阁的势利小人。"

方天画哈哈一笑："说得好。"

"何况……"宁简又道，"何况我从前虽也不认识方前辈，但刚才听了方前辈吟的诗词，却能听出其中的豪迈磊落，故而觉得，方前辈定然不是坏人。”

话音未落，街上倏忽一静。片刻后，铁风叶忽然纵声大笑：“老方，她说的可是真的？你他娘的竟然还会吟诗？”

随即，众人都哄笑起来；阮青灰道：“方兄，咱们相识多年，我可从没听过你吟诗，嘿嘿，不如你现下再来吟上几句，从此水里来火里去，咱们大伙儿全听你吩咐如何？”

众人闻言纷纷叫好，饶是方天画纵横江湖多年，闯过不少难关，也不禁面上发窘，弯腰为宁简倒了一碗酒，道：“宁姑娘，闲话少叙，快请喝酒吧。”

那薛夜鱼站在不远处，打量着两人，忽而一笑：“方盟主说服不了柳续，便想拉拢他的徒弟吗？”

方天画一怔，却微笑不语。宁简蹙眉道：“柳续不是我师父。”

薛夜鱼眉梢一挑，便要开口；陈彻却突然打了个哈欠，道：“我能喝一碗酒吗？”

方天画目光灼灼地看着陈彻，缓缓道：“陈兄弟，你与我等缘分不浅，自该也喝一碗。”

陈彻道了谢，径自取碗倒酒，咕咚两声，仰颈喝完了一大碗酒。

铁风叶忽道：“小兄弟，你为何想要喝这碗酒？”

陈彻老老实实答道：“我渴了。”

铁风叶一愣，与方天画对望，不禁都哑然失笑。

短时里又有几人上前喝酒；陈彻拎着空酒碗，缓缓坐倒，只觉阵阵困意如醉意一般冲昏了头脑，张望周遭，但见街上众人兀自哄笑着，笑声飘浮在月色中，混进了风声里，恍如一阵清寒而激扬的鼓点。

——他默默听着鼓点，不知不觉地沉睡过去。

醒来时已是清晨，却见方天画等人都已离去，只有宁简站在他身前，正自低头沉思。

他定了定神，又瞥见地上摔碎了许多酒碗，瓷片凌乱而锋利，在晨光中微微发亮，宛如价值连城的珠玉。

他缓缓站起，道："宁姑娘，你怎么没走？"

宁简道："左右无事，便多待了一些时辰，正要走。"

陈彻点了点头，低声道："宁姑娘，昨夜我朋友死后，我睡了一觉，也是一睁眼便看到了你，当时你已经到了很久了吧——我醒来觉得丹田里不那么痛了，一定是你已经帮我治过伤了。"

宁简淡淡道："终究却也治不好你的丹田，不提也罢。"顿了顿，又道："当时你和你的朋友为何会在当铺门口？"

陈彻道："因为柳续曾在当铺门口站了很久。"说完见宁简似是不解，便又解释了几句。

宁简问道："他当时是站在哪里？"

陈彻指了指不远处的地面。

宁简默然片刻，轻声道："那我也去那里站一会儿。"

陈彻一怔，却见她果真走了过去，低头伫立，许久没再说话；陈彻默默瞧着她的侧脸，只觉似乎从未见她露出过这般柔和得近乎凄婉的神情，一时间不禁看得呆住了。

又过片刻，宁简忽然问道："我回去棺材铺瞧瞧，你呢，你要去哪里？"

陈彻闻言摇了摇头，想到眼下朋友的仇已报了，似乎以后再没任何想做的事，也再没有他能做的事了；良久才喃喃答道："我不知道，我没什么地方要去了……嗯，我也先回棺材铺，今日我须得将陈彻好好安葬了。"

他随口说出了朋友的姓名，说完自己却是一怔，似乎今日是要将自己葬下似的。

宁简蹙眉道："走吧。"

两人走了一阵，宁简瞥向陈彻手中，道："你拿着那碗，是打算以后继续讨饭吗？"

陈彻闻言低头，这才察觉自己手里竟仍捏着那只空酒碗，沉默片刻，答道：“……多半是要继续讨饭吧。”

宁简道：“昨夜我撞见你和吕玉寒打斗，你能想到用我的拳术去破吕玉寒的招式，果然天分很高，当真不该一直做乞丐的。”

她说完却想到陈彻丹田损毁，天分再高似也没用，不禁神色微黯，转口道：“说起来，昨晚我才只学了一招刀术便赶去了当铺，柳续说，他今日会将余下的刀术传授给我。”

少顷，两人来到棺材铺，走进堂中，却不见柳续；陈彻正觉疑惑，只听宁简微笑道：“他昨晚说要养伤，便躲进了棺材里歇息。”

那棺材铺的主人闻言苦笑道：“我开店数十年，却也是头一回见到活人自己要躺进棺材里的。”

他说着走向堂中的一口棺材，移开棺盖，一霎里惊呼出声；宁简与陈彻快步走近，低头瞧去，棺材里却是空无一人。

宁简呢喃道：“难道他、他竟离去了？可他还没教我余下的刀术呢……”

那棺材铺的主人愕然道：“这人是什么时候走的，我怎么一点也没察觉？”

宁简蹙眉沉吟，忽见陈彻从棺材里取出了一页纸笺，当即接过，只见纸上的笔迹纵横如刀，是几行词句：

> 算银台高处，芳菲仙佩，步遍纤云万叶。觉来时、人在红帱，半廊界月。[①]

宁简低头轻念了两遍，一时间神情怅然若失。

---

① （南宋）蒋捷《瑞鹤仙·友人买妾名雪香》。

陈彻想了想，道："这多半便是余下的刀术了。"

宁简道："嗯，停云书院本就惯用书法传授武意。"沉默良久，忽而轻轻一笑，"没想到，还是都被吴重说准了。"

陈彻听她语气失落，不禁一愣："宁姑娘，吴重说你定会学到柳续的刀术，那不是很好吗？"

宁简恍若未闻，收起纸笺，转身走出了门。

陈彻犹豫片刻，也跟着来到了街上，正要开口，忽听宁简轻声道："吴重说我只要能见到柳续，便一定能学到他的刀术；又说我若学了他的刀术，从此便会……便会喜欢他。"

陈彻闻言怔住，一时不知该说什么，只默默看着她，心里忽然闪过了晨光中她微微低头，伫立在当铺门前柳续站过的地方时的样子；转瞬之间却又想起她在月光下握住刀锋时的神情，眨了眨眼，又似看见初遇她时，她站在午后浓烈的阳光下，正仰头打量着什么，裙角轻扬，恍如要乘风飞起。

一霎里他心头恍惚，似乎有三个不同的宁简倏然重叠在他的眼前，晨光、月色与烈阳也重叠在了一起，让他模糊了时辰，再也分不清年月，他觉得自己明明才只与她相识了一日夜，可是却又似已相处了许多年，刹那间思绪晃荡荡如云一般，不自禁地闭上了眼睛，手心一松——

啪啦一声，酒碗坠地，惊醒了梦境。

他睁开眼睛，发觉自己醒在马背上，行在春草起伏的荒野间。

侧头看去，却见宁简身披鹤氅，眸光明丽，正凝视着他轻笑道："陈彻，你好生厉害，骑着马竟也能睡着。"

他定了定神，向着西边眺望，目之所及，宛如在天地间摔碎了许多酒碗，瓷片般的山峰凌乱而锋利，山间积雪在晨光中微微发亮。他以前从来没见过这片绵延到云深处的山峰，却莫名觉得熟悉，仿佛曾梦见过似的，不禁脱口道："咱们到了？"——下一瞬，在宁简回答他之前，他便已经明白了那就是他要去的地方。

第五章

昆山雪刃

叶凉心中空旷，不自禁地仰头，目光越过了燕寄羽；而此刻陈彻却已在春风酒楼的堂中睡着，正踏着野草行走在梦中，目视着前方——

两人同时看见了积雪的山峰，宛如一柄锋锐的雪刃扑面斩来，天地间再无可避，一瞬里既无比惶惧，却又感到振奋。

一

春山在望，叶凉随着师父吴重缘河而行，走在蒙蒙春雨中。

忽听师父道："如今你剑式已成，是时候给你寻一把好剑了。"

叶凉一怔，望着前方炊烟缕缕的春雪镇，道："可这镇子如此荒僻，怕是没有卖刀剑的铺子吧？"

吴重呵呵笑道："我自有办法。"走了一阵，又道，"快取伞来，我的衣衫要湿透了。"

叶凉啊的一声，赶忙从行囊里取出油纸伞递给师父，低头打量自己身上，不禁疑惑道："这可奇了，我的衣衫却还没怎么淋湿。"

吴重道："那是因为你方才出完那一剑，剑劲仍在周身流动，弹飞了许多雨水。"

叶凉吓了一跳，道："我、我有这般厉害吗？"

吴重闻言微笑，张口欲答，忽听身后不远处传来轻轻的马嘶，回头看去，却是一个青衫人牵着马缓步行近。

那青衫人面容瘦削，二十七八岁模样，驻足问道："请教阁下，前边可是春山？"

吴重点了点头，仔细打量了他一阵，皱眉道："我竟不认得你？"

那人莞尔道："我也不认得阁下。"

吴重道："你不认得我那不出奇，我不认得你却很不应当。"

那人道："阁下难道天下人全都认得吗？在下方轻游，并非什么奇人。”

“方轻游？没听过。”吴重摇头道，“似你这般修为深湛的武林中人，我本以为自己都认得的……”

方轻游淡然道：“阁下谬赞了。”转头瞥了一眼叶凉手中的葫芦，又道，“这位兄弟好剑术，方才我远远瞧见你手扬葫芦刺出的那一记水剑，当真是大开眼界。”

吴重道：“此言差矣，我徒儿方才所使的不是剑术，而是刀术。”

“刀术？”方轻游讶道，“却不知是何门何派的刀术？”

吴重道：“我师徒二人出身于青州飞光门，阁下想必也听过，我们飞光门素以铜酒壶为刀，只是我嫌那铜壶太过招眼，便换成了葫芦……嗯，我徒儿方才兴之所至，泼水成刀，未曾想却被阁下瞧见了。”

方轻游笑了笑，道：“原来如此，未敢请教阁下姓名？”

吴重道：“在下岑东流。”

方轻游淡淡道：“原来是岑兄，那么阁下也是武林中成名多年的刀术名家了，实在失敬。”

“不敢当，”吴重说着指了指叶凉，又道，“我徒儿名叫花暖。”

叶凉一怔，只觉这名字颇为难听，一时却又不敢说话。

方轻游微微颔首：“花兄弟，幸会。”

叶凉道：“……幸会。”

方轻游道：“咱们同去前边镇上，寻个避雨处吧？”

吴重点头道：“岑某也正有此意。”

话音方落，却见方轻游解下了马鞍和缰绳，放那匹马在春雨中奔远了，不禁微笑道：“方兄放走了坐骑，莫非是打算从此长住春雪镇上吗？”

方轻游却只轻声道：“我倒也听说，十三年来这镇上确也住下了不少刀客。”

吴重道：“方兄也是刀客吗？”

方轻游一怔，摇头笑道："我两手空空，只怕得先去镇上找一把刀，才算得上刀客。"

吴重道："可这镇子如此荒僻，怕是没有卖刀剑的铺子吧？"

方轻游道："这春雪镇上既住了不少刀客，料想也不缺刀。"顿了顿，问道，"不知岑兄来这镇上却是所为何事？"

吴重神情一肃，道："实不相瞒，我是来救人的。"

"那可巧了，我也是来救人。"方轻游一笑，"岑兄要救之人，怕是很难救吧？"

吴重叹道："难如钻冰取火。"

不多时，三人走到了春雪镇上，叶凉左右张望，却见与寻常西北边陲小镇也没什么分别。吴重瞧见远处街上似有一角酒旗，便道："方兄，咱们去前边喝两碗酒？"

方轻游犹豫片刻，道："我还是先去寻一把称手的刀。"

吴重也不多劝，辞别了方轻游，领着叶凉走向那处酒楼。走出几步，叶凉回望去，却见方轻游神色安然，默默地转入街边另一条窄径里去了。

叶凉道："师父，你真的会那飞光门的刀术吗？"

吴重沉吟道："嗯……为师对于刀术虽不如剑术那般精通，却也粗粗会个七八十种。"

叶凉想了想，道："那怪不得师父昨夜说梦话还说到了'刀'。"

"梦话？"吴重神情微变，连声道，"什么梦话？我说梦话了？我昨夜说什么梦话了？"

叶凉道："我记得挺清楚，师父你说的是——'有朝一日，天下只有一柄刀，在我的手中。'"

吴重一怔，随即笑道："这是什么怪话，哈哈，真是怪得很了。"

不待叶凉开口，他又道："徒儿，你可知这镇子为何叫'春雪镇'？"

叶凉道："多半是因这镇子就在终年积雪的春山脚下吧？"

吴重摇头道："这你可说错了，还是为师告诉你吧：话说这舂雪镇上有个大石舂，许多年前闹饥荒的时候，镇民们走投无路，也不知是谁饿昏了头，却将积雪放进石舂里，没想到竟舂出了米来，才让这镇子度过了饥荒。故而此镇得名为'舂雪镇'。"

叶凉愕然道："舂雪成米，那怎么可能？"

吴重嘿嘿笑道："这自然只是传说罢了。"

说话中两人来到酒楼门前，吴重仰头端详酒楼招牌，不禁皱眉道："这酒楼的名字我不喜欢。"

叶凉抬头看去，不禁哑然失笑：这舂雪镇上的酒楼，却是名为春风酒楼。

吴重寻思一阵，叹道："罢了，料想镇上也就只这么一家酒楼。"当即走了进去。

叶凉回想着下山之前，他曾想给自己的剑术取名"春风"，却被师父嫌弃，说这两字"太老，不是好名目"。——这也不过才是去年秋天的事，此刻在异地忆起，却又莫名觉得模糊遥远，一时间心中怅惘，怔怔然随着师父走进了酒楼。

酒楼里只稀落坐了两桌客人，师徒俩寻了角落的空桌坐下，却见堂中还有个说书人正在讲述武林近闻；吴重笑道："这镇子如此远僻，料想他也讲不出什么新鲜事。"

只听那说书人道："……咱们方才说完了藏玉楼楼主温歧之死，接着便再说说正气长锋阁的另一位阁主……"

吴重听得面色一僵，神情惊疑不定。

叶凉好奇问道："师父，他说的算是武林中的新鲜事吗？"

吴重恍若未闻，只低声叹道："没想到温歧这么早就死了……"

那说书人继续道："……这青城弦剑的掌门人岳河病故之后，自然便由其子岳凌歌继任，听闻这岳凌歌天资低劣，好色放荡，那是极不成器的，但他总归是岳河的独生儿子，继任青城掌门那也罢了，可是谁能想到，正气长锋阁却竟又让岳凌歌继任了其父的阁主之位——”

吴重听到这里，面色又变，喃喃道：“岳凌歌做了正气长锋阁的阁主吗……”

“须知这正气长锋阁的阁主之位，绝不同于一家一派之掌门，本该由武林各派公议共举，唉，这可真是……”那说书人一边说话，一边唉声叹气，似深觉不妥。

吴重起身走到那说书人面前，道：“你先前说温歧死了，此话当真？”

那说书人道：“千真万确。”

吴重道：“那你且说，是谁杀了温歧？”那说书人未及作答，忽听门口传来一道冷淡语声：“是我。”

叶凉闻声转头，见一个红袍人踏进了酒楼——那人脸颊苍白，模样平平无奇，只是发髻上插着一枚珠钗，瞧来颇有些古怪。

……

春山在望，陈彻随着宁简缘河而行，天上阴云渐凝。

“总算赶到了。”宁简张望前方远远的一缕炊烟，轻轻吁了口气。

陈彻打了个哈欠，道：“这般荒远的昆仑山里，没想到竟还有个镇子。”

宁简道：“这春雪镇起初只是一些来春山采药的客商在此粗陋搭盖了几间屋子，百余年过去，人烟才稍多了些；直到刀宗退隐春山，武林中人仰慕刀宗，十三年里不断有刀客来到镇上住下，这才渐渐成了你眼前的这座镇子。”

陈彻道：“原来镇上还住着刀客，若是韩大哥……嗯，他一定也愿意住在镇上的。”

眼看春雨将落，河边野草在凉风中阵阵低昂，两人不禁加快了步子；片刻后，陈彻忽道：“主人。”

宁简道：“怎么了？”

陈彻道："那日在青石镇外，你说本也打算来昆仑山寻人……是来寻柳续吗？"

宁简一怔，蹙眉道："不是。"

陈彻点了点头，道："原来不是。"随即不再多言。

宁简沉默了一阵，又道："五年前我与方盟主他们结下青崖之盟，几年过去，他们却也没再联络我。"

陈彻不明白宁简为何忽然说起此事，闻言只嗯了一声。

宁简继续道："直到去年秋，我收到方天画传信，要我前去鄂州与吴重相会，接下他的雇托。"

陈彻恍然道："原来这竟是方天画的安排，我还以为吴重是和燕寄羽一伙的……"

宁简道："哼，似吴重这般狡猾之人，自不免要脚踏两只船。"顿了顿，又道："去年在鄂州汉阳，我是在晴川刀一派的一处宅院里见到了吴重，他没带他那个小徒弟，让我也只身前去，却是神神秘秘地交托给我两件事：其一是将珠钗带给弓魔；其二嘛，便是让我寻到燕寄羽，再替他问燕寄羽一句话。"

"燕寄羽？"

陈彻顿时一惊，道："吴重要你问燕寄羽什么？"

"嗯，吴重要我问的是……"宁简回忆片刻，继续道，"——'天地仅一隅，朝夕只一日，困于其中，如何解脱？'"

陈彻想了想，道："我记得薛秋声说云荆山的刀术名为天地朝夕，吴重这一问，似也和刀宗的刀术有关。"

宁简道："嗯，我也是这般推想，可他为何却要问燕寄羽……"说着低头沉思起来，忽听陈彻道："啊，前边好像有人在等咱们。"

两人顿步望去，但见前方有个身姿纤细的紫裙女子伫立在河边起伏的野草之间，正自侧头凝视河水；一时间陈彻只觉她恍如浮在春风中的一缕霜气，与春草、炊烟、远山浑然相融，仿佛亘古以来便静静地凝停在那里。

宁简与陈彻对视一眼，继续前行；那女子若有察觉似的，轻轻转头，目光落在陈彻身上。

陈彻走近了几步，瞧见那女子脸上遮了一层纱巾，不经意间触及她的眼神，心头忽然空落落地一怔，只觉随着她的眸光转动，一霎里她仿佛从山水之间孤兀地独立了出来。

疑惑之际，他又端详片刻，才看出了异样所在：此刻春风急急拂过草叶，可她的衣袖与裙角却纹丝不晃，整个人宛如嵌在流水中的一块礁石。

那女子迎前一步，轻声问道："来者可是青锋令使陈彻？"

"啊？"陈彻闻言愣了片刻，"嗯……我是陈彻。"说话中来到那女子身前站定，但见她双眸清如霜夜星辰，面容在轻纱之下看不分明，隐约中已极见清丽，瞧着是与自己差不多年纪。

那女子微微欠身施礼，道："雷缨络见过陈令使。"

陈彻在青石镇上曾听岳凌歌、岑东流等人提起过雷缨络，闻言顿时恍然："原来你便是雷缨络，怪不得我方才觉得你有些面熟……"

雷缨络奇道："为何我是雷缨络，你便会觉得我面熟？"

陈彻想了想，道："嗯，因为我见过你哥哥雷缨锋，我觉得他很像一块岩石，刚才我见到你时也是觉得——"说到这里，忽觉似有不妥，一时便说不下去。

宁简轻轻一笑，道："陈彻呀陈彻，金陵雷家的千金可是武林第一美人，你怎能将她比作一块石头？"

雷缨络却似不以为意，只淡然道："我奉燕山长之命在此等候，请陈令使随我去见燕山长吧。"

陈彻愕然道："燕寄羽要见我？"宁简沉吟道："嗯……你新拿了青锋令，他自是要见一见你的。"

雷缨络道："陈令使身旁这位姐姐，可是陈夫人吗？"

“什么？”陈彻闻言顿时愣住，他追随宁简行走江湖数年，却还从来没人这般问过他，一瞬间只觉心中莫名乱跳。

雷缨络见他神情有异，便又道：“莫非不是吗？”

陈彻瞥见宁简侧头瞟过来，赶忙连声道：“不是不是，自然不是，她、她是我的主人，我是她的仆人……”

雷缨络微微点头，道：“原来如此。”语气中却似也并无讶意。

陈彻道：“对，我们是主仆，不是……”说到这里，却又说不下去了。

宁简轻哼一声，道：“正好我也有事要找燕山长，烦请雷姑娘引路吧。”

雷缨络点头答应，随即请教了宁简的姓名，道：“宁姐姐请，陈令使请。”

三人当即朝着春雪镇行去。

陈彻想了想，道：“雷姑娘，你叫我陈彻便好，不用叫我陈令使。”

雷缨络道：“好。”侧头扫了一眼陈彻手中的那柄断刀，又问道：“这是你的刀吗？”

陈彻道：“嗯，这是我朋友死前留给我的。”

雷缨络又看了一眼断刀，颔首道：“原来如此。”语声平淡，听不出什么情绪。

少顷，三人来到镇上的酒楼门口，雷缨络道：“请两位先进去堂中稍坐，燕山长不久便到。”

当是时，春雨骤然飘落，宁简道：“雷姑娘不进去吗？”

雷缨络淡淡道：“嗯，我与酒楼掌柜不方便相见，请宁姐姐见谅。”

宁简点了点头，雷缨络随即辞别了两人，转身离去。

陈彻转头望了一眼，但见雷缨络孤零零行在春雨中，背影清瘦，浑然不胜风雨，仿佛一痕痕雨线正如刀剑般不断从她身上刻过，一瞬里竟看得有一丝心疼。

忽听宁简轻咦了一声，唤道："陈彻，你瞧。"

陈彻顺着宁简的目光仰望酒楼的牌匾，顿时讶道："没想到这镇上竟也有一家春风酒楼。"

宁简沉吟道："嗯，料想叫这名字的酒楼所在多有，也不算罕见。"

两人走进堂中落座，看到有个说书人正自讲述江湖传闻，除此之外，便只有一桌客人，是两个衣衫单薄的中年男子，背门而坐，一时瞧不见面目。

宁简打量柜台后的酒楼掌柜，却见那人约莫四五十岁，模样颇为英俊，一双眼珠不住闪动，瞧着极是精明；不禁心想：也不知那雷缨络为何不便见他。

陈彻环顾堂中摆设，心头悚然一震，脱口道："这酒楼里里外外，都和青州城的春风酒楼一模一样。"

宁简一怔，也颇觉迷惑。

两人等了许久，燕寄羽却迟迟不至。那说书人口沫横飞，虽然堂中听者不多，他却似兴致甚高，仍然滔滔不绝，忽而讲起了藏玉楼楼主温歧之死。

两人更觉惊疑。便在这时，酒楼里又走进来两个客人，宁简神情微变，倏忽侧过了身，低下头去。陈彻见状问道："怎么了？"

宁简低声道："吴重师徒到了。"

陈彻一惊，不再多言，静静听着吴重与说书人交谈，直到那红袍人踏进门来，顿时心神紧绷，与宁简相顾一眼，又瞥见那红袍人目光如刀，正冷冷地注视着吴重师徒。

叶凉打量着那红袍人，不由得心中一寒，转头悄声问吴重："师父，这人真是弓魔吗？"

吴重大声道："你说什么？我听不清。"

叶凉挠了挠头，只得提高声音又问了一遍。

"啊？我与他素昧平生，我怎知他是谁？"吴重连连摇头，霍然起身。

叶凉一怔，却见吴重对那红袍人拱了拱手，正色道："在下飞光门岑东流，未知阁下是何派高人？"

那红袍人只冷眼看着吴重，却不说话。

吴重随即瞥向叶凉，又道："徒儿，这里的酒不好，咱们走吧。"叶凉答应一声，也站起身来。

那酒楼掌柜忽而笑道："客官还未尝过鄙店的酒，怎能就说不好？"说话中挥手示意，让那说书人退入了后堂。

吴重恍若未闻，自顾自从那红袍人身旁走过，那红袍人神情漠然，也不拦阻；叶凉怔了怔，随着师父走出门去。

吴重立在春风酒楼门前的街上，撑开了伞，一时却不离去。春雨连天接地，如泼墨般，很快便染透了师徒俩的衣衫。

叶凉立在师父身后，只觉雨珠犹如弹丸，打在脸上生生作痛，便问道："师父，咱们去哪儿？"

吴重却伫立不答。叶凉想了想，又道："堂中斜对着咱们的那桌客人，似是认得师父，我方才听见那桌的女子轻声说了句'吴重师徒到了'……"

吴重随口道："嗯，那女子名叫宁简，旁边那小子是她的仆人。"

叶凉道："原来如此，那咱们……"

说到这里，忽听酒楼里传来一道低哑的语声——"师兄。"

叶凉一愣，回望了一瞬，那红袍人兀自一动不动地站着，隔着茫茫雨帘看去，背影萧索伛偻，枯树一般。

吴重丢了伞，转回身来，脸上涕泪纵横。

叶凉吓了一跳，回想七八年来，似从未见师父哭过，一时惶然失措，张口难言。

吴重道："张青，老子比从前胖了几十斤，你竟还认得老子？"说话中又大步走进了酒楼，还在原先那桌坐了。

叶凉赶忙也跟了进去，忍不住低声问道："师父，这人为何叫你师兄，他是我的师叔吗？"

吴重闻言瞪眼道："他不是你师叔，他便是天杀的弓魔江海余。"说着抹了抹眼泪，又道："店家，拿你店中最好的酒来，我倒非要尝尝不可。"

那掌柜笑呵呵道："本店最好的酒嘛，名为春风陈酿，那可贵得很了。"

吴重道："叫这破名目，能贵到哪里去？"

那掌柜指了指窗边的一桌客人，道："客官请看——"叶凉转头望去，但见那桌坐了两个中年男子，都只穿着单薄的里衣，却没着外袍；再看桌上，却只摆了一碗酒，酒水满满的与碗口平齐；那两人的目光都落在酒上，似是舍不得喝。

那掌柜继续道："这两位贵客将一件长衫、一件道袍都抵给了鄙店，这才换得了一碗酒。"

叶凉仔细打量那两个酒客，但见左边那人看着三十来岁，眉目极俊秀，只是嘴角留了两撇小胡子，将脸上的清雅之气冲淡了些许；右面那人则四十出头模样，脸颊瘦削，神情愁苦，低头紧盯着那碗酒，如在守护着某样稀世珍宝。

吴重目光闪动，忽而笑道："两件破衣衫，本也不是值钱的。"

那掌柜道："那阁下却打算用什么值钱之物来买这春风陈酿呢？"

吴重冷哼道："便用我这条烂命。你不给我喝酒，我就死给你瞧，你说怎么样？"

他说得赖声赖气，那掌柜却也不着恼，只道："阁下想喝多少？"

吴重道："先拿两坛来。"

那掌柜颔首道："好。"随即走离了柜台，不多时便捧来了两坛酒，轻轻搁在吴重的桌上。

吴重看着那两坛酒，一时不语。叶凉心中一动，只觉师父的神情短时间异样了许多，恍如老态毕现。

靠窗那桌的小胡子男子见状道：“吴兄，你一个人喝不完这许多酒，不妨分给我一坛吧？”

吴重看也不看那人，随口道：“滚蛋。”

那人一怔，却听坐在他身旁的瘦削男子轻笑道：“你又何必自己找骂？”

吴重不理会这两人，径自对着那红袍人江海余招了招手，道：“别杵着，过来喝酒。”

江海余踏前一步，那小胡子男子忽道：“江兄还是来我们这桌吧。”

吴重闻言皱眉冷哼，却没说什么。

一瞬间叶凉心中莫名一凛，眼看着江海余缓步走向窗边那桌，明明脚步起落无声，堂中却似隐约响起了滚滚闷雷般的鼓点声，仿佛他每迈一步，都是踩在了一张广阔无垠的鼓面上，亦是将一张无形的巨弓拉张了许多。

叶凉无意间瞥向酒楼门口，忽见门边雨线竟自逆风倾斜，不断向着门外激洒；一时间只觉心弦被江海余的脚步声渐绷渐紧，几乎要喘不过气来。惊疑中他又看向窗边，但见那两个客人神色淡然，似不觉异样。

片刻后，江海余走到了窗边，在那两个客人之间坐下，叶凉顿觉胸口一畅，门外的风雨声似也立时清晰了许多。

江海余脖颈一垂，低头看着桌上那碗酒。那两个客人随即神情一肃，正襟危坐，也注目于酒碗。

吴重忽道：“宁姑娘，你俩趁此机会，快些离去吧。”

叶凉一怔，却见那宁简蹙眉不语，似在权衡。

吴重语声一沉，又道：“今日是不死不休之局，此刻不走，更待何时？”

那酒楼掌柜摇头道：“阁下这是说得哪里话，我好端端地开店做生意，如何却是不死不休之局了？”

吴重皱眉道："龙钧乐，闭上你的鸟嘴。"

叶凉闻言惊凛，没想到这掌柜竟是武林四大世家之首"柳州龙家"的家主；便在此时，忽听那小胡子男子道："这碗酒里落入了江兄的钗影，我可喝不下了，李兄你喝不喝？"

叶凉微一寻思，随即恍然：先前江海余低头时，却是将头上珠钗的影子投进了酒碗中；过得片刻，又听那瘦削男子道："此刻正逢阴雨，碗中钗影若有若无，最难破解。"

言毕瘦削男子与那小胡子男子齐声一叹。那小胡子男子道："这碗酒，就请江兄喝了吧。"

江海余一言不发，端起了酒碗。

叶凉心中无端一紧，忽听门外有人笑道："老方，咱们来迟一步，怕是没得酒喝了。"一时间只觉这语声有些耳熟，转头看去，惊见说话那人却正是自己途中遭遇过的天风峡掌门人铁风叶。

又见与铁风叶一同走进酒楼的还有两人：一个是身形瘦长、眉目粗犷的中年汉子，一个则是体态肥胖的富家公子，却都是自己不认识的。

堂中一阵静默。

"自我杀了温歧，正气长锋阁还剩六位阁主，"江海余慢慢喝干了那碗酒，继续道，"眼下却已到齐了。"

那小胡子男子莞尔道："请江兄多指教。"

"嗯，"江海余漠然道，"杀一个是杀，杀七个也是杀。"

二

陈彻默然旁听，心下恍悟：靠窗那桌的两个客人竟然便是燕寄羽与李素微；他本以为这两人既是一院一教之主，更可说掌控着整个武林，想必都是让人望之凛然的宗师气派，却不料其言谈举止瞧来似还不如当年青州城里的吕大少威风，甚至燕寄羽嘴上的那两撇胡子还显得颇有些滑稽。

正气长锋阁的六位阁主中，陈彻先前只见过方天画、铁风叶与岳凌歌，其余三人都是今日初见，随即他又打量了几眼龙钧乐和李素微，但见一个眼神精刁、笑态市侩，一个眉头紧皱、面色苦郁，都不似什么傲然出尘的武林高人。

当是时，江海余放下了酒碗，缓缓起身。

燕寄羽淡淡道："龙掌柜，眼看要开打了，可否把衣衫还给在下？"

龙钧乐摇头微笑："燕山长，生意可不是这么做的。"

岳凌歌忽道："龙掌柜，咱们与弓魔相斗之前，在下却还有一笔账要和龙掌柜算算。"

龙钧乐瞥了一眼江海余，但见他双目微闭，似正漠然听着，又似已入定，当即笑呵呵道："岳公子请讲。"

岳凌歌苦笑道："我可是听闻，这几日龙掌柜找了个说书人，捏造了许多在下的丑事，在这春风酒楼里翻来覆去地叙说……龙掌柜是个生意人，却不知这般抹黑在下，究竟于你能有何利处？"

龙钧乐轻轻颔首，忽然拊掌两下，先前那说书人便又从后堂走了出来，龙钧乐道："既然岳公子提及此事，你不妨就再来讲说两段吧。"

那说书人一愣，随即眉飞色舞地讲了起来："却说青城弦剑一派，有独门内功名曰'弦歌九刃'，初学时须先由师父将一丝弦劲渡入徒弟右腕上的列缺穴，据说受劲之际臂上经络剧痛如灼，故而青城弟子大都以面不改色、坦然承受为傲，可是唯独这岳凌歌……"

说着他面露不屑，笑笑又道："可这岳凌歌在岳河为他渡劲时，却是疼得龇牙咧嘴，大呼小叫，乃至于痛哭流涕，哀号求饶，实在是大失名门风范——但谁能想到，就是这般怕痛的一个顽劣子弟，却竟继任了青城掌门，当上了正气长锋阁的阁主……"

"胡言乱语！"岳凌歌闻言干咳一声，皱眉道，"这龇牙咧嘴倒是有的，可是痛哭流涕云云，却是从何说起？”

那说书人似不知眼前这人便是岳凌歌，连连摇头道：“我所讲述的，那是千真万确，不单如此，须知这岳凌歌荒淫无度，听闻他豢养了一个美貌的小侍女……”

陈彻四下环顾，但见人人神情冷淡，似乎根本无人在意那说书人的话语，但那人却兀自讲说不休，朗朗语声被堂中其余人的静肃一衬，显得颇为怪异。

宁简蹙眉打断道：“岳公子，你家侍女去哪里了，怎么没跟着你？”

岳凌歌嘻嘻一笑，却避而不答，只道：“嗯，看来知雨倒是比我更讨宁姑娘喜欢。”

铁风叶忽而笑道：“岳公子与龙掌柜一唱一和，在这里拖延时辰，想必是布置了什么妙计，嘿嘿，可江兄却竟也颇有耐性地听了这许久，倒是有些奇了。”

岳凌歌一怔，瞥见江海余仍自合眼默立，当即淡然道：“铁兄若等得没耐性了，不妨先和弓魔过手几招，在下自当为铁兄掠阵。”

铁风叶瞪眼冷笑道：“岳凌歌，你老子岳河生前称我一声‘铁兄’，你新升了阁主，便将自己的辈分也升了吗？”

岳凌歌目光闪烁，随即神色一正，躬身拱手道：“是晚辈失礼，还望铁前辈莫怪。”

燕寄羽忽而轻叹道：“龙掌柜让人反复讲说温、岳之事，酒也不给我多喝一碗，无非是对我不满，一则怪我不为温歧温兄报仇，二则却是觉得我不该仓促将岳公子升为阁主。”

龙钧乐闻言淡淡一笑，却不接口。

燕寄羽道：“诸位有所不知，温兄临去青石镇之前，曾留下书信与我，信中温兄似已对自己将遭不测之事有所预料，且极力向我举荐了岳公子，说岳公子定能当得阁主大任。”

龙钧乐皱眉沉吟道：“竟有此事。”顿了顿，又道，“我知燕山长平生从不说假话，燕山长既如此说了，我自是信服。”

岳凌歌闻言却是神情一黯，望向江海余，道：“我等今日自当尽力为温楼主报仇。”

燕寄羽微微点头，又道：“实不相瞒，我之所以对龙兄解释这几句，却也是存心想拖延一点时辰。”

龙钧乐道：“这是为何？”

燕寄羽苦笑道：“先前江兄喝下的那碗酒里，凝有我的停云笔意与李兄的玄真内劲，我本是想等着江兄的酒劲发作，可眼下看来，江兄的修为却比我预想得更要高。”

江海余闻言缓缓睁眼，淡然道：“人世间的刀酒剑酒，我喝过太多了，反倒是寻常的酒水喝得少些。”

岳凌歌神情顿变，叹道：“可惜，我只盼江兄能再多睡片刻，方白便要到了。”

此言一出，满堂皆惊。铁风叶皱眉道：“方白竟也来春山了？可他明明……”说到这里，却顿住不言。

岳凌歌颔首道：“我已派我家侍女去镇外迎接方前辈了。”言毕转头，目光灼灼地注视江海余，却见他仍是面无表情，不禁微笑道：“看来江兄自恃修成了青丝箭，已然天下无敌了。”

江海余恍若未闻，径自低声道：“方才你们絮絮叨叨之际，我睡了一觉。”

陈彻一怔，他也正自犯困，听闻弓魔方才竟睡了一觉，不禁有些羡慕。众人面面相觑，均未想到江海余在众多敌人环伺之下，却还敢闭目入睡。

燕寄羽淡淡道：“江兄养足了精神，那是要大开杀戒了。”

江海余轻轻地松出一口气，道：“算此生苍天薄我，世人欺我，心魔侵我，我已有十多年未曾做过梦，可是近日来到这春雪镇上，我又开始做梦了，方才我却是梦见自己乘舟海上，浮沉于惊涛之间。”

燕寄羽道："料想江兄此番山中梦海，必有所悟。"

江海余神色恍惚，却不接话。

与此同时，李素微眉梢一动，道："有人来了。"他先前一直沉默端坐，此刻忽然开口，众人都是一惊；宁简凝神听去，过得半晌，果然听见远处隐约有一两道脚步声传来。

燕寄羽道："可惜来者却不是方白。"

江海余冷声道："来者不是方白，但方白的剑意却早已在堂中。"说话中慢慢转头，目光落在了叶凉身上。

一时间叶凉只见堂中人人都望向自己，不由得怔住。

吴重皱眉道："张青，多年不见，你可糊涂多了，我徒儿分明学得是飞光门的刀术，却跟方白有何关系？"

江海余默然端详了叶凉一阵，目光垂到叶凉的右手上，似斟酌不定；铁风叶忽道："数月前我在凉州郊野间碰见过这小子，他倒确然用剑，只是剑术实在低微，不值一提。"

吴重眼珠一转，点头道："不错，铁兄所言极是，我教得不济，我徒儿自也本事不高。"

龙钧乐瞥了一眼岳凌歌，笑呵呵道："诸位何必在意这小子学的是什么，等到方白来了，一切便见分晓。"

铁风叶皱眉道："老方，你也姓方，怎么方白到昆仑山你却不知道，反倒让姓岳的小子知道了？"

方天画闻言苦笑："我俩虽都姓方，可我也难知方白的行踪呀。"

此刻众人大都听清了街上确有两道足音正自靠近酒楼；岳凌歌神色疑惑，道："料想方前辈就快到了，只是这两个将至之人却又是谁？"

李素微道："脚步轻的那个迈步三短一长，那是庐州花家的独门步法；脚步重的那个右腰上悬有重物，多半悬的是飞光门的铜壶。"

众人一怔，龙钧乐沉吟道："嗯，多半便是花静庭与吕东游了。"

吴重嘿嘿笑道："转眼又来了两位掌门。"

叶凉心中震惊，没想到今日初到春雪镇上，便遇到了这么多武林高人；无意间瞥向宁简与陈彻那桌，却见陈彻满脸困倦之色，以手支颔，似乎随时便要昏睡过去，不禁心想："这个人看着和我一般年纪，但似已见多识广，眼下虽然又有两大掌门将至，他却也满不在意。"

又听铁风叶道："这吕东游素来对燕山长奉若神明，多半是来拜见燕山长的；可这花静庭又为何而来？"

方天画笑了笑，接口道："自打龙掌柜死了儿子，便迁怒于花家，半年来与金陵雷家一道频频为难花家，眼看花家便要有灭门之祸，我猜这花静庭多半是来请燕山长救命的。"

龙钧乐闻言摇头道："方兄此言差矣，我与花家多有生意往来，难道会有钱不赚，反倒去为难他们吗？"

方天画道："若能吞并了花家，岂非赚得更多。——嗯，我随口一言，龙兄也不必当真。"

江海余忽道："这屋里的人，已经太多了。"一边缓缓说话，一边端起酒碗走向吴重那桌。

燕寄羽与李素微对望一眼，各自起身，凝神盯着江海余。却见江海余只是拍开了桌上一坛酒的封泥，给自己又倒了一碗酒。

叶凉仰头看向弓魔，一时不知是否该站起，瞥见师父兀自端坐，便也没动；少顷，转头看见有两人走到了酒楼门外，左边那人灰袍长靴，身形魁梧，腰间果然系着一只很大的铜酒壶，想来便是吕东游了，右边的花静庭则是书生打扮，眉目俊雅，手里撑着一柄伞，伞面上画了几枝梨花。

忽听吴重大声道："且慢，两位还是莫进门为妥。"

那两人即要踏进门来，闻言错愕顿步；吕东游皱眉道："阁下是谁？"

吴重随口道："在下岑东流。"说完似觉哪里不对，干咳一声，又道，"……嗯，你好像是认得他？"

吕东游冷笑道："那是在下的师兄。"

"巧了，巧了……"吴重指了指身旁立着的江海余，面色一紧，转口道，"实不相瞒，此人便是弓魔，他方才说这屋里的人已经太多了，故而在下奉劝两位，还是莫再进屋了。"

吕东游一怔，打量江海余，但见他白净清瘦，脸颊几无血色，头上竟还戴着一枚珠钗，心想这人像个娘们儿似的，如何能是让武林中人闻风丧胆的弓魔？当即点了点头，冷冷道："嗯，阁下正是我的同门师兄，阁下身边这位便是弓魔，失敬失敬。"

吴重道："吕师弟，啊不，吕兄，你请听我说……"

吕东游却不再理他，探头张望堂中，瞧见了燕寄羽，神情顿肃，拱手道："燕山长——"

话说至此，突兀顿住：燕寄羽的身影竟已倏忽不见。

叶凉骤觉堂中寒风扑面，却见是弓魔慢慢端起了酒碗，随即眼前人影一阵急晃，眨了眨眼，定睛望去，不由得心中剧凛——

燕寄羽已掠到弓魔身前四尺处，左手手指点出，却点在了方天画抬起的掌心上；铁风叶不知如何却已闪身至燕寄羽背后，长发飘飞如刀。

一瞬里堂中劲风涤荡，桌上碗筷扑簌簌乱颤，方天画衣衫倒卷，紧贴在身上，更显出瘦骨嶙峋，身躯晃动了数下，恍如全身骨架即要支离散开。

与此同时，弓魔手腕轻振，酒碗倾斜。

叶凉瞥见一片酒水从碗里洒出，没有坠地便竟消隐无痕；迷茫中转头看向酒楼门口，但见春雨如帘，密密飘坠的雨线之间却莫名多出了两道淡淡发青的水线，混着春雨一起，落在了吕东游和花静庭的头顶上。

燕寄羽见状轻叹一声，收回了手指，注目方天画道："方兄为何要阻我救人？"

“燕山长是要救人？”方天画神色讶然，皱眉道，“我方才见燕山长突袭而至，以为燕山长是要杀吴重，那吴重可是咱们正气长锋阁诛杀刀宗亟须借重之人，万万杀不得的。”

燕寄羽道：“我怎会要杀吴重？”

方天画叹道：“唉，那看来是我与铁兄会错了意。”

两人对视片刻，燕寄羽淡淡道：“方兄好掌力。”随即绕过了方天画，快步走向门边。

吕东游见他走近，赶忙恭声道：“见过燕山长。”

燕寄羽点了点头，道：“吕兄，我愧对于你。”

吕东游闻言一愣，方要开口，忽觉颈背上一凉一炙，瞬息间似有一缕冰寒发亮的长线贯穿了整条脊椎，身躯剧震，栽进门边的雨水里。

花静庭脸色僵白，似已明白过来，涩声道：“请燕山长为我报仇……为我花家主持公道……”说到这里，忽而吐出了一口血，身躯缓缓软倒。

燕寄羽瞥见花静庭的右腕上戴着一枚银镯，颔首道：“这便是花家神兵‘针枝镯剑’吗，我会交给你的长子花流骛。”

花静庭勉力道了声“是”，未及再交代什么，浑身一霎急抖，气绝而亡。

叶凉眼看弓魔只是随手一倾酒碗，便杀死了当世两大门派的掌门，一时间惊得张口结舌。

吴重瞥了一眼吕东游的尸身，苦笑道：“吕师弟呀，你为何就是不肯信我？”

燕寄羽转回身来，冷冷扫视堂中。

陈彻本自昏昏欲睡，骤觉周遭炙热，抬头与燕寄羽对视了一瞬，丹田里顿时鼓鼓地一跳，如有火苗从腹中蔓延开来，仿佛神魂即要被燕寄羽的目光点燃；惶然之际，伸手扶在桌上，忽然啪的一声轻响，竟将桌沿掰断了一块。

眼下堂中众人正都注目于燕寄羽，却没人留意陈彻；陈彻暗自将那块桌木捏在手里，随即手心莫名一紧，低头却见那木块竟被自己捏成了粉末。

他惊疑中再度望向燕寄羽，却见燕寄羽从江海余身边经过，走近了吴重那桌，取碗倒酒，神色淡然。

燕寄羽端起酒碗，回身道："江兄，请了。"

江海余漠然一笑，随手举碗与燕寄羽的酒碗相碰；刺啦一声，两人碗中酒水竟瞬息干涸不见，只余一缕纯白的雾气浮腾而起，在两人之间聚散变幻，忽而凝如鸿鸟般，朝着江海余的眉心飘飞而去。

江海余脸上青气一闪即逝，眉宇间一皱一弛，宛如张弓射箭，堂中振起一声短促的弦鸣，那缕白气似遭无形劲力撞击，霎时消散。

满堂寂静，空余一阵鸟鹊振翅声。

方天画站在燕、江两人之旁，忽然心神一凛，只觉一抹清气犹如被截断的鸿翼一般顷刻刺近了咽喉，侧身急避，那一片若有若无的气羽随即穿堂而过，没入了门外的茫茫春雨。

侧头再看铁风叶，却见他脸颊上擦出了一线血痕，长发被削断了许多，却也正自侧身张望门外。

龙钧乐轻轻拊掌，笑呵呵道："好个弓魔，竟能饮下这一碗'惊鸿影'。"

燕寄羽缓缓垂下酒碗，轻叹道："江兄此来春雪镇，想是已不打算生离了。"

江海余淡然道："无论如何，江某不会是这屋里最先死之人。"

"江兄好狂妄的口气，"方天画闻言一笑，环顾堂中，看到宁简陈彻那桌，似才发现堂中有这两人似的，讶然道，"咦，这两位小友是谁？也是燕山长的朋友吗？"

燕寄羽淡淡道："方兄当真不识得这两人吗？"

方天画当即摇头道："我自然不识，难道燕山长也不认得吗？"

燕寄羽默然不语。却听岳凌歌笑嘻嘻道："这位小兄弟名叫陈彻，正是他在青石镇上接了温楼主的青锋令；他身旁这位宁简宁姑娘嘛，却是柳青眸的刀术传人。"

燕寄羽恍然颔首，打量了两人一阵，问道："却不知两位是因何来到这酒楼里？"

宁简闻言一怔，道："燕山长，不是你命雷姑娘带我们前来的吗？"

燕寄羽微微皱眉，道："雷姑娘？哪个雷姑娘？"

宁简道："是金陵雷家的雷缨络。"

燕寄羽点头道："原来是雷家的小女儿，我倒也有所耳闻，却是素未谋面。"

宁简与陈彻对视一眼，均迷惑不解；宁简沉吟片刻，道："燕山长，我有一句话想要请教，不知燕山长可愿意答我？"

燕寄羽道："但讲无妨。"

宁简道："请问燕山长——'天地仅一隅，朝夕只一日，困于其中，如何解脱？'"

燕寄羽目中锋芒一闪，道："宁姑娘，你是自己问我，还是替别人问我？"

宁简犹豫片刻，直视燕寄羽道："……是我自己要问。"

燕寄羽道："这一问，我并非不能答，只是却不能在此时回答。"

宁简道："那要在何时？"

燕寄羽斟酌了一阵，却只道："等时机到来，我自会答你，料想就在近日。"

众人闻言相顾，神情惊疑。方天画忽而笑道："这一问听来似与云荆山的刀术相关，没想到燕山长竟也能答。"顿了顿，又看向岳凌歌道，"岳公子，不知方白究竟几时能至？"

岳凌歌皱眉道："算来方前辈也该到了，恐怕是途中遇事，耽搁了一些时辰。”

方天画颔首道：“嗯，咱们这些老骨头眼看就要打个你死我活，却也不必牵累小辈，既然这屋里的人已经太多，不如就让宁姑娘与陈兄弟先行离去吧。”

堂中众人面面相觑，一时无人接口。

燕寄羽沉吟道：“嗯，方兄所言不无道理。”说完淡淡地看了吴重一眼。

吴重恍若未见，却转头对叶凉道：“饿。”

叶凉心中一动，与师父对视了片霎，点头道：“师父，你饿了吗？”

“嗯。”吴重看了看行囊，对着叶凉伸出一根手指。叶凉想了想，道：“行囊里还有一张烙饼，师父可要吃吗？”

陈彻听闻“烙饼”二字，困意稍减，顿觉腹中颇有些饥饿；但听吴重没说要不要吃饼，却转口道：“方兄与燕兄所言，我也深以为然，那便让我徒儿也跟着他俩走吧。”

燕寄羽颔首道：“令徒年纪轻轻，确是不必陪咱们耗在这里。”

方天画目光一闪，微笑道：“吴重师徒不是局外人，我看还是都留在这里为妥。”

吴重瞪眼道：“你看个屁。”言毕站了起来，伸手推了推叶凉，又道：“你先走。”

宁简忽道：“陈彻，咱们走吧。”陈彻答应一声，当即起身，却听燕寄羽道：“宁姑娘，柳续也在镇上，你可要去见他吗？”

宁简一怔：“他……他在哪里？”

燕寄羽道：“他正在镇子西边的一家棺材铺里。”

宁简默然点头，走向酒楼门口，忽听陈彻问道：“龙掌柜，你这店里可有四鳃鲈鱼吗？”

龙钧乐闻言微愕，随即笑道：“有是有的，恭候客官下回光顾。”

陈彻嗯了一声，随着宁简走出门去。

与此同时，吴重走在叶凉身后，推着他也走向门口。叶凉缓步回头，未及开口，吴重便又重重推了他一下，脸上呵呵笑着："你小子，磨蹭什么。"

堂中一静，师徒俩走出数步，一时却也无人上前拦阻。

铁风叶忽然笑了笑，迈步走向叶凉；燕寄羽与李素微对望一眼，神色微变，却均伫立未动。

"小子，且不着急走，我还有话问你。"铁风叶一边说话，一边伸手拍向叶凉肩膀。

吴重笑道："铁兄有什么话，问我也是一样。"说着随手架住了铁风叶的胳膊；两人手臂相触，吴重脸色骤白，身躯晃了晃，似乎险些跌倒，下一瞬却仍继续迈步，将叶凉送出了门去。

叶凉站在春雨中，回过身来，颤声道："师父……"

吴重扶着门樘，缓缓坐在酒楼门口，端详了叶凉片刻，神情宛如从前在临江集时坐在黄昏的风里看着叶凉练剑，笑嘻嘻地冲着叶凉抬了抬头，道："快走吧，我还死不了。"说完似有什么涌上了喉头，用力吞咽了几下。

叶凉怔怔看着师父，张了张嘴，一时却不知该说什么。

吴重语气不耐道："快走快走。"说着慢慢地撑起身子，返身掩上了门。

叶凉在街上呆立片刻，忽而朝着镇子西边大步行去。

宁简与陈彻相顾一眼，唤道："喂，你去哪里？"叶凉步子一顿，回头道："去师父要我去的地方。"

宁简走近几步，又道："他要你去哪里？"

叶凉略一犹豫，伸出食指朝上指了指，神情认真，低声答道："上春山，见刀宗。"

三

宁简闻言一凛，沉吟道：“吴重方才在酒楼里对你竖起一根指头，原来竟是让你登上春山的意思？”

叶凉道：“从前师父让我上山砍柴时，也是如方才那般伸手朝上一指。我觉得他多半是要我上山去。”

宁简蹙眉道：“那可奇了，吴重总不会指望你自己去将刀宗杀死吧？”

叶凉想起师父说了让自己跟着这两人走，料想其中必有深意，便照实答道：“先前在酒楼堂中，师父对我说了一个‘饿’字，又看向行囊，那并非是我师父突然饿了……”

宁简道：“那么到底是如何？”

叶凉道：“若我想的不错，师父说的其实是‘鄂州’的‘鄂’字，行囊里却有一封他从鄂州晴川刀那里取来的书信。——他是要我将这封信交与刀宗。”

宁简回忆片刻，道：“去年秋天，我与你师父也是在鄂州晴川刀的地头上会面，那时他手里确似也捏着一封信。”

叶凉神情微振，当即道：“那我须快些上山，送完信便赶回酒楼去。”

宁简淡淡道：“你真当刀宗是那般容易见到的吗？”

叶凉怔了怔，道：“我也没别的法子，总须试一试。”

宁简道：“燕寄羽要借重你师父来杀刀宗，定会极力相护，但眼下酒楼中情势凶险，只靠他与李素微两人，也未必能支撑许久……”

叶凉讶然道：“正气长锋阁的六位阁主不是都在吗，为何宁姑娘却说只靠他俩？”

宁简恍若未闻，径自继续道：“嗯，燕寄羽既告知我柳续正在棺材铺里，多半是想让我去找柳续求援。”

叶凉闻言沉思起来，回望了一眼春风酒楼，但见两爿木门紧紧闭着，恍如从此再也不会打开了，心中不禁涌起一阵慌乱，脱口道："宁姑娘，我知你是我师父的朋友，请你……请你指点我该怎么办。"

宁简淡然道："我不是吴重的朋友，他是死是活，我都不在意。"

叶凉嗯了一声，低下头去，却听宁简又道："但你不妨随我们一同去见柳续，凭他的修为，若赶去酒楼，多半能帮燕寄羽护住你师父；即便你仍要去见刀宗，也可请柳续指点你上山的路径。"

叶凉默然点头。

宁简又道："你也可以留下来等候方白。——我不知吴重与方白交情深浅，但若方白稍后能赶到，情形便大有不同了，酒楼中的这些人，只怕无一个是方白的对手。"

叶凉摇了摇头，道："宁姑娘，我跟你们去找柳续。"

宁简道："也好。"言毕当先朝西边行去。

叶凉跟在主仆两人身旁，忽道："我觉得方白根本没来昆仑山。"

宁简一怔，道："为何？"

叶凉道："我和师父去年见过方白，他当时说自己心负枷锁，自困于衡山，去不得昆仑山，我想他既是武林中的顶尖人物，应当不会食言的……嗯，我那时瞧见他神情倦得很，似乎已经心灰意冷，我觉得他是当真没有来，多半是那位岳阁主诓骗弓魔，想让弓魔有所忌惮。"

宁简微微颔首，道："那位岳阁主倒确是常常说谎。"顿了顿又道，"那咱们便等见到柳续再做计较。"说着忽而想起不久前陈彻曾问她到昆仑山是不是来寻柳续，她当时说了"不是"，却不料此刻终究还是要与柳续相见，一时间心中异样，忍不住瞥向陈彻，但见他抬手揉了揉一双困眼，闷头走着，似乎根本没在听自己说话。

叶凉看到陈彻背着两个大行囊，步子摇晃歪扭，满脸疲累之色，似乎随时要睡倒在街上，便道："陈兄——嗯，我记得师父说过你姓陈的，你可要我帮你拿行囊吗？"

陈彻一愣，随即道："那自然好。"说完将两个行囊都递给了叶凉。

叶凉背起那两个行囊，将自己的行囊抱在怀里，默默走着。环顾镇子左右，依稀听见有不少屋子里都有轻微的刀剑交击声传出；惊疑中转头瞧去，却见宁简与陈彻神情淡然，丝毫不以为怪，仿佛没听见那些声响似的，不禁心想："他两人果然见多识广，比我镇定得多了。"

走出几步，又发觉身旁这对主仆迈步间快慢一致、颇为默契，似曾一起行过许多路；看了一阵，忍不住扭头回顾，春风酒楼已远得望不见了，心中顿时一空，一瞬里不知为何，想到的却并非吴重，眼前只是莫名闪过了在临江集的山中，篱笆小院里的那株桂树。

"离山半年多了，也不知那树有没有枯死……"叶凉默然转念，猛地省悟了一件事：只要自己不离开那株树，那树是不会离开自己的；但师父却并非那株桂树，自己也不是树，自己与师父只怕迟早是要分离的，更何况师父眼下便是生死未卜，而自己在这世间除了师父，再没别的亲人朋友了。

想到这里，竟莫名有些羡慕那株桂树，心头难以抑制地涌上一抹浓郁的孤寂，忽而瞥见陈彻正伸手指着自己怀里的行囊，神情紧张而郑重地凝望自己；刹那间胸口阵阵暖热，张了张嘴，却似有些哽住了，随即一笑，连声道："你也要帮我拿行囊吗？那可不必了，那样岂非成了咱俩互换行囊、谁也没帮到谁嘛，你放心，我自己能拿得动的……"

陈彻忽道："我记得你在酒楼里说过，你的行囊里有一张烙饼。"

两人默然对视。

叶凉道："……原来你是想吃烙饼？"

陈彻道："嗯。"

叶凉道："……那方才是我误会了。"

陈彻道："嗯。"

叶凉挠了挠头，取出烙饼递给陈彻。

陈彻大口吃了起来，片刻过去，已吃完了半张烙饼，看了看叶凉，似有些不好意思，便问道：“你方才在想什么，看起来似是想得出神了。”

叶凉轻声道：“我是在想，一株树无人看顾依旧可以生长，但一个人却终究难以孤零零地活。”

陈彻闻言哑然，低头继续吃了几口烙饼，随口道：“嗯，你说的对。”随即似也觉自己说得敷衍，便一边吃一边又道：“我看你年纪很轻，却能说出这般有道理的话来，那是很厉害了……嗯，我今年十九，你呢？”

叶凉道：“我下山时是十七，如今转过年来，已经十八了。”

陈彻道：“哈哈，原来你比我还小一岁。”瞥见叶凉身上的行囊，赶忙又道，“嗯，但你的力气比我大。”

叶凉一时分不清陈彻是不是在称赞他，便没再接话；不多时走到了街口，但见石街中央矗着一个颇为巨大的石舂，却听宁简淡淡道：“料想这便是镇名的由来了。”

三人走近那石舂，未及仔细端详，一瞬里都低声惊呼起来：那石舂底部铺了些枯枝，枝上却横着一颗双目圆瞪、齐颈而断的头颅。

陈彻凑过头去，打量那颗头颅，但见那死者五十来岁，眉目英挺，浓密的须发上溅了斑斑血迹，是个自己从未见过之人；再看片刻，却又觉似有些眼熟。

宁简沉吟道：“断痕尚新，应是被杀不久……嗯，此人瞧着颇为面熟，我总觉得似在何处见过。”

叶凉忽而颤声道：“我……我认得这人。”

一时间宁简与陈彻都望向叶凉，却听他道：“他是金陵雷家的家主雷澈。”

两人闻言一惊，这才恍悟自己之所以觉得眼熟，自是因为雷澈的容貌与雷缨锋颇有些相像。

宁简道："没想到竟是雷家家主。"

陈彻道："嗯，也不知那位雷缨络姑娘是否已知晓此事？"

宁简道："怕是还不知。"

陈彻道："先前莫非便是雷澈让雷姑娘将咱们带到了春风酒楼？"说到这里，却忽然想到先前雷缨络说不便与酒楼掌柜相见，多半是因为她本要嫁与龙钧乐之子，不料龙霖横死，雷家与龙家没能结为亲家。

宁简轻轻摇头，道："金陵雷家素来听命于正气长锋阁，对燕、李二人也很是钦服，料想不会对燕寄羽弄此玄虚。"

叶凉喃喃道："去年我在雷家庭院里见过雷澈与萧野谣交手，雷澈的武功看起来是极高的，却不知究竟是谁能将他杀死……"

"原来你也见过萧野谣，"宁简一怔，问道，"那他可有给你画像吗？"

叶凉道："画了的，但我师父却收了起来，没给我看。"

宁简似是留意到了什么，低头端详地上，随口道："好稀罕吗？我若遇到萧野谣，便不许他给我画像。"

叶凉讶道："那是为何？"

宁简淡淡道："我不需旁人来论断我。"

叶凉心头微震，默然点头，随着宁简的目光也瞧向地面，但见离石春不远处却有三个清晰的足印，彼此相隔数尺，宛如被人着意镂刻在了石街的地上；越看越是惊骇，不禁脱口道："竟有人能在硬石上留下这么深的足印。"

陈彻道："嗯，这足印竟比烙饼还厚。"

宁简想了一阵，轻声自语："是了，这是'故步自封剑'，原来竟是他杀了雷澈……"

叶凉茫然道："故步自封剑？"

宁简道："这是庐山尹天敌的独门剑术，据传此人出剑对敌时，只在三步之间来回走动，若敌人避到他这三步所及之外，他的剑术便难以为继了。”

叶凉道：“难道他与人打斗时却只停在极小的方圆内，从来不追击敌人吗？”

宁简颔首道：“正因如此，他的剑术才得名为‘故步自封’。他不单剑术如此，为人也是独居简出，多年来几乎从不离庐山，若非为了刀宗……”说到这里，却顿住不言。

陈彻道：“这尹天敌的剑术当真很厉害吗？”五年前他在青州城时，曾见过一回尹天敌，犹记得此人言辞冷傲，似将谁也不放在眼里。

宁简道：“江湖人说他‘三步之内，天下无敌’，不知是真是假，但他既敢以天敌道人为号，剑术上确然是有惊人造诣。我听闻他虽常年隐居庐山，倒也往往有好事者进山寻他斗剑，可是都死在他的剑下，无一生还。”

叶凉皱眉道：“即便他斗剑胜了，却也不必将那些人都杀死呀。”

宁简道：“尹天敌固然狠辣，但那些人既是自己要踏进庐山，便该知道一旦进了山，生死便由不得自己；其实何止庐山，整个江湖也都是如此。”

想了想，又道：“据传雷澈极擅拳掌功夫与贴身擒拿，不久之前多半是他与尹天敌近身相斗、以硬碰硬，最终却还是被尹天敌胜了。”

叶凉默然不语，反复琢磨着宁简所言，心说：“……我如今也能算是踏进江湖了吗？”回想起山中七年，心头一阵怅恍，随即又是一阵惶急，脱口道：“咱们快去找柳续吧。”

宁简点了点头，道：“走吧。”

陈彻问道：“这颗头颅，便留在这里不管吗？”

宁简扫了一眼雷澈的头颅，道：“咱们不明究竟，还是先莫管了。稍后若能再遇到雷缨络，咱们便将此事告知于她。”随即，三人便继续朝西走去。

叶凉听了宁简说的“再遇到雷缨络”，不知为何，心中却莫名一颤，想起了当日在雷家庭院与雷缨络遥遥对视的那一眼，忽然间似是隐隐盼着能及早再见到她，又似已一直盼了很久；想到这里，顿时深觉羞惭：眼下情势这般危急，又值雷姑娘之父惨死，可自己却竟胡思乱想起来。

陈彻走在叶凉身边，忽问道：“叶凉，你也困了吗？”

叶凉闻言醒过神来，道：“不困呀。”

陈彻好奇道：“我以前犯困时总是掐自己的胳膊提神，我见你方才狠狠掐了自己胳膊一下，还以为你也困了。”

叶凉一怔，骤觉脸颊发烫，随即连连摇头。

宁简瞥见他神情，淡淡问道：“你说去年在雷家见过雷澈，想来也见过雷缨络吧？”

叶凉道：“啊，什么？嗯，也见过的。”

宁简轻轻点头，不再多言。

不多时，三人来到了街边的棺材铺门前，陈彻上前敲门，等了半晌却无人应。

宁简与叶凉相顾惊疑。陈彻伸手推了推门，回头道：“主人，门从里面闩紧了，咱们要闯进去吗？”

宁简寻思片刻，未及开口，忽见叶凉放下行囊，抢步走到了门边。

叶凉先前满怀期望，迫切想见到柳续请他去相助师父，此际眼看情形有异，霎时间心中惶急，再也沉不住气，当即走近木门发力推去，咔嗒一声，推断了门闩，却将整张门也推得向里倒去。

宁简瞥见那木门摔在地上碎成了十来块，心中微凛，颔首道：“叶凉，你的内功修得很好呀。”

陈彻闻言看向叶凉，没想到叶凉比自己尚且小着一岁，内功却已有如此火候，但见叶凉惘然苦笑，摇了摇头，似想要解释什么，随即却只是快步走进了店铺。

陈彻捡起行囊，紧随着叶凉也来到堂中，却见四下空落，非但柳续不在，连店主也不知去了哪里。

宁简缓缓转头扫量，目光落在堂中停放着的一具棺材上。

陈彻道：“难道柳续又在棺材里歇息？”

话音未落，便听见紧闭的棺盖底下传来一阵轻微的震颤声，棺内确似有人。

三人走近那口棺材，叶凉迸力将棺盖移在地上；宁简瞟向棺内，蹙眉道：“不是柳续。”

陈彻低头瞧去，惊见棺材里竟躺着一个手脚被缚、口中塞了抹布的年轻人；打量了几眼，忽然记起自己在青石镇上见过这人，却是曾与韩昂在奔马上打斗过的那名过客，当时这人身着短裘、腰佩双刀，不像眼前这般衣衫破烂，似也曾叫嚣过自己的姓名。

与此同时，叶凉仔细端详那年轻人，很快也认出了他是谁，却是自己在滁州酒楼与金陵雷家都遇见过的；下一瞬，他与陈彻看着那人，几乎同时说道：“你是秦楚？”

四

那年轻人瞥见有人到来，口中顿时迸出一阵急促的咿呀声，身躯在棺材里不住扭动。

叶凉弯腰将那人嘴里的抹布扯开，那人大口喘息，片刻后才道：“在下正是秦楚。”

宁简看了看叶凉与陈彻，道：“你俩竟会认得他。”

秦楚挣扎着在棺中坐起，神色渐松，笑嘻嘻道：“在下是青箫白马盟方盟主的义子，这两位小哥儿认得在下倒也不奇怪，还请快快为在下松绑，我白马盟必有重谢。”

宁简瞧见此人目光狡黠，心中已经不喜，但想自己终究是与方天画结了盟，此人既是方天画的义子，倒也不便为难于他，当即淡淡地瞥了陈彻一眼。

陈彻用断刀将秦楚身上的麻绳割断，秦楚随即使了个身法，从棺材里翩然跃出，轻飘飘地落地，回身笑道："多谢。"

三人一时都不开口。秦楚看也不看陈彻与叶凉，上前两步，直视着宁简，拱手又道："多谢姑娘相救。"

宁简道："秦公子不必客气。"

秦楚眼珠滴溜溜转动，久久打量宁简，忽而轻叹："我知姑娘是谁了。"

宁简心中微凛，道："你知道我是谁？"

秦楚道："姑娘貌若天仙，自然便是武林第一美人雷缨络雷姑娘了，我早前便听闻这镇上来了雷家弟子，却未想到竟然便是——"

宁简冷冷道："我不是雷缨络。"

"不是？"秦楚讶然道，"竟然不是吗？这可奇了，请姑娘赐教芳名。"

宁简却径自问道："是谁将你关进棺材里的？"

"哼，"秦楚闻言恨恨道，"是柳续这厮。"

宁简一惊，细问了几句，得知今日燕寄羽命柳续在这棺材铺里与胡越枝、雷澈、花静庭相会，商议诛杀刀宗的大事，而方天画却也让秦楚随柳续一同来到这里；谁知尚未等到三位家主，柳续便忽然出手制住秦楚，将他丢进了棺材，不久便离开了棺材铺。

叶凉道："如此说来，那花静庭多半是先到了棺材铺，却没遇着柳续，这才随吕东游前去春风酒楼找燕寄羽。"

秦楚道："这姓柳的眼光青郁郁得很是古怪，只看了我一眼，我便神思迷惘起来，否则我岂会轻易败给这厮？"

宁简沉吟道："你那时已在棺中，如何能知柳续何时离去？或许此刻他仍在这里，也未可知。”说话中环顾堂内，但见角落里另有一具棺盖紧闭的棺材，凝神聆听，只听见门外春雨渐稀，却没听见棺内有丝毫声息。

“柳续绝不在堂中，”秦楚见状摇了摇头，“姑娘有所不知，我当时却是听见有人喊他——‘柳兄，情势有变，燕山长请你前去与他相见，商议明晨拜山之事。’

“那柳续似乎将信将疑，回道：‘可是三位家主眼看即要到了。’

“先前那人便又道：‘事情紧急，燕山长特命我持停寄笺前来，还请柳兄速与我去见燕山长。’——随后两人又说了几句话，柳续便随那人离去了。”

秦楚说完，堂中一时静默。

陈彻忽道：“是简青兮。他拿着停寄笺引走了柳续。”

宁简点了点头，蹙眉道：“难道简青兮竟敢违背燕寄羽之命，自己在暗中捣鬼吗……”

忽听门口传来几声咳嗽，却见一个清瘦老者在两名中年侍从的搀扶下走进门来；那老者扫了一眼堂中四人，缓缓颔首：“料想四位小友都不是柳续。”

叶凉打量那老者，却是曾在金陵雷家见过的，惊疑中脱口道：“你……你是胡家家主。”

那老者嘴角颤出一丝微笑：“不错，老朽正是胡越枝。”

秦楚上前一步，朗声道：“在下秦楚，是青箫白马盟方盟主的义子，未曾想今日有幸拜见胡老前辈。”言毕躬身长揖。

胡越枝咳嗽两声，未及开口，神情微变，转头看向角落里的那具棺材。

——当是时，那棺材轰然破碎开来，从中跃出一人，提剑而立。

叶凉打量那人，但见他四五十岁模样，一身道袍，目光冷锐，嘴角翘出一抹嘲弄之色。

胡越枝皱眉道："尹天敌，没想到你也来到了春雪镇。"说话中目光左右一扫，身旁那两名中年侍卫衣袖翻动，各将一根两尺长的铁刺持在手中。

尹天敌淡漠一笑："不来这里，怎么杀人？"

胡越枝道："雷澈是你杀的？"

尹天敌道："刚杀不久，本想睡上一觉再杀你，你却来得太早。"

胡越枝点了点头："我来得太早了。"随即脚尖轻微一颤，却将地上震出隆隆巨响，身影如镜裂碎，骤然间又在门外聚合而现。

下一瞬，那两个中年侍卫退后数步，堵在了门口；堂内诸人顿时看不见胡越枝了。

尹天敌左脚迈出，身影拉长成线，足尖却在两丈外的门口落下，立在了两个侍卫之间；右臂抬起，手中的宽刃长剑泛出一片暗淡光华。

那两个侍卫同时转头看向尹天敌，脖颈方动，头颅便滚落在地，血泉冲天淋落。

胡越枝立在门外五丈之处，骤然眯起眼，道："你如今的一步，迈得可比十三年前远多了。"

尹天敌点头道："十三年光阴，不过匆匆一步间。"一边说话，一边缓步朝着胡越枝走去。

胡越枝轻挪脚步，随之倒退，地上一声声钝响如鼓，眼看他越退越远，却始终与尹天敌相隔五丈。

堂中宁简等人思量了片刻，也来到街上，但见春雨止息，尹天敌与胡越枝一进一退，已慢慢走出十来丈远。

随即，胡越枝又退出一步，尹天敌冷冷一笑，却驻足不动。胡越枝神情惊疑，继续缓步而退，渐渐已与尹天敌相隔七丈，微微松了口气，沉吟道："今日老朽本也未想见你，咱们就此别过——"

昏黄的日光晃动如水，尹天敌倏忽迈步，一步七丈，站在了胡越枝面前，将他轻轻搀住。

一瞬间陈彻、叶凉等人眼前一花，恍如猝然撞见了一片湖面。湖上波光粼粼，却是宽薄的剑刃拖曳出的七丈剑芒。

尹天敌淡淡道："我如今的一步，可比你料想得远多了。"

胡越枝闻言苦笑："我已经太老，想不了这么远了。"

尹天敌点头道："那你就死吧。"说话中拧身振臂，剑刃绞断了胡越枝的脖颈，一颗白发苍苍的头颅飞旋而起。

随即，尹天敌抖去剑上血痕，慢慢走回；宁简神情微紧，道："尹天敌，你为何要杀雷澈与胡越枝？"

尹天敌道："方、铁做事太慢，不如我自己来做。自燕寄羽以下，那些想杀刀宗之人，我一个个杀。"

宁简闻言一惊，与陈彻相顾无语。

尹天敌道："五年前，我见过你两个。"瞥了一眼秦楚，又道，"你是方天画的义子，我也认得。"

秦楚一愣，紧接着喜笑颜开，刚要说话，却见尹天敌脸色一冷，看着叶凉道："你是谁，来此地作甚？"

叶凉道："我是随师父来到这里……"

尹天敌道："你师父是何人？"

叶凉张了张嘴，忽听宁简道："别说。"一时便没再开口。

尹天敌闻言一笑，打量了叶凉片刻，皱眉道："那你也死吧。"

尹天敌随即一步迈出。

叶凉心神剧凛，但见尹天敌说出"那你"两字时，距自己尚有六七丈之遥，等到说完"死吧"二字时，剑光骤亮，身影已漾成一痕雾气，飘行急近。

一瞬里叶凉想要挥剑格挡，可是两手空空，只得向斜处闪躲，心中惶然，不知是否来得及避过这急如惊电般的一击；随即却见尹天敌模糊的身形猝然清晰，凝停在自己身前数尺外。

尹天敌横剑而立，剑刃上串了半张烙饼。

——先前陈彻目睹了尹天敌两次踏步袭杀对手，却窥破了其出剑的时机：尹天敌看似起脚时便抖腕挥剑，实则那一剑只是虚招，真正发力的却是身形掠至半途时斩出的第二剑；故而方才他定睛看准，将烙饼掷了过去，恰恰截在尹天敌手腕第二次迸劲之际，破去了尹天敌的剑势。

叶凉缓过神来，又惊又喜，赶忙快步退后，转头对陈彻道："多谢陈兄相救！"

尹天敌冷眼看向陈彻，道："你竟能看破我的一步双斩。"

陈彻摇头道："你这一步，实为三斩，最厉害的杀招却是在你捏成剑诀的左手上，你杀胡越枝时便是先用左手搀住了他；只是方才你出第二剑时被中断，便没再使出左手的第三斩。"

尹天敌默然片刻，淡淡道："好小子，眼光倒是不凡。"

随即振腕将剑上烙饼抖落在地，盯着叶凉又道："你不必着急谢他，即便他令你多喘了几口气，你终究也是难逃一死。"

宁简忽道："尹前辈，此人与刀宗之事毫无瓜葛，你是武林中的成名高人，又何必欺压一个晚辈？"

尹天敌道："我杀人向来不分前辈晚辈，胡越枝杀得，这小子也杀得。"

宁简不再多言，右手敛在袖里，捏住了绿玉寒枝的刀柄。尹天敌见状冷笑道："凭你也想拦住我？"

宁简道："我不会拦你。你要杀他，请动手便是。"

尹天敌颔首道："嗯，你想等我出剑之际偷袭杀我，嘿嘿，只要你有这个本事。"

叶凉闻言涩声道："宁姑娘，多谢你了，但你不必为了我去跟这人为敌……"

宁简哼了一声，道："你不用多说，方才我在酒楼里接下了雇托，要护你周全，岂能失信？”

陈彻一怔，回想在春风酒楼里，宁简却似未曾与吴重等人谈及此事，一时间想不通她是如何接下的雇托。

却见尹天敌忽而皱眉回望：“这又是何人来了。”

众人一怔，随着他的目光望去，但见镇子冷清，长街空旷，均觉疑惑；尹天敌回过头来，对叶凉道：“我再问你一次，你师父是谁，你为何来到春雪镇？”

当此生死关头，叶凉心中反而渐渐镇定下来，答道：“我师父是吴重。”

尹天敌恍然道：“原来你就是吴重的那个小徒弟。”

叶凉道：“不错，我随我师父来到镇上，便是要杀刀宗。”说完倏然听见远处街上隐约传来了脚步声，这才知尹天敌方才所言果真不虚。

尹天敌冷冷道：“只因你师父要杀刀宗，你便也要杀吗？”

叶凉犹豫片刻，点头道：“我相信我师父。”

尹天敌道：“好个糊涂小子，死不足惜。”

叶凉欲言又止，忽见有个女子转过了街角，脸上似蒙着一层纱巾，步履轻盈，正从远处行来，身影恍如漂在流水中的孤叶般撞入他的眼帘，直撞得他神魂震动，遍体微寒；虽相隔尚远，看得依稀，他却莫名笃定那便是自己曾在雷家庭院里遇见过的雷缨络。

一瞬间，他的心中生出了一抹凉风。

凉意顺着经络汩汩流向臂上，他右手虚握，恍如握住了一道春风，衣袖飘飞起来。

恰逢尹天敌迈步袭斩而来，叶凉随手使出了那式习练了七年的秋水，右腕挥扫，刺出了一阵微风，只觉手上轻飘飘的，就像递出去了一封薄薄的书信。

他用风在风中刻下了一道剑痕。

春风穿透尹天敌的胸膛，依旧凝而不散，吹向长街尽处，剑劲渐远渐微——

雷缨络在前行中忽觉心口轻轻一痛，缓下步子，与叶凉遥遥对视。

这时叶凉才觉得手上一重，仿佛从前那柄锈剑又回到了手中。片霎过去，手心里却又变回空落落的了。

尹天敌一步落定，却仍距叶凉两丈有余，胸前缓缓洇出狭细的一痕血，默然片刻，转头对陈彻道："我的第二步是五斩，第三步有七斩，你却见不着了……可惜这江湖却见不着了。"

陈彻默然点头，不知该说些什么，走到尹天敌身旁不远处，将地上的烙饼捡了起来。

尹天敌哑然一笑，栽倒气绝。

叶凉眼看尹天敌身死，心里咯噔一下，惊骇中险些瘫坐在地，喃喃道："我、我竟杀死了他。"

宁简淡淡道："谁要杀你，你便杀谁，这本也是天经地义之事。"语声宁静，心中却也颇为震惊。

秦楚打量着叶凉，半晌才道："你这小子……啊不，这位兄台竟有如此高的修为，连天敌道人都被兄台你给杀了，佩服佩服。"

说话中雷缨络已走近了几人；宁简瞥见她神情悲戚，想了想，轻声道："雷姑娘，令尊的事……"

雷缨络微微低头，道："我已知晓了。"沉默了一会儿，又看向叶凉道，"叶公子，多谢你为家父报了仇。"

叶凉一怔，平生还是头一回有人称呼他为"叶公子"，随即讶道："雷姑娘，你竟记得我？"

雷缨络道："我记得叶公子是吴重的弟子，去年曾到过我家中的。"

她语声极轻宁，俏生生立在晚风中，叶凉看在眼里，不知为何，一瞬间竟想起了在玉门关外遇到过的那名无颜崖女杀手，出神片刻才道："不错……啊，雷姑娘，你叫我叶凉便好。"

雷缨络道："嗯，你替我报了杀父之仇，我自该深深报答于你。——你有什么事想要我去做吗？无论什么事，我都可答允你。"

叶凉吓了一跳，结结巴巴道："这……无论、无论什么事？"

雷缨络轻轻嗯了一声，凝视着叶凉，静静等他开口。

五

叶凉沉思片刻，摇头道："雷姑娘，我没什么事要你去做。"

宁简与陈彻对望一眼，均有些意外。秦楚斜眼瞧着叶凉，似觉他已蠢得无药可救。

雷缨络淡淡道："当真没有吗？"

叶凉苦笑道："方才我杀尹天敌，实是因为他要杀我，我只是为了自保而不得不反击，心里却并未存有要为令尊报仇的念头……故而雷姑娘也不必感激于我。"

雷缨络默默端详着叶凉，许久没说什么。叶凉与她对视了一阵，挠了挠头，想要另起个话茬，一时却也想不到能说什么，正觉有些发窘，忽然听见她轻轻一笑。

叶凉心中恍惚一颤，第一次听到雷缨络的笑声，顿觉她寒星般的眸光淙淙融成了流淌的冰河，随着笑声淌进了他的眼中，流过他的神魂，刹那间从心窍到唇舌都微微冰凉，忍不住脱口道："雷姑娘，我……我忽然想到了一件事，不知你愿不愿答应。"

雷缨络闻言道："我答应你，请讲便是。"

叶凉张了张嘴，双颊微红，道："……雷姑娘，我能瞧瞧你的模样吗？"

雷缨络轻轻点头，取下了脸上的那层纱巾，一霎里叶凉只觉周遭天色倏然一明，仿佛被她的容光照亮了许多；秦楚赶忙凑近了几步，随即张口结舌，似看得痴了。

宁简打量着雷缨络，无意间瞥见陈彻打了个哈欠，满脸困倦，却似对这武林第一美人的容貌不怎么好奇，不禁侧头朝他看去；陈彻本自低着头，恍如察觉到宁简的目光似的，忽而抬头，与宁简对视了一眼。

宁简一怔，收回了目光；却听秦楚啧啧赞叹道："没想到呀，没想到世间竟有这般美貌之人。"

雷缨络却只目不转睛地凝视叶凉。

叶凉喃喃道："你不像她，你不像她……你比她要美多了。"

雷缨络闻言略一低头，重又戴上了面纱，却也没问叶凉所言的"她"是何人。

秦楚神情古怪，似乎怅然若失，随即看向叶凉，笑嘻嘻道："听叶兄话中意思，倒似认得不少姑娘——可是依我看来，天底下可绝不会有比雷姑娘和宁姑娘更美的女子了。"

叶凉恍若未闻，怔怔呆立，方才他说了那句话，却是自己也不知自己为何要那般说，他口中的"她"，却是曾在玉门关外邂逅的那名无颜崖女杀手；一时间忍不住又想："雷姑娘比她美貌多了，可却不是她……嗯，她已经死了。"

随即自己亦觉这念头莫名怪异，强自收摄神思，对雷缨络道："多谢雷姑娘。"

雷缨络闻言轻轻摇头。

秦楚眼珠一转，又望向宁简，拱手道："先前宁姑娘将我从棺材里救出，我却也未及报答，实在是万万不该，我是一定要好好报答姑娘的。"

宁简冷眼看着秦楚，道："不必了。"

秦楚摇了摇头，连声道："那怎么成？宁姑娘但有所需，只管直言，我决不推辞，哪怕宁姑娘要我赴汤蹈火、以身相许……"说着与宁简目光相触，顿时心中一寒，却说不下去。

宁简淡淡道："我方才没听清，秦公子再说一遍？"

秦楚浑身一颤，赶忙道："没什么，没什么，我方才胡言乱语，宁姑娘只当没听见……"

宁简不再理他，径自对雷缨络道："雷姑娘，我有一事问你：究竟是谁让你将我和陈彻领去春风酒楼的？"

雷缨络眸光微动，欲言又止。

宁简道："你不必再提燕寄羽，我已经知道你不是奉他之命。"

雷缨络低声道："宁姐姐，我绝非有意要欺瞒你……"

宁简道："是方天画还是铁风叶？抑或是……龙钧乐？"

雷缨络道："都不是。"

宁简一怔，心想如今这春雪镇上的江湖武人无非分为了三派：以燕寄羽、李素微为首的一派是要杀刀宗；以方、铁二人为首的青崖之盟却是想护刀宗；另外应当还有些人是如龙钧乐那般，暂时只持观望之意；可是听雷缨络的意思，却似并非听命于这三派里的任何一派，不禁蹙眉道："那究竟是谁命你这般做的，莫非是什么局外之人吗？"

雷缨络摇头道："也不是局外之人。"

宁简一时沉吟不语。

陈彻忽道："是刀宗。"

宁简心中一凛，却见雷缨络微微颔首道："我也不知刀宗为何要我引你们去酒楼。"

秦楚讶然道："雷姑娘，你已经去过春山峰顶了？你见过刀宗了吗？"

雷缨络道："我没见过刀宗，只是刀宗的一名侍从传讯于我。"

宁简道："刀宗的侍从？不知这侍从现在何处？"

雷缨络犹豫片刻，道："我本也要去见此人，你们若也想见他，我便带你们同去。"

宁简当即道："那就有劳雷姑娘了。"

叶凉想了想，道："既寻不着柳续，我……我想回春风酒楼瞧瞧。"

宁简冷哼道："回去送死吗？"

叶凉方要开口，忽听雷缨络道："柳续多半也正和刀宗的侍从在一处，叶公子不妨与我同去。"

叶凉一怔，点头答应。

随即，四人便随着雷缨络继续朝西边行去。

途中，雷缨络忽然取出一对短剑，乌金的剑鞘上绽有几缕白痕，宛如结了霜。她将其中一柄短剑递给叶凉，淡然道："先前那件事太过轻易，作不得数。等你想到了真正需要我做的事情，请再来找我。"

叶凉随手接过了短剑，一时间茫然无语。

雷缨络接着道："这柄短剑便是信物。"

宁简闻言神色异样，瞥了雷缨络一眼，淡淡道："素闻峨眉织星剑弟子都用双剑，雷姑娘给了叶凉一柄，自己却用什么？"

"无妨，"雷缨络轻声道："我用单剑也是一样。"

说话中五人走过了冷旷的春雪镇，但见远处的春山极是峻拔，自山腰往上覆满积雪，山脚下却是野草丛生，间或生着几株枝叶稀疏的老树。

叶凉远远望去：乱草之间一条狭窄的石径蜿蜒而上，似能通向峰顶。而在石径之前，却有三个男子两立一坐，身形均是一动不动，似已对峙许久。

几人加快步伐，行近了山脚，叶凉忽而辨出那三人中的一名白衣人赫然正是自己曾遇到过的展梅。

再看展梅身旁那人青衫落拓、书生打扮，也不知是不是柳续；两人对面三丈之外，却有个灰白衣衫的汉子正盘膝而坐，守住了上山的石径。

忽听雷缨络道："那灰衣人便是刀宗的仆从，亦是昔年北荒摩云教的‘摩云九使’之一。”

叶凉一惊：“如此说来，这岂非是刀宗勾结摩云教的铁证？”

雷缨络只轻轻摇头，一言不发。

秦楚却顿时肃然道：“叶兄此言差矣，我曾听我义父说起过，这刀宗本也出身于摩云教，却能弃暗投明，成为拯救中原武林的大英雄，故而依我看来，即便刀宗的侍从是摩云教弟子，那也没什么。”

叶凉道：“原来如此。”他见这秦楚平素惫懒油滑，但却似对刀宗极为崇敬，不由得颇有些惊奇。

几人眼看离石径前的那三人渐近，不约而同地放缓了步子；宁简道：“也不知他们三个是否正在交手，咱们先不急着上前。”

叶凉停步问道：“宁姑娘，请问展梅前辈身旁那位书生便是柳续吗？”

宁简张望片刻，颔首道：“不错。”随即又道，“原来那白衣人便是‘快剑’展梅。——叶凉，你的目力很好呀，相隔这般远，竟能辨出他是展梅。”

叶凉闻言似有些不好意思，低声道：“师父倒也常说我耳聪目明，但我自己却不明所以。”

秦楚嘻嘻一笑：“这展前辈的绰号可当真不怎么威风。”

宁简淡淡道：“我听说展梅本来没有绰号，只是某次与友人斗酒输了，友人强要他自取名号，他才随意取了‘快剑’之号……后来此事传开，江湖中再无人敢自称快剑。”

秦楚咂舌道：“好生厉害。”随即嬉皮笑脸地想再与宁简多谈几句，却见宁简已径自别过头去，目光落在了陈彻身上。

陈彻回望身后的春雪镇，忽道：“这镇子不对。”

宁简一怔，道：“哪里不对？”

陈彻寻思片刻，道：“我也说不上来，可总觉得这镇子处处都不对。”

叶凉闻言想了想，却也喃喃道：“我也觉得不对。这春雪镇的屋墙、街巷，还有镇子里的草木，还有那个大石舂，似乎都有些不太对劲……”

秦楚扭头回顾，神情迷惑道：“我看这镇子和寻常的西域小镇却也没什么两样。”

宁简沉思起来，不经意地轻声自语：“四年多前，我来过这镇子的……”

陈彻一愣，五年前在青州他和宁简分别后，又过了一年，宁简才收下他做仆从，他却是一直不知那一年里宁简去了哪里、做了什么。

却听宁简道：“细细想来，这镇子似乎确然和四年前有所不同，可是究竟哪里不同，却又当真说不分明……”

雷缨络忽道：“宁姐姐，不知你四年前来春雪镇，是所为何事？”

宁简默然不答。

雷缨络随即道：“嗯，是我问得冒昧了，宁姐姐莫怪。”

宁简轻哼一声，道：“四年前我是来寻柳续。”说完没来由地瞥了陈彻一眼，但见他微微低头，似仍在苦思。

叶凉正自忧急，心中乱念纷纷，此刻听见“柳续”二字，顿时醒过神来，道：“我得去请柳前辈和展前辈救我师父——”言毕便朝着前方的石径大步走去。

宁简一凛，未及拦阻，叶凉已走出老远，又见前边那三人似乎只是久久不动，却也并未打斗，当即便也领着余人紧紧跟上了叶凉。

五人快步行至石径之前，忽听柳续微笑道：“眼下气机已被撞散，看来咱们这回是分不出胜负了。”

那盘膝坐地的灰衣人道：“柳续，你既修成竹声新月，我本也不易胜你。”语声古怪僵硬，似是来自异域。

柳续淡淡道：“阁下过谦了。”随即转头，语声微讶，“宁姑娘，你们也来了。”

与此同时，展梅轻轻舒出一口气，捏着枝条的右手缓垂，目视那灰衣人道：“昔年摩云教虽然覆灭，但摩云九使中却仍有‘形’‘影’

二使未曾露面——料想阁下便是‘形使’了？”

那灰衣人道：“‘形’在镇上，我是‘影’。”

展梅讶然一笑：“影使守在明处，形使却避入了暗中，实在有趣。”

陈彻闻言疑惑，他曾在青石镇上听说了尚有两名摩云使始终未曾现身，本来猜测刀宗便是其中之一，可是眼下听了灰衣人与展梅的对话，才知自己却猜错了。

正自转念，瞥见宁简走上前去，与柳续寒暄；五年前他初遇柳续时，正值柳续身负重伤、满身血痕，暗夜里却也未瞧清楚柳续的样貌，算来柳续十三年前便已是成名刀客，如今总也有三四十岁了，然而此刻重又打量了几眼，却见柳续目光澈亮，脸颊白皙清隽，倒似比在青州时还年轻了许多岁。

陈彻默然望着身前不远处的宁简与柳续，但见两人的容貌神采都颇为相配，此刻相对伫立在悠悠暮风中，宛如旧侣重逢，瞧来颇为妥帖自然。

他看了一会儿，忽道：“柳前辈，请问简青兮现在哪里？”问完随即怔住：自己当年惯于称柳续为“柳大侠”，此刻却脱口改称为“柳前辈”，倒似是有意点出柳续比自己这几人高出一辈似的。

柳续道：“你想杀简青兮？”

陈彻一怔：“你怎知道？”

柳续轻叹道：“从你眼神里能看得出。实不相瞒，简青兮先前将我引到这位摩云使者面前，是要借刀杀人，他自己却已上山去了。”

宁简心中惊凛，蹙眉道：“简青兮上山作甚，难道他竟敢面见刀宗吗？”

柳续道：“他行事古怪，我也难知。”说完转头看向叶凉，莞尔道：“这位小兄弟竟身负雨梳风帚的剑意，原来方白已经破例收徒传剑了吗？”

叶凉茫然摇头，道：“我是吴重的弟子。”随即出言恳求柳续与展梅赶去春风酒楼相救吴重。

柳续与展梅对视一眼，点了点头，未及开口，神情顿变。

一瞬里叶凉只觉柳续的目光疏遥了许多，顺着他的目光回身望去，惊见远处有个红袍人正朝着这边疾掠而来，背上还负着一人，头颈垂着，不知生死。

叶凉心神剧凛，定睛望去，片霎后急声道："那是弓魔——他、他将我师父掳来了！"

六

众人心神紧绷，但见江海余短时间掠到了近处，脚步渐缓，冷眼扫量过来。

一瞬里叶凉凝集心力听去，但闻前方除去弓魔悠长的气息外，还有另一道极微弱的呼吸声，顿时确知了师父尚未毙命，重重松出一口气，随即只觉背上蹿出了一层细汗，这才明白方才那竭力一听，几乎竟至浑身虚脱。

江海余走近数步，漠然道："此刻吴重被燕寄羽伤及心窍，命在顷刻，只有刀宗能救他，尔等若不想他死，便莫要聒噪拦我。"

众人相顾惊骇，一时间将信将疑，片刻后都看向柳续。

柳续略一静默，点头道："江兄请吧。"

江海余一言不发，从众人身旁掠过，踏上了石径。那灰衣影使侧头与江海余淡淡对视了一眼，随即收敛目光，却也未加拦阻。

叶凉眼望着江海余背着吴重登山而去，神情忧虑，转回头对柳续道："柳前辈，那弓魔所言是真的吗？"

柳续道："据我知闻，这弓魔虽作恶多端，但终归是自重身份的武林高人，向不说谎。"

陈彻道："可是燕寄羽既要借重吴重来杀刀宗，为何却又伤他？那吴重既是为杀刀宗而来，弓魔为何又似笃定刀宗会救吴重？"

这两问均是众人心头疑惑所在，一时无人能答。秦楚脸色发白，颤声道："这弓魔不会……不会将春风酒楼里的人都杀光了吧？"说完却也没人理他。

柳续忽道："又有人来了。"

众人朝着镇子方向眺望，等了半晌，果然又有两人来到，步履不疾不徐，却是龙钧乐与那酒楼说书人。

秦楚脸色微变，似乎来者并非他所期盼之人，忽而笑嘻嘻道："柳副山长好眼力！先前在棺材铺里，柳前辈无意中失手制住了在下，那是有所误会……"

柳续淡淡道："我是有意的。"

秦楚一愣，接不下去了。

柳续眼看龙钧乐走近，便问起春风酒楼里的情形；龙钧乐轻轻摇头，神情从容地叙说起来。

原来自叶凉随着宁简、陈彻离去后，堂中便掀起了一场混战：起初龙钧乐与岳凌歌挡在吴重身前，将其护住；燕、李二人则联手与弓魔相斗，渐渐将弓魔压制在下风，哪知方天画与铁风叶本来正从旁相助，却猝然转身出招制住岳凌歌，又打退了龙钧乐，似意图劫走吴重。

当时燕寄羽正与江海余激斗，无暇挪步，当即掷出一根竹筷直击吴重心口，竟似是宁肯杀死吴重，也不让方、铁得逞。随即却是江海余弹断了一根发丝，将那竹筷稍稍荡偏了些许，吴重才保得性命。

"那弓魔趁着堂中惊变，抢了吴重夺门而逃，却是不知去向。"龙钧乐说到这里，语声微讶，"我本以为弓魔昔年受过刀宗的恩情，此番前来春山是要杀吴重救刀宗，没想到他却会出手救了吴重。"

柳续淡淡道："龙掌柜经此剧斗，却是毫发无损，不急不躁。"

龙钧乐微笑道："急躁伤身，那是急不得的。"轻叹一声，又道，"眼下方、铁留在酒楼之中，只怕又跟燕山长与李真人斗将起来了。"

陈彻留意到龙钧乐身旁那个说书人脸色茫然、手足无措，不似武林中人，不禁问道："龙掌柜，你们这些人都是一家一派的掌门，为何竟似都是孤身来到镇上，却没带多少门徒手下？"

龙钧乐一怔，道："你道我等不想带吗？那是燕山长下了严令；再说要论人多势众，武林中有哪一派比得过停云书院与玄真教，我便带些龙家弟子又有何用？"

他顿了顿，又似笑非笑道："小子，你该不会当真以为这春雪镇是容易进的吗？嘿嘿，那花静庭倒是带了许多门徒家丁前来，可却都被挡在三百里之外了。"

陈彻闻言望向宁简，两人回想一路行来，却也未遇到什么险阻，一时均惊疑无语。

展梅先前一直旁听沉思，此刻忽道："柳兄，咱们这便回去春风酒楼相助燕山长？"

龙钧乐顿时神情一肃，摇头道："我此来便是向两位传达燕山长之命：燕山长请两位切不可返回镇上，当务之急是速速登上山去，不得耽误大事。"

展梅皱眉不语，与柳续对视一眼，转身朝着石径走去。在经过那灰衣人身侧时，忽听灰衣人道："展梅，你挡住她的影子了。"

展梅随口道："谁的影子？"随即又迈出一步，心中却骤生异样，低头瞧去，只见地上斑驳的树影恍如深渊，仿佛只要落足便会深深陷入。

那灰衣人道："你身后树上，那朵野花的影子。"

展梅收回了那一步，驻足回望，但见日光斜长，一株老树上稀疏生了几朵花，其中一朵的影子却正正落在了自己身上，方要开口，忽觉周身锐痛，竟似被花影刺伤了。

那灰衣人缓缓站起，瞥向展梅手中的枝条，淡淡道："我当真羡你，仍能折花枝在手。如今我已不敢再靠近一朵花，只要能在花影里稍坐片刻，便觉心满意足。"

话音方落，展梅身形晃荡，已贴近了灰衣人；那灰衣人侧步急避，两人错身而过，向背而立。

——电光石火之际，展梅已反手将枝条点中了灰衣人脊背。

灰衣人轻咳出一口血，道："你的剑虽快，却也斩不断影子。"

展梅一怔，顿觉浑身僵滞，随即恍悟：自己正站在灰衣人的影子上。

柳续见状蹙眉，倏忽闪身而至，出指点向灰衣人眉心，灰衣人劈手夺住柳续手腕，指尖便停在了他眉睫之前。

那灰衣人方欲开口，与柳续目光一触，浑身轻颤起来，瞬息间柳续的手指便又刺近了一分。

一时间两人相持不下；龙钧乐当即走过去，刚刚踏进两人周遭一丈方圆，袍袖却突兀地逆风而动，惊疑中停步，盘算片刻，笑呵呵道："罢了，今日就做一回赔本买卖。"

言毕他快步行近，挥袖扫向灰衣人面门。

那灰衣人张口啸出一团气劲，吹裂了龙钧乐的袍袖，袖底下却竟没有手掌；龙钧乐冷冷一哼，一掌低低拍出，正中灰衣人腹间。与此同时，柳续的指尖也触及了灰衣人的眉心。

三人眼见制住了灰衣人，微微松了一口气，忽觉浑身沉痛，脚下竟是寸步难移。

斜阳西移，天光暗淡，阴影像鱼群一样游动过来，遮蔽了诸人的衣衫。

龙钧乐等三人霎时感到了一股无形无质的重压，既非外功也不是内劲，却将自己的内息压得渐渐凝涩，当即各自凝神相抗。

柳续忽而一叹："原来刀宗将意劲传给了阁下。"

“刀宗确然点拨过我。”灰衣人道，“意劲只能点化，不能传授，每人能修的意劲都不相同。我的意劲，便是能从影中借力。”

两人相视说话，那灰衣人方一说完，却又咳出了一口血，随即缓缓地道：“柳青眸，且看你能多久不眨眼。”

柳续淡淡一笑，却忽然提声说道：“宁姑娘切莫靠近，你们若要上山，眼下便是良机。”

宁简本要上前相助，闻言顿步犹豫起来。

叶凉仰望前方，但见春山孤拔如刃，如要劈面刺来，一时间神悸魄动，迎上一步，脱口道：“我须上山去寻我师父。”言毕快步踏上了石径。

宁简一惊，未及出言警示，忽而又见雷缨络也默默踏上了石阶；一时间心念电转，深深看了柳续一眼，蹙眉转身，领着陈彻追近了叶凉。

走出一阵，却见秦楚面色僵白、气喘吁吁，竟也慌慌张张地跟了上来。

几人稍缓步子，望向山脚下，但见柳、展、龙三人与那灰衣人的站位似已有所变换，此刻却正自静立不动，身形俱被昏暗的日影笼罩，远远的宛如几尊石雕。

陈彻心神微震，久久驻足，只觉那四人一树宛如几道笔画似的，突兀地写在山前，其中似有真意。沉思片刻，却莫名想起了春风酒楼里与燕寄羽对视的那一瞬，随即丹田中忽冷忽热，眼前一片模糊，再看山脚下却只能辨出四五个小小的斑点，恍如几处穴道，不禁脱口道：

“原来天地间也有丹田。”

说完却觉周遭寂静，回顾一眼，才发觉宁简等人已走到了十余阶之上，赶忙快步奔近，却听宁简轻声问道：“陈彻，你方才瞧出了什么？”

陈彻道："我觉得他们像是站成了一段经络，又像……"想了想，继续道，"又像是一截刀刃。"

宁简道："那你觉得，他们哪一边能胜？"

陈彻道："我胡乱猜测，多半是柳续那边能胜——'那截刀刃'横亘在天地之间，只怕终究抗不过天地，时久必遭摧折，而那灰衣人站在了刀锋之位，却是首当其冲，最易折损。"

宁简闻言轻轻点头。

秦楚笑嘻嘻道："又是经络又是刀刃的，让你说得这般玄虚……嗯，不过照我看来也是柳续那边能赢，毕竟他们有三个人。"

陈彻嗯了一声，却不接口。

秦楚拍了拍陈彻肩膀，语重心长道："陈兄弟，我方才问过了宁姑娘，得知你是她的仆从，既是如此，你平素便该勤快利落些，至于武学上的事嘛，却也不必徒劳琢磨。"

陈彻闻言微怔，心说她对这人说我是她的仆从嘛，随即又想：我本来不就是她的仆从嘛。

他正自转念，却见宁简淡然笑道："秦公子，你的义父正在春风酒楼，你为何不去寻他，反倒要跟我们上山？"

秦楚短时间面色数变，支支吾吾道："这、这个嘛，想那酒楼里情势凶险，岂可、岂可贸然回去？"

宁简道："你是怕你义父已被燕寄羽杀死，才不敢回去，对不对？"

秦楚颤声道："我义父武功绝顶，岂会……嗯，我义父素来敬重刀宗，我便跟你们去求见刀宗，请他下山帮我义父，料想他定然会答应的。"说到后来，语气倒颇有些坚定。

宁简微微点头，轻叹道："也不知咱们会先遇到刀宗，还是先撞见弓魔。"

陈彻忽道："若是简青兮呢？"

宁简道："嗯？"

陈彻道："柳前辈说简青兮也上山了，若咱们先遇到的是简青兮，你会帮我杀他吗？"

宁简一怔，随即颔首道："那是自然。"

陈彻不再说话，走出几步后才低声道："嗯，多谢主人。"

雷缨络本自默然走在叶凉身旁，此刻忽道："秦公子有所不知，这位陈公子不只是宁姐姐的仆人，亦是武林中的第十一位青锋令使。"

秦楚一愣，连声道："此言当真？陈兄弟，你真有青锋令吗？我却不大相信，你能拿出来给我瞧瞧吗？"

陈彻先前将青锋令塞进了行囊最里面，若要取出却有些麻烦。他本来懒得翻找，奈何秦楚阴阳怪气地不住絮叨催问，为求耳根清净，不得不将青锋令取了出来。

哪知方将这沉甸甸的青铜令牌拿在手里，却骤觉手心割痛，仿似这本来名不副实的无锋令牌竟在行囊里自己生出了锋刃。

他在昏沉沉的夜色里低头打量，那青锋令却仍如初见时一般，无甚变化，不由得暗自惊惑，思忖许久，才隐约有些明白过来：不是青锋令长出了锋芒，而是自己手上生出了刀意。

秦楚凑过头来，皱眉端详着青锋令，忽而笑道："这怕不是假的吧？反正我也没见过真的。"

叶凉心系师父安危，闷头走在前边，听见诸人说话，恍然心想："原来这位陈兄竟是青锋令使，怪不得这般见多识广、处变不惊。"犹豫片刻，忽道："陈兄，我先前一直在想这镇子究竟哪里不对，方才却让我想到了一处。"

陈彻道："啊，你想到了什么？"

叶凉道："我想到这镇上的酒楼，里里外外都像极了我从前住在临江集时常去的那家酒馆……嗯，是全然一样。"

陈彻心中一动，脱口道："你从前去的那家，也是叫春风酒楼吗？"

叶凉愣了愣，摇头道："那倒不是。那家的掌柜和你一样都是姓陈，便叫作陈家酒馆。”

陈彻沉吟道：“原来如此……这确是有些奇怪。”

说话中夜色越来越浓，山势也愈发陡峭，几人步履渐缓，却见前方分出了几条岔路。

雷缨络忽道：“我来引路吧。”当即走到了最前，身影淡淡融入夜色。

又走了一阵，陈彻眼看雷缨络在山径之间转折自如，似对这春山颇为熟悉，不禁好奇道：“雷姑娘，你走在山中，倒像是……”

话未说完，雷缨络便接口道：“一块石头。”

陈彻一愣：“啊？”

雷缨络淡淡道：“我和我哥都像石头——你先前便说过一次了。”

陈彻听见她轻柔的语声，心中顿时有些慌乱，赶忙道：“不不不，我不是这个意思，我是想说雷姑娘走在这山中，宛如回到自己家里似的，很是熟悉。”

雷缨络道：“嗯，石头回到山中，就像我回到家里。”

“我、我当真不是这个意思……”陈彻闻言苦笑，不知该如何解释才好。

雷缨络忽而轻轻一笑：“我知陈公子并非此意，方才只是想逗一逗你，请别见怪。”

陈彻一愣，挠头不语。

宁简瞥了雷缨络一眼，道：“看不出雷姑娘倒是个风趣之人。”

几人闲谈中行至山腰，眼看地势平阔了不少，都微微松了口气；前行一阵，忽见远处隐约有些光亮，不禁相顾惊疑，加快了步子，片刻后依稀辨出前边似有屋舍。

秦楚讶然道：“这刀宗不是住在峰顶吗，怎的半山腰也有人住？”

叶凉心中惊凛，抢步奔近，但见眼前有两间茅屋、一株桂树，都被稀疏的篱笆围着，竟和他从前在临江集的住处一模一样。当即走进了篱笆，只见那株桂树枯枝横斜，树旁也有一方石凳；转头又见屋里透出淡淡的烛光，仿佛只要自己一走进去，便能看见师父正蹲在炉膛边添柴。

一瞬里叶凉心神激荡，上前几步，推门而入。

七

夜风涌进屋子，烛光晃漾如水，叶凉定睛看去，屋里只有一男一女相对而坐，都是二十七八岁，正自低头吃喝，却不见师父吴重。

随即他四下看去，桌椅床榻一应器物都已陈旧不堪，屋角结满蛛网，似已多年没人居住了。

宁简等人紧跟着叶凉走进门来，不由得一怔。陈彻脱口道："——方大哥，是你！"

叶凉心中怅落，半晌才缓过神来，闻言瞥见男子很是眼熟，这才想起此人便是自己初到春雪镇时曾遇过的方轻游。

方轻游站起身来，与宁简、陈彻寒暄了两句，随即又问了雷缨络的姓名。

陈彻打量方轻游，但见一别月余，他已不穿玄真教门徒的灰蓝衣衫，笑容淡然自在，眉宇间似也潇洒了许多，却听他转头对叶凉拱手道："花兄弟，咱们又见面了。"

宁简蹙眉道："花兄弟？"

方轻游笑了笑，道："这位小兄弟不是名叫花暖吗？"

"那、那只是我师父随口编的姓名，"叶凉脸颊一红，"我叫叶凉。"

方轻游倒似也不觉奇怪，重又拱手微笑道："叶兄弟，幸会。"

屋里那名女子冷眼瞧着众人交谈，却不发一言。宁简看见她脸上刺着一条青郁郁的小鱼，心中微凛，认出了她是何人；随即果然便听方轻游引介道：

“这位姑娘正是山中刺零字堂的薛夜鱼薛堂主，我与薛姑娘却也才相识不久。”

薛夜鱼闻言并不起身，淡漠扫视几人，与宁简目光相触，轻轻一笑：“宁姑娘。”

宁简一怔，亦道了声：“薛姑娘。”想起五年前在缔结青崖之盟时，此人竟仿佛看破了自己的出身，曾直言质疑自己并非姓宁，但此刻听她说话，语气中倒不似当年那般隐隐怀有敌意了。

却听陈彻忽道：“方大哥，你上山时可有遭到那灰衣人拦阻？”

方轻游道：“我言明了想要拜会刀宗，那人非但没有拦截，反倒算是帮了我。”当即简略讲说了情由。

原来方轻游杀死薛秋声后，一路西来昆仑山，连连遭到天音宗门徒追杀，均被他甩脱，本以为抵达了春雪镇便能得清静，哪知镇上竟也潜匿着不少天音宗门徒，与方轻游缠斗起来；方轻游且战且避，来到镇子西边的春山脚下，而那伙天音宗门徒却似对那灰衣人颇为忌惮，不敢靠近，故而方轻游才得以从容上山，后来经过这屋子进来歇脚时又偶遇了薛夜鱼。

秦楚从旁听着，眼看众人说了好一阵子话却没人来请教他的尊姓高名，当即清咳两声，上前拱手道：“在下秦楚，是青箫白马盟方盟主的义子，幸会方兄、幸会薛姑娘。”

方轻游淡淡道：“久闻秦公子之名，失敬了。”

宁简闻言莞尔道：“秦公子，我当真有些好奇，你究竟是有什么本事，竟能当上青箫白马盟的少盟主。”

秦楚愣了片霎，嬉皮笑脸道：“在下的本事可多着呢，以后慢慢说与宁姑娘知晓。”

薛夜鱼忽而冷笑：“他即便没什么本事，也能当得少盟主。”

宁简一怔：“薛姑娘此言何意？”

薛夜鱼道："昔年青箫书生秦英与白马长戈方天画创下了青箫白马盟，后来秦英为救方天画而死，这位秦公子便是青箫书生的遗孤，你说这方天画又岂能不让自己义兄的儿子来做少盟主？"

诸人闻言恍然颔首。宁简看向秦楚，问道："这却奇了，秦公子为何每回都只言及自己的义父，却对生父提也不提？这青箫书生可也是赫赫有名的武林前辈呀！"

秦楚一时间神色古怪僵硬，半晌才低声咕哝道："死都死了，有什么好提的……"说着扭头走到桌子旁，扯过一把布满灰尘的椅子一屁股坐下。

陈彻瞥向桌上，忽道："方大哥，你们先前在吃什么？"

方轻游道："我们自己带了烙饼，方才去到旁边的柴房，看见有锅灶柴火，便煮净了一锅雪水，熬了些野菜汤。"

陈彻眼睛一亮，欲言又止。

方轻游见状微笑道："几位不妨也来吃些？"

陈彻顿时点头："多谢方大哥。"其余诸人却都不饿；叶凉急于登上峰顶找寻师父，更是无心吃喝，眼看着陈彻片刻间便吃完了半张饼、两碗汤，想了想道："我……我想先行赶去峰顶。"

方轻游问明详情，得知吴重与弓魔都在山上，神情微变，与薛夜鱼对望了一眼。

薛夜鱼道："既是如此，咱们也莫再耽搁，这便上山。"

诸人纷纷称是，叶凉忽道："方大哥、薛姑娘，你们是想上山杀我师父吗？"

方轻游摇头道："听你刚才所讲，弓魔带吴重上山是去请刀宗救他，若是刀宗肯亲自相救，我等素来景仰刀宗，又怎会再杀吴重？若是……"说到这里，却顿住不言。

叶凉知他话中的未尽之意便是若刀宗不肯相救，那么吴重伤重难治，也就无须他们再动手；默然片刻，点头道："我明白了，多谢两位。”

随即，众人便准备出门，叶凉瞥见方轻游背上负有兵刃，不禁脱口道：“黄昏时听方大哥说要到镇上寻一把称手的刀，看来已然寻到了。”

方轻游微笑颔首：“这把刀是我去煮汤时寻到的，当时正挂在柴房的墙壁上。”

叶凉心中一动，想起当年初遇师父的那天，却也是在柴房里见到了一柄寒光凛凛的剑，当即将此事讲了出来，又说起这两间茅屋极像自己在临江集的住处。

众人听后均是惊疑不解，方轻游取下背上那柄刀，递给叶凉道：“叶兄弟，你来瞧瞧这把刀，和你那柄剑可有什么相似之处吗？”

叶凉端详了一阵，只觉那实在只是一把寻常单刀，在天下任何铁匠铺里都能锻打得出，正觉迷惑，却听薛夜鱼道：“神器自晦，不显光华，当真是一柄好刀，却不知从前是谁所用。”

叶凉将刀递还，道：“我没瞧出有什么相似。我先前那柄剑名叫孤鹜，却是……”

话未说完，薛夜鱼忽然截口道：“是方白的剑？”

叶凉道：“正是。”却听薛夜鱼轻声沉吟道：“照此说来，这柄刀的旧主多半也非等闲之辈——呵，说不准便是云荆山的刀。”

众人心中震动，一时间无人接口。忽听方轻游道：“诸位且先退后，远处有人来了。”

诸人退向桌边，将门口空出了一片，不多时，只见有个黑袍麻鞋、腰插竹箫的中年男子踏进了屋子。

陈彻一怔，道：“天音宗的人上山来了，多半是那灰衣人已然败给了柳续。”说完瞥了宁简一眼，却见她淡然伫立，神情中看不出是忧是喜。

不经意间又瞟向叶凉，却不由得一惊：叶凉脸色煞白，浑身轻颤，盯着门口的那个天音宗门徒，似已恐惧至极。

那天音宗男子扫视堂中，锐声怪笑道："方轻游，你倒是找了不少帮手。"

方轻游低头看着手中的那柄单刀，却只淡淡道："我当真没想到，你们这些天音宗弟子竟如此胆大妄为，明知正气长锋阁下了严令，'各派武人未得允可，不得接近春山'，可你们却仍敢追上山来纠缠不休，难道竟不怕得罪燕寄羽吗？"

那天音宗男子冷笑道："近日燕山长已擢谭长老为青锋令使，我等登上春山，却正是奉燕山长之命。"

"谭寒音拿了青锋令？"方轻游神色微讶，轻轻一叹，"没想到武林中这么快便又有了第十二位青锋令使。"

叶凉听见"谭寒音"三字，身躯突兀地挺直，宛如被人拉紧了心弦，不知不觉已将雷缨络给他的那柄短剑拔出。

陈彻乍闻身旁铮然拔剑之声，忽然掌心微痛，这才察觉自己先前一直将青锋令攥在了手里，连方才吃烙饼时都未曾放下。

又听那天音宗男子漠然道："方轻游，你杀害了薛长老，眼下又胆敢躲进春山，我倒要反问你一句，你难道不怕得罪燕山长吗？"

方轻游闻言莞尔："我来昆仑山，本就是为得罪燕寄羽而来。"

那人神情微紧，语声僵硬道："你既不知死活，咱们便言尽于此。后会有期。"说着转身走向门口。

薛夜鱼忽道："阁下留步，还请吃些东西再走吧。"

那人闻言回身，但见薛夜鱼坐在桌旁侧目看过来，桌上却摆着些烙饼与碗筷，当即哼了一声，道："那也不必了。"

"不是请阁下吃桌上这些——"薛夜鱼淡淡道，"山中刺薛夜鱼，送君赴鬼宴。"

话音方落，堂中烛火一阵急闪，明灭不定；一瞬间陈彻望向桌旁，但见薛夜鱼仍自端坐，脸颊苍白明丽，刺在脸上的那条青色小鱼却竟已消失不见了！

那天音宗男子脊背一僵，随即浑身抽搐起来。

众人瞧得心惊，但见那人不断反手去挠背上，却似徒劳无用，随即收手，厉啸一声，扑向薛夜鱼，方一跃起便又摔落地上，就此毙命。

薛夜鱼轻轻摇头："被我的鱼儿咬中，还敢妄动内息，只会死得更快。"

屋里一时寂静；陈彻瞥见薛夜鱼的脸颊上倏忽多出了一片青色的鱼尾，随即便是鱼身、鱼鳍、鱼目，仿佛那条鱼又在虚空中游回了她的脸上。

方轻游眼看薛夜鱼与那天音宗男子相隔数丈，却瞬息制死了那人，一时竟看不破她究竟是用毒、暗器抑或是别的手法，不禁轻叹道："久闻山中刺高手能杀人于无形，今日得见，果然是神乎其技，令人难以揣度。"

薛夜鱼却不接话，只淡然端坐。

烛火渐渐安定，雷缨络忽道："我本以为方兄要试一试那柄新得的刀呢。"

方轻游一怔，笑道："那也不急于一时。"随即留意到叶凉正神情紧张地注目自己，便道："叶兄弟，怎么了？"

叶凉颤声道："那、那谭寒音也在春雪镇上吗？"

方轻游道："不错，我上山前曾与他短暂交手。"

叶凉低下头去，喃喃道："我七岁时，便是一些腰插竹箫的黑袍人闯进了我家，他们的手掌上能发出虫子叫声，他们、他们杀死了我父母……那为首之人便自称是叫谭寒音。"

众人面面相觑，一时无言。方轻游叹道："竟是如此。叶兄弟，却不知天音宗为何会找上你家？"

叶凉道："他们是去我住的村子里搜寻一样物事，没能搜到，便滥杀了许多村民。"

方轻游道："他们要找什么物事，你可还记得吗？"

叶凉道："嗯，是一封书信。"说完心神一震，忽而想到行囊里还放着吴重从鄂州晴川刀那里取来的书信，不禁惊疑暗忖："总不能世事如此之巧，难道竟会是同一封书信吗？"

方轻游道："只是一封书信吗？"

叶凉茫然摇头："我也不知他们要寻的究竟是什么样的书信。"忽听雷缨络道："叶公子，咱们一起寻到谭寒音，为你父母报仇。"

叶凉一愣，转头瞧见雷缨络眼中清光盈盈，似欲落泪，不由得心中颇为感动，认认真真道："多谢雷姑娘。"

方轻游瞥了一眼地上的尸体，道："此人孤身来到，多半是先行探路，恐怕还有更多天音宗门徒将至，此地不宜久留，咱们走吧。"

随即，众人纷纷出门，继续朝着峰顶行去。

叶凉将那柄短剑紧握在手，心绪渐渐平复下来；走出一阵，忽听薛夜鱼道："叶凉，你手里那柄短剑可不是孤鹜吧？"

叶凉一怔，道："不是。那柄孤鹜起初被我用来砍柴，后来碎在衡山了，这柄短剑却是……"

雷缨络忽而回眸，接口道："这柄剑是我赠予叶公子的信物。"

"原来如此，"薛夜鱼淡然颔首，"江湖儿女互赠佩剑作为定情信物，倒也常见。"

叶凉闻言顿时惊慌，赶忙道："不是、不是这样——"说着瞥向雷缨络，却见她已回过头去，继续默然引路，却竟似不打算辩解。

方轻游瞧见叶凉窘迫，便岔开话头道："用剑砍柴，可不容易吧？"

叶凉点头道："嗯，我第一天去砍柴时，便觉得剑身会断，但方前辈的孤鹜实在是一口好剑，我砍了七年柴都没有断，只是也难免渐渐生锈，去年秋天终究还是碎掉了。"

方轻游轻轻一叹，道："再好的刀剑，也经不住年月摧折。"

众人一边说话，一边登山，又走出半晌，突然齐齐凝住了步子——

春山的峰顶上亮起了一点灯火。

那灯火凌空显现在远远的高处，宛如在阴沉晦暗的夜幕中悬起了一轮明月，洒下来一片冷冷淡淡的清光，如薄衣般轻轻披在诸人身上，既难攫取，又无从闪躲。

一时间仿佛天地空芜，只剩下那片灯火定在半空里。众人各怀心事，一起静默。

雷缨络忽而轻叹："这江湖纷纷扰扰，你争我斗，究竟是为了什么。"

宁简道："人世间自古以来便是如此，那也没什么好说的。"

忽听叶凉惊咦一声，众人回身望去，在黑沉沉的山脚下，宛如呼应春山峰顶似的，春雪镇上也渐次亮起了点点灯火。

两片灯火遥相而峙，像是一对故友，又像是宿敌。

八

暗夜无星，七人在山间驻足良久，继续登山。

秦楚忽而笑嘻嘻道："看来刀宗知道咱们将至，这便已点起灯火迎接咱们了。"

薛夜鱼冷笑道："只怕咱们还没这么大的面子。"

众人里只陈彻不会内功，在崎岖的山径上行走了多时，渐感双腿酸涩沉重，不禁越走越慢；忽然手心微凉，侧头瞧去，却是宁简步履稍缓，走到了他身边，牵住了他的手。

陈彻只觉一汩汩内劲从左手脉门源源不绝地涌入经络，顿时气力一振，想要道声"多谢主人"，暗夜中辨不清宁简的样貌神情，不知为何却欲言又止，仿佛一旦开口就会打破什么似的；随即又想，宁简此刻也未必想要自己出声道谢，于是便只默默地与宁简并肩行在夜风里。

又走出十余步，忽听雷缨络道："陈公子，你可是累了？"

陈彻一怔，眼看她本在前方数丈之外引路，也不知为何突有此问，便道："我……我不累的。"

雷缨络道："嗯，那便好。"语气中似颇蕴关切。

话音方落，陈彻忽觉手心一空，却是宁简悄无声息地撒了手，走到他前边去了。

陈彻又是一怔，继续随着众人登山，时而仰望峰顶，时而又回头看看远处的春雪镇，慢慢地觉得这两片灯火就像两处穴道似的，回想从镇上一路上山的途径，似乎恰如一条曲折绵长的经络。

——想到这里，心头轻震，攥紧了右手中的青锋令，若有所悟。

又行了大半个时辰，终于抵达峰顶，一时间众人均是微微松了口气；但见前方的石径尽处矗着一座灯火通明的两层楼阁，瞧来颇为古朴简陋，却是顺着山顶上倾斜的地势而建，仿佛随时便要向着山谷中倒塌过去。

众人对望一眼，缓步走近，只听薛夜鱼淡淡道："眼前这座歪楼，便是刀宗的居处'云阁'了。"

秦楚闻言啧啧赞道："这座楼筑在云端，主人也姓云，取名为云阁，实在妙极。"

叶凉凝神细听了一阵，忽而加快步子，奔到了木门之前，伸手推门；秦楚急声叫道："叶兄不得莽撞！"

叶凉回头道："里面没人。"说着推门而入。

众人跟着走进，环顾堂中陈设，除去烛台甚多之外，与寻常堂屋没什么分别，只是桌椅器物都极为清净整洁，不像半山腰的两间茅屋那般已尘封多年。

叶凉本以为来到峰顶便能见到师父，可是方才在门外便听出堂中似乎没有人声，心中顿时焦虑起来，眼下伫立在堂中，更是手足轻颤，惶然失措。

秦楚眼珠乱转，点了点头，缓声沉吟道："依我看来，刀宗没在堂中。"

宁简蹙眉道："废话。"顿了顿，又道，"咱们去楼上瞧瞧。"

雷缨络道："嗯，诸位先行上楼，我在这里守着。"

宁简一怔，淡淡道："有劳雷姑娘了。"

叶凉跟着众人迈上木梯，不经意间回顾了一眼，只见雷缨络的侧影纤细窈窕，孤零零立在堂中，夜风涌进门来，衣裙微微飘摇，宛如不胜风力似的，身姿轻柔欲飞。

——片霎间叶凉恍如被刺了一剑似的，神魂深处怦然一动，竟忍不住想要走过去将她轻轻拥入怀中，随即心中深深自责："如今师父安危未明，我怎能竟还生出这般念头？"于是赶忙转回头，快步走到了云阁的第二层。

众人四下打量，但见阁中空旷明净，除去一些烛台和铺在地上的两个蒲团，竟是再无旁物。

薛夜鱼神色冷淡，轻笑道："据我刺探到的消息，明晨燕寄羽便会率正气长锋阁其余阁主与十二位青锋令使一齐拜山，若到时刀宗仍然不在，让他们扑个空，倒也有趣得很。"

宁简道："眼下陈彻已在云阁，花静庭又新死，十二位青锋令使却只留给燕寄羽十位了。"

秦楚讶然道："难道刀宗他老人家点起了灯烛，却不等候客人，便自顾自地离去了？"

方轻游道："这灯烛未必是刀宗所燃。"

宁简在阁中轻缓踱步，仔细端详那些烛台，忽道："是简青兮。有几支烛台上还残余着些许霜气，多半是简青兮刺出冰霜结玉的指劲擦燃了烛台。"

方轻游点了点头，道："简青兮燃起烛台，是想将别人引到这山顶上吗？"

众人相顾惊凛，却听宁简道：“此人行事素来乖张怪异，实难猜测他的真正图谋……嗯，也不知道他现下又躲去了何处。”

叶凉当即接口道：“可是弓魔不是也带我师父上山来了吗，他们怎么却也没在这里？”

方轻游沉吟道：“或许是刀宗见到尊师伤重，便带他另寻僻静处疗伤去了，叶兄弟暂也不必太过忧急。”

叶凉闻言心中微定，道：“多谢方大哥。”

薛夜鱼忽然一笑：“也许刀宗就在云阁之中，也未可知。”

方轻游讶道：“薛姑娘何出此言？”

薛夜鱼淡淡道：“以刀宗的修为，若不愿与咱们相见，便是站在咱们眼前，只怕咱们也是瞧不见的。”

众人面面相觑，均觉匪夷所思；叶凉却曾在衡山目睹过方白“借山川草木藏神”的境界，此刻不禁转头四顾，片刻过去，却也没察觉到什么异样。

方轻游轻叹道：“即便刀宗能潜形于天地间，难道当真竟会对我等避而不见吗？”说完神色微变，立即又道，“有人来了，咱们速速下楼。”

叶凉闻言心弦一颤，当即抢步奔向楼下，尚在木梯上便见一群黑袍麻鞋的天音宗门徒正渐次踏进门来。

雷缨络独立堂中，从容抬手，拔出了那柄短剑。

剑芒轻晃如水，叶凉眼看着她持剑斜斜指向门边，心中怅然一震，只觉她拔剑之后神采倏扬，仿佛变了一个人似的，身姿纤弱中透出一抹异样的锋锐，在烛火映照之下，恍如夜幕陨灭，天上星辰的光华尽落在她身上——

那是一抹锋锐到无坚不摧的明丽。

电光石火之际，叶凉看得惊心动魄，莫名又想到了那名无颜崖女杀手、想到自己与她惊鸿过眼般的匆匆一面，随即便觉眼前有些模糊——似乎这久存心中的一幕倏然间竟已遥远黯淡了许多。

顷刻间便有八个黑袍人进到了堂中，与雷缨络对峙；叶凉疾奔下木梯，粗粗扫量过去，这八人里却没有自己幼年时见过的天音宗长老谭寒音。

却听为首一个黑袍人喝声道："小丫头，你是何人，方轻游可在此间？"

雷缨络持剑静立，恍若未闻。

叶凉握紧短剑，冲到雷缨络身边，与她并肩而立。

八个黑袍人相顾一眼，均觉眼前这少女风姿卓绝、眸中似蕴奇彩，剑势亦蓄如虹电，一时却也不敢小觑，至于她身旁的那个少年，倒是看不出有什么高手气象；忽而抬头瞥见方轻游等人正快步下楼，神情顿变，各持竹箫在手。

秦楚掐指一算，愁眉苦脸道："他们有八个人，咱们却只有七个，这可当真不妙得很了。"

方轻游扫视那八人，皱眉道："诸位竟追到这里来了，竟不怕扰了刀宗的清静吗？"

为首那黑袍人冷冷道："天音难测，血仇必偿，你便是去到天涯海角，也休想躲过去。"

方轻游苦笑道："你们执意送死，我倒也拦不住你们，只是我实不想污了刀宗的居处，咱们还是出门说话吧。"

那黑袍人环顾堂中，似乎神情微松，又道："那也不必。"

薛夜鱼忽道："你们明面上是来找方轻游寻仇，实则却是来刺探刀宗是否在云阁之中，是也不是？"

那黑袍人脸色漠然，却径自道："我天音宗素来恩仇分明，你们其余六人若不想陪方轻游同死，便请速速离去。"

叶凉闻言与雷缨络对视一眼，却听雷缨络轻声道："叶公子，请退后些。"

叶凉摇头道："那不成，我与天音宗有父母深仇，岂能退避？"

当即看向那些黑袍人，朗声道："我问你们，谭寒音也上山来了吗？"他生平第一次面对仇人发声质问，虽心意坚决，可说到后来，声音终究还是有些发颤。

为首那黑袍人看也不看叶凉，却与同伙相顾而笑，涩声叹道："谭长老最厌聒噪，咱们须得在他老人家来到之前杀死这七人，将堂中清理出来。"

另一黑袍人接口道："嗯，还须将他们的尸身丢进山谷，以免满堂都是血腥气。"

叶凉胸中气血翻涌，未及开口，忽听雷缨络又道："叶公子，还请稍退一步。"

叶凉一怔，仍是摇了摇头。

雷缨络微微颔首，道："那也无妨。"说着迈步迎向那八个黑袍人。

"雷姑娘，你——"叶凉惊叫一声，却见她前行中将左手也轻轻抬起，与持剑的右手分列在身子两侧，恍如左手也正持着一柄短剑似的。

雷缨络走到黑袍人身前五尺处停步。

叶凉忽觉双目轻微刺痛，眼前的雷缨络霎时变得模糊，仿佛她虽然驻足不动，但身影却正自不断散碎、又不断凝聚。

——震惊之际，他突然醒悟过来：其实雷缨络并非一直未动，而是在刹那间一次又一次地移形转位，只是每次闪身而出都瞬息折回，已快至匪夷所思的境地，故而看起来她的身影才似只是在原地不断聚散。

他眨了眨眼，倏然间又见雷缨络的左手中竟也凭空多出了一柄短剑，随即明白了是那柄短剑正在她的左右手之间飞快轮换，快到了宛如双手各持一剑。

不知不觉中，叶凉已退后了两步，但见堂中光华乱溅如雨，倏忽收敛在雷缨络的短剑上。

不少人未及反应，仅仅看到剑光一闪；定睛再看，却见雷缨络左手静垂，仍是右手持着短剑斜指门边。

一瞬间众人只觉那柄短剑亮得几欲燃烧起来。

——剑光凝固在短剑的锋刃上，也从此凝固于叶凉的心头。

夜风过堂，雷缨络回身归剑入鞘。在她身后，八个黑袍人渐次栽倒。

陈彻打量地上那八个黑袍人，但见他们周身并无一丝伤痕，竟似已然毙命，只听方轻游轻叹道："'峨眉织星剑，剑下不流血'——久闻其名，今日目睹，果真是中者立毙，身无寸伤。"

"非是我执意抢前出手，"雷缨络微微低头，语声轻柔，"只是如此便不会弄脏云阁了。"

陈彻悄声询问宁简："主人，这织星剑竟是这般厉害吗？咱们从前却似没遇到过这一派的弟子。"

宁简淡淡道："此门派收徒极重天资、门徒极少，江湖上确然难得遇见；传闻织星剑修到深处，剑刃上能接引星光，耀灭敌人神魂。此言虽有些夸大，但这'织星牵魂'的剑意确然是极凌厉的。"

说着她瞥了雷缨络一眼，想起她赠剑给叶凉时曾言"我用单剑也是一样"，却没料到她竟当真能以单剑施展出双剑剑术，心中着实有些佩服，随即又道："雷姑娘好厉害，也不知道你和展梅，究竟谁的剑更快。"

雷缨络低声道："宁姐姐过奖了，我怎敢与展前辈相比。"言毕侧头看向叶凉。

叶凉喃喃道："雷姑娘，原来你的剑术这么高……"

雷缨络轻轻摇头，道："听这些天音宗门徒所言，那谭寒音似已将至，咱们莫打乱了云阁，就去门外等候吧。"

叶凉分不清她口中的"咱们"是指堂中七人还是仅指他们两个，不禁心中一动，脱口道："好。"

两人随即出门；宁简、方轻游等人对望片刻，也跟着走出。

众人默立在春山峰顶的阵阵夜风之中，不多时，便听见有脚步声拾级而上。

叶凉忽道："来了四个人。"

雷缨络道："嗯，你怕吗？"

叶凉一怔，道："不怕。"说完却觉其实心里颇有些怕，想了想又道，"雷姑娘，多谢你帮我，不然我真会挺怕的。"

说话中但见四人行近了云阁，居左的一个黑袍人年约五十，面色阴沉，想来便是天音宗长老谭寒音了；另外三人却赫然正是自己在山脚下遇到过的柳续、龙钧乐与展梅。

忽听身后的方轻游苦笑道："哈哈，看来尚未见到刀宗，便得先打几场硬架了。"

九

秦楚躲在七人最后，见状小声咕哝道："咱们有七个人，对面却只来了四个……嗯，咱们该是稳操胜券了。"

宁简淡淡道："我愈发觉得，秦公子行走江湖总提自己是方天画的义子，实在是明智之举。"

说着她转头望去，但见谭寒音在远处厉声道："方轻游，今日便是你的死期！"语声宛如一群夜枭扑簌簌飞近，在山巅来回震荡。

方轻游一笑，方要提声回话，无意间与柳续遥遥对视了一眼，深心里异感猝起，仿佛身躯正在难以抑制地凝缩成越来越小的一点，转瞬便要化散在天地间。

忽听柳续叹道："没想到自弓魔、影使之后，武林中又有人修得了刀宗的意劲。"

话音方落，方轻游便觉得周身一轻，随即再无异样；却听柳续继续道："今日初见方兄，好生钦佩。"

众人闻言惊凛，纷纷望向方轻游，均未想到他竟已修成了意劲。又听谭寒音讶声怪笑道："柳副山长说笑了，凭他怎能修得成意劲？他不过是个偷袭害死我薛师兄的鼠辈罢了。"

叶凉耳听着谭寒音说话，先前他本以为谭寒音要么自行到此，要么便是多率来一些天音宗弟子，但却没想到他会是和柳续等人同至，眼看着四人越行越近，一时间慌乱失措，忽听身侧的雷缨络低声道：

"叶公子，机不可失。"

叶凉一怔，片霎里心念电转：谭寒音是武林中新晋的青锋令使，明晨要与正气长锋阁的诸位阁主一同拜山，眼下龙钧乐与柳续在旁，定然不会放任自己去杀谭寒音；为今之计，恐怕只有趁着四人正惊讶于方轻游修成意劲之事，抢先出手一击，才有望为父母报仇。

想到这里，侧头与雷缨络对视，但见她眸光坚定，不禁轻轻嗯了一声，随即便见雷缨络迎上前去，面对柳续，从容说道："金陵雷家雷缨络，见过四位前辈。"

叶凉也随之迈步前行，却听柳续道："雷姑娘，你们几位……"听到这里，与谭寒音相距已颇近，辨出这人正是自己幼时亲眼见过的凶手无疑，当即手腕急振，使出了那式秋水，将短剑挥刺出去——

谭寒音自登上山顶便远远地盯住了方轻游，方轻游面色森冷如冰，似随时要出手为薛秋声报仇，此刻却不料忽有个少年挺剑刺来，当即冷笑一声，使出寒蛩爪擒向叶凉的右腕，哪知手掌方一挥出，惊觉对方手腕飘忽晃动、如春风般难以捉摸，招式竟似颇为神妙；凛然之际，又觉一片气劲从剑尖上脱飞而来，宛如绵绵秋雨渗透了自己的掌风，随即聚成狭长而锋锐的一抹清寒，刹那间已刺到胸前。

一霎里谭寒音心头空怅，恍惚看到秋水掠天际，霞光一线间，竟茫然僵在原地。

先前柳续话说未半，没想到叶凉竟会骤然出剑，正要跃步过去拦阻，倏觉身形一滞，却被雷缨络扯住了衣袖。

雷缨络轻道了声“得罪”，瞥见展梅一步踏出、即要刺出手中枝条，当即松开了柳续的袖角，闪身挡在展梅面前，手腕轻抖，随即静立不动。

下一瞬，剑光忽如层层密网布满了周遭，将夜色切割成微微发亮的碎块，将她与展梅分隔开来。

展梅急退两步，身前数尺处，剑光一闪即灭。

雷缨络心中微松，未及转身回看叶凉，陡然间惊见展梅去返如鬼魅，手中的枝条已刺近自己腹间，当即不假思索地又抖腕挥洒出一幕剑光——

忽听展梅一声轻叹。

随即雷缨络便看见眼前亮起了星星点点的火花，心头恍然一震：展梅追上了自己的剑速，以一阵快剑硬生生刺灭了自己的剑幕。随即骤觉腹间一痛。

——不知何时，展梅已松手弃了枝条，手指在雷缨络腹上轻点即收，侧步绕过了她。但他出手与身法委实都太过迅疾，电光石火之际，雷缨络却仍只看见展梅手持一根燃烧着的枝条，正静静凝视着自己。

与此同时，龙钧乐眼看谭寒音竟似破解不了叶凉的剑式，转瞬便要被刺死，不得不救，当即吐气低低一喝，凝起龙家“钧天袖”的十成袖劲，挥袖如长龙过天，直直扫向叶凉。

展梅见状皱眉，撤步站定。

叶凉一剑刺出，猛然感到身旁劲风涤荡，却无暇旁顾，不知究竟是谁袭来，便想着索性硬受这一击，也要刺死谭寒音；忽而猛遭撞动，剑刃却偏了开去。

——方才雷缨络中了展梅的指劲，剧痛中内息滞涩，只觉浑身轻飘飘的几欲晕厥，听见龙钧乐的喝声，心神一清，转头瞥见叶凉即便能刺中谭寒音，却也要被龙钧乐的袖劲击死，当即闪身过去，撞向叶凉。

龙钧乐神色一变，想要收劲却已不及，勉力稍挽袍袖，袖风却仍重重击在了雷缨络的背上。

叶凉被撞得踉跄斜退，猝然扭头，只见雷缨络脸上的面纱倏忽散碎，飘进了夜风，苍白清丽的容颜便在咫尺，一时间不禁惊得呆住了。

雷缨络轻轻一笑，似想说些什么，随即吐出两口鲜血，扑在了叶凉怀中。

“……雷姑娘、雷姑娘！”叶凉抱住雷缨络，手臂不住地颤抖，一瞬间只觉心中一空一空的，宛如心跳静止，低头瞧去，只见雷缨络双目紧闭，嘴角溢血，当即缓缓坐下，将她轻柔的身躯倚靠在自己膝上。

这番激斗乍起遽收，方轻游、宁简等人站在叶凉身后，未能预料，等到想要有所反应，却见叶凉已怀抱着雷缨络坐在了地上。

一时间众人面面相觑，无不震骇难言。谭寒音面色阴沉，缓缓抬掌，朝着叶凉迈出一步。

柳续忽道：“谭兄，请莫轻举妄动。”

谭寒音却仍是缓步走向叶凉。柳续吁了口气，又道：“谭兄，莫要轻举妄动。”却是去掉了话中的“请”字。

谭寒音听出柳续语气有异，与柳续对望了一眼，霎时间身躯震颤，暗凛顿步，缓缓道：“哼，谭某就先听柳副山长的高见。”冷声说完，心中却也暗自庆幸，先前叶凉虽一剑刺偏，但也有些微剑意侵进了他胸口经络，短时里他连抬掌都很是艰缓，虽颇想“轻举妄动”，终究心虚，生怕那个僵坐不动、脸色悲急的少年忽而又刺他一剑。

柳续轻叹道：“敢问这位叶兄弟为何想杀谭长老？”

宁简淡淡道：“多年前谭寒音害死了叶凉的父母。”

柳续神情微变，转头看向谭寒音，却见他漠然旁顾，似全未听见。

龙钧乐打量叶凉与雷缨络，摇头叹道："原来如此，唉，叶兄弟刚才为何不先讲明情由，却也不必贸然动手呀。"

叶凉微微抬头，惨然一笑："我若先讲明情由，你们便会让我杀了谭寒音吗？"

龙钧乐一怔，与柳续、展梅相顾，半晌没人接口。

薛夜鱼冷眼旁观，诮笑道："好个正义无双的正气长锋阁。"

龙钧乐皱眉看向薛夜鱼，道："匆忙赶到，未及请教姑娘姓名？"

薛夜鱼漠然不答。龙钧乐微笑道："龙某瞧见了姑娘脸上刺青，难道还猜不出姑娘是谁吗？你们山中刺半年来频频与正气长锋阁作对，薛姑娘，你今夜来到这春山峰顶，难道还想活着下去吗？"

薛夜鱼闻言一笑，眸光倏锐，却仍不接口。

"稍后我等自当再请教薛姑娘。"龙钧乐冷然说完，寻思了一阵，忽而走向叶凉，道："叶兄弟，让我瞧瞧雷姑娘的伤势。"

薛夜鱼忽道："别信他。"

叶凉一怔，但见龙钧乐神情恳切、语声凝重，略一犹豫，仍是微微点头。

龙钧乐伸指搭住雷缨络的脉门，片刻后退到一旁，缓了口气，道："雷姑娘受伤不轻，但性命无碍；唉，刚才龙某实在未想伤她。"

叶凉听见雷缨络不会死，顿觉心中怦然急跳起来，仿佛心跳停顿到此刻才恢复过来，不禁眼眶一热，颤声道："她……她是为了帮我。"

龙钧乐叹道："我儿龙霖命薄，本已委屈了雷姑娘，未曾想今日我又伤了她，这实在是，唉……"

叶凉道："龙掌柜，你方才是想杀了我吗？"

龙钧乐一愣，方才他为救谭寒音而凝聚袖劲，心中确有杀念，只是江湖武人打斗厮杀，往往彼此心知肚明，却极少有人特意问上这么一句，眼下但见叶凉问得朴实认真，一时倒是颇难回答，便只沉着脸不说话。

却听叶凉轻声道："龙掌柜，咱们无冤无仇，但你却能举手便使出杀招，想来心中对自己要做什么很是坚定吧，我一路行到春山，似乎遇到的每个江湖人行事都很坚定，只有我不知自己要做什么……师父带我杀刀宗，我便来了；遇到害我父母的仇人，我便须杀他；除此之外，我却不知自己还能做什么。"

龙钧乐干咳一声，道："咱们武林中人素来以恩仇分明为豪杰，叶小兄弟方才提及的两件事，一是为报答师恩，一是为父母报仇，已经算是……咳咳，算是很了不起了。"

叶凉摇了摇头，又看向怀中的雷缨络，轻轻用袖角擦去了她唇边的血丝；雷缨络晕厥中脸颊微侧，身躯轻颤了一瞬，与叶凉靠得更紧。

宁简看在眼里，一时间蹙眉不语，只觉以叶凉的性情，方才应是不会忽施偷袭，多半是雷缨络出言提醒过他；而他当时那般舍身不顾，恐怕也不仅仅是急欲杀死谭寒音，却亦是不想辜负雷缨络奋力相助的情谊。——想到这里，瞥见身旁的薛夜鱼却也正自打量叶凉，嘴角挂着一丝冷笑。

薛夜鱼瞧见叶凉脸色忧急，忽而撇了撇嘴，取出一瓶丹药抛到了叶凉脚边，淡然道："取五粒服下，于内伤颇有灵效。用与不用，悉听尊便。"

叶凉愣了愣，随即捡起那瓶丹药，小心翼翼地给雷缨络喂服了，道："多谢薛前辈。"

薛夜鱼面色一冷，却不理他了。

展梅默然旁听，忽然看向谭寒音道："谭长老，当真是你杀害了叶兄弟的父母吗？"

谭寒音冷然道："谭某一生杀人甚多，从不与人解释，也不惧别人寻仇。"

叶凉听见展梅说话，想起了在凉州郊野间自己师徒曾被展梅所救，心中一直感激，不料今夜展梅却会拦阻他报仇；而那山中刺本曾要刺杀师父的，可是刚刚薛夜鱼却又给了自己丹药。他一时间心中惘然，只觉这武林中的是非善恶，实在难以言说。

沉思片刻，忽而喃喃道："无论如何，我也须为爹娘报仇。"随即抬头看向谭寒音，道："谭寒音，我要和你一对一地决斗，你敢不敢应战？"

众人闻言面面相觑，却见谭寒音漠然一笑："不知死活的野小子。"

龙钧乐皱眉道："明晨我正气长锋阁便要上山拜会刀宗，这是武林中的头等大事，眼下还是莫要旁生枝节……"

薛夜鱼冷声打断："父母之仇，不共戴天，正气长锋阁便是有天大的威势，总也不能不让人为爹娘复仇吧？"

龙钧乐闻言沉吟不语。片刻后，却听柳续道："薛姑娘此言不无道理。若谭兄同意，我等自无话说。"

谭寒音先前一直暗自运功调息，此刻已将经络中那式秋水的剑意尽数驱散，当即瞪向叶凉，冷森森道："既然你小子执意寻死，我便成全你。"

叶凉点了点头，却径自望向薛夜鱼，先前他本就感动于薛夜鱼赠送丹药，方才薛夜鱼却又出言帮他促成了与谭寒音的决斗，心中更是深深感激，当即颤声道："薛、薛姑娘，实在多谢你，稍后若龙掌柜他们为难于你，我定会尽力相助……"

薛夜鱼瞥见他眼眶泛红、出语诚挚，显是感激已极，不禁冷笑道："好个懵懂小子，咱们萍水相逢，互不知根底，难道别人对你稍好一点，你便要掏心掏肺地感激报答吗？"

叶凉道："做人不就该如此吗？"

薛夜鱼一怔，倒觉难以接口了，只冷声道："等你胜过谭寒音再说吧。"

谭寒音似已颇觉不耐，当先走到一处空地，回身道：“小子，你还要啰唆多久，才肯赴死？”

宁简想了想，蹙眉走到叶凉身旁，道：“暂将雷姑娘交与我照顾吧。”随即从叶凉怀中将雷缨络接过。

叶凉赶忙道谢，站起身来吐出一口浊气，走向谭寒音。

龙钧乐目光闪动，忽然叹道：“能了结一桩仇怨，也是好事……唉，既说了是一对一的比斗，咱们谁也不插手便是。”

方轻游神情微变，颔首道：“龙前辈当真是公道得很。”

说着他手握那柄单刀，朝着叶、谭二人走近了数步，哂然笑道：“我忽然有些瞧不清楚，须得离近了观战。”

柳续闻言淡淡道：“只怕我也须离近些。”言毕也前行了几步，侧头与方轻游对视。

方轻游心中一凛，忽觉刚刚提聚起的劲意竟开始逐渐溃散，仿佛融化成了一汩泉水，不断流泻在地。

却听柳续轻叹道：“方兄不似弓魔与影使曾得过刀宗点拨，仅凭幼年时目睹了刀宗的一次出刀，便能自悟而修成意劲，实是天纵奇才。”

方轻游苦笑一声，只觉柳续眸光清亮如月，霎时间将自己照彻在原地；想要移开目光，头颈上冷汗涔涔，竟似难以动弹了。

龙钧乐笑呵呵接口道：“只可惜柳副山长的竹声新月，便是专为压制意劲而修。”

十

众人相顾惊骇，均想：原来意劲竟也能被克制。

陈彻顿时明白过来：柳续看似随和淡然，但深心里却也颇怀傲意；十三年前云荆山横空出世，柳续自知在刀术上不及，不愿屈居人下，便弃刀不用，从此转入停云书院，苦修竹声新月，多半便是为了有朝一日能再超越刀宗。

忽听展梅轻叹道：“非是柳兄这般傲卓风骨，决然修不成此奇技，在下实感钦佩。”

陈彻闻言看向身旁的宁简，只见她眼望柳续，神情中似也有佩服之意；方要开口，却见宁简又低下头去，蹙眉端详起晕迷中的雷缨络。

陈彻知道宁简接下了雇托要护住叶凉周全，便低声道：“主人，你要去帮叶凉吗？我先帮你照看雷姑娘吧。”

宁简一怔，心想叶凉是吴重的弟子，柳续等人还指望吴重去杀刀宗，也未必便会任凭谭寒音杀死叶凉，更何况还有方轻游守在近处；想到这里，眼看陈彻似要伸手将雷缨络抱过，当即摇头道：“不必了。”

却见方轻游忽而身躯微松，不再与柳续对视，随口道：“柳兄好修为，万幸在下也不是只会意劲。”

龙钧乐目光闪动，皱眉道：“哈哈，方老弟，你既已自言退教，却还要用玄真教的武功，难道不觉得有些羞惭吗？”

方轻游闻言一笑：“我自己心中羞惭，那也是我自己的事。”说话中却一直盯着谭寒音。

谭寒音缓缓将腰间的竹箫取在手里，斜睨叶凉道：“小子，便让你先出招吧。”

薛夜鱼微笑道：“谭长老对付一个小辈，倒也不吝使出兵刃。”

谭寒音脸色阴沉，却不接话。

叶凉心知自己仅会一式秋水，与谭寒音这等高手比斗，多半也只有一次出剑机会，须得思索清楚、找准时机，于是轻轻点头，沉吟道：“那我须好好想想。”

两人相隔一丈而立，片刻过去，叶凉却仍未出剑。

秦楚见状笑嘻嘻道：“叶兄，我教你一招：反正是你先出手，你不妨就慢慢想，想到天亮再说，到时或许便有人来救了你。”

话音未落，骤见谭寒音转头冷冷瞪视过来，顿时打了个寒噤，不敢再说话。

宁简瞥了一眼秦楚，淡淡道："请教秦公子，这场比斗，不知秦公子以为谁能取胜？"

秦楚一愣，随即凑到宁简身旁，神色一正，压低了声音道："若是旁人问我，我便随口答一句谭寒音能胜；但既是宁姑娘亲启芳唇，我便须认真回答。"

宁简道："是吗，秦公子请讲。"

秦楚想了片刻，缓缓道："依我看来，要么是谭寒音胜，要么是叶凉胜，要么便是两人打成平手。"

宁简一时间倒有些忍俊不禁了："秦公子思虑实在周全，佩服。"

秦楚道："宁姑娘以为我说废话，其实不然：我初入江湖时，我义父便教诲我说，若遇到武林中的成名人物，须得谨慎在意，万分恭敬才是；当时我说：'可是也有的人名头很大，却武功低微，只是欺世盗名之辈。'义父却道：'那你就更须提防了，这类人等武功不高，却能赚来名声，多半是擅长阴谋诡计。"

宁简道："这话倒也不无道理。"

秦楚点头道："随后我又问义父，那我若遇到的是无名之徒，或者他与我年纪相仿，也是新闯江湖呢；我义父却道：'那你仍须小心提防，只因武林中既有少年成名的奇才，亦不乏大器晚成之辈，说不准你遇到的便是一个修为已成、亟待立威的高手，而他不巧正是要靠杀我方天画的义子来扬名。'"

宁简道："照此说来，行走江湖，遇上任何一人，都须谨慎恭敬才好。"

秦楚笑道："不错！故而两个人比斗，究竟谁能打得过谁，那得打过才知，没打之前，是谁也说不准的。"

"秦公子这番话，可谓是至理名言了，"龙钧乐忽而笑呵呵接口，

“只是不知你义父此刻是否已打过了燕山长。”

谭寒音目视叶凉，耳听着秦楚聒噪不休，心下厌烦已极，只恨自己亲口说了让叶凉先动手，众目睽睽之下，却是无颜悔改。

叶凉一会儿仰望天色，一会儿回顾几眼云阁中的灯火，手里松松垮垮地提着短剑，神情却是愈发从容镇定。

少顷，望见天边阴云中飘出了一角新月，蓦然间耳边响起一道熟悉的语声：“你小子，要打就打，磨蹭什么！”语气却与师父将自己送离春风酒楼时颇为神似。

叶凉又惊又喜，环顾周遭，却无人来到；再看谭寒音、柳续等人神色，竟似都未听见这句话。

从前叶凉倒是也听说书人讲过，有些内功深厚的武林高手能施展“传音入密”一类的神奇武功，可是自己的师父分明丝毫不会内功，眼下又不见人影，却不知究竟是谁传音给他；心中惊疑不定，想等那人再说句话，然而半晌过去，那人却没再出声。

叶凉不再犹豫，神情一凝，跃步出剑。

谭寒音一直注目于叶凉，乍见他脸色变化，便知他即要出剑，同时便将竹箫在手心里急转，激荡出一连串刺耳的凄啸——

这天音宗的“蝉嘶”之法与“狮子吼”一类的武功相似，乃是凭借浑厚内劲振音伤敌，若遇到内功深湛的对手运功抵御，往往也无甚大用；只是叶凉临敌经验终究浅薄，闻声猝不及防，顿觉脏腑翻涌，呕出一口鲜血，本要抢前的那一步迈至半途便僵住了。

谭寒音随手一甩竹箫，箫管里蹿出一股劲风，打飞了叶凉手中的短剑；叶凉浑身剧震，跌坐在地。

“小子受死！”谭寒音厉笑一声，陡然踏前，挥动竹箫抹向叶凉咽喉。

与此同时，柳续忽道：“谭兄已胜，手下容情！”说着与方轻游、展梅身形疾闪，都拦向谭寒音。龙钧乐见状苦笑，随即也跟着掠了过去。

一瞬里叶凉跌在满地残雪之间，眼睁睁看着竹箫刺近，生死关头，心中却莫名闪过了半年前的衡山一梦。

梦境中传来一声清透的鸟鸣，压低了竹箫的嘶啸。

那个旧远的梦境仿佛在他之前便越过了万里的行程，如一片雨云从衡山飘到了昆仑山，在寒冬时落成了雪，静静地积在春山峰顶，等待着他的抵达。

叶凉茫然低头，心中一阵怅惘，不及思索，抓起脚边的一团雪，挥手掷向谭寒音。

谭寒音瞧在眼里，暗自冷笑，手中竹箫不停，却在刺穿那团雪时倏然迸裂散碎，随即便感到有一片轻飘飘的雨水淋在了胸襟上。

叶凉剧烈喘息着，抬头与谭寒音对视。

谭寒音正要挥掌击出，突然听见身躯中似有一股冰冷的河水奔流而过，凝神听了一霎，却有些分辨不清河水声与血流声了，只觉天地间无限寂寥，一切生机都在不断远逝，想要挽回，却被剑意冻得僵痹在原地。

——那团雪在触及谭寒音胸襟之际融化成水，瞬息渗进了肌肤，在他的胸膛里凝结成一团冰凌，刺穿了心肺，从他后背上透射而出。

陈彻与宁简相视一眼，均未想到叶凉仅靠自己便击杀了谭寒音，但见那团冰凌刺穿了谭寒音的身躯后四下飞散开来，却又融为清白色的雪水，似乎每一滴水珠上都仍蒙着一层剑意，竟未沾染丝毫鲜血。

柳续、方轻游等人刚刚掠至谭寒音身侧，一瞬间即要被那片雪水泼溅在身，惊凛之际，各自挡避。

展梅脚下一顿，如疾电般倒掠，去势快过了雪水溅射之速，在数丈外站定。龙钧乐却是苦笑一声，抬袖遮掩住面门，袖中灌满内劲，鼓荡不止，将雪水挡下，刺啦连响，袍袖缕缕撕裂，终究未被叶凉的剑意所伤。

方轻游猛然提起单刀上下一挥，一蓬水珠尽数打在刀上，刀身瞬息绽出了道道细纹；面色顿变，骇然退步。

柳续方才停步于谭寒音背后，首当其冲，眼看大半雪水都要迸洒在胸腹间，忽而伸出一根手指，指尖轻轻触及雪水、随即向旁处一引，同时脚下侧滑出数尺，却将一股水流引到了身边一株枯树的树干上。

一阵低呼声中，柳续眸光凝肃，以指代笔、一路而下，木屑飞溅如雨，顷刻间在树干上连写四字——

天、下、刀、宗。

众人纷纷望向树干，一时间惊心动魄，只觉那四字笔势飞动，宛若惊龙，深深刻在树干上，却如纵横于天际。

“——若写别的字，只怕压不住雨梳风帚的剑意。”柳续轻叹一声，收指站定。

龙钧乐闻言转头，久久端详叶凉，皱眉道：“若这少年已修成方白的剑意，难道大事还要着落在他身上……”

秦楚笑嘻嘻问道：“不知是什么大事？”

龙钧乐不理他，瞥向地上谭寒音的尸体，哀叹道：“青锋令使又死一人，唉，明晨如何向燕山长交代？”

“这却奇了，”柳续淡淡道，“龙掌柜素来居中持正，怎么经过春风酒楼里一番打斗，倒似是对燕山长颇为言听令从了？”

龙钧乐摇头微笑道：“那是柳副山长早前误会了，龙某对燕山长的号令，素来便是一心一意地听从。”说完便转头看向方轻游，又道，“方老弟若是为助刀宗而来，本该杀了吴重师徒才是，为何刚刚却想要救护这位叶小兄弟？”

方轻游淡然道：“若我有幸能与刀宗并肩对敌，虽死无憾，却与旁人何干？这位叶兄弟为人诚朴善良，别说他是吴重的弟子，即便他是燕寄羽的老子，我也绝不会杀他。”

龙钧乐讶道：“素闻玄真教门规森严，弟子都谨言守礼，可是听方老弟说话，却真不像是从前玄真教中的大师兄。”

方轻游一笑，道：“从前是从前，如今是如今，往后还请龙掌柜海涵。”

众人各怀心事，一时无人接口；随即云破月出，夜色微明，陈彻看见叶凉仍自坐在地上，便走了过去，弯腰伸出手来。

叶凉缓过一口气，道：“多谢。”说话中拉住陈彻的手想要起身，忽觉掌心刺痛，一瞬间便想撤手，但感念于陈彻的好意，却只微微皱眉了一霎，仍是发力拉着陈彻的手站了起来。

陈彻见状一怔，顿时松手，低头看着自己的手掌，却也无甚异样，讶然暗忖：“若我手上当真是生出了刀意，可这刀意却又是从何而来呢？”

正自转念，只听叶凉又认认真真地说了一遍：“多谢陈兄。”

陈彻随口道：“不用谢，咱们是朋友。”

叶凉心中一动，犹豫片刻，仍是老实问道：“咱们是朋友了吗，为什么？”

陈彻道：“因为你请我吃烙饼呀。”

叶凉听他说得理所当然，不禁愣住，茫然跟着他走到宁简身边，看了看雷缨络，又看看宁简，张口欲语，忽听宁简淡淡道：“不必谢我，你今日已道过太多谢了。”

叶凉挠了挠头，又转头瞧向薛夜鱼，依他脾性，本是想在谢完宁简之后再去谢过薛夜鱼，此刻却不知该说什么好了；但见薛夜鱼目视柳续，似笑非笑道：“柳副山长的竹声新月既能克制意劲，却不知能否镇得住刀宗的天地朝夕？”

“我也不知。”柳续神情古怪，眼望着云阁，轻轻一叹，“但只怕再过片时，便可知晓了。”

众人闻言一凛，纷纷回望，但见云阁中忽明忽暗，似乎满堂灯火正自一阵阵地飘摇。忽听柳续朗声说道：“阁下是谁，为何会在云阁之中？”

夜风呼啸，云阁的木门晃动起来，倏忽敞得大开。众人相顾一眼，愈发惊疑。

叶凉凝神听去，果然听见堂中隐约响起了脚步声，正自走向门边。

“咱们先前刚从堂中出来，里面绝无旁人。”方轻游低声沉吟道，“难道真如薛姑娘所言，刀宗一直便在云阁之内，却到此刻才现身吗？”

夜风骤疾，吹熄了堂中烛火，一道人影缓缓显露在木门边。众人心神愈紧，借着淡淡的月色辨去，却见那人身形颇有些宽厚，一时间不少人都想：“莫非刀宗退隐多年，已然发福了？”

叶凉上前数步，静了片刻，脱口叫道：“师父！”语声颇为激动。众人一愣，跟着走近，赫然看清了门口那胖子竟是吴重。

陈彻走在薛夜鱼身侧，瞥见她一步迈出、脸上那条青色小鱼倏忽不见，想起她在山腰茅屋里曾用“鱼儿”杀人于无形，顿时心弦紧绷，望向云阁门口——

吴重刚刚走出门来，忽而一个趔趄，身形僵住。

众人面面相觑，却见吴重又缓缓站直了身躯，笑呵呵道：“他娘的，崴脚了。”

龙钧乐皱眉道：“吴兄，你怎么竟从云阁中走出来了？莫非当真是修成了‘心外之心’，已能藏形于天、不露痕迹了吗？”

吴重一愣，摇头道：“我是从地道里爬出来的。”

龙钧乐闻言哑然，片刻后才道：“原来云阁之下竟有暗道，吴兄又怎会知道？”

吴重随口道：“这云阁便是我修的，我当然知道。乖徒儿，你过来。”说到一半，便径自转头去看叶凉了，只是在龙钧乐听来，这“乖徒儿”倒像招呼他似的，一时颇觉不是滋味。

叶凉快步走到吴重身旁，道：“师父，你的伤好了？”

吴重道：“好些了、好些了，对了，你带得有酒没有……”众人默然看着师徒俩聊起了闲话，忽听咔啦一声，却是方轻游手中那柄单刀上传出了异响。

方轻游低头看刀，但见刀身上先前被雪水震出的细纹渐渐扩散来——下一瞬，刀刃碎裂坠地，刀柄之下却露出轻薄无锋的另一层刀身来。

吴重闻声转头望向方轻游，颔首笑道："刀中藏鞘，名曰'月鞘'，鞘中仍有刀刃，便是刀宗昔年所用的'雪刃'了。"

十一

陈彻打量方轻游手中，但见那弧形的刀鞘上隐隐泛出青茫茫的一层薄光，宛如一轮狭长的新月，这"月鞘"二字确是名副其实；忽而心中一动：似乎正是在半山腰遇见方轻游之后，自己手上的刀意才愈发明显了，莫非这刀意竟和这柄刀有关吗？

他正自转念，却听吴重又道："阁下此刻可要拔出雪刃来瞧瞧吗？"

方轻游一怔，低头看着月鞘，又转头望向树干上那"天下刀宗"四字，一时间怅然失语。

吴重目光灼灼地凝视方轻游，笑呵呵道："此事非同小可，确也不必急于拔刀。"

方轻游沉思片刻，缓缓点头。

随即，叶凉便向师父讲述了自己杀死谭寒音的事；吴重叹道："眼下你已为父母报了仇，心中是何感想？"

叶凉默然良久，低声道："我杀死了他，可是也没觉得能告慰父母在天之灵，反而觉得很是疲累，倒似心中其实不想杀谭寒音，只是不得不杀似的……"

"有几人天生便想杀人？"吴重点头道，"多半都是不得不杀。"

叶凉嗯了一声，想问问师父当年天音宗搜寻的那封书信是否便是行囊里的这封，亦想知道先前是不是师父传音给自己；又见众目睽睽之下，师父却未必肯答，便没再多言。

秦楚上前一步，拱手道：“在下秦楚，是青箫白马盟方盟主的义子，久仰吴老前辈大名了。”

吴重哼了一声，道：“你吴老前辈，比你义父倒还年轻着几岁。”

秦楚一怔，随即嘻嘻笑道：“原来如此，幸会吴前辈。”

吴重道：“嗯，咱们也不是头一回幸会了。”说着瞥见宁简正自照料晕迷中的雷缨络，便走了过去，一瞬间与宁简目光交错，却没说什么，径自低头端详起雷缨络，啧啧赞道：“这女娃儿如此美貌，一定便是金陵雷家的闺女了……嗯，倒是配得上我的徒儿。”

叶凉闻言顿时一愣，欲言又止。

吴重转头看向叶凉，又笑哈哈道：“徒儿，你说好不好？”

叶凉一时难以回答，觉得说“好”与“不好”似都不对，便只摇头苦笑。

“不过美貌女子大都颇有心机，你也要留心她害你，”吴重随口说着，忽而瞥向薛夜鱼，又笑道，“好比你旁边的这位姑娘，便似是很想害死我。”

薛夜鱼冷笑道：“吴重，你未免也太高估自己了。”

吴重恍若未闻，转开了头去，大声道：“展梅，你这老小子，怎么也跑到昆仑山来了？”

展梅微微颔首，神情一黯，却没接口。吴重叹了口气，又对柳续道：“阔别多年，柳兄神采更胜往昔，我却有些无颜相见了。”

柳续莞尔道：“若非当年吴兄那番高论，我如今也难以修成竹声新月，多谢吴兄。”

吴重连连摇头，道：“我当年只是胡说一通，随口哄骗你的，你能修成此技，那是你自己的本事，与我无关。”

柳续道："吴兄过谦了，不知吴兄方才可曾见到了刀宗？可是刀宗治好了吴兄的伤势？"

众人闻言一凛，纷纷注目于吴重。

却见吴重脸色茫然，摇头道："我也不知。我在春风酒楼里被燕寄羽这厮打晕过去，醒来时却是躺在云阁第二层的蒲团上，也不知是谁为我疗伤。"

龙钧乐目光闪动，微笑道："此言当真？"

吴重瞟了龙钧乐一眼，道："千真万确，比你儿子死得还真。"

众人面面相觑，均觉吴重这句话刺人痛处，委实太过难听，但见龙钧乐面色骤沉，张口欲语。

吴重忽道："龙钧乐，眼下你敢杀我吗，不敢就闭上你的鸟嘴。"

龙钧乐一怔，却是冷笑不语。

柳续忽道："吴兄既是醒在云阁第二层，为何却又进去了地道？"

吴重犹豫片刻，嘿嘿笑道："我醒来后见这云阁里空空荡荡，没什么值钱物事，便想起地下还有暗道，十三年来云荆山积攒下的金银财宝，多半都藏在了暗道里，我便下去找寻……"

众人相顾愕然，均想刀宗名震天下，又岂会是贪钱敛财之辈；却听柳续微笑道："不知吴兄找着了没有？"

吴重摇头道："没有，唉。"语气中似深觉遗憾。

柳续淡淡道："吴兄辛苦了。"

"不过，"吴重又道，"那暗道里虽无金银，却躺着一个小姑娘，似已晕厥多时，嘿嘿，看来云荆山虽不爱财，可也终究不耐寂寞……"

众人闻言神情均变，龙钧乐皱眉道："若刀宗当真竟掳了一名少女藏在地道之中，那可是武林中人人不齿的恶行了。"

宁简沉吟片刻，忽道："叶凉，你来照顾雷姑娘。"

叶凉猝然一惊，脸颊微红，接过了雷缨络。

宁简又对吴重道："吴大叔，咱们进去瞧瞧那少女？"她五年前在滁州临江集初见吴重时便称他为“吴大叔”，此刻心中正自惊疑思忖，却也不禁这般称呼了出来。

吴重笑道：“我若随你下去暗道，只怕诸位之中却有人怕我趁机溜走，那暗道的入口仍敞着，你还是自己进去吧。”

宁简点了点头，领着陈彻走向云阁；龙钧乐望向柳续，忽而笑道：“两位年轻，贸然进去恐有闪失；柳兄，咱们不妨也下去瞧一眼？”

柳续淡然道：“也好。”

方轻游见状欲言又止，他虽信不过龙钧乐，但想到柳续既是宁简刀术上的师父，料想不会害她，便没开口说要同去。

宁简等四人走进堂中，但见暗道入口却是在屋角的一处烛台下方；手持烛台，踩着石阶蜿蜒下行，甬道狭长幽深，也不知最终通向哪里，走了一阵，果然瞥见地上躺着一名身姿瘦弱的少女，借着烛台照去，雪白的衣裙上竟是焦灼一片、血痕斑斑。

一瞬间陈彻脱口道：“是严姑娘！”

宁简定睛瞧去，那少女赫然便是岳凌歌的侍女严知雨。柳续轻叹道：“这位严姑娘似是伤在‘木余刀’之下。”

宁简先前在青石镇上便对这个腼腆羞涩的小姑娘颇有好感，此刻见她伤势沉重，不禁蹙眉吁出一口气，轻轻将严知雨抱起，道：“咱们先回去吧。”

四人在黑沉沉的甬道里转身而行，眼看即要回到云阁堂中，忽听龙钧乐低低一笑：“柳兄，此番你到春山，实是来杀燕山长的，对吗？”

宁简与陈彻相顾惊凛，顿时停步，只觉沉闷黢黑的暗道里骤然间清寒了许多。

柳续淡淡道：“龙掌柜说笑了。”

龙钧乐道：“龙某并非说笑。”

柳续微微颔首，忽然侧头看向龙钧乐。

一瞬间龙钧乐周身衣衫无风自鼓，双袖微抬，目光迥然如电，缓缓道："柳续，你的眼神虽凌厉，却也未必奈何得了我。"

柳续神色古怪，却只是深深注视了龙钧乐一阵，轻叹道："是燕山长要你问我的吧。"

龙钧乐一怔，随即点头道："不错。我听燕山长说你们两人近年来隔阂愈深，你虽仍听奉他的命令，却已多年未曾与他交谈过；一直以来他也只通过中间人向你传话。"

柳续默然不语。

龙钧乐继续道："这回燕山长命我随柳兄上山，便是让我找时机问问柳兄，是否确然想杀他。"

柳续道："那么问过之后呢？"

龙钧乐道："我当时也是这般问燕山长，燕山长却说，只要你听了这一问，心中自然便有决断。"

柳续沉静片刻，点头道："有劳龙掌柜传话。"

龙钧乐道："我有一事不明，不知柳兄能否见告：明晨拜山，燕山长却命柳兄与展兄连夜上得峰顶，不知究竟所为何事？"

柳续道："燕山长是让展兄与我先行送来拜帖，顺便探一探刀宗的所在。"

龙钧乐笑呵呵道："恐怕不只如此吧？"

"嗯，"柳续犹豫一瞬，点头道，"实不相瞒，燕山长命我上山来，是让我在云阁之前的枯树上写下'天下刀宗'四字。"

"这……这倒是颇出龙某意外。"龙钧乐一怔，思忖良久，径自继续迈步；宁简与陈彻相视一眼，心中均觉疑惑。

陈彻问道："柳前辈，你们上山之前，已将那影使杀死了吗？"

柳续道："那倒没有，不过他已重伤昏厥，我便让龙掌柜手下的说书人将他背负到春风酒楼去了。"陈彻点了点头，不再多言。

将出云阁之际，龙钧乐忽而叹道："柳兄，其实依我所见，你与燕山长相知甚深，本可成为肝胆相照的挚友，却也不必这般疏远。"

柳续微笑道："这回龙掌柜当真说笑了——燕山长从来无须什么挚友。"

随即，四人走出云阁，将严知雨的身份说了；展梅瞥了一眼严知雨的伤势，轻轻摇头："看来阮青灰是执意要与正气长锋阁为敌了。"

秦楚凑近了不住打量严知雨，啧啧赞道："厉害厉害，想不到岳阁主竟还养了一个如此漂亮的侍女。"

宁简蹙眉道："秦公子，请你离远些。"当即取出伤药为严知雨疗伤。

好在严知雨虽是遍体伤痕，实则却比雷缨络受伤要轻得多，不多时便清醒过来，看见了宁简，脱口道："宁姐姐，是你。"语声虽轻弱无力，却似颇蕴惊喜。

宁简道："严姑娘，你好些了吗，可方便说话？"

严知雨低头道："我没事的。"

宁简道："是谁欺负你，你告诉我。"

"没……没人欺负我。"严知雨双目微红，却仍是摇了摇头。

宁简蹙眉道："你先前不是去迎接方白吗，怎么会受伤的？"

严知雨道："我先前到镇子东边等候方前辈，方前辈迟迟不来，我却遇到了阮青灰前辈和一个年轻的姐姐……嗯，我在青石镇外见过阮前辈的，所以认得他，但那位姐姐我却不认得了。"

"阮青灰打伤了你，你还叫他前辈？"宁简哼了一声，又道，"那位姐姐长得什么模样？"

严知雨道："那位姐姐模样很美的。"

"模样很美？"秦楚笑嘻嘻插嘴道，"小姑娘，难道她能比你还美吗？"

严知雨脸颊泛红，却低着头不说话了。

宁简冷冷瞪了秦楚一眼，又对严知雨道："严姑娘，你接着讲。"

严知雨歪头想了想，道："那位姐姐的眼睛很美，像早晨闪光的河水，当时虽然下着雨，她手里却还拿着一支很精巧的烛台……”

龙钧乐忽而皱眉道：“真没想到，秋剪水竟也来了。”

展梅亦道：“听闻巴山烛照剑的掌门是极少行走江湖的。”

严知雨继续道：“随后又来了许多人，像是阮前辈与那位姐姐的好朋友，他们便聚在一起不停说话……”随即描述了一些人的样貌与装束，宁简听出其中有游刃坊掌门金厌昔、弹霜亭掌门谈寒生以及画剑堂掌门孔芜等人，不由得惊疑暗忖：看来青崖之盟的人多半也都到了春山。

薛夜鱼忽道：“料想这些人所聊甚是无趣，你且往后说吧。”

严知雨嗯了一声，低声道：“后来他们就来打我。我没有招惹他们，他们来问我话，我也答得客客气气的，说话也不敢大声……我也不知道他们为什么忽然打我。”

宁简轻轻一叹，心说你既是岳凌歌的侍女，而青崖之盟与正气长锋阁为敌，又岂会不来为难你；默然片刻，又问道：“后来他们便将你擒到了山上，是吗？”

严知雨道：“对，后来他们将我捉到了半山腰的茅屋里，又带我进了茅屋里的暗道，一路往上走……”

众人闻言相顾，讶然恍悟：原来云阁底下的暗道竟是一直通到了半山腰。

却听严知雨继续道：“他们带着我在暗道里走了一阵，便撞见了江老伯。”

“江老伯？”宁简微微蹙眉，随即明白过来，“啊，你是说弓魔。”

严知雨听见“弓魔”两字，脸上一怔，轻声说道：“嗯，江老伯对我很好的，他看到我被捉住，就和阮前辈他们打了起来……”

众人神情一紧，却听龙钧乐道：“不知是哪边打赢了？”

严知雨茫然道：“后来我趁乱挣脱，也帮着江老伯和他们打架，但我的本事实在太低了，不一会儿就被他们打晕过去了……”

说到这里，她抬头看向宁简，语气微扬，道：“我一醒过来，便看见了宁姐姐。”

宁简与她相视一笑，想到正气长锋阁与青崖之盟的这场纷争，心中却是一阵惆怅、一阵郁涩，静了片刻，转头看向吴重，神情凝肃道：

“吴大叔，你与燕、李二人，究竟是为何要杀刀宗？”

十二

众人心弦紧绷，都注目于吴重，等他回答。

吴重叹了口气，却径自转头端详严知雨，良久才道：“……真像。”

严知雨微微抬头，与吴重对视，神情中似很想问问自己像谁，却又不敢开口。

吴重道：“严姑娘，你可听过‘秦芸’这个名字吗？”

当日在青石老店，方轻游讲述张青往事之时，严知雨却正在堂中角落照料江海余，并未留神去听，闻言怔怔摇头，却听吴重又道：“那是我的一位故人，你的模样当真很像她。”

陈彻与宁简相顾恍然：弓魔在青石镇上便似对严知雨颇有些亲近，本以为这是严知雨对弓魔关怀照料之故，原来真正原因却是严知雨长得很像弓魔昔年的师妹。

宁简道：“吴大叔，你还没答我。”

吴重古怪一笑，道：“其实江湖上早有传闻，可是诸位却似都不信。”

宁简道：“江湖上传闻甚多，不知吴大叔是指哪一桩？”

吴重神情霎时一黯，道：“十三年前武林决战摩云教，刀宗是应劫而出；如今武林又将遭遇劫难，刀宗便也只得应劫而死。”

诸人面面相觑，关于正气长锋阁为何要杀刀宗，江湖上众说纷纭，这“应劫而死”的说法，是其中最为虚诞的，向来几无人信，却不想吴重竟拿出此话来搪塞；半晌无语，却听龙钧乐微笑道：“若真是如此，这所谓的劫难，究竟又是什么？”

吴重脸色愈发悲黯，涩声道：“当年中原武林虽击溃北荒摩云教，其实亦是惨败：刀宗横空出世，夺尽了武林气运，十三年过去，武林由盛而衰，到如今已濒临毁败，若不杀刀宗，实不足以为武林改气逆运。”

众人闻言又是一愣，龙钧乐皱眉道：“这‘气运’之说，比之‘应劫’云云，似乎更加玄虚不真了。”

“唉，唉，”吴重顿足扼腕，语气哀怅，“难道诸位不信？”

龙钧乐一怔，道：“实不敢信。”

吴重默然片刻，忽而嘿嘿笑道：“他娘的，多年不见，你们倒是学得精乖了。”

叶凉心中愕然，方才他见师父说话时愁眉苦脸、唉声叹气，本来已深信不疑，却不料师父竟似只是随口乱说。

展梅微笑道：“与吴兄相识多年，从未见吴兄为武林大事这般忧心过，却叫我如何能信？”

吴重瞪眼道：“展梅，你这老小子懂个屁，我素来心怀武林，整日里便是想着为江湖分忧解难，只是从不向外表露罢了。”

柳续忽道：“若我所料不错，吴兄与燕山长要杀刀宗，却是与意劲相关，对吗？”

众人闻言一惊，许多人的第一个念头反倒无关意劲，而是原来竟连柳续也不知燕寄羽为何要杀刀宗。

“嘿嘿，我看你们这些人里，还就数柳续最是机灵。”吴重挠了挠头，如被说穿了心中隐秘似的，脸色颇有些发窘，“柳续，你可真机灵。”

柳续听他口吻如夸孩童，不禁苦笑道：“不敢当。”

吴重随口道："既遇见机灵人，便多说两句吧，须知这意劲一物，并非浑成独立，实与世间其他武学此消彼长，在深处颇有关联，如今武林中会使意劲之人越来越多，这可着实不是好事……"

众人闻言对望，各自沉思起来。柳续沉吟道："算如今除去弓魔与影使，眼前这位方兄却也悟出了意劲……"

"刚夸过你，你怎的又糊涂了，"吴重哈哈一笑，道，"你眼前可不只一人修成了意劲。"

柳续神色一讶，随即淡淡道："却不知是谁？若是吴兄自己，我素来便看不透吴兄，那倒也不能算糊涂。"

"我老人家才懒得去修，"吴重一边缓缓环顾诸人，一边似笑非笑道，"究竟是谁，你还是自己慢慢瞧吧，瞧久了总能瞧得出来。"

陈彻正自犯困，刚想要抬手揉眼睛，偶然间与吴重目光一触，宛如两片相隔遥远的河水倏忽接通，心中如涌泉般冒出一股如水亦如刀锋般的气劲，淙淙流到了手心上，似乎顷刻间便要迸泻而出。

他惊疑中强摄心意，攥紧了拳头，异感渐消，却听柳续又道："话已至此，吴兄与燕山长究竟为何要杀刀宗，还请继续明言。"

吴重哼了一声，道："昔年云荆山意劲初成之际，我与燕、李等人便在他身旁，当时我们立下誓约，不得将意劲……"

众人听到这里，心中无不惊疑：武林皆知，刀宗是自荒台一战现身于江湖，难道其中竟另有前情？正待往下听去，遽然间云阁门口冷笑乍起——"多年不见，吴兄还是这般满口胡言、肆意妄为。"

转头一望，赫然看见方天画手持长戈，从云阁中快步走出。

宁简与陈彻相顾惊凛，粗粗辨去，方天画身后却还跟着铁风叶、阮青灰等七八人，似乎五年前在青州城月下结盟的诸位掌门都已来到。

龙钧乐脸色一紧，目光渐次转过谈寒生、金厌昔、秋剪水、孔芜等人，最终与周行空久久对视，忽而长叹："你们留影舫弟子本是终身不近岸的，一旦上岸，便再也不能返回舟中——周掌门，你这又是何苦来哉？”

周行空轻声答道：“山中舟中，不过都是梦中，不如及早醒来。”

龙钧乐神情微变：“看来周掌门是不惜命丧春山了。”

方天画淡淡笑道：“眼下龙掌柜还是先操心自己的性命吧。”说话中随手晃动长戈，在夜风中振出阵阵沉郁的嗡鸣。

众人里如叶凉、陈彻等人，都是今夜头一次见到方天画的武器，方天画本就身形极高，这长戈黑沉沉的在月下不显光华，却竟比方天画还要高出许多，一旦挥扫开来，当真不知是何等威势。

“言之有理。”龙钧乐苦笑颔首，“单是方兄的‘掌中江山’，我便已难胜过，更何况还有这一杆万夫莫敌的‘半天戈’。”

柳续却仍神色淡然，微笑道：“如今方兄等八大高手齐至，看来我等是在劫难逃了。”

方天画道：“柳兄却还少说了一位。”言毕看向薛夜鱼。

“方盟主别来无恙。”薛夜鱼随口说话，走向方天画等人。

秦楚乍见方天画现身便满脸欢喜，随即瞥见龙钧乐、柳续等人在侧，又收敛了神情，一时不敢插口招呼义父；此刻瞅准时机，便紧紧跟随薛夜鱼走了过去，迈步中四下乱瞄，似忐忑已极。

柳续与龙钧乐对视一眼，却也未加拦阻。

秦楚在方天画身边站定，神情顿松，笑嘻嘻道：“义父怎么此刻才来，孩儿可当真是万分担心！……是了，义父已将那燕寄羽、李素微都杀死了吗？”

柳续这边诸人闻言均是一凛：这方天画和铁风叶既能安然离了春风酒楼，那么燕、李恐怕已然落败，多半当时正是八大掌门一齐围攻，那就着实难以抵挡，只是不知燕、李究竟是死、是逃还是遭擒。

却见方天画恍若未闻，轻轻拍了拍秦楚的肩膀，皱眉叹道：“傻小子，你早已中了停云书院的‘心意猿’之毒，却还笑得出来。”

秦楚顿时一惊，颤声道：“我、我中毒了？”随即运功探察周身内息，却似无甚异样，不禁摇头笑道，“义父，你莫与孩儿开这般玩笑，孩儿有时候也有些胆小……”

方天画道：“有时候，哼，你何时胆大过？你当真中毒了，只不过还没发作开来罢了。”言毕冷冷地盯着柳续。

柳续微微颔首，道：“秦公子口念‘惊鸿’二字便知。”

秦楚怔了怔，呢喃道：“……惊鸿？”话音方落，顿觉经络中蹿起一阵锐痛，脚下虚软，险些跪倒；呆住半晌，直直瞪着柳续，嘟囔道：“怪不得你在棺材铺里那般若无其事地走了，原来已给我下了毒，好你个柳青眸，眼睛发绿，不是好东西……”

柳续淡然道：“我也不过是奉燕山长之命行事罢了。”

秦楚转头凝望方天画，道：“这、这毒很厉害吗，可有救吗……义父救我！”

方天画道：“这心意猿是停云书院的独门奇毒，平时如一团无形气劲潜伏在经络之中，一旦发作开来，便能让中毒者内功尽废，在三天内七窍流血而死……却是无药可解。”话到后来，粗犷豪洒的神情中却也掠过了一抹忧愁。

“我不想死、我不想死……”秦楚眼珠转了转，却似僵在了眼眶里，一时间便要瘫软坐倒，却被方天画揪住了衣襟。

“丢人的东西，你怂个鸟，”方天画皱眉道，“我只说无药可解，但如燕寄羽、柳续这般的停云书院高手，却有独门手法能解此毒。”

柳续轻叹道：“看来燕山长所料不错，即便是昔年号称‘一戈扫空半天风雨’的武林枭雄方盟主，终究却也有软肋。”

方天画一笑，道：“燕寄羽料事如神又有何用，还不是被我杀了。”

众人相顾惊凛，龙钧乐摇头道：“方天画，你真有这么大的本事？”

方天画漠然不语。

吴重笑吟吟道：“看来龙掌柜终归久居岭南，没见过当年方盟主纵横北地的时候，那真可谓是‘半天风雨凭栏咏，万里江山指掌看’，嘿嘿，凭燕寄羽的修为，我猜是敌不过方盟主的。”

柳续淡淡道：“这心意猿之毒是我代燕山长种下，若燕山长当真已死，此刻秦公子也早已毒发毙命了。”

“啊，是吗？竟有此事，”吴重面色一滞，干咳道，“嗯，吴老前辈一时猜错，也是有的。”

柳续又道：“方盟主，你将燕山长的下落告知我等，我即刻就为令郎解毒，我等就此下山离去，方盟主觉得如何？”

铁风叶忽而冷笑：“原来柳副山长比龙掌柜还会做生意，这倒是失敬了。”

柳续道：“那么诸位是不同意了？”

铁风叶看向方天画，道：“老方，我瞧你这儿子很不成器，又不是你亲生的，有不如无。”

阮青灰亦道：“我看也是，老方，大事为重，你可想清楚了。”

秦楚顿时惊慌起来，道：“铁前辈，阮前辈，你们此言差矣。”这是他平生初次反驳武林前辈，还同时反驳了两位，说完自己也吓了一跳，却实在是无可奈何，不得不说。

方天画沉默片刻，叹道：“这小子虽糊涂，终究是我义兄秦英的遗孤，我若任由他死于非命，如何对得住义兄在天之灵？”

铁风叶与阮青灰相识一眼，道：“老方，既是如此，你就来定个计较吧。”

方天画想了想，道：“柳续，你给我儿解毒，我只留下你们之中的一人。”

柳续闻言未及开口，龙钧乐已摇头道：“那不成，我岂能让你留下吴重，耽误正气长锋阁的大事？”

吴重打量几人，瞪眼道：“方天画，你长得竹竿般高，刚才钻暗道钻得不大舒服吧，却没想到把你的心眼儿也钻坏了，竟想害我吗？”

方天画却看也不看吴重，淡然与柳续对视，忽而笑道：“吴重满嘴放屁，且还拖累刀宗损耗修为给他疗伤，我留下他有个屁用。”

此言一出，众人均觉意外，柳续亦是神情微讶，问道：“既是如此，方盟主究竟要留下谁？”

叶凉正自端详怀中晕迷不醒的雷缨络，耳听着众人交谈，忽觉周遭一静，抬头便见方天画目光转动，竟是朝自己看了过来，霎时间心神收紧，却听方天画说道：“我要雷缨络。”

众人惊疑对望，均觉不解。柳续道：“敢问方盟主为何要留下雷姑娘？”

方天画道：“你将雷缨络交给我，我便告诉你缘由。”

柳续一怔，良久沉吟不语。

“好好好，如此甚好！”吴重脸色顿松，连连拍手，笑呵呵道，“叶凉，还不快将雷缨络交与方盟主，快点快点，咱们这便下山喝酒去了。”

叶凉一愣，摇头道：“师父，这怎么能成，我看他们都凶横得紧，雷姑娘重伤在身，岂能就这般交给他们？”

吴重听他语气坚决，不禁哼了一声，道：“不交她难道要交你师父吗？你看方天画这老小子这么瘦，定然是饿死鬼投胎，我若留下来，还不被他三口两口就吃干净了？”

叶凉与师父对视片刻，心中惶然忧急，却仍是摇头道：“不能交出雷姑娘。”

秦楚见状忍不住劝道：“叶兄，你就同意了吧，我义父最是怜香惜玉，绝不会伤害雷姑娘的。”

不少人闻言均想，这方天画终身不娶，素来不近女色，似乎无论如何也称不上怜香惜玉；却听龙钧乐慢声说道：“唉，龙某是个生意人，为今之计，确是交出雷姑娘最为划算。”

方轻游闻言笑了笑，忽道：“叶兄弟，你若想定了不愿交出雷姑娘，我来帮你便是。”

叶凉心中一动，涩声道："方大哥，多谢你。"

"谢个屁，"吴重瞪着叶凉，气鼓鼓道，"你小子贪图美色，就不顾你师父的死活，把信给我。"

叶凉茫然听到最后，不禁一愣："……什么？"

吴重没好气道："行囊里那封书信，取出来给我。"

叶凉赶忙答应，可是正抱着雷缨络，一时间有些手足无措；吴重瞥见陈彻正在一旁打着哈欠，便道："你这小子懒得很，不知道帮忙找找吗？"

陈彻一怔，取下叶凉背后的行囊撂在地上，随即默默翻找；短时间内却没找见那封书信。

"不急不急，"吴重笑呵呵地搓着手，转身对众人道，"诸位等我片刻，我找点东西，稍待，稍待。"

少顷，吴重从陈彻手里接过了那封书信，又对叶凉道："你抱着雷缨络下山去吧。"

叶凉一愣，方要说话，却见吴重又转头看向宁简。

宁简微微点头，道："陈彻，咱们也下山去。"

吴重道了声"有劳"，随手扯开信封，取出一页信笺低头端详起来。

铁风叶眼看叶凉等人朝着山下走去，不禁冷笑着迈步上前，缓缓道："看来吴兄当真是将我等视若无物了。"

"唉，本想将这封信交给云荆山的，"吴重轻叹一声，面露苦笑，"看来话不能说得太满，刚才还说懒得去修意劲，没想到这么快便须借用云荆山的刀意了……"言毕将那页信笺撕碎，扬手抛在了夜风里。

——叶凉踩着石阶下行了几步，转身望去，恰逢师父回顾，一瞬间只觉师父脸上的惫懒神情一扫而空，浑浊的目光也变得清幽深邃，浑如换了个人似的。

十三

宁简在叶凉身边驻足，瞥见吴重神采奇异、风姿焕发，心中惊疑，很快便转回头来，催促道："叶凉，走吧。"

叶凉道："可是师父他……"

宁简道："你师父既说要借用云荆山的刀意，那些人多半都奈何不得他，只是不知他究竟能借用多久，咱们还是速速下山为妥。"

叶凉默然心想：我便先将雷姑娘安置妥当，再返回来找师父。便在这时，忽听耳边又响起了熟悉的语声——"你小子，还磨蹭什么，若想保得雷缨络周全，下山后便将她交托给燕寄羽。"

叶凉一惊，看了看宁简和陈彻，主仆两人似都未听见这一句传音；当即点了点头，道："好。"

宁简以为他是在答自己，不再多言，领着他与陈彻快步下山。

陈彻忽道："我方才持着那封书信时，只觉信封里的那页薄纸很是锋锐，倒像一把刀似的。"

宁简一怔，蹙眉沉吟道："莫非那信里竟封存着刀宗的刀意吗……叶凉，你可知信上写了什么？"

叶凉道："我也不知。"说着忽觉怀中的雷缨络身躯轻颤，微微睁开了双眸，不禁惊喜道："雷姑娘，你醒了！"

雷缨络静了一霎，忽而脸颊微红，轻声道："叶公子，你是一直抱着我吗？"

叶凉一愣，只觉回答是与不是似都不妥，犹豫之际，忽见雷缨络轻微一笑，随即又昏迷过去。

宁简看在眼里，欲言又止，却只道："走吧。"

少顷，三人又迈下许多石阶，不约而同地回过头去，但见头顶上忽明忽暗，似有光华正自纵横飞动，如龙蛇般盘旋于山巅。

天地间夜色幽深，三人怅然伫望，那团光华一闪一闪，恍如随时即要迸散开来，化为漫天晨光。

“天地朝夕，动人心魄。”宁简轻轻摇头，转身继续下山，“不可久看。”

三人将至半山腰时，却接连遇到了不少蒙面女子，身姿窈窕，步履轻盈，正自络绎登山。

宁简蹙眉低语：“这些女子都是无颜崖的杀手。”陈彻想起在青石镇外，岳凌歌曾说有人雇下了整个无颜崖来护送吴重，当即脱口道：“她们是上山去保护吴重的。”

叶凉一怔，问明了情由，心中微松；转念又想，也不知这些女杀手武功高低，此番前去峰顶，也不知有多少人又要揭开面纱，运转起那半日红妆的心法，而后匆匆忙忙地死在山上。想到这里，他一时间怔怔失语。

宁简瞥了他一眼，淡淡道：“多想无益，你今后须好好活着才是。”

叶凉心头一震，点了点头。

三人继续朝山下行去，沿途又与不少蒙面女子擦肩而过，有的冲着三人微微颔首，但更多的却默不旁顾，只是快步登山；叶凉本想问问她们是否要去相助吴重，却也没机会开口。

陈彻瞧见叶凉神色中忧虑不减，便劝慰道：“方才在山顶上，我见柳续前辈一直淡然镇定，料想必有计策，何况方天画也未必便要杀你师父；即便没有这些无颜崖杀手上山，我想你师父也无性命之忧。”

叶凉嗯了一声，道：“多谢陈兄。”

宁简听见陈彻说的“柳续前辈”，不禁心头微怔，默默回想起今日柳续的神情与言谈，脚步渐缓。

不多时，又有一名身形高挑的蒙面女子迎面行来；石径狭窄，叶凉侧身让路，却见那女子在经过自己身侧时步子稍停，忍不住颤声问道：“姑娘，你们……你们是去救我师父的吗？”语声中满是感激。

那蒙面女子轻轻点头，倏忽出指如电，连点叶凉胸腹间多处穴道，将他怀中的雷缨络夺了过去。

叶凉未及道谢、骤被制住，心头惊惶已极，但见那女子闪身倒掠丈外，揭下了脸上的面巾，却竟是个男子假扮的。

却听陈彻低声惊呼："——简青兮！"

三人心神震骇，均未想到简青兮如此诡诈，竟不惜男扮女装；宁简自觉本该能辨得出他，方才却正想着心事，猝然间被他劫走了雷缨络，心中不由得一阵懊恼。

简青兮随手扯掉一袭女裙，露出了一身灰色劲装，微笑打量着三人，似颇觉有趣。

宁简眸光一寒，在袖里捏住刀柄，迈步前行。

"且慢，且慢，"简青兮从容说话，将手指轻触在雷缨络的眉心上，"诸位若再敢踏前半步，雷姑娘可要就此香消玉殒了。"

宁简闻言顿步，冷冷道："简青兮，你要做什么？"

简青兮却恍若未闻，忽而低头在雷缨络的脖颈间轻轻一嗅，笑嘻嘻道："好香。"

叶凉霎时间气血上涌，被封的穴道竟自己解开了，拔出短剑便要冲上去，忽被宁简拦住；宁简盯着简青兮悬在雷缨络眉上的那根手指，神情渐渐平复，淡淡道："无耻。"

简青兮兀自端详着雷缨络的容颜，摇了摇头，怅声赞道："果然不愧是刀宗的女儿。"

三人闻言惊凛，宁简蹙眉道："你说什么？雷姑娘不是金陵雷家之人？"

简青兮哈哈一笑，道："雷澈虽也不丑，却又怎么生得出这般绝美无瑕的闺女？"说着又低头凑向雷缨络脸颊，似欲轻薄。

宁简忽道："简青兮，你这般肆意妄为，不怕燕寄羽杀你吗？"

简青兮一怔，抬头微笑道："等我做了刀宗的女婿，就不怕燕山长了。"

叶凉眼睁睁看着雷缨络被简青兮挟持，却无法可施，一时间心中焦灼欲炸。倏然瞥见陈彻上前两步，道："简青兮，我得杀了你为韩大哥报仇。"

简青兮神色微变，道："小子，你敢上前？"

陈彻道："你既费尽心思将雷姑娘劫持，我不信你敢杀她。"

简青兮默然一阵，忽而笑道："你小子倒是聪明，我确是不敢杀她。"

陈彻与宁简对视一眼，未及动作，便听简青兮又道："但你们若再上前，我便撕烂雷缨络的衣裙，咱们就一同赏看美人如何？"

"简青兮，"宁简冷笑道，"没想到你如今愈发不要脸了。"

简青兮淡淡道："那你早该想到才是。"顿了顿，又道，"嗯，我现下便要走了，在我转身之前，你们站在原地，谁也不许迈步，否则……"说着抱起雷缨络缓步退去。

三人面面相觑，只得任凭简青兮退出了十来丈；叶凉盼着再有无颜崖女杀手赶来，可是山径空荡，一时却再无人至。

简青兮哂然一笑，转过身朝着镇上疾掠而去；片刻后，一道语声遥遥传回："简宁兮，我来时瞧见你思春似的魂不守舍，多半是心中有情郎了吧，为兄甚为你高兴。"

宁简气得脸色煞白，胸口一阵起伏；忽见身旁的叶凉已提剑追了出去，步法虽拙劣歪扭，顷刻间却已奔出很远。

陈彻道："咱们追吗？"

宁简如梦初醒，当即点头，伸手挽住陈彻脉门，注入内劲，带着陈彻一同追去。

奔出片刻，追近了叶凉，忽听陈彻道："主人，不用的。"

宁简一怔，随后便觉陈彻轻轻撤回了手腕，可是脚下却竟丝毫不慢，不禁惊疑道："陈彻，你的丹田好了？"

"没好，"陈彻换过一口气，继续答道，"但我也不知为何，一跑起来腿上便很有劲道。"

方才他起步之际，本要将宁简传来的内劲引至腿上经络，可是这次内息游走却似比从前滞缓了许多，正要凝神再度催动内息，倏觉心中一空；下一瞬，仿佛心窍里凭空生出了江海，股股气劲不同于内力，却又如潮水般瞬息淹漫而下，抢先灌入了腿脚，足下顿时变得轻捷有力，不由得惊凛暗忖："难道我当真已在不知不觉中修成了意劲？"

一时间又想起吴重在山顶所说"意劲与其他武学此消彼长"之言，也不知刚刚内息滞涩是否正是因此，随即转念："方大哥修成意劲后仍能施展玄真教武功，可见意劲与内劲也未必两相冲突，多半只是我尚未运用纯熟罢了。"

他一边思索，脚尖起落愈急，已奔到了叶凉身侧。

宁简眼见陈彻不需自己渡入内劲，却仍足下生风般疾行，竟似毫不费力；疑惑中步法略缓，落在了后面，心中隐隐一怅，似有所失。怔了怔，提劲催运轻功，顷刻间重又追近。

三人奔到山脚下，转而向东，一路回到春雪镇，但见镇上灯火点点，远近明灭，疾奔在暗沉沉的石街上，恍如穿行在群星之间。

叶凉听着自己的双足不断踩在硬石上，环顾街上空落落的，奔行许久却没遇到一个行人；回想起傍晚随着宁简主仆前往棺材铺，走过镇上时，依稀听见街边许多屋舍里都有轻微的刀剑声传出，此刻凝心再听，却已毫无声息。

只听见镇子静旷，宛如梦境。

仿佛这片绵延星散的灯火才是春雪镇上真正的镇民，等到夜里亮起，便将其余住客都驱散不见。

叶凉越是奔走，心中越是空茫无依，忍不住想要呼喊几声，或是转头随便与宁、陈两人聊些琐事；忽听宁简问道："叶凉，你先前被简青兮制住，是怎么解开的穴道？"

"我也说不清，好像心里一着急，穴道就自行解开了。"叶凉茫然答了，静默一阵，忽而又道，"唉，若早知雷姑娘的身份，便将她交给方天画了，料想他们这些赶赴春山相助刀宗的前辈们，绝不会为难刀宗之女的。”

宁简淡淡道：“那也未必。雷姑娘是刀宗的女儿、与她是否想要杀刀宗，却是两回事。”言毕回想刚才陈彻与叶凉在这般疾行之际仍都能吐字答话，已算是武林中很少见的修为了，可他俩自己倒是浑不知晓。

叶凉闻言一怔，沉思起来，却听陈彻忽道：“这镇子愈发不对了。”

叶凉脱口道：“我也觉得不对。”未及再说什么，转过街角，猛然间隐约望见了简青兮的灰衣，正远远地掠行在前方。

三人相顾一凛，振起精神急追过去，不多时追至春风酒楼左近，简青兮身形一折，蹿进了酒楼。

过得片刻，三人也奔入酒楼，但见堂中桌椅翻倒，满地狼藉，掌柜龙钧乐自是不在，也不见什么店伙计。

宁简蹙眉道：“也不知燕寄羽、李素微究竟去到了何处。”

叶凉本已握紧了短剑，打算冲进堂中便将简青兮打个措手不及，眼下顿时焦虑起来；忽听陈彻道：“咱们去后厨瞧瞧。”

三人快步来到后厨，却见只有一个身形瘦削的厨子正自烧水煮菜，叶凉道：“请问阁下方才可曾瞧见一个灰衣人……”说到这里，那厨子转回身来，叶凉顿时愣住，愕然转口道：“——萧前辈，怎么是你？”

与此同时，陈彻也失声惊呼：“你是老萧！”

那厨子赫然正是龙骨丹青萧野谣，他闻言打量叶凉与陈彻，很快便认出了两人，随即转头看向宁简，微笑道：“这位姑娘倒是有些面生。”

宁简道：“我叫宁简，阁下莫非便是萧野谣？”

“不错。”萧野谣凝视着宁简，犹豫一阵，又道，“宁姑娘，可否容在下为你画一张像？”

宁简道：“不必了。”

“不必吗？”萧野谣讶然一笑，“唉，可惜。”语气中似颇以为憾。

宁简神色淡然，却不接话。萧野谣抬袖抹了抹脸上的灶灰，复又打量起陈彻，道：“陈兄弟，别来无恙？”

陈彻闻言微怔：“老萧，你……你怎会这么称呼我？”

“你是陈彻，不是吗？”萧野谣一笑，冲着陈彻眨了眨眼，“武林中新晋的青锋令使，我当然也有所耳闻。”

陈彻默然片刻，轻轻嗯了一声。

萧野谣道：“我当年给你画的那张‘龙骨’，你可还留着吗？”

陈彻想了想，道：“嗯，我讨饭时曾用那张油纸包过几次剩菜，再后来我就不记得了，多半被我随手丢了。”

萧野谣苦笑道：“我亲笔画的龙骨，在江湖中也不算多见，你倒丢得干脆。”

陈彻道：“在江湖中很少见，又有什么用呢？”语声平静，也不知是说那张画还是说自己。

萧野谣一怔，颔首不语。

两人对视了片霎，陈彻倏而想起吴重对龙钧乐说过的一句话，心念转动：萧野谣既能在龙钧乐的酒楼里做厨子，难道龙霖其实没有死？

此刻叶凉得知了陈彻竟是“龙骨”，不禁深深佩服，又想到萧野谣给自己画的那张纸被师父收得很紧，始终不肯给自己瞧，一时间很想问问萧野谣是否自己也是“龙骨”，却心知还有紧急之事不能耽误，当即道：“萧前辈，我们正在找寻简青兮，他掳走了我的……我的一位朋友。”

萧野谣神情微变，摇头道：“我刚才倒没留意，咱们出去找找。”

叶凉道：“多谢萧前辈。”随即便要出门，忽瞥见陈彻脸色发白，目光轻颤，似激动已极，不禁问道：“陈兄，你怎么了？”

陈彻却恍若未闻，身躯微微发抖，数次张嘴都欲言又止。

方才的一瞬间，他心中掠过了一个奇异至极的念头：这春风酒楼竟与五年前青州城中自己熟悉的那家一模一样，本已颇为巧合，然而更巧的是，在这两家酒楼的后厨里却都遇见了老萧，既是如此，当年自己朋友下榻的那间狭小屋子里，不知是否也有一人正等着自己？

想到这里，他当即转身冲出了后厨，朝着酒楼后院的一间屋子急奔而去。

叶凉等人随着陈彻奔出，却见他在一处小屋子前站定，脸颊僵白，嘴唇紧抿，伸出手正要推门。

宁简微微一怔，似是明白了陈彻心中所想，转头对叶凉道："你随萧兄去酒楼左近查探，我在酒楼里再找找。"

叶凉点点头，短时内与萧野谣将春风酒楼附近的屋舍、街巷都搜寻了一遍，没能找见简青兮的丝毫踪影，忧急中返回那间小屋子，与宁简相视摇头。——随即只见陈彻仍站在门前，竟似一直都未推门。

宁简默然旁立，忽道："陈彻，你在害怕吗？"

陈彻嗯了一声，转头与宁简对视，眼眶微红。

叶凉心中微讶，自与陈彻相识以来，他便觉陈彻实是自己遇过的最为懒散淡定之人，对什么都不在意，走在路上似也能随时睡着，却从未见他流露过这般既激动又惶惧、几乎要哭出来的神情。

宁简看着陈彻，欲言又止，本想如从前几次那般，对他说一声"别怕"，然而此时此刻，却觉无论如何也说不出口。

陈彻低声道："只要能让我再见到他，让我做什么都行。"

宁简闻言蹙眉，却听陈彻又呢喃道："只要能让我再和他说几句话，随便说几句笑话，只要能……"

宁简忽道："闭嘴。"

陈彻一怔，看向宁简。

宁简淡淡道："少啰唆，开门。"

陈彻点了点头，心中莫名一定，当即用力推门，却觉木门紧闭；略一犹豫，掌心上忽而流过几缕狭细的刀意，如染料般涂抹在门上，咔啦一声，木门四分五裂。

萧野谣神情微变，讶道："陈兄弟好修为。"

陈彻茫然摇头，踩着碎木迈入屋子——

屋里孤零零坐着一个白衣人，背对陈彻等人，正在低头吃喝。

那人闻声回身站起，微微颔首："诸位，咱们又见面了。"陈彻怔怔看着那人嘴角的两撇小胡子，片刻后才喃喃道："……燕山长，是你。"

宁简等人跟着走进屋子，神情均是一震：那白衣人赫然正是停云书院的山长燕寄羽。

燕寄羽打量陈彻，轻笑道："从陈兄弟的神情看来，在下似乎并非陈兄弟想见之人。"随即与宁简和叶凉打过了招呼，又对萧野谣道，"久闻萧兄弟的画骨奇技，不知可否为我也画一张像？"

萧野谣摇头微笑："在下画技拙劣，怎配描摹燕山长？分明是我该向燕山长求一幅字才是。"

燕寄羽道："左右无事，我这里正好备有纸笔，萧兄弟不妨随意挥毫。"当即将桌上的纸笔亲手递向萧野谣。

叶凉闻言一愣，如今这镇上正是剑拔弩张的紧要关头，没想到燕寄羽却说"左右无事"。但见萧野谣双手接过了纸笔，正色道："那我恐怕须得慢慢酝酿。"

宁简忽道："燕山长，你怎会在这屋子里？"

燕寄羽道："几位离开酒楼之后，方盟主却又召来了数位掌门，与我争斗；我与李真人斗之不过，颇是狼狈，寻了机会便匆匆而逃……"

听到这里，叶凉忍不住道："燕前辈，你是武林正道魁首，原来也是打不过便逃吗？"

燕寄羽淡淡道："打不过，若不逃，难道留下来等死吗？"

叶凉哑然片刻，道："言之有理。"宁简却是心中微凛：燕、李二人在方天画等八大掌门围攻之下仍能脱身而去，那是极可怖的修为了。

她正自转念，瞥见陈彻呆呆立着，丢魂落魄似的，不禁轻叹道：“陈彻，五年前是你亲手葬下了你的朋友，你本也不该有这般自欺的念想。”

陈彻低下头去，道：“不该有吗……”

宁简蹙眉道：“你的好朋友既死了，这便是你的命，你不认命也强求不来，只会显得怯懦可笑。”

陈彻一愣，点了点头：“嗯，我明白了。”

宁简不再看他，径自对燕寄羽道：“燕山长，听闻你从不说谎，不知确否？”

燕寄羽莞尔道：“世上没有从不说谎之人。我小时候时常说谎，等到后来拜师学艺，明白事理了，倒确实没再说过谎。”

宁简道：“那我有一事想请教燕山长。”

燕寄羽道：“凡我能答、该答之事，我一定答你。”

宁简道：“那好，请问燕山长刚才可曾见到简青兮，可知他现在何处？”

燕寄羽道：“我没见到他。”叶凉顿时心中一沉，却听燕寄羽继续道：“但我方才听到了他。不久之前，我听见有两道呼吸声穿过了春风酒楼，其一是简青兮，另一人气息微弱紊乱，似是一名受伤不轻的女子。”

叶凉闻言骇服：“燕前辈好生厉害，请问简青兮究竟躲去了哪里？”

燕寄羽苦笑道：“我再厉害，也不是神仙，简青兮行事精明诡诈，我也猜不出他会藏匿到何处。”

叶凉啊的一声，心头一阵失落忧急。

“燕山长，”宁简淡淡道，“简青兮难道不是你的手下吗？”

燕寄羽摇了摇头，却转口道：“若我所料不错，那受伤女子是金陵雷家的雷姑娘吧？”

叶凉当即道：“正是，燕前辈怎知？”

燕寄羽道："简青兮中了温歧的钦原鸟之毒，见我不能为他解毒，就不愿再听命于我，他该是想着天下若只有一人能解此毒，那便是刀宗了……"

诸人听到这里，霎时恍然：简青兮劫走雷缨络，便是为了让刀宗给他解毒。

燕寄羽看了叶凉一眼，又道："故而叶兄弟也不必太过焦急，以我对简青兮所知，在解毒之前，他是丝毫也不敢伤害雷姑娘的。"

叶凉心中顿时一松，语声诚挚道："多谢燕前辈。"

宁简忽道："原来燕山长也知晓雷姑娘的身世。"

燕寄羽神情微怅，却是轻叹不语。宁简继续道："方才未及说完，不知燕山长逃走后为何又回到了酒楼里，那李素微李真人又在何处？"

燕寄羽清咳一声，道："当时情势危急，在下与李真人分头而逃，我也不知他逃去了哪里……在下逃走后料想方盟主不会去而复返，便回到酒楼里，寻了这间空屋暂避。"

诸人见燕寄羽坦然答话，毫不隐瞒，不禁都有些佩服他的从容风骨。

燕寄羽说完，便转头对陈彻道："陈兄弟，你进门时，仿佛本以为屋里另有别人？"神情中似颇有几分好奇。

陈彻轻轻点头，也不去详说，只道："冒昧打扰燕前辈吃喝，还望见谅。"

燕寄羽微笑道："春风酒楼的酒菜太贵，我买不起，也只好趁着龙掌柜不在，悄悄吃饱肚子。——我这里还剩了些吃食，陈兄弟可要吃吗？"

陈彻一怔，方自看向燕寄羽，顿觉从心口到手上被一缕狭长的清风豁然贯通，周身说不出的舒泰，仿佛身躯之中正流动着一柄寂寥而又温暖的长刀。他忽而想起丹田里初次冒出异感，便是在青石镇上看到燕寄羽的停寄笺之际。

随即他眼前又闪过了今日黄昏时在这酒楼的堂中，燕寄羽看向自己的奇异眼神——仿佛他在那时便已预料到了此刻。

“我许久不吃别人的剩饭了。”陈彻轻声道。

“嗯，”燕寄羽道，“那实在是我失礼了。”说话中眼神却渐渐灼亮。

陈彻摇头道：“不知燕山长都有些什么吃食？”

燕寄羽道：“只有烙饼、咸鱼、野菜汤。”

刹那间两人神色同时一肃，目光相触，宛如刀剑交锋。

陈彻道：“天下再没更好吃的了。”

十四

叶凉等人面面相觑，但见燕寄羽为陈彻让出座位，陈彻径自坐下吃喝起来。

燕寄羽道：“我记得陈兄弟离开酒楼时似对鲈鱼念念不忘，这咸鱼便是以四鳃鲈鱼腌制的。”

陈彻一愣，道：“将这般名贵的鲈鱼腌成咸鱼，太可惜了吧。”燕寄羽笑了笑，道：“从苏州吴淞江运到昆仑山中，若不加腌制，只怕这鱼早已臭了。”

陈彻道：“这倒也是。”

燕寄羽淡淡道：“一个人很想吃鲜美的清蒸四鳃鲈鱼，最终却只吃到了又冷又硬的咸鱼，那也该知足了。”

诸人心中一动，只觉燕寄羽此言似颇蕴真意，各自沉思起来。

叶凉忽道：“请问燕山长，你究竟为何要杀刀宗？”

燕寄羽微笑道：“究竟为何，对于诸位而言，恐怕并不重要。”静了静，又道，“人生天地间，应当多多思索对自己真正重要的事，关切自己心中真正的渴望。”

叶凉闻言猛然怔住，一时失语。

陈彻吃饱喝足，也不禁思索起来：自己真正渴望的究竟是什么，是能手刃简青兮为韩昂报仇吗，还是如五年前所想的去学刀术，做一个名震江湖、再也不用吃剩饭的刀客，抑或只是安安稳稳地当个乞丐混过此生……想到后来，心中却莫名闪过了一道月光下紧握刀锋的身影。

他瞥向宁简，却见她也正自出神，不知在想些什么。

忽听叶凉道："我、我不知道，我自己也不知道。"语声很是惘然。

燕寄羽道："那也无妨，有朝一日，等你见过了这江湖，多半就能知道了。"

叶凉愕然道："我已见过了呀，半年多来，我见过了像燕山长这般的正气长锋阁阁主，也见过一些武林掌门和前辈，还有其他许多刀客剑客……"

燕寄羽道："你只是见过了我们，却还没见过真正的江湖。你们只是闭目睡在这江湖里，随波浮沉罢了。"

说完他便迈步走向门外，回顾一眼，忽又莞尔道："咱们去堂中瞧瞧吧，诸位请。"

宁简与陈彻、叶凉一怔，都随燕寄羽来到堂中；只留下萧野谣手持纸笔，皱眉不语，似正苦苦构思画作。

燕寄羽不紧不慢地将堂中未燃的烛台都一一点燃了，又随手扶起了几张歪倒的椅子，道："几位不妨稍坐，很快便有人至。"

宁简道："是谁？"

燕寄羽却不答话，忽而转头望向酒楼门口：街上脚步声渐近，少顷竟是龙钧乐急急奔入了酒楼。

诸人瞥见龙钧乐神情委顿，嘴角溢血，衣衫破烂如乞丐，想见山顶上一场激战定然残酷；只听燕寄羽叹道："龙掌柜受伤不轻，快请坐下歇息。"

“多谢燕山长。”龙钧乐坐下来，慢慢缓过了气息，随后讲述起春山峰顶的情形——

当时方天画等人眼看叶凉抱着雷缨络下山去，也不拦截，仿佛早有谋划似的，猝然间竟是先对柳续发难：那秋剪水年纪轻轻，却已将巴山剑术修至心照之境，手中烛台晃动，乱人神思，似乎恰与柳续的竹声新月相克；而画剑堂掌门孔芜与柳续各擅书画，其画意相较于柳续的笔势，本也颇有一战之力，更可与周行空画中留影的神异刀术彼此增益，三人联手奇袭，一瞬里便将柳续制住。

与此同时，展梅也是以一敌三，他出剑虽快逾惊电，但谈寒生的刀笛连绵作响，却似对展梅的身法、剑术颇有延滞之效，更何况阮青灰的木余刀与金厌昔的刀术“无厚”本都善于以慢打快；四人斗得片刻，展梅终究也是受伤被制。

听到这里，宁简忍不住道：“那么龙掌柜自己呢，莫非一直袖手旁观吗？”

龙钧乐干咳一声，道：“我岂是袖手？当时薛夜鱼尚未有所动作，而那方轻游也似随时便要出刀，我便以一己之力与他两人凝神对峙，那也是颇耗心力，苦不堪言。”

燕寄羽道：“龙掌柜辛苦。”

龙钧乐点了点头，继续道：“好在吴重撕碎书信之后，竟似果真借得了云荆山的刀意，只一招便打飞了方天画的长戈，又揪住铁风叶远远地掷出，眼看他返身便要去救展梅，却似突然瞧见了旁边树干上那‘天下刀宗’四字……唉，这一瞧之下，吴重身上的刀意似乎霎时被冲散了许多，脚下踉跄起来。”

他说着一顿，看向燕寄羽，苦笑道：“龙某实不知燕山长为何要让柳续写那四字，如今看来，倒是有些……咳咳，有些弄巧成拙了？”

“原来如此。”燕寄羽轻叹一声，又道，“不知后来如何？”

龙钧乐道：“后来吴重见势不妙，抱起地上那位受伤的严知雨姑娘便朝着山下逃去；说来奇怪，那方轻游本是上山来救刀宗的，却忽然跃步挥刀，帮吴重挡下追击，掩护着吴重与严姑娘逃走了，而他自己却落得重伤遭擒，嘿嘿，这又是何苦……”

叶凉等人闻言纷纷动容，均觉方轻游侠肝义胆，实是了不起。

“嗯，”燕寄羽道，“方兄弟此举，我倒有些钦佩。”语声淡然，却也听不出有钦佩之意。

龙钧乐一怔，叹道：“那是、那是，料想吴重抱起严姑娘作为护盾，便是为了引得方轻游救他……当时我见众人忙于追截吴重，便趁机从相反方向下山，虽然接连被阮青灰等人出掌击中，终究却也侥幸走脱。”

宁简蹙眉道：“龙掌柜，你竟丢下柳续……还有展前辈，就这般自己逃下山来了？”

龙钧乐冷哼一声，却不理会宁简。

燕寄羽忽道：“宁姑娘不必忧心，料想咱们稍后便能见到柳续等人了。”

宁简一惊：“可柳续不是被方天画擒住了吗……莫非，莫非燕山长是说，方天画他们也会来这酒楼？”

燕寄羽道：“多半是会来的。”

“那只怕未必。”宁简当即道，“他们此刻已然得胜，为何还要回到镇上？多半便会在山上搜查吴重的行踪，或者径直去寻刀宗了。”

她寻思片刻，又摇头道：“若他们当真会来，眼下燕山长的处境岂不是很危险吗……嗯，照此看来，恐怕燕山长心中也不觉得他们会来吧，否则绝不会置身于此。”

燕寄羽淡淡道：“无论如何，我也须接受自己的命数，正如宁姑娘先前所言，若不认命，也只会显得怯懦可笑罢了。”

宁简闻言静默，半晌过去，忽觉周遭似乎明亮了些许；一时间其余诸人也察觉到异样，可是堂中却并无新的灯烛燃起，不由得相顾惊疑。

叶凉张望门外，忽而脱口道："是镇上。是这镇上又多出了许多灯火。"

燕寄羽颔首道："不错。"随即轻叹道，"宁姑娘方才所言不无道理，但他们会来的。"

众人一怔，但见燕寄羽笑了笑，拿起一支烛台，踱步走向门边。

"十三年来最怕点灯，总想起青鹿崖上昏灯点点，照见遍地都是残缺的刀剑，和干涸的血。"

"今夜我点起了满镇灯火，等他们望见了，便会来的。"

几人相视无言，心中均觉不解，但见燕寄羽将那支烛台挂在了酒楼的木门之上，又转身走回堂中，淡然对龙钧乐道："龙掌柜，你现下若想要离镇而去，还来得及。"

龙钧乐闻言身躯绷直，眯起了眼与燕寄羽对视，短时间脸色阴晴数变，忽而哈哈笑道："燕山长说笑了，龙某既敢来到春山，便已决意与燕山长同进退，若方天画等人当真会来，我便在此陪燕山长等候便是。"

燕寄羽莞尔道："多谢龙掌柜仗义。"想了想，又问道，"方才听龙掌柜讲述峰顶一战，那山中刺的薛夜鱼却似一直未曾出手，是吗？"

龙钧乐回想片刻，道："不错。"

燕寄羽微微颔首，若有所思，转头凝视起堂中烛火，良久不再开口。

街上隐约传来一阵纷乱轻快的脚步声。

龙钧乐神情顿紧，却欲言又止，随即苦笑道："罢了，我已让那说书人赶回柳州代我交代家事，最多今次将性命赔在这里，也算活得够本了。"

——话音方落，便见一群人来到酒楼门前，当先两人赫然便是方天画与铁风叶。

燕寄羽端坐堂中，忽道："诸位请进吧。"

"燕山长果然在此。"方天画一笑，率众踏进门来。其中阮青灰、金厌昔与秦楚却各自肩负一人，正是晕厥不醒的柳续、展梅与方轻游。

宁简瞧见阮青灰随手便将柳续掷在了门边，不禁神色一冷，蹙眉不语。

龙钧乐皱眉道："他们三个已被诸位制住了经络，却也不必再打晕过去吧？"

"这三人修为太高，若仅封住他们的经脉，终究有些不放心，"方天画淡然道，"多亏秋掌门以心照之术击晕了他们，否则倒有些麻烦。"

秋剪水闻言低眉，轻声道："举手之劳罢了。"

说话中，陈彻眼看薛夜鱼走在最后，正迈步进门，脸颊苍白明净，却竟没了刺青，这才想起自从吴重在春山峰顶现身，直到自己下山离去，却似一直也未再看见薛夜鱼脸上的那一尾青鱼，一时间不禁暗忖："难道当时薛夜鱼并非是要刺杀吴重？"

他正自惊疑，倏见燕寄羽身躯轻震，剧烈一咳，嘴角急流出一股鲜血。

与此同时，薛夜鱼的脸颊上蓦地显出了青色的鱼鳍，仿佛那条鱼儿刚刚才从山顶游下来。

燕寄羽目光一霎锋锐，抬头与薛夜鱼对视，嘴角的小胡子上挂着血丝，瞧来颇有些骇人。

薛夜鱼淡淡道："早知停云山长修为神异，我从春山上便开始蓄势，直到此刻才迸发出一刺——燕寄羽，你终究还是被我的鱼儿咬中了。"

燕寄羽默然片刻，忽而轻叹："可惜鱼儿咬中了鱼钩。"言毕从容站起，身下的椅子却瞬息坍成碎片，"好生凌厉的一刺，只是我问过了龙掌柜，已有所防备。"

薛夜鱼见他未死，神情顿凛，冷笑道："那我就让鱼儿咬碎鱼钩。"

踏前两步，似要再度出招，却被方天画抬手拦住。

方天画道：“薛堂主，你既一击不中，我看咱们倒也不必急于杀死燕山长。”

薛夜鱼道：“呵，方盟主是想要为义子解那心意猿之毒吧？”

方天画闻言叹息，看向燕寄羽，道：“我就以柳、展、方三人，换我义子一人的性命，不知燕山长意下如何？”

众人面面相觑，龙钧乐笑道：“这倒是划算得很。”

燕寄羽叹道：“方盟主对义兄的情义，实在令我感佩。”说完却径自沉吟起来。

堂中一时静默，叶凉忍不住问道：“方盟主，请问那些无颜崖杀手现下如何，难道她们……她们已都被你们杀死了？”

“你这话却是从何说起？”方天画皱眉道，“我等并未遇到什么无颜崖弟子。”

叶凉闻言与宁简、陈彻相顾，均想：看来那群女杀手登山后未至峰顶；多半是途中遇到了逃走的吴重，将他救到了别处。

方天画不再理会叶凉，转头对燕寄羽道：“我虽擒住了柳续等三人，却也佩服他们的人品、武功，不欲杀死他们；燕山长倒似也没有缘由非要置我义儿于死地。”

燕寄羽道：“请容我想想。”又过片刻，忽有一人快步走进门来，却是个白衣方巾的中年书生，深深看了燕寄羽一眼，走到方天画身旁站定。

宁简心中微凛，认出了那人五年前也在青州，正是与众人共缔下青崖之盟的柳下春草之一——吴思邪。

燕寄羽神情一黯，随即躬身长揖：“见过师兄。”

吴思邪欲言又止，最终只道：“燕师弟，你好自为之。”

方天画道：“吴兄，不知你是否找到了方白？”

众人闻言暗凛：“难道方白当真也来到了昆仑山？”却听吴思邪道：

“我本想抢在岳凌歌之前将方白接引到镇上，万幸也先行遇上，可是等我与方白走到镇子东边，刚踏上石街几步，方白却又转身离去了。”

“这是为何？”方天画讶道。

“方白临去时说，这镇上的事已成定局，他也无能为力。”吴思邪神情疑惑，摇头道，“我实不知他为何会这般说。”

燕寄羽环顾方天画等人，忽然叹道：“我时常觉得，武林中真正的隐忧或许并非刀宗，而是你们这些钦仰刀宗的人。”

方天画冷哼一声，未及开口，却听燕寄羽又道：“方盟主刚才的提议，请恕我不能答应。”

方天画点了点头，道：“看来燕山长是执意让我对不住死去的义兄了。”说到后来，语声渐渐冷厉。

“方盟主误会了，”燕寄羽莞尔道，“我只说不答应方盟主的提议，却没说不救令郎。”

方天画一怔：“燕山长此言何意？”

燕寄羽道：“你不用将那三人交与我，我这就为令郎解毒。”

此言颇出众人意外，方天画亦是愕然失语。

燕寄羽缓步走向秦楚，道：“秦公子，请上前一步。”秦楚浑身一抖，拔腿便想逃到一旁，却听方天画道：“燕山长言出即行，既说为你解毒，就绝不会骗你。”

“是。”秦楚应了一声，僵在原地。

燕寄羽伸手在秦楚肩上轻轻一拍，道：“好了。”

“啊，”秦楚讶然道，“好了吗？”随即便觉周身轻松了许多，似乎那心意猿之毒当真已解。

燕寄羽点了点头。

秦楚想起山顶上柳续所言，便喃喃道：“……惊鸿？”说完却丝毫不觉疼痛，顿时惊喜道：“真好了，我的毒解了！”

——话音未落，忽见周围的方天画、薛夜鱼等人脸上纷纷变色，渐次坐倒在地。

秦楚吓得一哆嗦，缓缓扭过头，与燕寄羽对视。

燕寄羽淡淡道："秦公子，你的毒已经解了。"

"是、是，可是他们怎、怎么……"秦楚唇舌打结似的，扫量堂中，已只剩下自己与燕寄羽尚自站立，其余人却都已瘫软倒下，面色惨白，似已难以起身。

铁风叶几次运功，都没能提起内劲，瞪着秦楚道："你小子是怎么回事，一句话便将大伙儿咒倒了？"

"不、不是我……"秦楚连连摇头。

吴思邪忽道："只怕咱们先前已中了燕寄羽的惊鸿影之毒，他随时便能催发毒性，却与秦公子无关。"

说完他见众人神情迷惑，长叹一声，又道："这惊鸿影不同于心意猿，是以燕寄羽的笔意为根基，停云书院之中却只有他自己会使，中者往往是劲力全失，动弹不得。"

龙钧乐苦笑道："我本以为先前燕山长与弓魔敬酒时所使的才是惊鸿影，原来却不是吗？"

吴思邪道："据我所知，惊鸿影有诸般用法，究竟如何只有燕寄羽自己才知，可是此技每使一次都极耗心力——"

说着他勉力想要看向燕寄羽，却已转不动脖颈，只涩声道，"燕师弟，你竟能让这许多人都中了你的惊鸿影，这本该是绝难做到的……"

燕寄羽道："那也没什么难的，只要诸位多在这镇上走走，自然便会中毒渐深。"

众人闻言惊疑，各自沉思起来；却听燕寄羽又道："诸位不妨想想，不久前为何要下山回到镇上？"

阮青灰冷哼道："我等既知你在镇上，自然便要赶来将你制住，以绝后患。"说到后来，却忽然露出疑惑神色。

燕寄羽看了一眼宁简，又道："那么诸位为何不在山上继续搜查吴重的下落，或是径直去寻刀宗？”

方天画、铁风叶等人本也是和阮青灰一般想法，可是听了燕寄羽所言，均觉倒也颇有道理，随即越想越觉得怪异：似乎当时自己一望见山下的灯火，便迫不及待地想回镇上擒住燕寄羽，如此舍近求远之举，却竟未曾稍加细思。

吴思邪忽而喃喃道：“看来咱们当时已被惊鸿影的笔意所侵，神思动乱，行事已失却了明智，才会被燕寄羽的灯火引回镇上，宛如飞蛾扑火一般……”

众人闻言惊骇，却听吴思邪继续道：“眼下回想起来，那片灯火并非随意勾连绵延，其中却蕴有燕寄羽的笔意……不对，仅仅这些灯火恐怕还承不下如此多的笔意，”说到这里，悚然顿住，静默片刻才道，“——燕师弟，你当真是好深远的心机。”

陈彻与叶凉跌坐在地，闻言几乎同时明白过来：他们先前之所以觉得这镇子处处不对，便是因为镇上处处都有燕寄羽的笔意——这镇子的屋舍、街巷与草木看似都与别的西域小镇无甚分别，却又处处都被精心修整、布置过，那些斑驳的墙面、石街的缝隙、枯树的枝条、绵连的灯火，还有那个大石舂，那些木门上的种种痕迹……却都是一道道的笔画，都蕴含着惊鸿影的笔意。

这春雪镇看似寻常，实则已被写满了字迹。

叶凉怔怔看着燕寄羽，一瞬间仿佛看见了真正的惊鸿影，那绝非一只小小酒碗里升腾起的水汽，而是一只翼展千百里的飞鸿，早已盘旋在高空，将巨大而浓郁的影子投在了镇上。

宁简蹙眉道：“如此说来，咱们一到春雪镇，便中了燕山长的惊鸿影，在这镇上待得越久，走动越多，笔意便会在心中刻得越深。”

“宁姑娘所言不错，”燕寄羽微笑颔首，笑容里却流露出一抹孤鸿般的寂寞——

“在诸位来到春雪镇之前，我以此镇为纸，题了一首诗。”

十五

夜风拂过堂中，烛火晃动如乱雨。

众人一时静默在烛影中。方天画忽道："今夜行在这春雪镇上，倒让我回想起青鹿崖上，十三年前的事。"

燕寄羽微微仰头，凝望西边，恍如能看穿层层屋宇、直望见春山似的，怅然道："刀宗这座山峰，压在武林之上也有十三年了。"

他顿了顿，轻叹道："方盟主，这十三年来你们在江湖中，便如今夜在此地一般，山上山下，懵懵懂懂地兜转，终究却看不清这片江湖。"

方天画冷笑道："燕山长处心积虑，早早算计好了一切，方某输得不冤；只是燕山长也莫忘了，我青箫白马盟一众弟子，都正在春雪镇外，离此不过数百里。"

燕寄羽道："我知他们正与停云书院弟子、玄真教教徒对峙，料想双方都不敢轻举妄动。"

"那也未必，"方天画道，"我来镇上之前已传下号令，倘若明晨他们接不到我的新号令，便会拥入镇上，料想燕山长的惊鸿影再神异，也难以同时毒倒成百上千之人，到时决死一战，胜败犹未可知。"

龙钧乐恍然苦笑："怪不得燕山长不允武人们随意进镇。"

燕寄羽点了点头，道："也有些人如雷缨锋等，对正气长锋阁素来忠诚，我没让他们进镇，却是为了护住他们。"说完忽又低头吐出一口鲜血；众人见状暗凛，均想薛夜鱼方才那一刺着实厉害，燕寄羽虽有戒备，看来仍是受伤不轻。

燕寄羽剧烈咳嗽了一阵，才缓缓抬头，对方天画道："到明晨已经迟了。"

方天画皱眉道："燕山长何出此言？"

燕寄羽淡淡道："稍后我便上山杀死刀宗，明晨我已离镇了。"

众人闻言一凛，却听薛夜鱼冷笑道："就凭你自己一人吗？"

燕寄羽道："凭我自己便能杀死刀宗，不过事关重大，我倒也备下了一些帮手。"

阮青灰嘿嘿笑道："燕山长是说李素微与吴重吗？李真人眼下生死未卜，吴重更是不知去向，怕是帮不到燕山长。"

燕寄羽摇了摇头，未及开口，忽见萧野谣踉踉跄跄从后堂走出，方到堂中，却也软倒不起。

"近年来在下自觉笔力颇有增长，"萧野谣手持一页空白纸张，苦笑道，"可是燕山长风骨奇凌当世，在下实难画出。"

"萧兄弟辛苦，"燕寄羽却也不为萧野谣解去惊鸿影，只轻叹道，"以我看来，萧兄弟并非画不出，只不想画罢了。"

萧野谣一怔，却默不作声。

"他日若有机缘，自当再请挥毫。"

燕寄羽说完转头看向门外，忽而朗声吟道："士当弘毅。"

随即，街上竟传来了岳凌歌的语声，听来清越悠扬——"士当弘毅！"

众人不明所以，骤觉耳边一空，短时间仿佛整个镇子都沉入了水中，静得骇人。

下一瞬，镇上远远近近的房屋里都响起了劲朗的喝声，从四面八方汇聚而来，混成一道山崩海啸般的呼应——"任重而道远！"

方天画神情顿变："燕寄羽，你竟将'鸿翼大阵'搬到了镇上？"

众人亦是惊疑暗忖："鸿翼大阵是武林中威名最盛的三大阵法之一，须由三百余名停云书院弟子手持鸿翼笔结成，向来号称无敌之阵，此刻却怎会凭空出现在镇上？"

燕寄羽淡淡道："十三年来，我断续遣出停云书院中的高手来到春雪镇定居，到如今这镇上的镇民，除去原有的百姓与仰慕刀宗而至的刀客，倒有大半都是我停云书院弟子。"

众人心中震骇，此时回想起方白那句"这镇上之事已成定局"，不禁恍然失语。

方天画缓缓道："燕寄羽，原来你从十三年前便已筹谋要杀刀宗了。"

燕寄羽默然片刻，神色古怪地一笑："从刀宗横空出世，意劲现于江湖的那一刻起，我便已开始筹谋了。"

方天画道："燕山长是觉得江湖中不该有意劲吗？"

燕寄羽道："若人人都会意劲，则江湖覆灭只在顷刻。"

方天画哈哈一笑："武道渐进，今胜于昔、后胜于今，这是千古不变之理；若刀宗如今当真寻到了让江湖中人都能修成意劲的法门，以燕山长与正气长锋阁之力，怕是拦不住的。"

叶凉、陈彻等人越听越是震惊，但见燕寄羽在堂中来回踱步，忽而回过身来，直视方天画道："当年摩云教教徒便是人人都会意劲，却屠戮了中原武林多少无辜性命，难道这也是武道渐进的大势吗？"

话音方落，堂中便蹿起一阵惊呼低语。方天画眉峰紧皱，却似初次听闻此事，冷笑道："燕山长眼前这些人，当年大都去过青鹿崖，亦曾深入北荒，那些摩云教的功法也算见得惯了，却如何能与刀宗'天地为丹田、山河为经络'的意劲相提并论？"

"摩云教功法的威力自是比刀宗的意劲天差地远，但说到根处，却是出于同源，更何况——"

燕寄羽淡淡一笑，犹豫片刻，又继续道："更何况若无出身于北荒的形使吴重为天地立心、为山河赋形，恐怕武林中也不会有刀宗的绝世意劲。"

众人骇然心想：原来吴重竟是九位摩云使之一，若起初意劲的现世当真与吴重相关，那么多半他也知晓意劲的破法，无怪正气长锋阁会如此借重于他。

叶凉早已听得呆住，只觉这"为天地立心、为山河赋形"之说委实太过神异，绝非人力能为，多半是具体另有所指；而此时陈彻却想到了那几处相隔千里但一模一样的春风酒楼，不由得惊疑揣测：若天地山河是丹田经络，莫非这些酒楼竟是经络中的穴道？

众人正自凝思，忽见岳凌歌踏入了酒楼，环顾堂中情形，脸上笑嘻嘻的似也不觉讶异，坦然说道："燕山长，一切准备妥当，住在镇上的那些刀客也早已被鸿翼大阵的停云书院弟子们制住了。"

叶凉倏忽记起傍晚走过镇上时，曾听见街边屋舍里传出轻微的刀剑声响，料想当时便是停云弟子正与镇上的刀客相斗。

却见燕寄羽沉吟道："从我点起灯火，已过去许久，而自柳续在峰顶上题字，料想更要久得多了……"

说着他看向岳凌歌，又道："如今这镇上、山上还散有一些武人，料想他们的惊鸿影此刻也都已发作——岳公子，有劳你率众四下搜寻一番，瞧见有瘫软难起的武人，且都先擒下了。"

岳凌歌颔首答应，出门而去。

"秦公子，"燕寄羽忽而转头打量秦楚，微笑道，"我有一事想请秦公子帮忙。"

秦楚先前未中惊鸿影，耳听着众人交谈，却也是心惊胆战，在堂中越待越怕，不久已双腿哆嗦，自行跌坐在地；此时听见燕寄羽说话，立即爬起来连退数步，颤声道："帮、帮什么？"

燕寄羽道："我想请你来做青箫白马盟的盟主，不知你觉得如何？"

"什么？"秦楚闻言骇然呆住。

燕寄羽继续道："令尊方盟主既已叛出正气长锋阁，那便是与武林为敌了，我须将他送至华山暂住几年，可是白马盟的盟主不可空缺，你既为方盟主的义子，由你来接任，那是最恰当不过。"

方天画神情骤厉，冷声道："燕寄羽，你想要囚禁方某？"

"若方兄执意要说成'囚禁'……"燕寄羽沉吟片刻，颔首道，"那倒也没说错。"

秦楚脸色发白，一瞬里眼珠乱转，看看义父、又看看燕寄羽，结结巴巴道："燕山长说笑了、说笑了……这如何使得，我、我哪有此能耐？”

燕寄羽道：“我对秦公子很是器重，眼下这堂中我只免去了你一人的惊鸿影，你站着，旁人都倒在地上，这便是你的能耐。”

秦楚茫然摇头，一时间急剧喘息，却听燕寄羽又道：“秦公子不急答我，不妨再好好思量一番。”

秦楚张了张嘴，随即转头久久张望后堂，却似不敢再与方天画对视了。

吴思邪忽道：“请教燕师弟，那十二位青锋令使，除去花静庭、谭寒音已死，展梅与这位陈兄弟正在此间，另有八人，却在镇上何处？”

燕寄羽默然一阵，忽而笑叹：“师兄知我。其余青锋令使都没在镇上，我早前便已命他们各自赶赴铁兄、阮兄等诸位掌门的门派所在之地，此后他们便将与各派的副掌门一起，暂时接管各派……”

铁风叶冷笑道：“燕寄羽，你若以为派去区区一个青锋令使，便能让我天风峡众刀客都听你摆布，那可真叫作痴心妄想。”

“我知铁兄不畏死，但不是人人都如铁兄这般不畏死，”燕寄羽淡然一笑，“世人怕死的总是多数，不怕死的是少数；既然是少数，便总有法子对付。”

铁风叶一愣，却似无言以对。

燕寄羽又道：“至于铁兄等八人，还有即要被岳公子擒下的许多人等，便也都请陪同方盟主到我停云书院后山暂住，此后就不必再忧心于门派俗务了。”

铁风叶、阮青灰等人默然听着，只觉心头惨然，可是此际却也无从反抗。却听吴思邪长叹道：“燕师弟，没想到你不仅要杀刀宗，竟还要清肃武林。”

燕寄羽一笑，神情中却露出了少有的凝肃，低头端详着身旁的烛火，轻声道：“今夜之后，这江湖便是新江湖了。”

半晌过去，岳凌歌归返，回禀燕寄羽说已将搜寻到的武人与那影使囚在一处，随即又道："那弓魔也已被囚禁，我找到他时，他却与我家侍女正在一处。"

龙钧乐笑呵呵道："严姑娘竟没和吴重在一起吗？"此刻他已知自己不会赔掉性命，说不准还能跟着燕寄羽大赚一笔，却是心绪颇佳。

岳凌歌摇头道："我没寻到吴重。"

燕寄羽微笑道："吴重确是极难找到的，稍后我自去找他便是。"想了想，又问道："可曾找到简青兮？他似是劫持了雷缨络姑娘。"

岳凌歌一怔，道："简青兮最是好找，是被打晕丢进了镇中央的大石春里；可却未曾见到雷姑娘的行踪。"

燕寄羽一笑："雷姑娘自是极为聪颖，凭简青兮倒真未必能对付得了，终究反被她制住了。"

叶凉心中顿时轻松了许多，却听岳凌歌道："还有那些无颜崖女子，我已照燕山长吩咐给她们解了毒，命她们守在春山各处。"

燕寄羽点了点头，苦笑道："半生积蓄都用来雇无颜崖了，却只好学这位陈兄弟吃烙饼。"

言毕他转头与陈彻对视，又道："陈兄弟，等春山之事了结，我便找个时机，让你与简青兮堂堂正正地比斗，不知你意下如何？"

陈彻自燕寄羽与秦楚交谈时便觉困意难耐，方才隐约已睡着，闻声惊醒，刚要答应，却忍不住打了个哈欠，随即才道："好。"陈彻本也想趁机问问为何自己看过停寄笺后心中竟会生出刀意，但料想此事关乎燕寄羽和刀宗的隐秘，他多半不肯回答，便也懒得开口去问了。

岳凌歌道："有一事在下不敢擅作主张：我寻到了李素微真人，他老人家却也中了燕山长的惊鸿影，不知可要给他解去吗？"

"先且不必了，"燕寄羽哈哈一笑，"李素微整日愁眉苦脸，我见到他便也忍不住犯愁，不如就让他自己先静心歇息吧。"

岳凌歌一怔，环顾堂中，又道："那么可要将柳副山长三人救醒，或者为龙掌柜解毒？"

燕寄羽道："这倒也不急在此刻。"

岳凌歌嗯了一声，却听吴思邪忽道："燕寄羽，你果然谁也信不过。——岳公子，你也不在他的例外。"

岳凌歌笑嘻嘻道："在下只是想做些事，倒也无须燕山长信得过我。"

燕寄羽轻叹道："当年若非五位师兄不幸死在青鹿崖上，吴师兄又执意相让，这停云山长本来绝不该我来当，但我既当了，便只得独来独往。"

言毕他神色一肃，看向岳凌歌道："传我令，封春雪镇至明晨，擅入者杀。"

岳凌歌道："是。"随即出门。燕寄羽等着岳凌歌传令归来，道："有劳岳公子在此看守，我便上山去了。"

岳凌歌神情一震，默然点头。龙钧乐悠悠说道："华顶之云与春山之云，谁更胜一筹，今夜过后，便见分晓了。"

燕寄羽走到门边，顿步沉思，忽而回头看向叶凉，轻叹道："罢了，叶兄弟，你若想见你师父，或者想见雷姑娘，都可随我来。"

叶凉一惊，与燕寄羽目光一触，倏觉周身生出力道，当即跃起，走出几步，忽听身后宁简急声道："叶凉，你做什么？"

陈彻亦道："叶凉，你要想清楚了。"

叶凉回过身来，看见两人神情都极认真，一霎里也不禁恐慌起来，仿佛只要自己这一去，便会铸成终身大错；他犹豫了一阵，脸上露出涩然笑意，仍是走到了燕寄羽身边。

燕寄羽忽道："宁姑娘，我似还有一问尚未答你。"

宁简一怔，轻轻点头："不错。燕山长此刻已能答了吗？"

她一边与燕寄羽对视，一边便在心中喃喃道："天地仅一隅，朝夕只一日，困于其中，如何解脱？"这半年以来，她曾自问过多次，却终究答不上来，有时觉得人生在世，其真意恐怕便在于不得解脱，若真能解脱，或许反倒了无生趣了。

燕寄羽抬手摸了摸嘴上的小胡子，忽而一笑，却久久不开口；一瞬间众人只觉这笑容温暖和煦，似一阵轻风淌过心头，此刻的停云书院山长竟恍如初入江湖的纯真少年，又过片刻，正当众人以为他不会再答时，却忽听他答道：

“春风过堂，便得解脱。”

燕寄羽言毕转身，领着叶凉走入了夜色。

尾　声

空冷的长街上，随着两道人影经过，街旁屋子里的灯火渐次熄灭。

叶凉一时间有许多话想问燕寄羽，斟酌良久，却只是问道：“燕山长说以这镇子为纸题了一首诗，却不知是什么诗？”

燕寄羽微笑道：“吴重从前很爱吟诗，不知可有给你念过诗吗？”

叶凉道：“嗯，师父平日里很爱对我讲说诗词。”

燕寄羽颔首道：“说起来，我题的这首诗，最初也是听吴重念的，我便说与你听听吧：

柔条旦夕劲，绿叶日夜黄。
明月出云崖，皦皦流素光。
披轩临前庭，嗷嗷晨雁翔。
高志局四海，块然守空堂。
壮齿不恒居，岁暮常慨慷。[①]

等到叶凉听燕寄羽轻轻慢慢地念完，两人已行出了很远。叶凉在心里默记着诗句，一直走到了山脚下，但见燕寄羽上前几步，宛如等候故人一般，静立在春山之前：既是一个人面对一座山，也是一座武林面对一个人。

---

① （西晋）左思《杂诗》。

叶凉心中空旷，不自禁地仰头，目光越过了燕寄羽；而此刻陈彻却已在春风酒楼的堂中睡着，正踏着野草行走在梦中，目视着前方——

两人同时看见了积雪的山峰，宛如一柄锋锐的雪刃扑面斩来，天地间再无可避，一瞬里既无比惶惧，却又感到振奋。

图书在版编目（CIP）数据

天下刀宗 / 雨楼清歌著 . — 成都 : 天地出版社 ,
2020.1
ISBN 978-7-5455-5291-1

Ⅰ. ①天… Ⅱ. ①雨… Ⅲ. ①侠义小说—中国—当代
Ⅳ. ①I247.5

中国版本图书馆CIP数据核字（2019）第230729号

TIANXIA DAOZONG
天下刀宗

出 品 人 陈小雨 杨 政
作 者 雨楼清歌
责任编辑 王继娟 王子文
封面设计 王左左
责任印制 董建臣

出版发行 天地出版社
（成都市槐树街2号 邮政编码：610014）
（北京市方庄芳群园3区3号 邮政编码：100078）
网 址 http://www.tiandiph.com
电子邮箱 tianditg@163.com
经 销 新华文轩出版传媒股份有限公司

印 刷 北京文昌阁彩色印刷有限责任公司
版 次 2020年1月第1版
印 次 2020年1月第1次印刷
开 本 880mm×1230mm 1/32
印 张 13.25
字 数 343千字
定 价 56.00元
书 号 ISBN 978-7-5455-5291-1

咨询电话：（028）87734639（总编室）
购书热线：（010）67693207（营销中心）

天喜文化策划出品

一场贯穿十三年的阴谋席卷整个武林，

江湖无处不在，又有谁能真正逃离？

《天下刀宗》有声书

由人气主播叶清“声”动演绎

喜马拉雅独家上线，敬请期待！

主播介绍

叶清，唯奥亚洲配音机构创始人之一，配音导演、配音演员。配音代表作：1996年《甜蜜蜜》（黎小军）；1997年《天龙八部》（段誉）；1998 年《鹿鼎记》（康熙）；2000年《花样年华》（周慕云）；2002年《无间道》（刘建明）等；2012年广播剧《春宴》；2015年广播剧《第三种爱情》（林启正）。

欢迎收听更多精彩有声书

《汴京之围》
一部帝国的荣辱衰亡史

《光荣时代》
一部罕见的反特刑侦长篇

《我的1997》
一曲激情燃烧的时代颂歌